I0588773

مجموعه آثار صادق هدایت

مجموعه آثار صادق هدایت

جلد هشتم

طنزهای تاریخی هدایت

تحت نظر

بنیاد کتابهای سوختهٔ ایران

مجموعه آثار صادق هدیت ـ Sadegh Hedayat – Complete Works – L'Œuvre complèt

جلد هشتم ـ Volume VIII

طنزهای تاریخی هدایت

ISBN 978-91-87751-30-1

تحت نظر

بنیاد کتابهای سوختهٔ ایران

ویرایش اوّل ـ چاپ اوّل

تیر ۱۳۹۳ —July 2014

نشر بنیاد کتابهای سوختهٔ ایران

گروه انتشارات آزاد ایران

www.entesharate-iran.com

فهرست

افسانه آفرینش

خیمه شب بازی در سه پرده

« پیر ما گفت: خطا بر قلم صنع نرفت

آفرین بر نظر پاک خطا پوشش باد. »

حافظ

صورت‌ها:

خالق اف

جبرائیل پاشا

میکائیل افندی

ملا عزرائیل

اسرافیل بیک

مسیو شیطان

بابا آدم

ننه حوا

حوری‌ها، غلمان‌ها، فیل، شترمرغ.

پرده اول

مجلس با شــکوهی پیدا اســت که میان آن تخت جواهرنگاری گذاشــته شده، روی آن خالق اف به شکل پیرمرد لهیده ای با ریش بلند و موهای سفید، لباس گشاد جواهردوزی پوشیده، عینک کلفت به چشم زده و به متکای جواهرنگاری یله داده است. یک نفر غلام سیاه بالای سر او چتر نگه داشته. پهلوی او، دختر سفیدپوشی بادبزن در دست دارد و خالق اف را باد می‌زند.

دو طرف تخت، چهار پیشخدمت مقرب خالق اف، دست راست: جبرائیل پاشــا و میکائیل افندی. طرف چپ: ملا عزرائیل و اســرافیل بیک. به شکل سربازهای رومی سپر، زره، کلاه خود، چکمه تا سر زانو، شمشیرهای بلند به کمر دارند و بال‌های آن‌ها به پشــت شــان خوابیده. فقط ملا عزرائیل صورتش مثل کاسه سر مرده است، لباده سیاه به دوش انداخته و عوض شمشیر هم داس بلندی در دست دارد.

همه آن‌ها به حالت نظام ایستاده‌اند. پشت سر آن‌ها دسته‌ای حوری با چارقدهای قالبی وسمه کشــیده مجلس را تماشــا می‌کنند و غلمان‌ها با نگاه‌های خریداری آن‌ها را برانداز می‌کنند. کنار اتاق مسیو شیطان با قد بلند، کلاه بوقی، شنل سرخ به دوش انداخته و قداره به کمرش اســت،

ریش بزی زیر چانه دارد و با ابروهای بالا جسـته به مجلس نگاه می‌کند. میان مجلس دسـته‌ای حور و پری با لباس‌های نازک، سـرنا و دنبک و دایره می‌زنند و می‌خوانند:

«دل هوس سبزه و صحرا ندارد، ندارد،

«میل به گل گشت و تماشا، ندارد، ندارد، ندارد....»

یکی از پریان با شـلیته، آن میان، قر کمر می‌آید. سـاز که تمام می‌شـود کج کج جلو خالق اف رفته زنگ خود را با غمزه جلو او نگه می‌دارد. خالق اف هم دسـت کرده از کمر شـالش پولی درمی‌آورد و در زنگ او می‌اندازد. مطرب‌ها و رام‌شگران که می‌خواهند دوباره بنوازند خالق اف یک مرتبه دست را بلند کرده‌امر به خاموشی می‌کند و خودش نیمه تنه بلند می‌شود.

خالق اف (تکه کاغذی از بغل خود درآورده می‌خواند). ـ همانا به درستی که چنین اسـت و جز این نیسـت که می‌خواهم شـما را به مطلبی آگاه سـازم. (آب دهن خود را فرو می‌دهد) می‌دانید که با وجود پیری و ناتوانی چند روز اسـت که دسـت به کار شـده‌ام. روز اول رو شنایی، بعد زمین‌ها، آسـمان‌ها، آب‌ها، سـنگ‌ها، کلوخ‌ها و غیره را درسـت کردم.... (قدری تامل می‌کند) اینک می‌خواهم یک یادگار پاینده‌ای از خود بگذارم و قدرت نمایی بکنم. از این رو مشـیت و اراده من بر آن قرار گرفت تا

روی این زمینی که در منظومه شمسی و در خانواده خورشید است، یک دسته جانور بیافرینم و پادشــاهی «آدم» نام به صــورت خودم از گل درســت کرده بر آن‌ها بگمارم، تا بر همه موجودات فرمانروایی داشــته با شد. ـ (به به و آفرین آفرین د ضار) ـ نه تنها پاد شاهی روی زمین را داشــته باشــد، بلکه می‌خواهم که همه ملائکه، جن‌ها و پریان و حوران و غلمانان بر وی تعظیم کرده، سر فرود بیاورند و....

م سیو شیطان (حرف خالق اف را بریده می‌آید به میدان). ـ پس من چه کاره هستم؟ پس من کی هستم؟ (پچ پچ حضار).

خالق اف (رنگ شاه توت شده). ـ با من یکی به دو میکنی؟ ف ضولی نکن. خفه شو.

مسـیو شـیطان (با لبخند). ـ دکیسـه! من هرگز به آدم کرنش نمی‌کنم. من از آتشم او از گِل.

خالق اف (به جبرائیل پاشا). ـ این مردکه را بینداز بیرون.

مسـیو شـیطان (دهن کجی می‌کند). ـ حالا که این‌طور شــد، من هم بابا آدم را گول می‌زنم. حالا میبینی....! (هیاهوی حضار).

(جبرائیل پاشــا یخه شــیطان را کشــیده با پس گردنی او را از اتاق بیرون می‌اندازد و صدای ونگ ونگ مسیو شیطان از بیرون بلند می‌شود.)

خالق اف (برآشفته به چهار پیشخدمت مقرب خود می‌گوید): شماها بمانید. باقی همه بیرون بروند. بروند پی کارشان.

(همه حوران و پریان با لوچه آویزان سر به زیر از مجلس بیرون می‌روند. کمی سکوت).

خالق اف (سرش را بلند می‌کند). ــ جبرائیل پاشا! تو چه میگویی؟ مثلا امروز بعد از این همه زحمتی که سر آفرینش کشیدم آمدم یک خرده خستگی در بکنم! راستی این مردکه که مسیو شیطان را من خیلی رو داده‌ام.

جبرائیل پاشا. ــ بله قربان! گستاخی کرد.

خالق اف (سبیل خود را می‌جود). ــ حالا که همچین شد، از لج مسیو شیطان هم شده، همین فردا دست به کار می‌شوم. اما دیگر نباید روی شیطان را ببینم. می‌دهم او را از بهشت بیرون بکنند.

جبرائیل پاشا. ــ امر امر مبارک است.

خالق اف. ــ می‌خواستم پیش از این که دست به کار بشوم، با شما مشورت بکنم و عقیده تان را بپرسم.

(هر چهار نفر تعظیم می‌کنند).

خالق اف (به جبرائیل پاشا). ــ خوب. بگو ببینم نقشه من چطوریه؟

جبرائیل پاشا. ـ البته خیلی خوب است اما این جانوران را که از گِل درست می‌کنید، چطور زندگی می‌کنند؟

خالق اف. ـ فکرش را کرده‌ام. آن را به جان یکدیگر می‌اندازم تا همدیگر را بخورند.

جبرائیل پاشــا. ـ در این صـورت نژاد آن‌ها پاینده نیســت و به زودی از بین خواهد رفت و پادشاهی آدم نیز پایدار نمی‌ماند. چون دیگر کسی از رعایای او باقی نخواهد ماند تا بر آن‌ها فرمانروایی بکند. و هم چنین آدم چون از گِل است و باید بخورد و بیاشامد پاینده نخواهد بود.

خالق اف. ـ راست گفتی، پس چه کار بکنم؟

جبرائیل پا شا. ـ این جانوران را طوری بـ سازید که تولید مثل بکنند و هر کدام از آن‌ها مثل دانه گندم صد برابر بشود.

خالق اف. ـ چه خوب گفتی!

جبرائیل پا شا. ـ اما یک ا شکال فنی دیگر در بین ا ست: عده آن‌ها ممکن است خیلی زیاد بشود و روی زمین را بگیرد و یا آن‌هایی که توانا هستند ناتوانان را بخورند، به‌طوری که گروهی از آن‌ها بی‌خوراک بمانند و هرج و مرج بشود.

خالق اف. ـ فکر خوبی یادم آمد! دیروز در بهشــت بودم باغبان آنجا علف های هرزه را وجین می‌کرد. گفتم: چرا همچین میکنی؟ جواب داد:

برای این که قوت زمین و خوراک برای گل‌ها بماند. ما هم همین کار را می‌کنیم.

جبرائیل پاشا. ـ پس باید زندگی این جانوران را محدود بکنیم و یک نفر را بگماریم تا هر کدام از این نژادها زیاد شـد، برود جان یک دسـته از آن‌ها را بستاند تا تعادل به هم نخورد.

خالق اف (به ملا عزرائیل). ـ ملا عزرائیل؟

ملا عزرائیل. ـ بله قربان؟

خالق اف. ـ تو می‌توانی این کار را بر عهده بگیری؟

ملا عزرائیل. ـ دسـتم به دامن‌تان؛ من پیرم، غلط کردم. از من این کار ساخته نیست.

خالق اف (خشـمناک). ـ عجب حکایتی اسـت! امروز همه نوکرهایم با من مخالفت می‌کنند! آن مسـیو شـیطان، این هم ملا عزرائیل! من را بگو که به چه کسانی پشت‌گرمی داشتم. حالا مزدم را کف دستم گذاشتند!

ملا عزرائیل (مـثل بید می‌لرزد). ـ غـلط کردم ـ به روی چشـم. جان جبرائیل پاشا مرا از بهشت بیرون نکنید. اما من آخر چطور بدون مقدمه بروم جان بگیرم؟

خالق اف. ـ کارت نباشد. من بهانه‌هاش را دستت می‌دهم.

(ملا عزرائیل تعظیم می‌کند خالق اف لبخند می‌زند)

خالق اف (به میکائیل افندی). ـ میکائیل افندی؟

میکائیل افندی. ـ جان میکائیل افندی؟

خالق اف. ـ می‌دانی که کارمان خیلی زیاد می‌شـود. باید دفتر و دسـتک بگیری. چند نفر محاسـب و منشـی اضـافه هم لازم اسـت. به علاوه به صورت دساب هم خوب رسیدگی بکن. راستی حوض کوثر ترک خورده بود درست کردی؟ مخارجش چه قدر می‌شود؟

میکائیل افندی. ـ بله قربان. دادم حوض کوثر را آهک و ساروج کردند. هنوز صورت حسابش حاضر نشده.

خالق اف. ـ میدهی کارگاه من را گردگیری بکنند و همه اسـباب‌ها را روبراه می‌کنی. می‌دانی از کوری چشم شیطان هم شده فردا شروع به کار خواهم کرد. دستور می‌دهی صد کرور توبره خاک رس، صد کرور سطل آب، صد کرور زنبه، صد کرور شن‌کش، صد کرور نردبان، صد کرور بام غلتان، صد کرور تیشه، صد کرور اره، صد کرور سر تیر، صد کرور دسته بیل، صد کرور کلنگ، صد کرور ماله، صد کرور غربیل، همه را آماده کنند.

میکائیل افندی. ـ بله قربان. راستی قصر زمرد طاقش چکه می‌کند.

خالق اف. ـ باز می‌خواهی برای‌مان حساب بتراشی؟

میکائیل افندی. ـ غلط کردم!

خالق اف. ـ می‌دهی بهشت را زود آب و جارو بکنند. چون حالا پشیمان شدم فرشته‌ای را که به شکل خودم می‌سازم می‌فرستم در بهشت کیف بکند. حیف است او را بفرستم روی زمین، میان‌جانوران. اما همه‌تان باید به او سلام بکنید.

هر چهار نفر تعظیم می‌کنند ـ به چشم! به چشم!

خالق اف. ـ اسرافیل بیک تو چیزی نمی‌گویی؟

اسرافیل. ـ بله قربان.

خالق اف. ـ تو را هم لَلِه‌ی آقای آدم می‌کنم. او را می‌پایی تا شیطان گولش نزند. هر جا خطری متوجه آدم شد تو توی بوقت بدم.

اسرافیل بیک. ـ قربان! بنده درگاه همیشه در خدمت حاضر است.

خالق اف. ـ بارک‌الله تو خوب صحبت می‌کنی.

اسرافیل بیک . ـ من نمک پرورده هستم، من خانه‌زادم.

خالق اف. ـ حالا از عهده این کار بر میایی؟

اسرافیل بیک. ـ خدمت تان عرض بکنم که خود تان بهتر می‌دانید. مگر پریروز یکی از غلمان‌ها با یکی از حوری‌ها لاس می‌زد اطلاع ندادم و شما هر دوی آن‌ها را به آشپزخانه جهنم فرستادید؟

خالق اف. ـ من از همه شما راضی ام. اما هیچ کدام جبرائیل پاشا نمی‌شوید. حالا روبروی خودش می‌گویم. من او را خیلی دو ست دارم...

هی... هی... جوانی‌های‌مان را با هم گذرانديم. افسوس که گذشت! يادش به خير... هی جوانی... جوانی! (جبرائيل پاشا لوس می‌شود، بال‌های خودش را از هم باز می‌کند. ميکائيل افندی يک پای خود را زير بالش جمع کرده چرت می‌زند.)

خالق اف. ــ جبرائيل پاشا!

جبرائيل پاشا. ــ بله قربان.

خالق اف. ــ من به تو خيلی پشت‌گرمی دارم به همه کارهايم رسيدگی بکن. تو بمان. (اشاره به اسرافيل بيک و ميکائيل افندی و ملا عزرائيل می‌کند.) شماها برويد، جبرائيل پاشا بماند.

(جبرائيل پاشا می‌ماند. آن‌های ديگر افتان و خيزان بيرون می‌روند.)

خالق اف. ــ حالا تنها مانديم... برو برايم يک بشقاب فرنی بيار... بر پدر پيری لعنت!...

(جبرائيل پاشا از اطاق بيرون می‌رود. خالق اف سرفه می‌کند. چشمش را هم می‌گذارد و نوک انگشت‌های سبابه دست راست و چپش را به طرف هم می‌آورد).

(جبرائيل پاشا با يک ديگچه وارد می‌شود و از آن در بشقابی فرنی ريخته به دست خالق اف می‌دهد).

خالق اف (با لبخند). ــ تو که نبودی استخاره کردم خوب آمد.

جبرائیل پاشا. ـ چرا که بد بیاید؟ اراده اراده خالق اف است.

(خالق اف فرنی‌ها را لف لف سر می‌کشد.)

جبرائیل پاشا. ـ صبر کنید غلیز بندتان را بیاورم.

(خالق اف می‌ذندد، فرنی ها را پف می‌کند و می‌ریزد روی ریشـــش. جبرائیل پاشا از زور خنده زوزه می‌کشد.)

خالق اف. ـ چه کلکی روی زمین ســوار می‌کنیم!... آن و قت با هم می‌نشینیم تماشا می‌کنیم، فرنی می‌خوریم و می‌خندیم.

(پرده می‌افتد. از پشـــت پرده صـــدای خنده بلند اســـت. بعد خاموش می‌شود.)

پرده دوم

کارگاه بزرگی دیده می‌شــود. روی میز باریکی که به طول اتاق گذاشته
شــده آلات فیزیکی و شــیمیایی، میکروسـکوپ، ترازو، ماشــین الکتریک،
پرگار، گونیا، چوب و تخته و مرتبان‌های بزرگ با آب رنگین چیده شده
سر بخاری پیه سوزی رو شن است. جلو کارگاه گِل رس آب گرفته‌اند.
ماله، سـرند، غربیل، کلنگ و غیره روی زمین بی ترتیب ریخته. کنار میز
یک دانه صندلی راحتی جلو آینه بلندی گذاشته شده.

خالق اف آستین‌هایش را بالا کرده. دامن قبای آبی خود را به کمر شالش
زده آه سته قدم می‌زنند. جبرائیل پا شا بیل به د ست دارد و گِل‌ها را به
هم می‌زنند.

خالق اف (به جبرائیل پاشا). — آن تپه گِل را بغلتان این میان.

جبرائیل پا شا. — به چشم. (توده گِل را که به شکل استوانه لوله کرده‌اند
به میان اتاق می‌ســراند و هن هن می‌کند. بعد با آسـتین عرق روی
پیشانی‌اش را پاک می‌کند.)

خالق اف. — تو را خیلی خسته کرده‌ام؟

جبرائیل پاشا. — چه قابلی دارد.

خالق اف. — من هم خسته شده‌ام. می‌دانی امروز ششمین روز است که
مشـغول کار هسـتیم. روز چهارم گیاه‌ها را سـاختم، روز پنجم جانوران را؛

امروز با هر چه گلِ نخاله و زیادی مانده می‌روم «فیل» بسازم. یک جانور گنده، سرش این جا، پایش، آن‌جا. (اشاره می‌کند). از آن گِل‌های خوب کنار گذاشتم برای ساختن آدم. گفتم هر چه گِل و شفته زیادی مانده فیل در ست می‌کنم. بعد هم آدم را که نیمه‌کاره است تمام می‌کنم. آن وقت روز هفتم می‌نشینم تماشا می‌کنم.

جبرائیل پاشا. ـ انگاری که ساختن این‌ها آسان‌تر است. زبانم لال می‌خواستم یک چیزی بگویم...

خالق اف. ـ بگو.

جبرائیل پاشا. ـ یادتان هست ساختن میکروب‌ها و حشرات که اول شروع کردید خیلی سخت‌تر از ساختن آدم بود. چقدر با ذره‌بین و سیخ و سنبه سر آن‌ها کار کردید. اما این‌های دیگر آسان‌تر است.

خالق اف. ـ هان... تقصیر من است که فوت و فن کاسه‌گری خودم را یادت دادم. حالا کور باطن به کارخانه‌ی خالق اف ایراد می‌گیری؟ پیدا است که تو هم عقلت پاره سنگ بَرمی‌دارد. اگر من آن‌ها را اول درست کردم برای این بود که دستم روان بشود. ساختن آدم به خیالت کار آسانی است؟ مگر ندیدی یک ساعت پیش جلو آینه قدی میمون‌ها را شبیه خودم درست کردم تا برای ساختن آدم دستم روان بشود؟

جبرائیل پاشا. ـ حالا می‌فرمایید چه کار بکنم؟

خالق اف. ـ برو آن چهار تا کنده‌ی درخت را از گوشه اتاق بیاور.

جبرائیل پاشا. ـ برای پاهای فیل؟

خالق اف. ـ آفرین! تو هم هوشت روان شده!

ـ جبرائیل پاشا می‌رود کنده‌های درخت را می‌آورد و در گِل می‌مالد.)

خالق اف. ـ حالا بیار فرو بکن در چهار گو شه این گِل. (توده گِل را ذِشان می‌دهد.)

خالق اف. ـ کله‌اش را هم بیاور به گردنش بچســبان. آن گلوله گِل را (اشاره) بده.

(جبرائیل پاشا اطاعت می‌کند.)

خالق اف (می‌خندد). ـ جبرائیل پاشا فکر خوبی برایم آمد. آن لوله بخاری را هم بیاور فرو کن در کله‌اش. ـ حالا هوا گرم شـده احتیاجی به بخاری نداریم و دو تا نان لواش هم از توی سـفره بیاور بچسـبان به دو طرف کله‌اش ـ البته می‌دانی که اعضای جانوران باید از روی قرینه باشد و هر عضوی که طاق است در میان قرار بگیرد.

جبرائیل پاشا. ـ اطاعت می‌شود.

(خالق اف می‌رود از روی میز یک نی هَفت‌بَند بَرمی‌دارد. سـر آن را می‌گذارد زیر دم فیل و در آن می‌دمد. جبرائیل پاشا هم دستش را به کمرش زده تماشـا می‌کند. ناگاه تمام توده گِل به تکان می‌آید خالق اف نی را بردا شته پس پس می‌رود. فیل خرطوم خود را تکان می‌دهد. از جا جست می‌زند و خرناس شدیدی می‌کشد. خالق اف یک مشت یونجه در

دست گرفته جلوی فیل می‌رود. فیل خرناس دیگری می‌کشد و یونجه را با خرطوم به هوا پرتاب می‌کند. خالق اف با رنگ پریده پس پس می‌رود.

خالق اف. ـ فیل‌بان را بگویید بیاید و فیل را در پالکی بگذارید و بفرستید روی زمین.

(فیل‌بان با کلنگ می‌آید سوار فیل می شود و از کارگاه بیرون می‌روند. خالق اف آهی کشیده روی صندلی راحتی می‌افتد بعد کیسه توتون خود را درآورده چپق چاق می‌کند و کبریت را با ته کفشش روشن می‌کند.)

خالق اف. ـ جبرائیل جان؟

جبرائیل پاشا. ـ بله قربان؟

خالق اف. ـ نمی‌دانی چقدر خسته شده‌ام. اما می‌ترسم میانش باد بخورد و دستم پی کار نرود. سر پیری چه هوس‌هایی به کله‌ام زده! باشـد... می‌روم زودتر آدم را درسـت بکنم. بعد دیگر آسـوده خواهم شـد. می‌روم تو رختخوابم می‌افتم. یکی از حوری‌ها را می‌گویم پاهایم را بمالد، تو به من فرنی می‌دهی، روی زمین را تماشـا می‌کنیم و می‌خندیم... همچین نیست؟...

جبرائیل پاشا. ـ بله قربان.

خالق اف. ـ این مگس ها را بزن رد کن. چه جانور های سمجی خلق کرده‌ام! عوض این که مدح و ثنا و شکرگذاری خالق خودشـان را بکنند مرا کلافه کردند!

جبرائیل پاشــا. – قربان یک مشـــت آب به صـــورت‌تان بزنید. ریش و سبیل‌تان از فرنی نوچ شده مگس‌ها بوی شیرینی شنیده‌اند. (می‌رود یک تکه مقوا برمی‌دارد خاکش را تکان می‌دهد و مگس‌ها را می‌زند.)

خالق اف. – حالا برو آینه قدی را جلو بکش. آن گِل‌هایی را هم که روی لنگه در خیس کرده‌ام بیاور (جبرائیل پاشا می‌رود لنگه دری را که رویش گِل به شکل آدم خمیر شده می‌آورد.)

خالق اف (عینک خود را پاک می‌کند و با تعجب نگاه می‌کند. با تغیر). – جبرائیل؟

جبرائیل پاشا. – بله قربان؟

خالق اف. – بگو ببینم پایت را توی کفش من کرده‌ای؟ به خیالت رسیده با من هم چشمی بکنی؟

جبرائیل پاشا. – بنده غلط کرده‌ام.

خالق اف. – این گِل را پس کی به شکل من درست کرده؟

جبرائیل پاشا. – چه عرض کنم؟

خالق اف. – ای شیطان! راستش را بگو وگرنه خودت می‌دانی!...

جبرائیل پاشا (دست به پیشانی خود می‌کشد). – آهان، یادم آمد. دیروز شما روی صندلی خواب تان برده بود. من وقتی که وارد اتاق شدم دیدم میمون تقلید شـما را درآورده بود، ماله را برداشـته بود، خودش را در

آینه قدری نگاه می‌کرد و با این گِل ورمی‌رفت. مرا که دید گذاشت و در رفت.

خالق اف. ـ بد نشـد عوضـش کارمان جلو افتاد. اما برای این که با من همسـری نکند دسـتش را ناقص می‌کنم تا قابل کار نباشـد. حالا مشـغول بشویم.

(خالق اف جلو لنگه در نشسته سنباده می‌کشد و فوت می‌کند.)

جبرائیل پاشا. ـ خدا پدر میمون را بیامرزد که کارمان را آسان کرد!

خالق اف (می‌خندد). ـ نی را بیاور.

(د ستمال ابریشمی خودش را درمی‌آورد می‌اندازد جلوی صورت آدم و زیر لب با خودش ورد می‌خواند). جبرائیل پاشـا نی را می‌آورد، خالق اف می‌گیرد و به آدم می‌د‌مد. آدم تکانی می‌خورد، چشـم‌هایش باز می‌شـود. ملائکه و پریان همه جلو در کارگاه ریخته صـدای «آفرین، آفرین» بلند می‌شود.

خالق اف (با تکبر لبخند می‌زند). ـ آدم!

بابا آدم ازجایش جسته زوزه می‌کشد.

خالق اف (جلو می‌رود). ـ آدم! بیا پهلوی من.

بابا آدم. ـ گشنمه. گشنمه... (دست‌هایش را می‌زند روی شکمش).

خالق اف. ـ بیا جلو، بیا پیش من سجده بکن. اول می‌دهم دست و رویت را بشویند. زلف هایت را شانه بزنند. بعد تو را می‌فرستم به بهشت غذاهای خوب خوب بخوری. اما مبادا گندم بخوری، اگر گندم خوردی کلاه‌مان می‌رود توی هم. می‌دهم از بهشت بیرونت بکنند.

بابا آدم با قیافه ترسناک، تن پشم‌آلود و چشم‌های وردریده دو بامبی رو سرش می‌زند و موهایش را چنگه چنگه می‌کند.

بابا آدم. ـ من گشنمه... من گشنمه....

(با انگشت شکمش را نشان می‌دهد.)

پرده می‌افتد

از پشت پرده صدای گریه بابا آدم و فریاد «من گشنمه!» بلند است.

پرده سوم

دورنمای زمین، جنگل‌های دوردست، کوه، یک تکه ابر سیاه روی آسمان و ماه که از پشت آن صورتک درآورده پیدا است. صدای جنجال خفه پرندگان و چرندگان می‌آید. جانوران بزرگ بی‌تناسب خودشان را از لای درخت‌ها نشان می‌دهند. بابا آدم به شکل میمون‌های بزرگ، پشمالو، سیاه، شکم گنده، چشم‌های بی‌حالت، موهای ژولیده دارد، زیر درخت توت بزرگی پهلوی ننه حوا ایستاده. ننه حوا موهای سرش بلند است و به زمین می‌کشد. قد کوتاه، کله گنده، لپ‌های سرخ، دهن گشاد، با پستان‌ها و کپل برجسته مات ایستاده است.

ننه حوا (رو می‌کند به بابا آدم). ـ خاک به سرم! میمونه رو دیدی نوای مرا درآورد؟ (روی زمین می‌نشیند اوهو اوهو گریه می‌کند.)

بابا آدم شاخه درخت توت را تکان می‌دهد. چند دانه توت به زمین می‌افتد. ننه حوا چشم‌های خود را می‌مالاند، توت‌ها را جمع می‌کند و دولپی می‌خورد. بابا آدم نگاه خریداری به ننه حوا می‌کند. لبخند می‌زند.

ننه حوا. ـ چه خوشمزه است! توی بهشت از این میوه نبود.

بابا آدم. ـ دیدی در بهشت چه آسوده بودیم؟ بر پدر مسیو شیطان لعنت که ما را گول زد!

(ننه حوا دهنش پر از توت خاک آلود است، سر خود را می‌جنباند.)

بابا آدم. ــ در بهشــت به درخت گلابی اشاره می‌کردیم. میوه‌اش کنده می‌شــد، می‌آمد توی دهن‌مان. این جا باید دنبال هر چیزی بدویم. جانوران دیگر هم با ما همسری می‌کنند. بر شیطان لعنت!

(در این بین شترمرغ کلانی سلانه سلانه پیدا می‌شود.)

ننه حوا (بلند می‌شود). ــ مرده‌شورا! این دیگه چیه؟ چه هیکلی داره!

بابا آدم. ــ این شترمرغ است.

ننه حوا. ــ شترمرغ.... شترمرغ... من می‌ترسم!

بابا آدم دســت می‌کند یک قلبه ســنگ برمی‌دارد و به طرف شــترمرغ پرتاب می‌کند. او هم سنگ را می‌بلعد.

ننه حوا. ــ تو دیدی. ســـنگ را خورد! خالق اف چه بلاهایی به جان ما می‌فرستد! حالا ما را نخورد. زود باش برویم بالای درخت.

(بابا آدم ننه حوا را بغل می‌زند از درخت توت بالا می‌روند.)

ننه حوا. ــ من می‌ترسم. دیشب هیچ خوابم نبرد.

بابا آدم. ــ نگفتم توی بهشت بهتر بود؟ الان جبرائیل را صدا می‌زنم و از خالق اف عذرخواهی می‌کنم تا ما را برگردانده به بهشــت یا این که از جبرائیل پاشــا خواهش می‌کنم در بهشــت را به ما نشــان بدهد، اگر هم خالق اف اجازه نداد من با قاپوچی آن‌جا رفیقم دزدکی وارد می‌شویم.

بابا آدم (دست‌ها را بغل دهانش می‌گذارد و فریاد می‌زند). ـ جبرائیل هو... جبرائیل هو...

(همه جانوران ساکت می‌شوند.)

جبرائیل پا شا با بال‌های باز می‌آید جلو آدم، سلام می‌کند. آدم و حوا از درخت پایین می‌آیند.

بابا آدم. ـ آقا جبرائیل خیلی ببخشید، اگر به شما زحمت دادیم، دستم به دامنت. برای ما کاری بکن. از قول من از خالق اف خیلی احوال‌پرسی بکن و معذرت بخواه. به شرط این که ما را برگردانند به به‌شت. والله تق صیر من نبود. م سیو شیطان مرا گول زد گفت: گندم بخور خو شمزه ا ست، من هم خوردم. دیگر نمی‌دانستم که خالق اف از مسیو شیطان قهر کرده. ما نمی‌توانیم این جا زندگی بکنیم. حوا خانم دیشب خوابش نبرده. این که وضع نمی‌شود! آخر مگر خالق اف بیکار بود ما را درست کرد؟مگر ما به او دستور داده بودیم یا از او خواهش کرده بودیم که ما را بیافریند؟ حالا که کرده چرا ما را فرستاده روی زمین؟

جبرائیل پاشا. ـ آسوده باشید، خود خالق اف هم از کرده‌اش پشیمان شده. دیشب پهلوی من های های گریه کرد، امروز هم اوقاتش تلخ است. مثل برج زهر مار غضب کرده، کسی جرأت نمی‌کند جلوش برود. صبحی دو کرور فحش به من داد. همه‌اش تق صیر شما ا ست. اگر گندم نخورده بودید این‌طور نمی‌شد.

ننه حوا. ــ آقا جبرائیل دیشـــب ما با بابا آدم رفتیم توی شـــکاف آن غار
(اشاره می‌کند) این جانوران زوزه می‌کشیدند. من می‌ترسیدم. امروز به
بابا آدم گفتم مثل این میمون‌ها بالای درخت نارگیل برای خودمان لانه
درســـت بکنیم. به خالق اف بگو یک قصـــر فیروزه برای‌مان بســـازد. از
آن‌هایی که تو بهشت است...

بابا آدم (به جبرائیل پاشـــا). ــ بالای غیرتت، نوکرتیم، یک کاری بکن. من
به درک، حوا خانم را چه کار بکنم؟

جبرائیل پاشا. ــ از دستش کاری ساخته نیست.

بابا آدم. ــ پس به خالق اف بگو ما را برگرداند به حال اول مان. ما که از
او خواهش نکرده بودیم تا ما را بیافریند و قدرت‌نمایی بکند. حالا که
کرده، چشمش کور بشود باید جورمان را بکشد.

جبرائیل پاشا. ــ می‌دانید؟ خالق اف حرفش یک کلمه است. وانگهی اگر به
حرف شـــما گوش بدهد فردا همه جک و جانورهای روی زمین به صـــدا
درمی آیند.

ننه حوا (زبانش را گاز می‌گیرد، چپ چپ به آدم نگاه می‌کند). ــ باز هم
کفر گفتی؟ آقا جبرائیل دخیلتانم. مبادا به خالق اف بگویید. آدم غلط کرد.

جبرائیل پا شا. ــ به! خالق اف گو شش از این حرف‌ها پر شده. آن روزی
که شروع به آفرینش کرد پیه فحش را به تنش مالید.

ننه حوا. — آقا جبرائیل، شـــما خیلی خوب آدمی هســـتید. نه! خیلی خوب فرشته‌ای هستید برای تان یک چیزی نقل بکنم. الان من و بابا آدم ایستاده بودیم یک شترمرغ آمد رد شد. یک قلبه سنگ به چه گندگی را خورد!

جبرائیل پاشا. — باز هم بنده ناشکر خالق اف باشید!

بابا آدم. — راستی حالا که خودمانیم بگو خالق اف برای چه این جانوران را به قول خودش آفرید؟

جبرائیل پاشا (انگشتش را به لب می‌گذارد). — به کسی نگو، میان خودمان با شد. خودش هم نمی‌داند. پشیمان هم شده. می‌دانی این‌ها را آفریده تا بنشیند فرنی بخورد، تماشا بکند و بخندد.

ننه حوا. — به حرف آدم گوش نکنید، مخصوصا خیلی هم خوب است. به، ما نمی‌خواهیم برگردیم تو بهشت. آنجا آسوده نبودیم. همیشه اسرافیل بیک با آن دک و پوز بدترکیب‌اش موی دماغ ما می‌شد. تا با هم حرف می‌زدیم، شوخی باردی می‌کردیم، بوق می‌کشید نمی‌گذاشت ما با هم خوش باشیم. همچنین نیست آدم؟

جبرائیل پاشـــا. — پیدا اســـت که کم کم دارید عادت می‌کنید. شـــماها در بهشـــت هم راضـــی نبودید. اینجا هم راضـــی نیســـتید. هیچ‌وقت راضـــی نخواهید بود.

بابا آدم. — همه دلخوشی من همین حوا است.

ننه حوا. — عوضش من هم تو را دوست دارم.

(جبرائیل پاشا به سر تا پای ننه حوا نگاه می‌کند. حوا مثل این که خجالت می‌کشد می‌رود یک برگ از درخت توت می‌چیند جلوی خودش می‌گیرد.)

جبرائیل پاشا. ــ برای این که به زندگی دلخوشی پیدا بکنید خالق اف می‌خواهد به شما بچه بدهد.

ننه حوا. ــ بچه! بچه... بچه چییه؟

جبرائیل پاشا. ــ یک موجودی است مانند خودتان. یک حوا کوچولو یا یک آدم کوچولو. بعد بزرگ می‌شود و هر دوی شما برای او زحمت می‌کشید و او را دوست دارید و برای او به زندگی دلبستگی پیدا می‌کنید.

بابا آدم. ــ باز هم یک کلک دیگر! خالق اف همین ما را آفرید بس نبود، می‌خواهد یک دسته دیگر را هم بدبخت بکند؟ مگر ما چه گناهی کرده‌ایم؟

ننه حوا. ــ خالق اف بهتر از تو می‌داند. آقا جبرائیل شما راست می‌گویید. از قول من به خالق اف خیلی سلام برسانید. خالق اف راست می‌گوید. هنوز خیلی وقت نیست که ما را از بهشت بیرون کرده‌اند (اشاره به آدم) تو مرا می‌گذاری می‌روی این طرف و آن طرف، من تنها می‌مانم. آخر من یک کسی را می‌خواهم که پهلویم با شد و او را دو ست دا شته باشم. شترمرغ که نمی‌تواند با من حرف بزند. من که او را دوست ندارم.

بابا آدم. ــ خوب شد تو امروز اسم شتر مرغ را یاد گرفتی.

در این بین از بالای آسمان ندا می‌آید: «جبرائیل هو!. جبرائیل هو!. هو...»

جبرائیل پاشا. ــ باز دیگر خالق اف حوصله‌اش سر رفته. یا فرنی می‌خواهد و یا می‌خواهد با من هسته هلو بازی بکند و جر بزند. چه آخر و عاقبتی پیدا کردیم! عجالتاً خدانگهدارتان باشــد. هر وقت با من کار داشــتید صدایم بکنید. (بعد تنوره می‌کشد و می‌رود).

بابا آدم (به ننه حوا). ــ چقدر پر چانگی کردی! هرچه من خواستم کارها را درست بکنم نگذاشتی. چه همدمی خالق اف برایم آفریده! مثلاً تو را از دنده چپم درست کرد تا من تنها نباشم.

ننه حوا. ــ وا... چه دروغ ها! تو گفتی من هم باور کردم! حالا که مرا دوســت نداری این دفعه به جبرائیل پاشــا چغلی می‌کنم. اگر خالق اف به من بچه داده بود دیگر منت تو را نمی‌کشــیدم. حالا به من ســرکوفت دنده چپ را می‌زنی؟ کاشــکی خالق اف دنده ات را انداخته بود جلوی شترمرغ. تف به این زندگی. تف... تف... (روی زمین تف می‌اندازد سرش را مابین دو دست گرفته گریه می‌کند.)

بابا آدم (دست روی سر او می‌کشد). ــ هان، تو هم به یک چیزهایی پی برده‌ای!

ننه حوا. ــ من به خیالم تو مرا دوست داری. حالا می‌بینم که گول خورده بودم. همه‌اش به من تو دهنی می‌زنی. به بهانه این که سوراخ و سنبه

بهشـــت را پیدا بکنی از من می‌گریزی. من تنها هســتم، از این جانورها می‌ترسم. (با پشت دست اشک‌های چشمش را پاک می‌کند.)

بابا آدم. ـ من شوخی کردم. جونم تو چه خوشگلی! تو را دوست دارم.

ننه حوا. ـ من هم تو را دوسـت دارم. مگر یک مرتبه جلو جبرائیل پاشـا بهت نگفتم؟ اگر تو نبودی من از غصه می‌ترکیدم.

(خورشید غروب می‌کند. ماه با صورتک ترسناک خود روشن می‌شود و از یک طرف آسـمان بالا می‌آید. فیلی از پشـت شــاخه‌ها ســرش را درآورده خرناس می‌کشـد. آدم و حوا از درخت توت بالا می‌روند و ننه حوا خودش را می‌اندازد در بغل بابا آدم.)

بابا آدم. ـ اگر چه زندگی اینجا پر از دوندگی و زد و خورد اسـت. اما از زندگی یکنواخت و بی‌مزه بهشت بهتر اسـت. من در بهشت داشتم خفه می‌شدم. زندگی تنبلی بخور و بخواب زودتر خسته می‌کند. نمی‌دانم این فرشته‌ها چطور در بهشت مانده‌اند.

ننه حوا. ـ مخصوصاً خیلی خوب شد که ما را از بهشت بیرون کردند. اقلاً این جا کشیک چی نداریم و آسوده با هم خوش هستیم.

بابا آدم. ـ لب‌هایت را بیار نزدیک. مقصود آفرینش همین است.

(بابا آدم ســر خود را جلو می‌برد ماچ محکمی از ننه حوا می‌کند. ننه حوا هم دست انداخته شـاخه درخت را جلو خود می‌کشـد و پشت برگ‌ها پنهان می‌شوند.)

پرده می‌افتد

از پشت پرده صدای نعره و زوزه جانوران کم کم خاموش می‌شود.

پاریس ۱۸ فروردین ۱۳۰۹

توپ مرواری

اگر باورتان نمی‌شود بروید از آن‌هائی که دو سه ذِشتَک از من و شما بیشــتر جر داده‌اند بپرســید. گیرم که دوره بروبروی توپ مرواری را ندیده باشند. حتماً از پیر وُ پاتال‌های خودشان شنیده‌اند. این دیگر چیزی نیســت که من بخواهم از تو لنگم در بیاورم: عالم و آدم می‌دانند که در زمان شــاه شــهید توپ مرواری، توی میدان «ارگ» شــق و رق روی قنداقه‌اش ســوار بود، بروبر نگاه می‌کرد، بالای ســرش دهل و نقاره می‌زدند. هر سال شب چهار شنبه سوری دورش غلغله شام می شد: تا چشــم کار می‌کرد مخدرات یائســه، بیوه‌های نروک وَر چروکیده، دخترهای تازه شاش کف کرده، ترشیده‌های حشری یا نابالغ‌های دَم‌بخت از دور و نزدیک هجوم می‌آوردند و دور این توپ طواف می‌کردند. به‌طوری که جا نبود سوزن بیندازی. آن وقت آن‌هائی که بخت‌شان یاری می‌کرد، ســوار لوله توپ می‌شــدند، از زیرش در می‌رفتند یا این که دخیل به قنداقه و چرخش می‌بســتند، یا اقلاً یک جای تن‌شــان را به آن می‌مالیدند، نخورد نداشــت که تا سال دیگر به مُرادشان می‌رسیدند. زن‌های ناامید امیدوار می‌شــدند، ترشــیده‌ها ترگل و ورگل می‌شــدند، خانه بابا مانده‌ها به خانه شــوهر می‌رفتند. زن‌های نروک هم دو سه تا بچه دوقلو از ســروکول‌شــان بالا می‌رفت و بچه‌هایشان هِی بهانه می‌گرفتند که: "نَنه‌جون من نون می‌خوام". قراول نگه‌بان توپ هم تا سال دیگر نانش تو روغن بود: دو تا چشم داشت، دو تای دیگر هم قرض می‌کرد و توپ را می‌پائید که مبادا خاله شــلخته‌ها بلندش بکنند و تا دنیا دنیاســت آن را وسیله بخت‌گشائی خودشان قرار بدهند. این حکایت بیست ســی ســال و یا صدو پنجاه سال پیش است. یادش به‌خیر دوره

ارزانی و فراوانی بود: پنج شـــاهی کـــه می‌دادی هفت تا تخم مرغ می‌گرفتی، روغن سـیری ســه شـاهی بود، با صـد دینار یک نان سنگک برشته خشخاشی می‌دادند به درازی آدم، توی "سر تخت بربری‌ها" یک خانه بیرونی و اندرونی ماهی پانزده زارو سه شاهی و سه تا پول کرایه می‌رفت. معقول هنوز زن‌ها دل و دماغ داشتند و سالی یک جوال گوینده "لا اله الا الله" به جامعه تحویل می‌دادند. هنوز زه وار هر چیزی تا این اندازه در نرفته بود و تخم لق منشــور آتلانتیک و اعلامیه حقوق بشر و سایر حرف‌های قلنبه سلمبه را توی لپ ملت نشکسته بودند — هر چیزی معنی و اندازه‌ای داشت. اینجا هم البته نه به‌طور استثناء بلکه مثل بیشتر جاهای دنیا، یک پادشـــاه قدر قدرت مســتبد و دوآتشـــه داشـــت که از ســبیلش خون می‌چکید، به‌طوری که هفت نفر هیزم‌شـــکن مازندرانی نمی‌توانست گردن ستبرش را بزنند و کسی جرأت نمی‌کرد فضولی بکند و بگوید "ابولی خرت به چند؟" و اسـمش را «شـاه بابا» گذاشـته بودند، چون که با رعیت‌هایش ندار بود — یک اندرون ولنگ و واز داشـت که از دختر آسیابان گرفته تا دختر پطرس شاه فرنگی را توی آن چپانیده بود و این کارخانه شازده سازیش بود. حالا خیلی حرف‌ها پشت سر این شاه شهید می‌زنند و هزار جور جور اسناد و بهتان بهش می‌بندند. اما امروز اینجا، فردا بازار قیامت، ما باید توی دو و جب زمین بخوابیم. ســـر پیری نمی‌توانیم گناه کسی را بشوریم و مشغول ذمه مرده آن هم مرده شاه بابا بشویم — از شما چه پنهان در آن عهد و زمانه، با وجودی که بانک‌های جفت و تاق وجود نداشـــت، خزانه دولت پر و پیمان بود و زهره‌ی شـیر می‌خواست داشته باشد کسی که بتواند به جواهرات سلطنتی چپ نگاه

بکند. بدون عایدی سرشار نفت که در تاریخ ایران سابقه نداشت و معلوم نیست کدام دولت فخیمه سگ خور می‌کند دولت افلاس نامه صادر نکرده بود. اگر چه مشتری آهن پاره و اسلحه قراضه نبود اما اسم خودش را ملت پَست عقب افتاده نگذاشته بود و از خارجی وام اجاره نمی‌خواست. بدون سرتیپ‌ها و امیرلشکرهای شکم‌گنده مرز پناه گریزپا کسی جرأت نمی‌کرد به سرحدّاتش دست‌اندازی بکند، بدون متخصّصین تبلیغ وطن‌پرستی که در اثر مرض فشار پول در خارجه معلق بزنند، مردم به مرز و بوم خود شان بیشتر علاقه دا شتند. بدون سوز و بریز رادیوهای خاج‌پرست که: "آهای مردم، دین از دست رفت" گویا که آخوند با سواد و ملای با عقیده بیشتر پیدا می‌شدند. بی‌آنکه شب شش بگیرند و اسم میهمانشان را عوض بکنند، انگار که شهرت و آبروی این آب و خاک در نظر خارجی‌ها خیلی بیشتر از حالا بود. برای تعلیمات عمومی پستان به تنور نمی‌چسباندند، اما هم مردم با سواد بیشتر از حالا پیدا می‌شد و هم خیلی بیشتر کتاب دسابی چاپ می‌کردند. ظاهراً چوب تکفیر برای تریاک بلند نمی‌کردند، اما وافوری خیلی کمتر از حالا بود. باری هنوز جزیره‌ی بحرین را به ار باب وا گذار نکرده بود ند. هنوز بخشش کوه آرارات فتح‌الفتوح به شمار نمی‌رفت، هنوز شاه‌بابا حق کشتیرانی در دجله و فرات را از دست نداده بود و یک تکه خاکش را هم به افغان‌ها حاتم‌بخ شی نکرده بود و برای تمدید قرارداد نفت جنوب هم مردم را دور کوچه نرقصانیده بود، اما اسم خودش را هم کبیر و نابغه‌ی عظیم‌الشأن نگذا شته بود. خلاصه آنکه دساب و کتابی در کار بود، هنوز همه چیز مبتذل نشده بود، مردم به خاک سیاه ننشسته بودند و از صبح

تا شــام هم مجبور نبودند که افتخار غرغره بکنند و به رجاله‌بازی‌های رجال محترم‌شان هِی تفاخر وتخرخر بنمایند و از شما چه پنهان، مثل این بود که آبادی و آزادی و انســانیت هم یک خرده بیشــتر از حالا پیدا می‌شــد. برگردیم ســر موضــوع توپ مرواری خودمان: - گفتیم قراول نگهبان کشیک می‌داد که خاله شلخته‌ها توپ را بلند نکنند. حالا شما گمان می‌کنید توپ مرواری یک چیز فِ سقلی بود که می شد آن را زیر چادر و چاقچورِشان قایم کنند و جیم شوند؟ العیاذ باالله این یک اشتباه لپی است و ما نمی‌دانیم چه طور چنین خطائی از لای فاق قلم خودنویس ما بیرون جست. برای اینکه درازی لوله این توپ هفت قدم و شعاع دهنه‌اش هفت اینچ و وزن گلو له‌اش دســت کم ۷۷ کیلو گرم و وزن لوله آن هفت خروار بوده اســـت. بعلاوه هفت کارمند ویژه یکی برای باروت ریزی، دومی برای ســـنبه زدن، ســـومی برای که نه تِپاندن، چهارمی برای گلوله‌انداختن، پنجمی برای فتیله گذاشــتن، شــشــمی برای قنداقه نگه داشتن و هفتمی برای فرمان آتش دادن داشته داشته. و همین که در می‌رفته. هفت متر عقب می‌زده و هفت کارمند محترم خود را هر دفعه بی‌ریا زیر می‌گرفته است. در این صورت یک چیز باین نکره‌ای را رستم دستان که ســهل است، عوج بن عنق هم ســگ کی بود که بتواند از ســر جایش تکان دهد. — اما لوله‌ی این توپ نه تنها از هفت جوش و از هفت فلز گرانبها: آهن و ســـرب و برنج و ارزیز و روی و مس و انتیمون ترکیب یافته بود، بلکه عنصــر مهمی به نام کانتاریدین cantharidine در آن وجود داشـــت. (ناگفته نماند که ما به‌طور کلی به علت بخل و ضنت و خبث جبلت و شــر طبیعت، از افشـــای میزان دقیق مواد ترکیب کننده

خودداری می‌کنیم و هم‌چنین نمی‌گوئیم وزن ویژه و حساسیت این مفرغ که در اثر مالش و سایش در هر سال هفت در صد از آن می‌کاهد و به تشعشع نامرئی آن هفت در هزار می‌افزاید و قدرت استحکام و مقاومت این فلز چقدر است و نیز از افشاءِ این مطلب دریغ می‌ورزیم و اگر لوله این توپ را از فاصله‌ی هفت متر روی ساختمان سه اشکوبه خانه‌ی خشتی به ر سم یادگار ول بکنند ممکن ا ست طبقه اول و دوم ابداً آ سیب نبیند، اما زیرزمین و آب انبار در صورتی که مجزا با شد به کلی خراب شود و ایلکه اگر آن را تبدیل به مفتول بسـیار نازک ذره بینی به قطر هفت هزارم میلی‌متر بکنند، به احتمال قریب به یقین می‌شـود گفت که هفت دور به کمر کره‌ی زمین پیچیده می‌شود. و یا این که اگر فلزش را ذوب بنمایند می شود با آن ۷۷/۷۷۷ سوت سوتک آمریکائی ساخت. — البته این حقیر نابغه‌ی عظیم‌الشـأن گمنامی هسـتم که بعدها دنیا قدرم را خواهد شـناخت و مجسـمه‌ام را خواهند ریخت و برای فقدانم آب پیاز توی چشـمشـان خواهند چکانید "ننه من غریبم" راه می‌اندازند و روی قبرم گل لاله عباسـی نثار خواهند کرد. اما برای اینکه مبادا دانشـمندان اروپا مانند اینشـتین و لانژون و مادام کوری و ادیسـون از کشـفیات این فقیر بی‌بضاعت سوءِ استفاده نمایند و آن را به نام نامی خود شان قالب بزنند. تا ز مانی که پاتئه patent اختراعات و اکتشـافات خودم را به صحه‌ی ملوکانه و مقامات صلاحیت‌دار نر سانده‌ام آمار صحیح و ارقام دقیقی که فراهم کرده‌ام علی‌العجاله مغشـوش می‌کنم، تا لااقل پس از مرگم این افتخار تاریخی دربست برای میهن عزیزم باقی بماند.)

حرف ســر کانتاریدین بود که بزعم برخی از علمای عالی مقدار مانند: عدی‌صون و مادام قوری و لانجون و عین‌شطین، خاصیت شهوت‌انگیز این توپ از دولت ســر همین ماده بوده اســت. و لیکن چنانچه بعد اشاره خواهد شــد. معلوم نیســت زرادخانه‌چی‌های بومی کستاریکا چگونه این ماده را به دست آورده بودند. باز هم ناگفته نماناد که بعضی از علمای بسیقو آنالو طیقیا از جمله: زیقموند فروید و مغنوص حیرشفلدر خاولوق علیص معتقدند که پرستش و نیایش phalus (آلت تناسلــی) اولین مرحله ذ شو و نمای فکر مذهب نزد طوایف بشر به شمار می‌رود، زیرا در آن زمان بشر ســاده لوح بجز آلت ـ تولیدمثل خدای دیگری را به رسمیت نمی شناخته و چون در جامعه‌ی آن روز زَن‌فرمان‌روائی داشته و کیابیا و همه‌کاره بوده و برای انتخاب خدا فقط او حق رأی داشتــه. لذا آلت تناسلی نرینه را برای پرستش مظهر الوهیت قرار داده و برگزیده بود. ولیکن مردها از پرستش آلت تناسلــی مادینه سَر باز زدندو به همین جهت معروف به بُت‌پَرَســت و بی‌دین و مُرتد و زندیق شــدند. بعدها برای تبرئه خودشــان در جامعه و هم دردی با جفت محترم‌شان بالاخره متوسل به پرستش آلت دو گانه بزرگی شدند، تا نه سیخ بسوزد و نه کباب و به مذهب Lingu-sung گرویدند. ازین رو احتمال قوی می‌رود که توپ مرواری نه به منظور جنگی، بلکه از نظر شــباهتی که لوله‌ی توپ با آلت تناسلــی دارد برای اجرای مراســم مذهبی فالوس ساخته شده باشــد. چنانچه بازماندگان پیروان این طریقت را در معابد لینگم Lingam هندوســتان می‌توان یافت. پس به‌طوری که ملاحظه می‌فرمائید تحقیقات علمی و فلسفی به ما ثابت می‌نماید که علت تمایل

به پرستش این توپ یکی خاصیت شهوت انگیز کانتاریدین بوده که یک جور شقاقل و با ماهی سقنقور اسپانیولی می‌باشد که در آلیاژ توپ وارد کرده بودند و دیگر خاصیت اشتهاآور مناظر و مرایائی و هیکل آن. از این قرار عقیده و ایمان به این توپ مبتنی بر یک جور مذهب طبیعی و عمومی و نا شی از تمایلات ذاتی بشری بود نه الکی و آش کشکی مانند سایر عقاید و ادیان و اوهام.

اگر چه لزومی ندارد اما باز هم برمی‌گردیم به اندرون شاه با بای خودمان: چنانکه قبلا اشاره شد این همه هوو و زن عقدی و صیغه‌اندرون که سایه‌ی همدیگر را با تیر می‌زدند، برای اینکه پیازشان کونه بکند و عزیز دردانه و سوگلی شاهبابا بشوند — با وجودی که و سائل مشروع و نامشروع گوناگون از قبیل: جام چهل‌کلید و جادوگر و فالگیر و دعانویس و جن‌گیر و دربان و هیزم‌شکن و لحاف‌دوز و "علی چینی بَندزَن" و آبِ حوض‌کش و برف پاروکُن و غیره در اختیارشان بود از همه‌ی این‌ها که سر می‌خوردند، آن وقت می‌رفتند و دست به دامان توپ مرواری می‌شدند. لذا اگر توپ مرواری نبود، خیلی از این موجودات آب‌زیرِکاه که امروز می‌بینیم شق و رق عرضِ اندام می‌کنند و یا تو ادارات محترم فتق امور را رتق می‌نمایند وجود نداشتند. پس ببینید بیخود نبودکه گفتیم: "شاه بابا با ملت خودش ندار بود".یعنی اگر توپ مرواری را در اندرونش احتکار می‌کرد. آن وقت چوب تو سر سگ می‌زدی "حضرت والا" از آب در می‌آمد. اما شاهبابا اگر چه اسمش مستبد در رفته بود، با وجود این، احساسات آزادی‌خواهی و دموکراتیش می‌چربید. به همین علت بود که توپ مرواری را بی‌ریا در اختیار ملّتش گذاشت و بعد از آن هم که قاتل عام شد. تا سی چهل سال پیش هیچ کدام از تخم وُ ترکه‌اش که تکیه بر اریکه‌ی سلطنت زدند کاری به کار این توپ نداشتند و آن بزرگوار هم مشغول بخت‌گشائی و آبستن کردن خاله شلخته‌ها بود. یک مرتبه دری به تخته خورد: یک شب مردم از همه‌جا بی‌خبر خوابیدند و هفت پادشاه را در خواب دیدند صبح که به پا شدند، خدا یک یک پادشاه قدر قدرت برما مگوزید تمام عیار که با نیزه‌ی

ده ذرعی نمی‌شد سنده زیر دماغش گرفت به‌شان عطا کرد که کسی نمی‌توانست فـضولی بکند و بهش بگوید:"بالای چ شمت ابرو ست" فوراً جمعی تازه به‌دوران رسیده و نو کیسه ورند و اوباش دورش را گرفتند و به او خَرفَهم کردند که: سـلطان سـایه خداسـت و این مرتیکه بر ما مگوزید هم مثل پلنگ که چشـم ندارد ماه را روی آسـمان بالای سـر خودش ببیند به زبان الهام بیانش گذرانید که: عر صهی ربع مـسکون آن قدر وسیع نیست، که در وی دو پادشاه بگنجد. بیت:

جهان را پسند است یک شهریار،   زنی را دو شوهر نیاید به کار

حالا ما کار نداریم که این عقیده‌ی تمام زن‌ها نیسـت و گوینده‌اش حتماً مرد حُقّه‌بازی بوده اسـت ولیکن همین که اعلیحضـرت قدر قدرت ما افکار درونش را به ارباب اظهار کرد. مشارالیه نه گذاشت و نه ورداشت واسـه رنگ رفت تو دلش و گفت: "مرتیکه‌ی احمق فضـولی موقوف! تو قاچ زین را نگهدار اسـب دوانی پیشـکشـت" اعلیحضـرت هم فوراً تو لب رفت — فرمود که مثلی است معروف که: برعکس نهند نام زنگی کافور، اما دید مسـجد جای ریدن نیسـت. باری یک تعظیم بلند بالا جلو اربابش کرد و بهش سـر سـپرد و قول داد از این به بعد بدون اجازه‌ی او آب از گلویش پائین نرود.

به هر حال این پادشـاه ظاهراً می‌خواسـت ادای فرنگی مآب‌ها را در بیاورد، اگر چه رویش نمی‌افتاد... او هم مثل همه‌ی شـاه‌های دنیا برای خودش مشـروطه‌طلب و آزادی‌خواه و تن‌پرور و عیاش و برای ملّتش مسـتبد بود. کارش این بود که چشـم زهره بگیرد، مردم را بچاپد و به

قنازه بکشـــد و برای خودش هی ســاختمان بکند. اماچون لغت "شـــاه" وَرافتاده بود، خجالت کشید که اسم مستبد روی خودش بگذارد، ماده را غلیظتر کرد و گفت "من دیکتاتور مسـتفرنگ و میهن‌پرسـت و مصلح اجتماعی و یگانه منجی غمخوار ما قبل تاریخی هم‌میهنان عزیزم هسـتم، هرکس هم شک بیاورد پدرش را می‌سوزانم". و برای اولین نمایشی که اربابش توی برنامه پیش‌بینی کرده بود، لباس غضـب پوشـیده و حکمی صادر کرد که لانه‌ی شغال توپ مرواری را از توی میدان "ارگ" بکنند و ســر در نقاره‌خانه را با خاک یکســان بکنند. از شـما چه پنهان، چه فرمان یزدان چه فرمان شــاه شـــد شـــد. فوراً یخه‌ی توپ مرواری را گرفتند و با اردنگی بردند به "میدان مشـــق" و به اصـطبل ســوار تبعیدش کردند. نتیجه‌اش این شد که همه‌ی زن‌های یائسه و چروکیده بیوه‌های بی‌زال وُ زاتول و دخترهای تازه شاش کف کرده دم بخت، با او مثل کارد و پنیر شـــدند و چون هنوز یک مفتش تریاکی شـهربانی شـب و روز پای صندوق‌های پست کشیک می‌داد، عقل‌شان را سر هم کردند و یک نامه بلند بالای بی‌ام ضاءِ به خاک پای همایونی نوشتند که: «مرد د سابی مگر عقـلمت پاره ســـنگ می‌برد و یا خدای نکرده آن قدر بی‌ســوادی که نمی‌دانی اینجا تهران اسـت و گرز رسـتم گرو نان؟ رسـتم به آن‌چنانی برای یک چارک نان سنگک گرزش را توی چهار سو بزرگ گرو گذاشت آیا هیچ می‌دانی چرا به طهرون قجر افشـار ها طهران می‌گویند؟ در احادیث آمده که چون شـــراب این ناحیه به دهن ابن سـعد گوربگوری خیلی مزه کرد، اینجا را طهوران نامید که از " شـــرابا" طهورا می‌آید و

در اثر کثرت ا ستعمال طهران شد. به روایتی د ضرت صدیقه طاهره به علت افراط در طهارت از این شهر بوده است.

یکی از نوابغ اخیر که جنون پیغمبر بچیگری به سرش زده بود و پیوسته مردم را پیام پیچ نمود به ترک بد آموزی‌ها دلالت می‌کرد تا به این وسیله همه با او هم پیمان بشوند و به زیر پرچم آئینش گرد آیند معتقد بود که به معنی تهران گرمستان است. فرنگی مآب‌ها معتقدند که با "ته orient" است؛ زیرا جهانگردان اروپائی این شهر را انتهای مشرق زمین و یا "ته ایران" پنداشته‌اند. به علت اینکه اران و ایران از لغت ائیر، مجوسی می‌آید و بعد، به شکل Eire یعنی ایرلند کنونی ضبط شده است. زیرا ایرلندی‌ها از ایران به میهن خودشان مهاجرت کرده‌اند و خواسته‌اند این اسم بی مسمی رویشان بماند، همچنان که ژرمن‌های کرمانی‌الاصل از کرمان به بلاد جرمانیه سفر کرده‌اند.

ولیکن علمای پیشین در این روایت اختلاف کرده‌اند و در حدیث معتبر از کعب‌الاخبار آمده ا ست که طهران در ا صل "ته عوران" یعنی شهر کون لختان بوده است، زیرا اهالی آن دائم‌الطهاره بوده‌اند و از ا ستعمال تنبان سخت پرهیز داشته‌اند. به روایت دیگر در اصل "ته ران" بوده است. مشتق از ته به معنی زیر و ران به معنی راننده. یعنی به تحقیق کسانی که به ته می‌رانند. یعنی کون خیزه می‌کنند و بعد هم این اسم که ابتدا بر اهالی اطلاق می‌شده است روی این ناحیه ماند. توضیح آنکه: در موقع هجوم اعراب اهالی شهرری از ترسشان البته به عنوان اعتراض، کون‌خیزه‌کنان به دامنه‌ی کوه البرز که محل طهران کنونی باشد پناهنده

شدند و دیگر به شهرری برنگشتند. مغول‌ها که تشریف‌فرما شدند. از این ماجرا سخت دلچرکین گردیدندو هرچه با دستمال ابریشمی خایه‌ی اهالی را دستمالی کردند که به شهرشان برگردند سودی نبخشید. آن‌ها هم به رگ غیرتشان برخورد و فرمان: کن فیکون شهر ری را صادر کردند: حالا این شهر تازه به دوران رسیده که پنج شش تا چیز تماشائی داشت، تو بساط از همه مهمترش را که توپ مرواری بود و ما زن‌های لچک بسردلمان را به آن خوش کرده بودیم ورچیدی؟ انشاءالله ذریاتت از بیخ وَربیفتد مگر غافلی که خدا جای حق نشسته؟ آخر پایش را می‌خوری. خاک تو سرت مگر تو از کدام سر طویله دَر رفتی که نمی‌دانی تا حالا همه‌ی خاجپرست‌هائی که به قصد سیر و گشت به طهران آمده‌اند، از جیمز موریه گرفته تا لرد کورزن و دکتر تولزان و دکتر فوریه همگی هم دا ستانند که تنها خمسه‌ی معلقه‌ی دیدنی پایتخت توپ مرواری و دروازه‌ی دولت و سر در الماسیه و قصر قجر است که زیرش گنج چال کرده‌اند. حالا ما به درک آبروی پایتخت صد کرور ساله‌ات را نریز خجالت بکش. خوب، هرچه باشد این‌ها هم مثل شاهنشاه عظیم‌الشأنشان کور باطن و بیسواد بودند و منشئات قائم مقام را نخوانده بودند و آداب و ر سوم سر شان نمی شد. در اثر این گستاخی احساسات رقیقه ذات اقدس شهریاری جریحه‌دار شد. بعد هم هرچه شمرد، دید چیزهای دیدنی تهران عوض خمسه‌ی معلقه ربعه‌ی معلقه است، اگر چه "کته پُلوبُخورنی" بود، اما چون لغت کافی در زبان مازندرانی یافت، نمی‌شد، این بود که به زبان "کله‌ماهی‌خور" گیلکی فکر کرد. "هساوه از نکان چِل‌پدر، عراقی سیرابی‌خور، خشتک پَلَشت،

سینه‌بریده حقه اشنه دس فدن، تا امی ذات مقدس ملوکانه امره اینجور شـوخی با زین راه دنه گانید. اشـنه خیال کی، پیش از ذات موقدسـه اما، آدمانی ایسـابید، عمارت ممارتانیم چا کوده بید"[1]. دیگ غضـبش پلق و پلق به جوش آمد و برای قدرت‌نمائی مقرر فرمود این بناها را بکوبند و با خاک یکسان بکنند و ضمناً گنجی که زیر قصر قجر و سَردَرِ الماسیه چال بود، تحویل ذات اقدس ملوکانه بدهند. باضـافه هر چی کاشـی به نام‌وُنشان شاهان پیش و هرجا اسم دکتر تولزان و فوریه و لرد کورزن و جیمز موریه بود، داد کندند و لیسیدند، تا همه بدانند و آگاه با شند که روز از نو و روزی از نو ا ست و بعد از د ضرت آدم و قبل از جدا شدن زمین از خورشید وارث تخت و تاج کیان این قائد عظیم‌الشأنشان بوده و خواهد بود و تا ابدالاباد هم ریغ رحمت را به سـر مبارکشـان نخواهد کشـــید. امـا چون هیچ وسـیلـه‌ای برای از بین بردن توپ مرواری نداشـت،برای اینکه دل خاله شـلخته‌ها را بسـوزاند آن را برد و در حیاط باشـگاه امیر لشـکرهای زاپاس، داد برایش قنداقه سـمنتی ریختند و آن میان در قیدش گذاشـــت و دسـتور داد هیچ زن امل و خاله شـــلخته را نزدیکش راه ندهند و به این و سیله آن را فقط برای حرم سرای محترم خودش مونوپول کرد وتا امروز روز به همین حال باقی است.

حالا بیائیم سـر تاریخچه توپ مرواری. درین باب روایات گوناگون وجود دارد: مرحوم حکیم ابوالهیولای از خود راضـی در "کنزالمتحیرین" و

علامه دهرا ابوالقولنج جاموس بن سالوس در "مهمل‌التواریخ" آورده‌اند که توپ مرواری را شاه عباس کبیر از پرتقالی‌ها گرفته. صاحب "اجعل‌التواریخ" معتقد است که نادرشاه آن را از هندوستان قاچاق کرده و میرزا یقنعلی چلینگرنژاد ادعا می‌کند که این توپ را پدربزرگش زمان خاقان مغفور در تهران ریخته ا ست. اما از شما چه پنهان که به هیچکدام از این روایات نمی‌توان اعتماد کرد. ما پس از نوش جان کردن مقدار هنگفتی دود چراغ، اکنون چکیده‌ی محفوظات و عصاره‌ی معلومات و خلاصه‌ی مجهولات خودمان را روی دایره می‌ریزیم تا موجب عبرت خاص و عام شود و هم خوانندگان عزیز آویزه‌ی گوش هوش سازند. اینکه برخی علماءِ از جمله استاد بزرگوار مگرویچ بواسیریان اندلسی علیه‌الرحمه تردید کرده و فرموده است که توپ مرواری مال پرتغالی‌ها بود، چندان راه دوری نرفته. اما به این سادگی هم که شما گمان می‌کنید نیست.

کم و بیش در حدود هزار پانصد میلادی، پادشاه‌اندلس مردی بود ملقب به دوس مردالینوس Dos Merdalinos که بسیار مستفرنگ و متجدد و حسابی مستبد بود، اما دیکتاتور نبود و لیکن نسبت به اعراب صدر اسلام و حتی نسبت به عرب عاربه و مستعربه کینه شتری می‌ورزید. لابد خودتان بهتر می‌دانید که در آن زمان مملکت اندلس زیر مهمیز بربرها و اعراب مغربی بود که با خلوص نیت و صدق عقیدت از کفار عیسوی ساو و باج وخراج و جزیه بسیار می‌گرفتند و می‌خواستند بدین وسیلت ثقل آن ملحدان از خدا بی خبر را صاف کنند تا نورافکن ایمان از وجناتشان درخشیدن بگیرد و کفرستان دلشان به پاکستان مبدل شود. اما حالا چه

طور شد که پادشاه پیدا کردند، راستش این است که این را دیگر خودمان هم نمی‌دانیم. باری این حیوان ناطق که شقی و زندیق و درونش تاریک‌تر از حجرالاسود بود، از قضا یک روز دیگ خشم همایونش بجوش اندر آمد و به خیالش رسید که اعراب دوره جاهلیت و اعراب بادیه‌نشین را از سرزمین نیاکانش بتاراند. اگرچه این پادشاه مثل سایر سلاطین بی سواد و پر مدعا بود و اصلاً لاتینی که زبان نامادریش بود، نمی‌دانست، اما برای اظهار فضل در آخر هر نطقش این کلمه قصیره کاتن سردار رومی را تکرار می‌کرد carthago delenda اما عرب‌ها کجا و کارتاژی‌ها کجا، این دیگر به عقل ناقصش نمی‌رسید. ظاهراً انگیزه دوس مردالینوس احساسات تند و تیز میهن پرستان‌هاش بود، ولیکن ما پس از مطالعات بسیار به این نتیجه رسیدیم که علت‌العلل این هرزه‌دهانی این بوده است که در اثر قانون ختنه اجباری، زیادتر از حد معمول از پوست آلت رجولیت او بریده بودند و از این جهت مبتلاءِ به عقده کم مایگی complex d'inferiorité و جنون عظمت Megalomanic یا خودمانی‌تر بگوئیم مبتلاءِ به ناخوشی گنده‌گوزی شده بود. بعضی می‌گویند که این شخص سگ‌باز بود و به خون‌خواهی سگش "فندق" علم طغیان و رایت عصیان بر ضد اعراب برافراشته بود. توضیح آنکه: یکی از سران سپاه اعراب، معروف به ابن قطیفه که متخصص به راه انداختن آسیاها با خون کفار بود. مهمان خلیفه در قرطبه می‌شود و فندق سگ سوگلی دوست مردالینوس مچ پای او را می‌گزد و در نتیجه جا در جا مشمول قانون اعدام با شکنجه می‌گردد. به روایت دیگر، چون این شخص ذوق میگساری و نقاشی و موسیقی و تماشای پیس کارمن Carmen و

باربیه دو سبیل Barbier de Seville (دلاک سبیل‌تراش) و مجسمه‌سازی و استنجای با کاغذ داشت و اسلام دست و پایش را توی پوست گردو گذاشته بود و برعکس از تعدد زوجات و صیغه و روضه‌خوانی و مرثیه و مداحی و تعزیه و نوحه‌خوانی و تکدی و تسلیم و رضا و روزه و زوزه و مرده‌پرستی و تقیه و محلل و غسل میت در آب روان و استحباب تحت‌الحنک شکار بود، با خودش گفت، راستش این عرب‌های سوسمارخور بددَک وُ پوز بوگند و دیگر شورش را درآوردند. تا حالا هر غلطی می‌کردند، دندان روی جیگر می‌گذاشتم. من حاضر نبودم تمام دستگاه بخور و بچاپ خلافت را با یک موی زهار فندق تاخت بزنم اما حالا که سگ نازنینم را به جرم اینکه پرو پارچه این مردکه جلاد را گرفته کشتند، پدری ازشان در بیاورم که توی داستان‌ها بنویسند. از این به بعد اندلس مال اندلسی‌هاست. مگر پیغمبرشان رسول اکرم قبل از تحریف قرآن به دست عثمان رضی‌الله عنه، به موجب آیه شریفه نفرموده."و ما ارسلنا من رسول الا بلسان قومه." پس پیغمبر ما باید کتابش به زبان اندلسی باشد. میان خودمان بماند، مگر برای ما چه آوردند مذهب آن‌ها سیکیم خیاری است، معجون دل بهمزنی از آراءِ و عقاید متضادی است که از مذاهب و ادیان و خرافات سلف هول هولکی و هضم نکرده استقراق و بی‌تناسب به هم در آمیخته شده است و دشمن ذوقیات حقیقی آدمی و احکام آن مخالف با هرگونه ترقی و تعالی اقوام و ملل است و به ضرب شمشیر به مردم زورچپان کرده‌اند، یعنی شمشیر بران و کاسه گدائی است. یا خراج و جزیه به بیت‌المال مسلمین بپردازید یا سرتان را می‌بریم هر چه پول و جواهر داشتیم چاپیدند، آثار هنری ما

را از میان بردند و هنوز هم دست‌بردار نیستند، هر جا رفتند همین کار را کردند. ما که عادت نداشتیم دختران‌مان را زنده به گور بکنیم. چندین ملکه از جمله ایزابل دخت در اندلس پادشاهی کرده‌اند. ما برای خودمان تمدن و ثروت و آزادی و آبادی داشتیم و فقر را فخر نمی‌دانستیم، همه این‌ها را از ما گرفتند و به‌جایش فقر و پریشانی و مرده‌پرستی و گریه و گدائی و تأسف و اطاعت از خدای غدار و قهار و آداب کون‌شوئی و خلا رفتن برایمان آوردند، همه چیزشان آمیخته باکثافت و پستی و سودپرسلی و بی‌ذوقی و مرگ و بدبختی است. چرا ریختشان غمناک و موذی است و شعرشان مرثیه و آوازشان چسناله است؟ چون که با ندبه و زوزه و پرستش اموات همه‌اش سر وُ کار دارند. برای عرب سوسمارخوری که چندین صد سال پیش به طمع خلافت ترکیده زنده‌ها باید تمام عمر به سرشان لجن بمالند و گریه و زاری بکنند- در کلیسای ما بوی خوش عطر و عبیر پراکنده است و نغمه ساز و آواز به گوش می‌رسد، در مسجد مسلمانان اولین برخورد با بوی گند خلاست که گویا وسیله تبلیغ برای عبادتشان و جلب کفار است تا با اصول این مذهب خو بگیرند. بعد حوض کثیفی که دست و پای چرکین خودشان را در آن می‌شویند و به آهنگ نعره مؤذن، روی زیلوی خاک‌آلود دولا و راست می‌شوند و برای خدای خونخوارشان مثل جادوگران ورد و افسون می‌خوانند. جشن نوئل ما با گل و گیاه و عطر و شادی و موزیک برگزار می‌شود، عید قربان مسلمانان با کشتار گوسفندان و وحشت و کثافت و شکنجه جانوران انجام می‌گیرد. دوره مردانگی و گذشت و هنرنمائی و دلاوری با رستم و هرکول سپری شد، در اسلام باید از روی پهلوانانی

مانند زین‌العابدین بیمار و امام حسین که تکیه به نیزه غریبی می‌کند گرده برداشت خدای ما مهربان و بخشایش‌گر است، خدای جهودی آن‌ها قهار و جبار و کین‌توز است و همه‌اش دستور کشتن و چاپیدن مردمان را می‌دهد و پیش از روز رستاخیز حضرت صاحب را می‌فرستد تا حسابی دخل اُمّتش را بیاورد و آنقدر از آن‌ها قتل عام بکند که تا زانوی اسبش در خون موج بزند تازه‌مسلمان مؤمن دوآتشه کسی است که به‌امید لذت‌های موهوم شهوانی و شکم‌پرستی آن دنیا با فقر و فلاکت و بدبختی عمر را به سربرد و وسائل عیش و نوش نمایندگان مذهبش را فراهم بیاورد. همه‌اش زیر سلطه اموات زندگی می‌کنند و مردمان زنده‌امروز از قوانین شوم هزار سال پیش تبعیت می‌نمایند، کاری که پست‌ترین جانور نمی‌کند. عوض اینکه به مسائل فکری و فلسفی و هنری بپردازند، کارشان این است که از صبح تا شام راجع به شک میان دو و سه و استحاضه قلیله و کثیره و متوسط بحث کنند. این مذهب برای یک وجب پائین تنه از جلو و عقب ساخته و پرداخته شده، انگار که پیش از ظهور اسلام نه کسی تولید مثل می‌کرده و نه سر قدم می‌رفته، خدا آخرین فرستاده برگزیده خود را مأمور اصلاح این امور کرد، تمام فلسفه اسلام روی نجاسات بنا شده اگر پائین تنه را از آن بگیرند، اسلام روی هم می‌غلتد و دیگر مفهومی ندارد. بعد هم علمای این دین مجبورند از صبح تا شام با زبان ساختگی عربی سرو کله بزنند و سجع و قافیه‌های بی‌معنی و پُرطمطراق برای اغفال مردم بسازند و یا تحویل هم بدهند. سر تا سر ممالکی را که فتح کردند، مردمش را به خاک سیاه نشاندند و به نکبت و جهل و تعصب و فقر و جاسوسی و دوروئی و تقیه و دزدی و چاپلوسی و کونِ آخوندلیسی

مبتلا کردند و سرزمینش را به شکل صحرای برهوت در آوردند. درست است که عرب پست‌تر از این بود که از این فضولی‌ها بکند و این فتنه را جاسوسان یهودی راه‌انداختند و با دست خودشان درست کردند برای اینکه تمدن ایران و روم را براندازند و به مقصودشان هم رسیدند، اما مثل عصای موسی که مبدل به اژدها شد و خود موسی ازش ترسید، این اژدهای هفتادسر هم داردددنیا را می‌بلعد. دیگر بس است. اندلس مال اندلسی‌ها است. همین روزی پنج بار دُلا و راست شدن جلو قادر متعال که باید به زبان عربی با او وراجی کرد، کافی است که آدم را توسری‌خور و ذلیل و پست و بی‌همه چیز بار بیاورد. بدیهی است که این مذهب دشمن بشریت است، فقط برای غارتگران و استعمارچیان آینده جان می‌دهد. پس فساد را باید از ریشه برانداخت، Delenda Carthago (ما بی‌اندازه متأسفیم که در اینجا از لحاظ بی‌طرفی مورخ که لازم است تمام جریان امور را به رشته تحریر درآورد، ناچار افکار درونی این زندیق بندیق را که پر است از اشتباهات تاریخی و فقهی و اخلاقی و اجتماعی و تاریخ طبیعی شرح دادیم. زیرا به موجب شرع مبین کسی که چنین تصورات سخیفی در مخیله‌اش بپروراند و یا چنین اسائه ادبی را به ارکان شریعت غرا جایز بشمارد بی‌شک واجب‌القتل است و تمام اعقاب و اخلافش به آتش جهنم خواهند سوخت. هر چند برای این ترهات جواب دندان‌شکنی تهیه کرده‌ایم و لیکن چون از موضوع ما خارج بود و به درازا می‌انجامید امیدواریم در جای مناسب به درج آن اقدام کنیم. انشا الله تعالی)

بعد دوس مردالینوس از سر رف تورات را برداشت، حضرت موسی را به جان شاخه نباتش حضرت یوسف قسم داد و تورات را باز کرد، دید خداوند بخشایش‌گر مهربان در سفر تثنیه نوشته. "آتشی در غضب من افروخته شده، و تا هاویه پائین‌ترین شعله‌ور شده است. و زمین را با حاصلش می‌سوزاند. و اساس کوه‌ها را آتش خواهد زد. برایشان بلایا را جمع خواهم کرد. و تیرهای خود را تماماً برایشان صرف خواهم نمود. از گرسنگی کاهیده و از آتش تب" و از وبای تلخ تلف می‌شوند. و دندان‌های وحوش را به ایشان خواهم فرستاد. با زهر خزندگان زمین. شمشیر را بیرون و دهشت از اندرون ایشان را بی‌اولاد خواهد ساخت، هم جوان و هم دوشیزه را، شیرخواره را با ریش سفید هلاک خواهد کرد." دوس مردالینوس این را به فال نیک گرفت، پوزخندی زد و با خودش گفت. "پس معلوم می‌شود دست حق پشت و پناه ماست" یک روز هم بی مقدمه به اعراب شبیخون زد و همه شان را تاروُمار کرد و مقدار هنگفتی از آثار تمدن عرب که عبارت بود از لوله هنگ و دوغ عرب و کفیه عقال و واجبی و نعلین و عمامه و تربت اصل از آن‌ها به غنیمت گرفت. اعراب هم از ترس ترسایان به راهنمائی خلیفه خود المستاصل من‌الله، دمشان را روی کولشان گذاشتند، مشک‌های خود را باد کردند، روی دریا انداختند و سوارشان شدند و به حال اعتراض از طنجه یا تنگه هرکول که بعد به کنایه معروف به "جبل الطارق" شد، فراریدن گرفتند و به بیابآن‌های سوزان شمال آفریقا پناهنده شدند. و لیکن روحیه خود را نباختندو برای تقویت پشت جبهه سردار دلیرشان طارق بن صعلوک که سرمه خفا را از چشم می‌زد و حالا عقب‌نشینی پیروزمندانه کرده بود، خود را از تنگ و تا

نینداخت. حماسه آتشینی به زبان فصیح عربی نجد و به بحر مدور مخبط مأبون برای قشون شکست خورده‌اش خواند که ما ترجمه فارسی آن را برای استفاضه و استفاده قارئین گرامی خود ذیلاً می‌نگاریم:

"به تحقیق و درستی که، چنین است و جز این نیست که کفار خدانشناس با کمال احترام عذر ما را از اندلس خواستند. اما غافل از اینکه به کوری چشمشان همه کفار به دین مبین و آداب و عنعنات اسلامی دلالت شدند و به فقر وفاقه و جهل و گریه و مرده‌پرستی و اطاعت و تقیه هدایت گردیدند زیرا از هرگونه تقصیرات خویش منفعل و شرمسار و به لطف و مرحمت حجت‌الحق خوشدل و امیدوار شدند. به‌طوری که گرمابه‌های خود را با کتاب گرم می‌کنند و تمام دار و ندار و ضیاع و عقار خودشان را به عنوان زیارت اماکن متبرکه و بیت الحرام و باج سبیل و سهم امام به بیت‌المال مسلمین می‌فرستند. رقص سربندان sarbande و چوبی آن‌ها به رقص شکم و کمانچه و نی‌لبک و تنبک و موسیقار و سنج و مزمار و چهارپاره و دهل و عود و بربط و ارغنون و رود و دف و چنگان به سوت سوتک و عاروق و سکسکه و دهن دره و الحان نشاط انگیز ملی شان به زنجموره و چسناله‌های جگر خراش و حجاری آن‌ها به سنگ قبر تراشی و نقاشی آن‌ها به کاشیکاری مساجد مبدل شد. باغ و بوستانشان ویران، شهرهایشان خراب و مسکن زغن و زاغ و جشن Christmas آن‌ها عید قربان گردید و جشن و سرور آن‌ها مبدل به عزاداری و ندبه و زاری شد زبان حرام زاده و ثقیل عربی که ملل مقهور به عنوان زبان بین المللی برای تبادل افکار خود به شیوه زبان اسپرانتوجعل کردند و همین یگانه معجزه اسلام به شمار می‌رود، بعدها به عنوان زبان سلیس و فصیح، ملل

استعمارچی به خودشان حقنه خواهند کرد. کتاب‌های علمی و ادبی و فلسفی آن‌ها سوخت و رسالت در باب آداب خلا رفتن و کون‌شوئی و بنداز با یک تا نه صیغه و متعه و احادیث و اخبار و فقه و اصول جای آن گرفت. بدرستی که بعدها هم اگر غلطی بکنند، علم و هنر و فلسفه و ادبیات آن‌ها به اسم تمدن اسلامی مشهور خاص و عام خواهد شد. اگر از قرطبه دست ما کوتاه گردید، در عوض تمام شمال — افریقیه تا دمشق و بغداد و بلاد یاجوج و مأجوج و جزیره و قواق توی چنگول ماست. این است و جز این نیست، بدرستی که همانا اگر کفار هفت کفش آهنین بپا کنند و هفت شلیته آهنی نیز بپوشند و به تعقیب ما بکوشند به گردمان نخواهند رسید. البته لازم به تذکار نیست و جمهور ناس آگاهند، به اضافه فریضه دینی و وظیفه اخلاقی و اجتماعی هر فرد مسلم شیرپاک شتر خورده است که کفار را امر به معروف و نهی از منکر بنماید. هرگاه سر باز زدند و راه عناد و عدم انقیاد پویند، مالشان مباح و خونشان حلال و زن به خانه‌شان حرام است. به موجب آیه کریمه "اقتلوا المشرکین حیث وجد تموهم." یعنی بکشید کافران و مشرکان را هرجا بیابید ایشان را. و آیه دیگر که فرموده. "یا ایها النبی جاهد اللکفار و المنافقین" یعنی ای پیغمبر خدا جهاد کن با کافران و منافقان. مگر پیغمبر اکرم آن‌ها حضرت مسیح در انجیل لوقا باب ۲۲ نفرمود. "به ایشان گفت لیکن الان هر که کیسه دارد آن را بردارد و هم چنین توشه‌دان را و کسی که شمشیر ندارد جامه خود را فروخته آن را بخرد." همچنین در انجیل متی باب دهم خداوند آن‌ها پسر مسیح می‌گوید. "گمان مبرید که آمده‌ام تا سلامتی بر زمین بگذارم، نیامده‌ام تا سلامتی بگذارم بلکه شمشیر را." پس به ما ثابت می‌شود که

همه اولیاءِ و انبیاءِ سامی حتی آن‌هائی که به صلح‌جوئی و بشردوستی مشهورند، هوچی و چاقوکش بوده‌اند. از این قرار مأموریت ما تولید فقر و ویرانی و کشتار است. چنانکه در حدیث نبوی و سنت مصطفوی حضرت ختمی مرتبت بر خود بالیده می‌فرماید. "هر کجا که گاوآهن رفت ننگ به بار آورد. من برای کشاورزی فرستاده نشده‌ام بلکه برای کشتار آمده‌ام. من نه یک خشت روی خشت گذاشته‌ام و نه یک درخت کاشته‌ام." بر ماست که فرمایشات آن بزرگوار را نصب العین خود سازیم و هرچه زودتر به قتل و غارت کفار بپردازیم. و نیز در گوشه و کنار فرمود که: "شما اگر کشته بشوید یکراست می‌روید به بهشت عنبر سرشت و اگر بکشید با زهم جایگاهتان در غرفات بهشت است و اگر زخمی بشوید جراحات شما با تربت که پنی‌سیلین شیعیان علی علیه‌السلام است التیام خواهد پذیرفت." (از ابوجعل بن جلت بن عبدالطناف مرویست که حضرت رسول صلی الله علیه و آله فرمود که هرکه این حدیث را روزی چهل هزار بار بخواند چنان باشد که جمیع کتبی که خدا بر انبیاءِ نازل گردانیده قرائت نموده است و در روز محشر هشتاد هزار فرشته شاخ حسینی کنان موکب شترش را به بهشت مشایعت خواهند کرد.) به تحقیق سید کائنات و خلاصه موجودات و شفیع روز عرصات گوید که: به عزت و جلال و قدرت ما که هر آن بنده شرمنده که شرایط بندگی و مراسم عبودیت و سرافکندگی به تقدیم برساند، حوری از حوران بهشت در حباله وی درآید که سرش در مشرق و پایش در مغرب باشد و در فضای جنت بر سراسر مملکتش نشانم و در روز قیامت هنوز به دار ثواب نارسیده از سندس و استبرق خلعش پوشانم و به انواع اعزاز و اکرام به مقام و

منزلتش رسانم. همه این فرمایشات مرا بعدها تاریخ قضاوت خواهد کرد. زنده باد المستاصل من الله. جاوید باد بیت المال مسلمین. شاد باد روح ابولحدبن ملا بیناسس بن نسناس بن کناس. زنده باد عرب بائده و زائده و عاربه و مستعربه خضرموت. زررت مشق،....

این خطبه وَق وَقیه در میان غیه و هلهله اعراب جاهلیت به پایان رسید و لشکریان مقداری سربریده و گوش و دماغ بریده کفار را که به نخ ریسه کرده بودند، دور گردانیده بالاتفاق فریاد بر آوردند که: "ما تا جان داریم بکوشیم و هرگز جامه ننگ و عار برتن نپوشیم نه چنانکه حضرت ختمی مرتبت فرمود: "و قیل لهم تعالوا قاتلو فی سبیل الله اوادفحوا." یا دشمن را از دم تیغ آبدار بگذرانیم و به قعر دوزخ گسیل داریم،یا خود بی‌درنگ شربت شهادت بنوشیم و سر سبز و سرخ رو به خدمت حضرت خضر پیغمبر و حزقیال خیرالبشر شتابیم،بیت:

همه سر به سر تن به کشتن دهیم   ز آن به که کشور به دشمن دهیم

اما میان خودمان بماند که جگر خلیفه المستاصل من الله برای موش صحرائی لک زده بود. از این رو، به طمع سوسمار، دزدکی با یک نفر از اعراب مزدور اجانب و خائن که در میهن فروشی گوی سبقت از همگان ربوده بود، گاب بندی کرد و او را مأمور نمود شبانه متن کامل این سخن رانی را به سمع مبارک سلطان اندلس برساند. شخص اخیر، پس از انجام مأموریت خود به طرز موفقیت‌آمیز، به دریافت چند موش صحرائی پُرار به عنوان پاداش مفتخر شد. به همین علت، با آنکه کمر تمدن شرق

و غرب زیر بار منت تمدن عرب موشخوار خم شده بود، اعراب غیرتی نخواستند جامه ننگ و عار بپوشند، این شد که تمام مزایای هنر و دانش و فلسفه و اختراعاتی که به وجود آورده بودند برای ملل غربی گذاشتند و خودشان کمافی السابق با کون لخت یک عبا پوشیدند و در میان ریگ روان صحرای عربستان مشغول عنعنات ملی و شکار سوسمار گردیدند.

از طرف دیگر، دوس مردالینوس که پیشینه فتوحات معجزه آسای عرب‌ها را در کتاب "جامع الاباطیل و الاضداد" خوانده بود و ضرب شست دزدها و گردنه گیرهای آن‌ها را چشیده بود و نمی‌دانست که به موجب ناموس طبیعت حالا دیگر موش از کونشان بلغور می‌کشد، دستپاچه شد و به زبان فصیح آندلوزی با خویش گفت: "ای دل غافل نکند که این موشخواران اهریمن نژاد دوباره جان بگیرند و خلیفه آن‌ها نعوذبالله که در عربستان است، (فراموش نشود که اطلاعات تاریخی دوس مردالینوس خیلی نم می‌کشید و در مکتب خانه همیشه سر درس تاریخ از ملا باجی نمره صفر می‌گرفت و به این علت المستاصل من الله را با شخص اخیر اشتباه کرد.) به موجب این آیات ربانی و کلمات سبحانی که در سوره البقر می‌فرماید:

"والقتلوهم حیث ثقفتموهم و اخرجرهم من حیث اخرجوکم." قشون‌کشی بکند. آن وقت حساب من با کرام الکاتبین خواهد بود و حتماً ابن قطیفه از خونم آسیاب راه خواهد انداخت. به علاوه تمام سواحل دریای میانه زیر کنترل آن‌هاست و کانال سوئز را هم هنوز فردیناند دوله صبص نبریده که بتوانم از آنجا با لطایف الحیل جنگی قاچاقی بگذرم و کلک عربستان را بکنم تا خلیفه در مقابل امر انجام گرفته واقع گردد. پس چه خاکی به سرم

بریزم؟" به اینجا که رسید، فکر بکری به خاطرش خطور کرد: فوراً زنگ زد و ناخدا کریستف کلمب را نزد خود خواند.- نا خدا کلمب مردی بود کوسبج و ازرق چشم و نتراشیده و نخراشیده از اهل بلاد روم که هر جا می‌رسید جوزی از جیب در می‌آورد و به هوا می‌افکند و می‌گفت: "هر گردوئی گرد است، هر گردوئی گردو نیست. اما زمین گرد است مانند گلوله." و معروف است که این جملات حکیمانه را از استاد خود بطلمیوس آموخته بود و با هرکس بر می‌خورد، می‌خواست اظهار لحیه کرده به او ثابت بنماید که از جانب مغرب هم می‌توان به هند رفت و همیشه ورد زبانش بود که: Ellevente Parel Pioente مخفی نماناد که ایتالیائی‌ها از ترس کشف آمریکا به ملوانان اجازه نمی‌دادند که از دریای میانه خارج بشوند. از طرف دیگر، کشیش‌های گردن‌کلفت هم چون عقیده کرویت زمین را برخلاف نص صریح تورات و انجیل می‌دانستند، ناخدا کلمب را تکفیر کرده بودند و در بدر دنبالش می‌گشتند که او را هم مثل مرحوم گالیله شب عید عمرکشان زنده زنده بسوزانند. این شد که کلمب هم سر قوز افتاد. رفت و جلو دوس مردالینوس زانو زد و زمین ادب بوسه داد و عرض کرد: "مقرب الخاقانا، قبله عالم به سلامت باشد و هرچه فرمائی کنم. زیرا بندگان را در مقابله فرمان پادشاهان تا در بدن جان است جز امتثال روی ندارد. به فرمان شاه کمربندم و تا دشمنان را چون کمر طناب در گردن، پیش خدمت نیارم، سر بر بالش آسایش ننهم. این بنده درگاه به فراست دریافتم که قبله عالم عزم به تسخیر بلاد عربستان جزم فرموده‌اند. همانا اگر این‌جان‌نثار را رخصت دهند. دمار از روزگار این امّت سوسمارخوار درآورم و از خون پلیدشان آسیاها را به گردش

اندازم و از کاسه سرشان آسمان خراش‌ها بپردازم." دوس مردالینوس را این سخن سخت پسند افتاد، فرمود: "دم فروبند و بازو گشای، الحال با یک شاخص و یک قطب‌نما و لشگر جراری مسلح به تیر و کمان و ژوبین و خفقان و سنان و تبر و سپر و زره و کلاه خود به سر، بررزمنا و "قرطاجنه" سوارشو و از هر جانوری جفتی نرینه و مادینه با خود برگیر و چند کشیش مجرب روحانی و بری از غواسق جسمانی با خویشتن همراه ساز و به قصد تسخیر بلاد تازیان بتاز و هرچه زودتر، سند مالکیت آن دیار نکبت‌بار را با سربریده خلیفه برای اعلیحضرت ما بیار تا موجبات انبساط خاطر عاطرمان فراهم گردد. "همین که کریستف کلمب از خدمت سلطان مرخص شد، دزدکی نمد سرسرای کاخ همایونی را جمع کرد. قضا را خواجه حرمسرا ملقب به "سوزمانی پناه" را بدانجا گذر افتاد، انگشت حیرت به دندان گزید و پنداشت این مرد قصد سرقت دارد. ولی ناخدا کلمب که خود اهل دل بود، به فراست پندار ناهنجار وی را دریافت و پیش از آنکه به زندانش برندگفت: "ای خواجه، مرا مهمی صعب در پیش است. این برای امتثال فرمان مبارک جهان مطاع است. تا قبل از بریدن سر خلیفه، آنچنان لای این نمد لهش کنم تا ریغش درآید. چنانکه خود گفته‌ام: و لیس هذا اول قاروه کسرت فی الاسلام." خواجه را این سخن خوش آمد، آب در دیده گردانید و گفت: پس دست علی به همراهت." و دیگر مزاحم وی نگردید.

ناخدا کلمب به روز و ساعت میمون حرکت کرد. حالا دیگر به چه درد شما می‌خورد که جزئیات این مسافرت خطرناک را برایتان شرح بدهیم. القصه، رزمنا و قرطاجنه دو سه ماه چون مستان پیلی پیلی خوران روان

بود. اما برخلاف انتظار، خبری از شبه جزیره عربستان نشد که نشد. ضمناً در کشاکش بادهای مخالف، رزمنا و دو سه بار از همان راهی که رفته بود برگشت و همه ساز وبرگ سرنشینان رزمنا و نیز به ته کشید. ناخدا کلمب دست به نماز و دعا برداشت و توبه نصوح کرد.

(البته این لغت هیچ ربطی با نسا و نسو به معنی مردار و هم چنین دروج نسوش که نزد مجوسان به معنی دیو پلیدی است ندارد. زیرا در احادیث معتبر آمده که نصوح در زمان پیشین مردی بود کوسه و پستانی مانند پستان زنان داشته است یعنی یک خنثی به تمام معنی، چنانکه شاعر ماقبل تاریخی گفته است:

لیک شهوت کامل و بیدار بود   زانک آواز ورخش زن وار بود
دردغا و حیله بس چالاک بود.   او به حمام زنان دلاک بود

دست برقضا، یک روز نگین انگشتر دختر پادشاه در حمام گم می‌شود، دختر شاه امر می‌کند که حضار را لخت کنند و بجویند. نصوح از وحشت اینکه اسرارش هویدا شود غش می‌کند. اما قبل از اینکه نوبت به او برسد نگین پیدا می‌شود. او هم فوراً دست از این شغل بی‌خیر و برکت می‌کشد، توبه می‌کند و در دامنه کوهی منزوی می‌گردد. و الله اعلم)

باری از درگاه حضرت ابدیت مراد طلبید که اگر جان به سلامت به در برد از عقیدت کرویت زمین دست بکشد و در دیر رهبانان اعتکاف گزیند و به خدمت پیر دیر کمر بندد. همین که یأس و حرمان بر او چیره شد. تصمیم به هاراگیری کردن گرفت، وصیتنامه خود را نوشت و مهر کرد و

برای خدا نگهداری با همکاران محترمش روی شراع کشتی رفت و به اطراف و جوانب نگریست. ناگهان ساحلی از دور به نظرش رسید. گمان کرد که دریابار عربستان است. فوراً وصیتنامه خود را جر داد و در آبریزگاه افکند، سپس دست افشان و پایکوبان بیرون آمد و هنگ چهارم موتوریزه قشون خود را به خط کرد و سان دید و پیش خود گفت:

"بیار آنچه داری ز مردی و زور،

که دشمن به پای خود آمد به گور."

فراموش کردیم بگوئیم که ناخدا کلمب ذوقی سرشار داشت، اما چون بی‌مایگی دانته و پترارک براو ثابت شده بود و شکسپیر هم در نظرش شاعرکی نادان و مجهول‌الهویه بیش نبود، از این رو، در ایام صباوت ابیات بسیاری از سوزنی سمرقندی افغانی و عبید زاکانی افغانی و امیر خسرو دهلوی پاکستانی و نظامی قفقازی و مولوی رومی ترک و ابن سینای تازی از بر بود و به مناسبت و یا بی‌مناسبت از آن‌ها استشهاد می‌نمود. چه دردسرتان بدهم، همین که رزمنا و به ساحل رسید، تاخدا کلمب دید مردمان بومی در کنار آن دور لوله کلفتی که روی دوچرخ استوار بود مشغول رازونیاز و انجام مراسم و تشریفات خاصی هستند: دسته‌ای صورتک زده و بته آبپاش رنگ گرفته بودند و قر کمر می‌آمدند و می‌خواندند: "از قدیم و از ندیم ما می‌زدیم و می‌رقصیدیم." زن‌ها از سرو کول این لوله بالا می‌رفتند و اشعار نشاط‌انگیز می‌سرودند. دن ژوان‌هائی که به سرشان پر کچل کرکس زده بودند متفکرانه سیگار ماری

یوانا Mari juana می‌کشیدند و یا به حالت آموک Amok یک دشنه بر لب داشتند و دور لوله به آهنگ سامبا و رومبا و کونگا طواف می‌دادند و قر و غربیله می‌آمدند. از مشاهده این وضع، کلمب به شگفتی اندر شد، ناگاه دید به غیر از هفت تن که گویا خدمتگزاران ویژه این لوله بودند و محتملاً فوق‌العاده ویژه هم دریافت می‌کردند، همه پراکنده شدند. یکی از آن خدمتگزاران نزدیک رفت و به ته لوله آتش داد. یک باره غرش تندرآسائی در صحن فضا طنین انداخت: مقداری اشعله و ادخنه از دهنه لوله درآمد و چرخ‌ها به عقب زدند و هفت نفر کارمند ویژه را زیر گرفتند.

از مشاهده این منظره، لرزه بر اندام کلمب افتاد. در حال به سجده درآمد و گفت: "سبحان الله، این چه حکایتی است؟" سپس سر از سجده برداشت و دید هفتاد و هفت تن از سرنشینان کشتی از این صدای موحش زهره ترکانیده و به سرای باقی شتافته‌اند و بقیه همگی به شکم روش دچارند. چیزی نمانده بود که ناخدا کلمب هم خرقه تهی کند و یا لااقل مجبور شود که تنبان خود را عوض بنماید. (البته به منظور اینکه تنبان مزبور را به موزه نظامی اندلسستان بفرستد تا جزو افتخارات باستانی و میهنی در آنجا به معرض نمایش گذاشته شود.) ناخدا کلمب پیش خود تصور کرد این یکی از حقه‌بازی‌های سوق‌الجیشی اعراب است. لذا آماده تسلیم بلا شرط شد و یک دانه صلیب و یک پرچم سفید در دست گرفت و به اضافه چند صندق از غنائمی که از محصولات تمدن عرب گرفته بود از قبیل: لوله هنگ و نعلین و چادر و چاقچور و عبا و چارقد قالبی و روبَنده و مُهر و تسبیح و دعای نزله‌بندی و چند مشک دوغ عرب و چند بشکه

واجبی و کنسرو موش و سوسمار خشکیده با خود برداشت و با جهودی که زبان فصیح عربی را مثل بلبل اختلاط می‌کرد، به ساحل پیاده شد. برخلاف انتظار، بومیان با چهره گشاده و ساز و دهل به پیشوازشان شتافتند و دست تفقد به سر مهمانان نو رسیده مالیدند و از طرف بنگاه اژدهای سرخشان مقداری اکسیر پارگوریک و لووانوم میان اسهالی‌های رزمنا پخش کردند و فوراً ساهه بلند بالائی که بالغ بر چند ملیون کله برهنه صاحبقران می‌شد برای سازمان اشتباهی سر دودمان سرخ پوستان فرستادند. مهمانان تازه رسیده ازین تفقد جانی دوباره یافته بودند، قدقدی کردند و لالابازی آغاز شد. عاقبت سر دودمان بومیان سرخ پوست به زبان فصیح آزتک Azteque که به زبان نیم‌رسمی و درباری آن سامان بود، کلمب را مخاطب قرار داده و گفت: "ایسه خوش آمدید، صفا آوردید، قدم شما به روی چشم. از کجا می‌آئید می‌روید؟" کلمب که کتاب اول خودآموز زبان آزتک را هنوز بپایان نرسانیده بود، به تِته پِته افتاد و به پاسخ گفت که: هنی به جغه مبارکتان قسم،این بنده درگاه به قصد سیر آفاق و انفس از میهن عزیزم حرکت کردم و می‌خواستم به موجب آیه شریفه: فقاتل فی سبیل الله،لاتکلف الا نفسک و حرض المومنین. کشتاری در راه خدا بکنم و به اعراب بادیه‌نشین چشم زخمی سخت وارد آورم. اما اکنون می‌بینم به کشور دوست و همجوار خود آمده‌ام. از این جهت خود را برای تسلیم بلاشرط آماده کرده‌ام.

سر دودمان سرخ‌پوستان لبخند نمکینی زد و گفت: "ایسه پسر جان اشتباه لپی کرده‌ای. تسلیم بلاشرط یعنی چه؟ نترس جانم، عزیزم یک خورده نمک به دهانت بگذار. اینجا کجا، عربستان کجا؟ این خط را کاستاریکا از بلاد ینگی

دنیا می‌نامند. زیرا به زبان ترکی ینی به معنی جدید است و ما که نمی‌توانستیم این لغت را خوب تلفظ بکنیم yankee نامیدیم و یانکی به زبان شما ینگی شد. پس از این قرار، شما به سرزمین جدیدی آمده‌اید که ینگه ربع مسکون به شمار می‌رود و بعدها به نام امریکا مشهور خواهد شد و ما هم پرستش و ستایش فالوس هستیم و این لوله نمودار آلت رجولیت است. چه خاکی به سرمان بریزیم؟ ما به دستگاه واتیکان و پاپ و متخصصین انگیزیسیون که معتقد به کرویت زمین نیستند عقیده پابه جائی نداریم و این اعتقاد به شرمگاه پرستی. "کلمب که سرش توی حساب نبود، توحرفش دوید و پرسید: هنی چه فرمودید؟" سردودمان سرخ‌پوستان پرکچل کرکس سرش را که آویزان شده بود در آینه جیبی که داشت دوباره راست کرد و لب خود را با ماتیک سرخ نمود، آب دهنش را قورت داد و به پاسخ گفت: ایسه مقصودم پائین‌تنه‌پرستی و هرزگی‌پرستی است. باری، این اعتقاد به شرمگاه‌پرستی از عهد دقیانوس نزد مردم این دیار ریشه دوانیده و از دولت سر آن روز به روز جمعیت میهن ما زیاد می‌شود و بخت دخترانمان باز. ایسه به شما هم اجازه می‌دهم اگر رازونیازی دارید با آن بکنید که بسیار مجرب است و البته دعای شما به درگاه حضرت ناهوا Nahua مستجاب خواهد شد. باری بهر جهت چون جمعیت میهن ما ترقی روزافزون کرده بود، قانونی گذرانیدیم که فقط سالی یکبار، آن هم روز چهارشنبه آخرسال جشن بگیریم و زن‌ها از این لوله استفاده کنند و مراد بطلبند. دست برقضا ورود شما با این روز تصادف کرد. راستش را می‌خواهید، ما از جنگ و جدال و قلتشن بازی و استثمار و استعمار و آیات شریفه در این جور حقه بازی‌ها

بیزاریم. حالا اگر از اجرای مراسم شرمگاه‌پرستی ما ترسیدید و خودتان را باختید، این دیگر گناهش به گردن ما نیست و از ته دل معذرت می‌خواهیم. پس شما آزادید و مهمان ما هستید - بیائید و بروید ولی البته بما کاری نداشته باشید و تمامیت ارضی و سماوی ما را محترم بشمارید. ما هم در عوض پل پیروزی شماخواهیم شد و مخصوصاً از اینکه ایسه بی‌مقدمه آمدید و ما را کشف کردید، بسیار خوشوقتیم و بعلت این پیش آمد، مقرر می‌داریم که هفت شبان و هفت روز این جشن تاریخی که مظهر میهن پرستی و وحدت ملی ماست همچنان ادامه پیدا کند. سپس یک سبد گنده پر از ریواس و آناناس و روناس و موز و جوز و بادام برزیلی و چندباری سیب زمینی استامبولی و یک صندق سیگار فیلیپ موریس و چند بطری کوکاکولا و دوسه من بستنی‌های رنگارنگ و ابریشمی و چند دوجین بسته سقز آدامس و مقداری شمش طلا و نقره و یک پیت بنزین هواپیمائی به پیشگاه کلمب هدیه کرد. بعد چپق سروته نقره خود را با توتون نوچه اعلا چاق نمود، یک پُک زد و به دست کلمب داد. کلمب هم دوسه قلاج پشت هم زد. سر کرده سرخ‌پوستان با لبخند گفت "دیگر ما برادر خوانده شدیم. ایسه بیا با هم برویم آثار ماقبل تاریخی آزتک را بهت نشان بدهم تا شاخ درب‌یاری."

برق طلا و نقره چشمان ازرق ناخدا کلمب را خیره ساخت و تودلش گفت: "هنی پدری ازتان درب‌یارم که یا قدوس بکشید،" در حقیقت دید که قافیه را باخته، با پرچم سفید که علامت تسلیم بود دماغ گرفت و پیروزمندانه در جوف جیبش نهاد. بعد سه گرهش را در هم کشید و تخم‌مرغ پخته رنگینی از پر شال خود درآورد و به سردودمان سرخ‌پوستان عرضه

داشت. سرکرده بومیان به شگفتی اندر شد و پرسید: "ایسه چطور یک تکه‌پارچه سفید در پر شال شما به این میوه خوش آب و رُنگ تبدیل یافت؟" ناخدا کلمب گفت: "اولاً که این میوه نیست. و مرغانه است و ثانیاً اگر گفتید چگونه می‌توان آن را از ته روی میز استوار ساخت، من کت شما را می‌بوسم، از مقاصد شوم استعماری چشم می‌پوشم و مرخص می‌شوم وگرنه همانا بعد از این شما تبعه سلطان عادل مالک ما که ملک‌الرقاب نصف ربع مسکون است خواهید بود." سرکرده سرخ پوستان هم پذیرفت اما هرچه زور زد نتوانست این مشکل را حل بکند. کلمب از خوشحالی دلش غنج می‌زد، ته تخم را به سختی روی میز کوبید و تخم مرغ هم مثل بچه آدم روی ته شکسته‌اش قرار گرفت. بعد سبیلش را تابید و گفت: "هنی شما مردمانی وحشی و گمراه هستید و از تمام مظاهر تمدن عرب و آزادی و دموکراسی بری می‌باشید. لذا تا دنیاست دنیا باید قید رقیت ما را به گردن بیندازید و همواره به ما ساو و باج و خراج و جزیه بپردازید و زن به خانه تان حرام و خونتان مباح است. این مظهر آلت تناسل هم که باعث قتل فجیع ۷۷ تن از اندلسی‌های اصیل‌زاده و نجیب‌زاده و جنتلمن شده از شما می‌گیریم و در عوض چند نفر کشیش یسوعی کارکشته که در شکنجه‌های مذهبی استادند به سرتان می‌گماریم تا هرکس به تثلیث و پدر ما که در آسمان‌هاست اعتقاد نداشته باشد حسابی دخلش را بیاورند. به اضافه هر چه خاک طلا و کلوخ نقره و زبیل آهن و زغال و نفت و پول و جواهر دارید از همین الان متعلق به السطان بن السطان و الخاقان بن خاقان دوس مردالینوس بن Dos Torero بن Dos Piscador بن Dos Matador بن Dos Toreador

بن Dos Merinos می‌باشد." Banderillro سر دودمان سرخ‌پوستان بور شد و گفت: "ایسه چون شما مهمان ناخوانده محترم ما هستید، چه قابلی دارد؟ این الهه هرزگی هم سگ‌خور، ارزانی ملکه اندلس باشد. اما از شما چه پنهان، زنان ما به آسانی از آن دل نمی‌کنند و اگر خدای نخواسته آن را غصب کنید می‌ترسم که دین و ایمان از دست برود و مردم گمراه شده به دین حنیف بگروند. پس شما را جان تالیان و تسیماتلان لااقل این صلیب که در دست شماست و بی‌شباهت به مچاچنگ نیست، برایطن بگذارید تا زمان ما زیر سایه بلند پایه دولت ابد مدت به دعاگوئی مشغول باشند." از این پیشنهاد گستاخانه، ناخداکلمب آتش خشم را به آب حلم تسکین داد و گفت: "هنی فضولی موقوف، حالا کار شما بجائی کشیده که به معبود ما هتک حرمت می‌کنید؟ گویا فراموش کرده‌اید که شما ملت عقب افتاده مغلوب و برده زرخرید ما هستید؟ اما من آنقدرها هم که شما گمان می‌کنید نمک به حرام و سنگدل نیستم." سپس دست کرد از جیب زیر جامه‌اش جعبه کوچکی در آورد که در آن مقداری مگس زنبور طلائی خشک شده بود. آنرا به رئیس قبیله داد و گفت: "هنی عوضش این کانتاریدین‌ها را بگیرید و بروید زیر سایه اقدس ملوکانه کما فی السابق مشغول جهالت باشید." و آن‌ها را رخصت داد. همین که سرش فارغ شد، به عنوان گزارش سایه دستی به دوست مردالینوس توشت که: "هنی به خاکپای جواهرآسای اعلاحضرت قدر قدرت سلیمان شوکت، فلک رفعت، خجسته حشمت، رستم هیبت، افندی صولت، فریدون مرتبت، امپراطور ممالک محروسه‌اندلستان سلطان البر و البحر فاتح ربع مسکون وینگی دنیا مسمی به: کلمب آباد. نظم:

خسرو غازی، شه صاحب ریال نامدار

شاه گردون قدر خورشید افسر جم اقتدار

ای که دنیا را خدا بهر وجودت آفرید

تا که تو در عرصه گیتی شوی گیتی مدار

مردم و گاو خر و اسب و شتر خلقت شدند

تا نهی بر گردنشان بار و کشی از جمله کار

خلق گیتی مفت و مجانی کشد بار ترا

تا تو باشی در کمال ناز و نعمت مفت خوار

ظلم تو عدل است و جورت لطف و قهرت آشتی

نار تو نور است و ننگت نام و پائیزت بهار

چون تو با مدح و ثنا و چاپلوسی دلخوشی

ما گدایان را بود مدح تو گفتن افتخار

میرود یک سر به قعر دوزخ و جوف جحیم

گر کند محکومی از زندان خشم تو فرار

تو رضای حق همی جوئی و حق از تو رضاست

پس چرا از خود نباشی راضی ای والا تبار

اما بعد، به موجب جبر جغرافیائی، مسافرت ما هفت هفته آزگار به طول انجامید و رزمنا و "قرطاجنه" برخلاف انتظار به ساحلی برخورد از بلاد یأجوج و مأجوج که سد سکندر و دیوار چین و خط زیگفروید به گردش نمی‌رسید و مسلح بود به برج و باروئی از کاهگل غیرمسلح و مجهز به

چماق‌های خودکار و عمودهای آتشین و گردونه‌های خمپاره افکن و ارابه‌های موشک انداز و زنبورک‌های خانمان برانداز و فشفشه و ترقه و پاچه خیزک و نارنجک و گرز اتمی و تخما. خلاصه، چه دردسرتان بدهم جنگ خونالودی در گرفت و هفت‌شبان و هفت روز به درازا انجامید. سپاه دشمن بالغ بود بر دوازده هزار سوار آراسته، چنانکه هر یک شیران مرغزاری و دلیران کارزاری بود، همه با مرگ شیر خورده و در کنار شیر شرزه پرورده پذیره ما گردید وروی به محاربت آورد. نفیر مردان راه صدا بر هوا بسته بود و وقع سم سمند ایشان پشت گاو زمین شکسته، بیت:

چنان شد زخم کوس و نعره و جوشن

که گردون پنبه محکم کرد در گوش

و صد زنجیر پیل که هر یک چون کوه بیستون بودند معلق بر چهارستون، چون در حرکت آمدندی و در صحن معرکه روان گشتندی تو گفتی مگر قیامت روی داده که کوه‌ها روان شده است، در خلال این احوال، از چهارمحال که محل ظهور دجال است، سپاهی بسیار با ساز و برگ بی‌شمار بیرون آمدند و قصد ما کردند. طرفین دست به تیروکمان و سیف و سنان برده بالاخره مهم به دست و گریبان رسید و سرهای سروران به سان گوی در میدان غلطان گردید.بیت:

دو جیش کینه ور از پای تا فرق

چو ماهی جمله در جوشن شده غرق

آوازه نقاره و نفیر و افغان سورن و کرنا گوش فلک را کر ساخت و ترس و رعب اندر دل سپاه دشمن انداخت آتش قتال التهاب یافته و از بسیاری استعمال تیغ و سنان، خون چون رود جیحون در فضای معرکه سیلان نمود. ناگاه تیغ یمانی آغاز سرافشانی کرده مرغ روح انسانی را از تنگنای قفس بدن فانی برپرانید و عقاب تیر تیزپر از آشیان کمان پرواز نموده مغز سرگردان و سروران را طعمه گردانید. مدت هفت شبان روز دیگر لشگر عالم سوز ما به غیر کشتن و بردن و سوختن و کندن به کاری نپرداختند و مقدار هزار هزار و ششصد هزار و کسری از سرخ‌پوستان ناپاک را به درجه شهادت رسانیدند و جمعی کثیر از ایشان خسته تیر تقدیر و بسته کمند گزند شدند. به‌طوری که بهرام خون‌آشام بر قله ازرق فام از مهابت آن بر خود بلرزید و آفتاب موفور الاحتشام زرد گشته بترسید. بالاخره استادان مکانیک مکینه‌های منجنیق را بر دیوار حصار آن بی‌دینان مردمخوار استوار کردند و آغاز خصومت آشکار ساختند و همین که سپاهیان هیمه فراوان در خندق انداختند مردم قلعه از خسارت خویش نادم گردیدند. مواضع حصین و قلاع متین آن جماعت بی‌دین را به زخم تیر و زوبین و فلاخن و سپنگ و قلاب سنگ در حیز تسخیر کشیدیم و کوتوال آن دژ را فرمودیم گردن زدند و روح خبیثش را به جانب دوزخ رهسپار ساختند. بسیاری از ایشان را به موجب آیه شریفه: "و لوانا کتبنا علیهم ان اقتلوا انفسهم او اخرجوا من دیارکم ما فهلوه." اگر ما براتان می‌نوشتیم که خودتان را بکشید یا از خانه‌هایتان خارج شوید این کار را نمی‌کردند.

به تیغ جهاد بگذرانیدیم و اموال و جهات اهل فضل را عرصه‌ی نهب و تاراج گردانیدیم. بروج قلعه مانند خاک راه هموار شد. بالاخره کار سرخ‌پوستان به اضطرار انجامید و سپاهیان دشمن گریز بر ستیز اختیار کردند. والله اعلم به حقایق الامور و هو علیم خبیر بذات الصدور، "باری، در طی جدال و قتال ۷۷ تن از جوانان ناکام و رشید مام میهن ما در حالی که سرود انقلابی "چون میهن نباشد تن من مباد" را می‌خواندند به خاک و خون در غلتیدند و شربت شهادت را لاجرعه سرکشیدند و به‌طور کلی تصدق شدند. و لیکن عاقبت سپاهیان دلیر بی‌باک ما چشم رخمی عظیم به دشمن وارد و از کشته آنان پشته ساختند و به مصداق آیه کریمه: "کم من فئه قلیله غلبت فئه کثیره." به درون قلاع و استحکامات آنان رخنه کردند. دشمن ناچار سرفرود آورد و تسلیم بلاشرط گردید. از جمله غنائمی که نصیب قشون ظفر نمون شد ۹۰ چرخ دورانداز، یازده هزار تیر پولاد و صد قاروره بنزین دشمن سوز و صد خروار کوس رعد آواز و صد پرچم زربفت و سیصد نقاب تیز چنگ با بیل و کلنگ غیره بود. برای نمونه اسلحه وحشتناک "قانون" را به پیوست با همین رزمنا و ارسال می‌دارد و با اسلحه نامبرده کافی است که ربع مسکون را در یک چشم بهم زدن تسخیر بفرمایند. اما چه نشسته‌اید؟ این سرزمین پهناوری که بدان دست یافته‌ایم، به قول اهالی آنجا تا کنون گمنام و ناشناس و مساحتش بی‌پایان است و ینگه‌ی دنیای قدیم به شمار می‌آید. هم چنان که پر است از فراوانی و اطعمه و اغذیه و اشربه و ادخنه و سیگارت‌های اعلا و کوکاکولا و سقز و سیب زمینی و ابریشمی و نایلون و خاک طلا و کلوخ نقره و اینجور چیزها. ـ خوشبختانه مردم هالوئی دارد که می‌توانیم از گرده آن‌ها کار بکشیم و

پدرشان را دربیاوریم. این‌ها را مورخین بی‌سواد و جغرافی‌نویسان دیمی "سرخ‌پوست" نام نهاده‌اند و حال آنکه به موجب تحقیقات علمی بسیار دقیقی که این‌جانب به عمل آورده است، پوست این مخلوقات از پنیر لاروچینی فغفور سفیدتر است. با این تفاوت که برای خودشیرینی و تقرب به درگاه حضرت رسالت پناهی و به احترام عنعنات ملی، تن خودشان را با گل ارمنی سرخ کرده‌اند، تا به این وسیله کاشفین ساده لوح را گمراه سازند و به آن‌ها تهمت سرخ پوست زده شود و اولویت نژاد اروپائی مسجل گردد. باری عرب سگ کیست و عربستان چه صیغه‌ای؟ و اولاً که از دولت سر قانون کسی جرأت نخواهد کرد که نگاه چپ به سرزمین مقدس ما بکند. ثانیا چشم شیطان کور و گوش شیطان کر، به فرض هم که خدای نکرده عرب‌ها دوباره اندلس را گرفتند، تازه هم اهالی ربع مسکون هم که به اینجا کوچ بکنند، هنوز گنجایش پنج برابر آن را دارد. لذا استدعای عاجزانه آنکه: هرچه زودتر عده‌ای سیاه برزنگی برای تولید تفرقه نژادی و یک دوجین کشیش کارکشته با دوستاق‌بان و متخصصین شکنجه و هرچه دزد و خونی و جاروکش و پاچه ورمالیده و ماجراجوست برایمان بفرستید تا دخل اهالی محترم اینجا را بیاوریم و ضمناً نژادی جانی بالفطره پدید آید اندر میان که اهالی اینجا بعدها خودشان را با خلوص نیت و صدق عقیدت Jehnny بنامند. ناگفته نماند که من برای این سرزمین مشغول تهیه نقشه نظم نو و دموکراسی تازه درآمدی هستم که تا دنیاست دست نشانده، بماند. عجالتاً برای شروع به موجب آیه شریفه: "فخذوهم و اقتلوهم حیث ثقفتموهم و اولئکم جعلنا لکم علیهم سلطلنا مبینا." حکم قتل عام اهالی را صادر کردم.- در این گیرودار،زیاده

از پنجاه هزار کس نقاب تراب بر عذار گلفام کشیدند و عالمیان را در فراق خویش قرین ناله و زاری و تشویش گردانیدند. این شد که رقم عفو بر جریده‌ی جریمه بر مخالفان کشیدم و برای بازماندگان رژیم هوا سیل را پیشنهاد کردم تا باد بخورند و کف صادر بنمایند. (نباید اشتباه کرد که هوا سیل را عموماً حواصیل می‌نویسند، و لیکن اصل این لغت هواسیر بر وزن بواسیر است. زیرا این مرغ از هوا سیر می‌شود و آنرا تبدیل به کف می‌نماید.) بهر حال باید کاری کنیم که اهالی اینجا برای ما جان بکنند و کار بکنند و به دعاگوئی ذات اقدس شهریاری رطب اللسان باشند. هم چنین بازداشتگاه‌هائی با آخرین وسائل مرک برق آسا تأسیس می‌نمائیم و سربازانی بر آن‌ها می‌گماریم با علامت U.S.A که خلاصه: "افسران سنده زاده اونور دریاها" باشد و رساله ای در علم کینه شتری و فن شریف داغ و درفش تالیف کرده‌ام که صدور اجازه چاپ آنرا از متخصص فقهیات وزارت فرهنگ و جاسوسان محترم شهربانی خواستارم تا هرچه زودتر در دسترس کشورگشایان محترم میهنم بگذارم.

ضمناً استدعای عاجزانه دارم، فرمانی به مضمون ذیل شرف صدور یابد که از این پس، به پاس کشفیاتم، این سرزمین ناچیز که به ینگه‌ی دنیا معروف است "کلمب آباد" نامیده شود. در خاتمه معروض می‌دارد که فدوی قضیه فیزیکی محیرالعقولی در این سفر کشف کرده‌ام که بعدها به اسم قضیه "تخم کریستف کلمب" معروف خاص و عام خواهد شد. استدعا دارم مقرر فرمائید این اختراع بزرگ را به نام خایه‌ی حقیر در تواریخ ثبت نماییندو امر بندگان اعلیحضرت همایونی را به وسیله‌ی کبوتری برق‌آسا به جان نثار ابلاغ کنند. امر امر مبارکست. سپس ناخدا کلمب

فرمان داد لوله چرخدار را به اضافه هفت نفر بومی که متخصص پر کردن و درکردن آن بودند، به عنوان مستشاری در رزمنا و قرطاجنه بگذارند و به سوی اندلس روانه بشوند.

بعد به موجب آیه کریمه: "فان تولوا فخذوهم واقتلوهم حیث وجدتموهم ولاتخذو انهم ولیا" ولانصیرا" حکمی صادر کرد تا همه اهالی آن دیار را اول شکنجه و بعد هم قتل عام کنند و دارائی آن‌ها را به نام بشریت و آزادی و تمدن پراکنی و عدالت اجتماعی و مذهبی دموکراسی قدیم و جدید بچاپند و بازماندگان آن‌ها مجبور بودند از کدیسار و عرق زهار شب و روز کار بکنند و دسترنج خود را تقدیم خاک پای ناخدا کلمب بنمایند. مخصوصاً دستور داد پوست سر دودمان سرخ‌پوستان را کندند و روی دنبک کشیدند و گوشت و استخوانش را هم در دیگ آب جوش انداختند همین که خوب مغز پخت شد آن را جلو کچل کرکس‌ها ریختند. ضمناً قوطی محتوی کانتاریدین را از جیبش درآوردند و دوباره به کلمب پس دادند. القصه، صبح زود جارچی راه می‌افتاد و بی‌خود فریاد می‌کشید: "مزد آن گرفت جان برادر که کار کرد،" اما کسی که مزد نمی‌گرفت کسی بود که کارکرده بود. مردم هم چون فارسی سرشان نمی‌شد و بعلاوه همه لغت‌ها معنیش وارونه شده بود، گمان می‌کردند این یک جور افسون و یا فرمول جادوگری است که برای دفع گزند جن و پری مؤثر است. فقط روزهای یکشنبه تعطیل عمومی بود و برای سرگرمی اهالی، یا مسابقه شترتازی را ترتیب دادند. توضیح آنکه: چون اندلسی‌ها تخم نابسم‌الله و یا حرامزاده بودند، (یعنی قبل از اینکه کمپانی لیمتد اسلام اختراع بشود همه مردم تخم نابسم‌الله بوده‌اند و شیطان به‌طور مستقیم

و یا غیر مستقیم در تولید مثل آن‌ها شرکت داشته است.) و خشونت و بدجنسی را از اعراب به ارث برده بودند، این بود که گاو و اسب یعنی دوجانور عزیز دُردانه‌ی آریائی‌ها را در میدان‌های مخصوص تحریک می‌کردند و به جان یکدیگر می‌انداختند و فی‌المجلس آن‌ها را قتل عام می‌کردند. اما در ینگی دنیا که وارد شدند، از کینه‌ای که به اعراب می‌ورزیدند، بجای اسب شتر جمازه که جانور مقدس اعراب بود با گاو یالدار که جانور سوگلی اهالی آن سامان بود بجان یکدیگر می‌انداختند و بعد هم در ملاءِ عام شتر را با نیزه نحر می‌کردند. حالا گور پدر اندلسی‌ها و کثافت‌کاری‌هائی که کردند تا امر تقیه را به روز امروز نشاندند که نشاندند این دیگر از موضوع ما خارج است.

این‌ها را اینجا داشته باشیم، ببینیم چه بسر لوله و یا توپ رضی الله عنه آمد. اگر خوانندگان گرام فراموش نکرده باشند، سابقاً اشاره کردیم که یکی از اجزای جدائی‌ناپذیر توپ مرواری، ماده‌ای بود بنام کارنتاریدین که عصاره همین مگس‌های کانتارید اسپانیولی است که ناخدا کلمب از جیبش و یا درست‌تر بگوئیم: از جیب زیر جامه‌اش درآورد و به رئیس قبیله داد که مثل مهرگیاه و مهره مار و کس کفتار خاصیت شهوت‌انگیز دارد. حالا خودمان تعجب می‌کنیم: در صورتی که ناخدا کلمب این تحفه نطنز را نخستین بار به ینگی دنیا برده بود، چطور ممکن بود که زرادخانه‌چی‌های بومی کستاریکا این ماده را قبلاً در آلیاژ لوله توپ به کار برده باشند؟ البته وظیفه اخلاقی مورخ است که از لحاظ بی‌طرفی این مطلب را مطرح بکند. متأسفانه، در این باب اطلاع کافی نداریم و باید اقرار کنیم که چون نسبت به وجود این ماده هم شک داریم احتمال قوی می‌رود که عصاره همان

سیگار ماری‌یوانا و یایوهانبین باشد که برعکس کوکائین تولید شهوت می‌کند. و لیکن یوهانبین را سیاهان آفریقا بعدها با خودشان به امریکا بردند. به‌هرحال، این موضوع را به قید احتیاط تلقی می‌کنیم، دیگر خواننده گرامی خود داند، یادمان رفت بگوئیم که وقتی ناخدا کلمب این توپ را دید به شگفتی اندر شد و به ایتالیائی که به زبان ناخواهریش بود گفت: Canonne لغت canon فرانسه همان کانن یونانی و زاکن روسی بمعنی قانون است که عرب‌ها چون از بیخ عرب بودند، ناچار برای اینکه شیرفهم بشوند معربش کردند. (اما هیچ ربطی با سازی که قانون می‌نامند ندارد.) باری، کلمب به زبانی می‌خواست بگوید: "هرکس توپ دارد؛ قانون هم با اوست." بعدها ناپلئون همین جمله را دزدید و مسخ کرد و گفت: "حق تخم لق است، حرف حق از دهنه توپ درمی‌آید." بهر حال اسم تخمی "قانون" روی توپ ماند. ولیکن هنوز پای این بخوبریده‌ها و دزدان دریائی به خلیج فارس باز نشده بود و رنگ مروارید را در خواب هم ندیده بودند تا این توپ را "قانون مروارید" بنامند.

باری به هر جهت، زمانی که ملوانان اندلسی به هزار زحمت این توپ را به‌جای خلیفه المستاصل من‌الله، لای نمد پیچیدند و توی رزمنا و باربندی کردند. و هفتت نفر قانون‌چی و یک نفر کشیش و یک جادوگر مترجم جهود را از زیر قرآن و قلعه یاسین گذراندند و در رزمنا و جای دادند، کشتیبانان گروهی از زنان فاجره‌ی بومی را دزدکی وارد رزمنا و کردند. بادبان را برافراشتند و قطب‌نما را میزان کردند و رزمنا و سوت کشید و به راه افتاد. هنوز چندان از ساحل دور نشده بود که معلوم نبود چه شیطانی زیر جلد این موجودات معلوم الحال مادینه رفت. افتضاح غریبی

به پا شد. زن‌های فاجره لوله را از لای نمد در آوردند و روزها کتاب ویس و رامین و کاماسوترا و الفیه شلفیه می‌خواندند و شب‌ها با لوله این توپ الله کلنگ بازی و کرم کشی می‌کردند. به‌طوری که کشیش و جادوگر و ملوانان، اخلاقشان پاک فاسد شد و از صراط مستقیم بکلی منحرف گردیدند. رزمنا و قرطاجنه و کاشف ینگی دنیا معروف به "گُلُمب‌آباد" از بسکه تویش کثافت‌کاری کردند، مبدل به بزمنا و گردید. آنقدر در آن اشربه و اطعمه و ادخنه صرف شد و لهو لعب و سحق و ملامسه انجام گرفت که ریغ ملوانان محترم درآمد. به‌طوری که اگر از بالا دماغشان را می‌گرفتی، از پائین جان به جان آفرین تسلیم می‌کردند. حالا دیگر چه دردسرتان بدهم، همین که رزمنا و قرطاجنه بعد از هفت هفته مسافرت کنار لیسبن کرسی‌نشین پرتغال که آن وقت مردم از روی نفهمی و بی‌اطلاعی از علم شریف جغرافیااین کشور را لوزیطانیا می‌نامیدند لنگر انداخت، سرنشینان آن هم چنان مستان طافح درهم می‌لولیدند و به زبان بی زبانی می‌قولیدند: "خوشباش دمی که زندگانی این است."

حالا از اینجا بشنوید که پادشاه لوزیطانستان اعلیحضرت دسپراتوس Desperatous که تازه سری توی سرها آورده بود می‌خواست اظهار لحیه بکند و به تقلید ملت دوست و همسایه خود اندلس جهان‌گشائی‌هائی بنماید تا بتواند بگوید: "ما هم برای خودمان گهی هستیم،" ظاهراً با برادران اندلسی خود لاس می‌زد، اما در باطن به خونشان تشنه بود. آمریق و صبوص دریا سالار لیسبن و Fleet Home به محض اینکه شنید رزمنا و قرطاجنه در آب‌های سرقباله میهنش لنگر انداخته است، برای سرکشی و بازرسی بهداشتی و اخلاقی و انظباطی، بدو بدو به سراغش

رفت. بعد از آنکه یک جلد ترجمه عربی تورات هفده منی عهد عتیق به خط بایسنغر آورد و مُهر کرد و سوگند وفاداری غلیظی به خدا و شاه و میهن (که حرف اول آن به صورت خشم در می‌آید) خوردند، چند تا غراب شراب پرتو Porto عالی بناف سرنشینان رزمنا و بست. وقتی خوب خوب کله‌پا شدند، یواشکی دست کرد در جیب مترجم مخصوص و پیام ناخدا کلمب را در آورد. مُهرش را شکست و با چشم‌های ناسور سنده سلامی خود آنرا بزحمت خواند و اتخاذ سند کرد و خمس ربع مسکون بنام "کلمب‌آباد" کشف شده و از همه مهمتر، "قانونی" برای پادشاه اندلس فرستاده‌اند که می‌تواند با آن در یک لحظه باقی دنیا را کفلمه بکند. با خودش گفت: "چه مردی بود کز زنی کم بود؟ چرا من اسم وامانده‌ام را روی باقی ربع مسکون نگذارم که جاودان بشود؟ الان من هم اقدام مقتضی برای خدمت به میهنم بعمل می‌آورم تا اسمم را مثل این مردکه نکره خمس مسکون را بنام نحس نجس خودش معروف کرده، لااقل من هم به یک قسمت دیگرش می‌دهم. "فوراً" زنگ زد، اسب بادپیمایش را که از تخم و ترکه شبدیز بود زین کردند. سوار شد و بی‌محابا تا کاخ ابیض یکنفس تاخت. باوجوداینکه اسم شب را نمی‌دانست، یک سره دوید توی اطاق نشیمن ذات اقدس شهریاری دسپراتوس. در این وقت اعلیحضرت داشت مطابق دستور کتاب "علاج الاسقام" روی بواسیرش را که قبلاً زالو انداخته بود ضماد تواغج می‌گذاشت. از گستاخی دریاسالار خاطر ملوکانه سخت برآشفت، اشاره به میرغضب‌باشی کرد که سر دریاسالار را دردم از تنش جدا سازد. دریاسالار گفت: "اعلیحضرتا قبله عالم سلامت باشد، بنده از راه دیوئی به بواسیربوسی ذات اقدس شرفیاب

شده‌ام" غریب اینست که اداءِ این سلام همان و جادرجا بهبود سنده سلامش همان. لکن افسوس که میرغضب باشی مهلتش نداد و سرش را بی‌درنگ ختنه کرد. درحالی که امریق و صبوص به زبان حال می‌سرود، بیت:

چرا عمر دراج و طاووس کوته؟   چرا ماروکرکس زید در درازی؟

ناگفته نماند که مرحوم آمریق و صبوص شاعری شیرین سخن بود و قبل از اینکه رخت به سرای عقبی بکشد قصیده‌ای در مدح بواسیر ملوکانه سروده بود که این چند بیت از آن به دست ما آمد. نظم:

ذات شاهانه چون یبوست یافت،   گشت کون مبترکش خونی،

بس که در مستراح شاهنشاه،   زور زد همچو مرد افیونی،

پاره شد مقعد همایونش،   از یکی سنده همایونی.

باری، همین که آتش خشم ملوکانه فرو نشست، چون سواد حسابی نداشت (زیرا نمی‌توانست لغات استخودوس و ذوسنطاریا وقشعریه و ملاقه و جلیذقه و قزلقورت را با املای صحیح بنویسد.) خوش‌نویس‌باشی دربار را فوراً احضار کرد. خوش‌نویس‌باشی که خط بسیار شکیلی داشت و در دایره‌ی نونهائی که می‌نوشت همیشه سه نقطه بیشتر جا نمی‌گرفت و جملات تملق‌آلود غلمبه سلمبه بی‌معنی فراوان از بر داشت زیر کرسی با اهل بیت اطهارش خوابیده بود، به ضرب دگنگ با پیرهن و زیرشلواری

به حضور شاهش بردند. اوهم خر شد و پیام ناخدا کلمب را از سیر تا پیاز، اززبان ایتالیائی که زبان خواهرخوانده‌اش بود به زبان شوهر ننه‌اش لوزیطانی سره برای شاه ترجمه کرد و مورد تفقدات مخصوص ملوکانه واقع شد. و لیکن اعلیحضرت از شتابزدگی خود منفعل و خجل و از کرده خود پشیمان شد و نشستنکی فرمان عفو عمومی برای اهالی ینگی دنیا صادر کرد. به شرط اینکه به پاس جاسوسی میهن‌پرستانه دریاسالار، از این به بعد اسم آمریق و صبوص را روی قاره ینگی دنیا بگذارند. (جای بسی تعجب است که اهالی محترم ینگی دنیا هم بی‌چک‌وُچانه زیر بار رفتند و احمقانه با آنکه ناخدا کلمب کبوتر آزادی و دموکراسی و کاشف آنجا بود، این اسم نخاله را بریش گرفتند و اسم دریاسالار لوزیطانی را روی قاره خود گذاشتند تا روحش در آن دنیا شاد بشود.)

دسپیراتوس که جرثومه‌ی گند دماغ از خود راضی و ماجراجوئی بود و شرح حال رستم را در کتاب "مرآه الکذب" به دقت خوانده بود، خیال جهان‌گشائی در کله می‌پروراند. چند پک جانانه به یک سیگار تاج مشتوک‌دار زد تا حواسش سرجا آمد و فوراً شورای عالی نظامی تشکیل داد و در نتیجه حکم صادر کرد که چون پای منافع حیاتی و مصالح عالیه کشور در میانست و اسرار نظامی نباید جائی درز بکند، لذا خوش‌نویس‌باشی که دهنش لق بود و همچنین تمام سرنشینان رزمنا و قرطاجنه را به بهانه‌ی شرب خمر و فقاع پرتو برای عبرت سایرین ابتدا حد بزنند و سپس سرشان را ازتن بگیرند. باری اعلیحضرت تصمیم گرفت ابتدا کلمب آباد را از چنگ اندلسی‌ها در بیاورد و بعد هم حقه سوار بکند و با اسلحه‌ی سهمناک "قانون" دخل ربع مسکون را بیاورد. لذا لباس

غضب بر تن استوار فرمود و روی مبارک ترش نمود و سوگند آبداری بدین مضمون یاد کرد که: "ایها الناس، ما فاتح ربع مسکون که همه اجدادمان پشت اندر پشت قبل از هبوط آدم ابوالبشر تا امروز همه سلطان بن السلطان و خاقان بن الخاقان بوده‌اند و لباس‌های زرورق زده می‌پوشیدند و تاج‌های جواهرنگار به سرشان می‌گذاشتند، به پدر خدا و پسر او که هر دو در ملاءِ اعلا سرگردانند و روح القدس که مکانش بر ما معلوم نیست و به نان مقدسی که فطیر است و ایضاً به خون عیسی علیه‌السلام که از شراب ناب است و گیسوی بریده مریم مجدلیه که فاطمه فیل کس آنزمان بود قسم... همین الان لشکری جرار بفرستم که علاوه بر خمس مسکون، هفت پرکنه هند را با مردمان وحشیش که به‌جای پرتقال موز و لوز و جوز و نارگیل و زنجبیل و هلیله و بلیله و روغن شمبلیله و زنیان و ادیان و مامیران و فوفل و فلفل و هل و میخک و دارچین و انقوزه زهر مار می‌کنند و از اخلاق جدید و دموکراسی و علم و تمدن غرب و فرهنگ و مذهب و ماتریالیسم جغرافیائی و مرکانتی‌لیسم بی‌خبرند، بهشت عنبر سرشت بکنم. زیرا پدر، که در آسمان‌هاست خوش نمی‌دارد که ما از همه مزایای علم و فرهنگ و تمدن و اخلاق و آزادیچی‌گری و روشنفکرچی‌گری و دموکراسچی‌گری و مبارزه‌چی‌گری و هوچی‌گری برخوردار باشیم و آنان نی، گواه با همین اسلحه قانون می‌باشد که بطرز معجزه‌آسا عنایت الهی در کف کفایتمان گذاشته است. زنده باد آزادی، مرگ بر عمال ارتجاع که به ما باج و خراج نمی‌پردازند و حضرت پاپ را به رسمیت نمی‌شناسد. جاوید باد هرچه کشیش است و پاینده باد شکنجه‌های استادانه آن‌ها. زنده باد خودم، شراب برای همه،

پرتقال برای همه،" این خطابه آتشین در میان کف زدن ممتد حضار قرائت شد.

توضیح آنکه: ذات ملوکانه در نظر داشتند اول فقط یک سوگند کوتاه میل فرمایند، ولی بعد چانه‌شان گرم شد و قسم ایشان به یک سخنرانی محیرالعقول میهن‌پرستانه مبدّل گردید. ما سعی کردیم عین متن لوزیطانی آن را از روی نسخی که در کتابخانه‌های ملی غرناطه و قسطلونه و اشبیلیه و جلیقیه و طلیطله و القنطره و اشبونه و بارثلونه و برغس و طبرق و مبرالحکیم وجود دارد استنساخ نمود، پس از مقابله و تصحیحات و تعلیقات و حواشی لازمه در معرض استفاده و استفاضه قارئین گرامی بگذاریم. بدبختانه چون از بیخ عرب بودیم و از لسان عذب البیان لوزیطانی اطلاع کافی و شافی نداشتیم، این بود که به ترجمه‌اش اکتفا نمودیم. امید است که همگان را مقبول و مطبوع افتد. باری فوراً شب شش گرفتند و رزمنا و قرطاجنه را "لوزیطانیا" گذاشتند و ناخدا و اسکود و گاما را که از زور شجاعت و دلاوری داستان هفت‌خوان اسفندیار را معتبر نمی‌دانست و به وقت پیکار و تیغ گذاری با رستم دستان و سام نریمان مقاومت می‌توانست و هروقت بر صف اعدا می‌تاخت به هر حمله مبارزی را بر خاک هلاک می‌انداخت و هر پهلوانی که با آن یل پیلتن در می‌آویخت اگر خود کوه آهن بود از هم فرومی‌ریخت و بر هر صف دشمن‌شکن متوجه می‌گشت اگر همه سد سکندر بود اجزایش را از یکدیگر می‌گسست به فرماندهی کل آن رزمنا و نامزد گردانیدند و به دریافت لقب امیرالبحر که گویا دریاسالار باشد مفتخر نمودند و به عنوان وزیر الوزرای خود مختار کشتی‌های اعزامی روانه ینگی دنیا کردند. تا

بوسیله "قانون" اول ناخدا کلمب را سمبل بکند و بعد هم خطه ینگی دنیا را به اضافه هفت پرکنه هند زیرنگین دسپراتوس بیاورد. قشونی که به او دادند مرکب بود از اکراد و الوار و سیلاخوری و بخوبریده و قداره‌بند و دزدان دریائی و سیاه آفریقائی و محکومین به حبس ابد که با زن و بچه و زال و زاتول از میان قلعه یاسین گذشتند و "یاهو" کشیدند و توی کشتی‌های اسقاط چپیدند. در ضمن چون قوت غالب اهالی لوزیطانستان پرتقال بود، اعلیحضرت چندین صندوق پرتقال برای توشه راه به آن‌ها اعطا فرمود. باری باد موافق وزید، بادبان‌ها را افراشتند و کشتی‌ها به راه افتاد. این را داشته باشید تا ببینیم چه به روز پهلوانان داستان ما آمد.

روزهای اول دریا بسیار آرام بود دریاسالار و اسکودوگاما از شنگولی در پوست نمی‌گنجید و هر شب در خواب می‌دید کریستف کلمب تخم مرغی در دست دارد و او با ساطور سرش را از تن جدا می‌کند. ناگهان طوفانی عظیم برخاست و کشتی‌ها که گیجه گرفتند و از آن به بعد دیگر نمی‌دانستند به کجا می‌روند. و اسکودوگاما خیالاتی شد و شب‌ها خواب آشفته می‌دید: دائما در عالم رویا به نظرش می‌آمد که تخم شترمرغی دردست دارد و کریستف کلمب با گرزی آتشین بر فرقش می‌نوازد. خلاصه اینکه هیچ کس نمی‌دانست کشتی‌ها به کجا لنگر خواهند انداخت. همین‌که هوا دوباره بخوبی گرائید، در رزمنا و لوزیطانیا که حامل قانون و یا توپ بود، قشقرق عجیبی بپا شد: تسویلات شیطانی و تخیلات نفسانی بر سرنشینان آن غالب گردید، زنها یائسه آبستن شدند و دختران نه ساله شوهر کردند و مادینه‌های نروک هم از صبح تا شام عور و اطوار می‌ریختند و قرو غربیله می‌آمدند و برای انبساط خاطر، کتاب ویس و

رامین و کاماسوترا و الفیه شلفیه می‌خواندند. اتفاقاً زد و سیراب سلطان، زن شادروان آمریق و صبوص که متعه و اسکودوگاما شده بود. یک شکم دوقلو زائید. دریاسالار از این پیش آمد سخت نگران شد. لذا عوض اینکه به ینگی دنیا برود، سر خر رزمنا و را کج کرد و در کرانه جزیره هرمز لنگر انداخت.

واسکودوگاما اول ترسید پیاده شود، لذا جهودی شمعون نام که به لباس مبدل کشیش در آمده بود و اسمش را بابا سیمون Père Simon گذاشته بود و زبان آزتک که زبان درباری ینگی دنیا بود مثل ابن‌بطوطه حرف می‌زد، کتاب تورات جیبی که در بغل داشت درآورد و استخاره کرد. از قضا، کتاب حزقیال نبی باب چهارم آمد و نوشته بود: "و قرص‌های نان جو که می‌خوری آن‌ها را برسرگین انسان در نظر ایشان خواهی پخت. و خداوند فرمود: به همین منوال بنی اسرائیل نام نجس در میان امتهائی که من ایشان را به میان آن‌ها پراکنده می‌سازم خواهند خورد." دستی به ریش بزیش کشید وگفت: "از این قرار نانم توی روغن است." سپس صلیب به دست وارد بندر شد. خودش را لوس کرد، به اهالی خیرمقدم گفت و با همه به زبان آزتک چاق‌سلامتی نمود. فرخشاد ناخدا سالار آنجا را شک برداشت چون شب قبل شخص مجهول‌الهویه ای که لهجه خارجی داشت اختراع او را ربوده بود و این اختراع عبارت بود از قوطی مخصوصی شبیه تله موش که در قبر پهلوی مرده می‌گذاشتند و این آلت خودبخود می‌پرید و خایه نکیر و منکر را شب اول قبر می‌قاپید. این بود که ظنین شد و یخه چرکین بابا سیمون را گرفت و با پس گردنی او را نزد هرمزان استاندار استانداران جزیره هرمز برد. منجمین و ساحران و جن‌گیران

لوزیطانی که سر ناخدا سالار را دور دیدند، این پیش‌آمد را به فال نیک گرفتند. منجم‌باشی رزمناو ورمل و اسطرلاب دید، به پابوسی امیرالبحر شتافت و عرض کرد "طالع دولت روزافزون ما در غایت قوت است اختر شوکت دشمن درنهایت ضعف." کشیش‌های متخصص مراسم عقد و زایمان و اعتراف و مرگ و میر که این سخن شنیدند قند توی دلشان آب شد و به مصلی رفتندوشکر حضرت باری را به‌جای آوردند. (فراموش نشود که کشیش‌ها و آخوندها در آن زمان هم ستون پنجم اشغالگران خون‌خوار فاشیستی بودند و به محض اینکه سروُکله‌شان از دور پیدا می‌شد، مردم ماست‌ها را کیسه می‌کردند و پیه همه جور پیش آمدهای شوم را به تنشان می‌مالیدند.)

باری، پس از این واقعه، ماجراجویان و جانیان و دزدان دریائی لوزیطانستان بی‌سرخر پیاده شدند و پرچم دولت ابد مدتشان را جلو بندر به اهتزاز درآوردند. دریاسالار و اسکودوگاما برای اینکه آیه شریفه "عقربک تاریخ به عقب برنمی گردد." دروغ از آب در نیاید، گزارشی برای دسپراتوس به این مضمون تهیه کرد: "الهی نه نه به نام تو، بلکه به نام عیسی مسیح، خداوند نجات دهنده ما که در آسمان‌هاست، درود بی‌پایان و حمد بیکران شهنشاهی را سزاست که ربع مسکون بی‌چراوُچون، به کف کفایتش جنات نعیم و حمیم قهرش مرطاغیان را نار جحیم است. ملکا، پروردگارا، جبارا، قهارا، غدارا، خدایگانا، تیغت برا و دشمنت فناباد، اما بعد: همین‌که به روز میمون و ساعت فرخنده بادبان برافراشتیم و قصد بلادینگی دنیا کردیم، پاسی نگذشت که ابری هیولا، چون کوه هیمالایا از کرانه آسمان برآمد و طوفانی عظیم برخاست. از غریو تندر غرش برق و لغزش کوه،

جهان چون شب ظلمات تیره و تار گشت. ناگاه اژدهائی سترگ پدید آمد که از چشمش دود و آتش بَرمی‌آمد و از کامش ریم و نار جحیم. پهنای وی سیصد فرسنگ بود و درازای او را خدا می‌دانست. چنان نعره برکشید که از نفیرش لرزه بر اندام لشکریان افتاد. من گفتم: "نترسید و تماشا کنید، هیچ زیان نخواهد رسید. زیرا ما برحقیم و برای سرکوبی غاصبی چون ناخدا کلمب می‌رویم." اسم اعظم خواندم و بر او دمیدم. لیک آتش گرم من بر هیزم تر وی اثر نکرد. دم درکشید و همچنان حضرت یونس که در دل ماهی شد، جمله کشتی‌ها را فرو داد. چون دیدیم که در شکم مار گرفتارآمده‌ایم، همه به سجده‌اندر شدیم و شکر حضرت باری را بجای آوردیم و دانستیم که خدا کریم و رحیم است اما آزمایش‌ها خواهد کرد، چنان که بر ایوب پیغمبر صلواه الله و سلامه علیه گذشت. مدتی بر این برآمد، از کشتی‌ها پیاده شدیم و درشکم اژدها به سیر و گشت پرداختیم. جایتان خالی جائی بود بس فراخ و شگرف همچون دژ اشکفت دیوان بود. به هر سو نگران بودیم و انگشت حیرت به دندان گزان. دالان‌ها و دهلیزهای مصفّا و کاخ‌ها و بساطین زیبا گسترده داشت. ناگهان سواری از جانب مسجد خرابه‌های بیرون جست و قصد ما کرد: مبارز می‌طلبید، خفتان در بر و کلاه خود فولادی بسر داشت. اسب بادپائی سوار بود و تیغی هندی بر میان و نیزه‌ای بر دست داشت که هرگاه بر سنگ زدی گذرکردی. چپ بر خانه زین نشسته بود، مرکب برانگیخت تا در میان برابر من رسید. پناه به خدا بردم که الرحمن الراحمین است. خواستم با خنجر چون خیار تر دونیمش سازم، لکن تیر را بر چله کمان نهاده زه را کشیدم و شست را از تیر رها کردم. تیر غرش‌کنان از مهره پشت وی

گذشت و به اسپرز آن پتیاره کارگر افتاد. اژدها عاجز شد که: "چه بلاخوردهام" در تب و تاب آمد. من و لشکریان فوراً برگشتیم و بر کشتیها نشستیم. اژدها که دید طعمه زیانکار است و آزار میدهد، ما را کنار جزیرهای از اقلیم پنجم قی کرد و با نهیبی صاعقه آسایک موی از زهار خویش کند و به سوی من پرتاب کرده این موی را در آتش افکن، دردم به مددت خواهم شتافت" و خود ناپدید شد.

این جزیره را که اکنون هرمز مینامند، در طلسم فولادزره واکوان دیوار وروره جادو بوده، تمام ساحلش مسلح بود به قلاع و بروج محکم شده با ملاط و ساروج مانند بیضه مرغ سپید، که پای موربر آن میلغزید. همین که در کنار جزیره لنگر انداختیم، هفت خوان رستم را به چشم خود دیدیم و دام زنگوله دیو و علیقه جادو را درنوردیدیم. چنانکه فردوسی طوسی افغانی علیه الرحمه فرموده:

چنین جنگ و پیکار و چندین غریو	چو مردم نماند، آزمودیم دیو
به تن سهمناک است و چیره سوار	که دیگر که این دیونا سازگار

خلاصه، پس از هفت شبان و هفت روز پیکار خونین که با دیو و جادوگر و اژدها و سیمرغ و دوالپا و نسناس و سندباد دریائی و عفریتیان و جنیان و پریان و از ما بهتران در پیوست. طلسم جزیره شکست و پیروزمندانه با لشگر و خواص و سرهنگان وارد هرمز شدیم. خیمه و خرگاه بزدیم و ضیافت تیار فرمودیم کردن. سفرهی زربفت گسترانیدند و خوانسالاران کاسههای پشمی و بلورین و با رفتن و حلواهای رنگارنگ و لوزیات طرح

طرح و میوه‌های گوناگون به پیش نهادند. بعد از آن، به کشیدن طعام و آشامیدن شراب گلفام اشارت کردیم. مجلس عیش و نشاط بر پا شد. ساقیان زهره جبین در لباس‌های سندس و استبرق و حور عین کامثال اللوء للوء المکنون اقداح راح ریحانی در گردنش آوردند و مغنیان طرب ساز و سازندگان نغمه پرداز، آغاز نواختن چنگ و عود و ارغنون کردند. هنوز سلاح و سرهنگان و نقیبان و یساولان و هیبت کافران و دبدبه‌ی فرعونیان که از حد و حصر بیرون بود، چون برق لامع می‌گذشتند و دسته‌ای چون باد صرصر. با خود گفتم: "جل الخالق، الهی تو آگاهی و عالم السر و الخفیاتی،" که ناگاه لشکر دشمن اندر رسیدند و به پیشگاه ما آمدند و دسته دسته و گروه گروه سر اطاعت و عبودیت و انقیاد بر زمین سودند و گفتند که: "از زمان حضرت آدم علیه السلام ابی یوم الحاضر، این جزیره در طلسم دیوان بوده است و کیومرث و افراسیاب تورانی هم نتونستند طلسم اینجا را شکست." و شکر حضرت باری بجای آوردند.

"اما در خواص این جزیره: دیاری است دلگشا و سرورانگیز و جان‌فزا و فرح‌آمیز. عذوبت ماء و لطافت هوا و نزاهت بساتین و طراوت سبزه و ریاحین این سرزمین را قیاس نتوان کرد. رشته جبالش سلسله جنبان عقل و دین و دره و ماهورش رشگ خلد برین. منظرش بدیع و مرتعش وسیع، هوایش همیشه بهار، زمینش چمن و گلزار. خیابان‌هایش فراخ، قصورش گستاخ. خلاصه، سراسر باغی است چون گلستان ارم، آراسته به درختان نارنج و لیمو و شفتالو و گل مریم و کاملیا و عقاقیا و زمینش پوشیده از سنبل و قرنفل و بر شاخ درختانش هوبره و بلبل. آسمان روشن و صاف،

افق جوشن شفاف. مرغان و هزار دستان بی‌شمار با نگ برآورده به زبان فصیح تسبیح می‌گویند: "لا اله الا الله، محمد رسول الله علی ولی الله حقا" حقا، سنگریزه‌ها از لعل و یاقوت و در یتیم و زبرجد و مرجان، کنگره‌ی قصرها از گوهر شب فروز و فیروزج و مروارید غلطان. سه جوی دروی روانست: یکی از خمرو یکی از شیر و یکی از انگبین. حوران شیرین بیان و عورت‌های چرب زبان هرمز زنجیر خاطر و بلای مسافرند. بیت:

چشم مسافر چو بر جمال وی افتاد،

عزم رحیلش بدل شود به اقامت.

ولیکن مردانش کافر حربی، زنار بر میان و کف بر دهان،کفرگویان و پای‌کوبان بر کوی و برزن دوان می‌باشند و سلامشان «بند از آسان» است. اما در جهت وضع نظامی این جزیره سهمناک دژی است که کلید هندوستان و ایران و توران و چین و ماچین و جابلقا و جابلساست. این بود اندکی از هزار و مشتی از خروار از آنچه بر سر این حقیر فانی جانی گذشت. حال خاطر عاجز مبارک تصدیق خواهند فرمود که با چنین ماجرا عذر فدوی خواسته است و حمله به ینگی دنیا و دستگیری ناخدا کلمب، عجالتاً امری است بس دشوار و بلکه بی‌رودرواسی محال. اکنون که زندگی جزیره به حال عادی برگشته، دستور دادیم قانون را در بندرگاه نصب کردند و گردن دریاسالار این جزیره را از بار سرسبک ساختند. و بومیان را به مصداق آیات ربانی و کلمات سبحانی "قاتلوا الذین لا یومنون بالله و لا بالیوم الاخر و لا یحرمون ما حرم الله و رسوله و لا یدینون دین

الحق من الذین اوتوا الکتاب حتی یعطوا الجزیه عن یدوهم صاغرون."
هرکس جزیه پرداخت جان به سلامت برد و دیگران را به تیغ بی‌دریغ
گذرانیدیم، به مضمون آیه کریمه: "اقتلوا المشرکین کافه." زیرا که مرگ
ارزان بودند و بر ما واجب است که مشرکین را قلع و قمع بکنیم و هم‌چنین
دستور دادم اموالشان را چپاول کردند تا مشمول نظر عاطف پادشاهانه
گردند. ولیکن چنان که خداوند خدا در سفر اعداد فرمود: "و از زنان هر
دختری را که مرد را نشناخته و با او همسر نشده برای خود زنده
نگاهدارید." این بود که زنان زیبا و دختران رعنا و نیکولقا را به سپاهیان
سپردیم تا کام دل برانند و چهار صباح عمر را به خوشی و شادی بگذرانند.
اما نکته مهم اینکه هفتاد نفر از سرنشینان کشتی‌های اعزامی که بیشتر
آن‌ها از ضعیفه‌های فاجره بودند و برخلاف مقررات نظامی حسن اخلاق
از ایشان مشاهده شد، در کشتی محاکمه صحرائی گردیدند و سنگ‌سار
شدند تا موجب عبرت دیگران شوند. لذا اگر رأی عالم‌آرا مصلحت داند،
مقرر فرمائید از لحاظ تشویق و تحریک غرور ملی مقتولین، چند جوال
نشان افتخار و تقدیر نامچه ارسال دارند تا میان بازماندگان توزیع شود و
قدردانی لازم به عمل آید. نظر به اینکه موجودی پرتقال ما ته کشیده و
هم میهنان محترم سخت در مضیقه می‌باشند، استدعای عاجزانه آنکه
مقرر فرمائید هرچه زودتر پرتقال لازمه را برای تأمین معاش فاتحین
بفرستند تا این دغدغه از خاطر مرتفع گردد و حال که دستمان از دامان
ینگی دنیا کوتاه شد، لااقل زمینه حمله به هندوستان فراهم شود. ضمناً از
آن درگاه معدلت فرسا خواستارم به پاس خدمات جان‌نثار، فرمانی شرف
صدور یابد که جزیره هرمز از این به بعد "واسکودوگاماآباد" نامیده

شود تا موجبات تشویق حقیر سراپا تقصیر فراهم گشته بیش از پیش به رعیت‌پروری و مرحمت‌گستری ذات اقدس ملوکانه مشغول باشیم. زیاده بقایت جانم فدایت، کمینه دریاسالار واسکودوگاما این پیام به وسیله Mail Fast فرستاده شد. (در کتاب هذیان المکتوب فی انفس المعیوب، آمده که فاست مائیل بر وزن جبرائیل فرشته‌ای باشد در دریای سند که نیمی از تنش زن و نیم دیگر ماهی است به قدرت حق تعالی، و به این مناسبت وی را فرشته ماهی نیز خوانند. بعضی گفته‌اند که فرشته نامبرده سخت نیکو جمال و خجسته خصال باشد و از پستانش شیر و انگبین فرو ریزد و با الحان دلکش ملوانان را فریفته خویش سازد و به دام بلا اندازد. اما هر آینه به نامش سوگند خوردند و نامه بدو سپارند، آن نامه را بی‌درنگ به مقصد رساند. دسته‌ای دیگر تردید کرده و گفته‌اند که در آسمان چهارم فرشته دیگری بوده است بنام ارمائیل Air Mail که وی را بدوح (۲۴۶۸) که مخفف نام بودا باشد نیز خوانند و مشارالیه در قدیم الایام وظیفه چاپار را ایفا می‌کرده است، ولیکن اکنون به علت فرسودگی و پیری بازنشسته گردیده و از دخالت در امور آدمیان سخت می‌احترازد و فرمان مافوق را همواره پشت‌گوشی می‌اندازد و الله اعلم)، بعد قانون را با سلام و صلواه از توی رزمناو در آوردند (البته قبل از اینکه رزمنا و به جانب لیسبن رهسپار شود.) – و دهنه‌ی لوله‌اش را به طرف بندر گمبرون قرار دادند. (بعدها این بندر را شاه عباس بزرگ فتح کرد و نام خود را رویش گذاشت. به‌جایگاه شرح توان گفت انشاالله تعالی.) حالا دو کلمه از هرمز هرمزان، استاندار استانداران جزیره هرمز بشنوید که قبل از هبوط آدم پشت به پاسبانی و نگهبانی سرزمین مرده ریگ

نیاکانش مشغول بود تا آب توی دل مردم تکان نخورد. معظم‌له از این پیش‌آمد سخت پکر شد و توی ذوقش خورد - چون لوزیطانی‌های فاتح برای سرش نرخ معین کرده بودند وگرنه حاضر بود از جان و دل با آن‌ها همکاری صمیمانه بکند - این بود که به ریش غیرتش برخورد. ناچار به لباس مبدل رهبانان درآمد و بعد از آنکه اطلاعات فنی و نظامی دقیقی از مهمانان ناخوانده بدست آورد، دو عدد پرتقال از مرکز پخش خواربار ارتش لوزیطانی‌ها کش رفت و برای گزارش چگونگی تصرف جزیره به پیشگاه شاهنشاه وقت شتافت. حالا شما توی دلتان می‌گوئید: مگر شاهنشاه وقت که بود که ما نباید اسمش را بدانیم؟ و یا ممکن است تصور بکنید که شاه عباس کبیر بود. اما خیر، ما هم سلطان وقت را درست بجا نمی‌آوریم، اصراری هم به شناختن نداریم. شاید خود آن بزرگوار هم بیشتر دلش بخواهد که ناشناس بماند. صاحب "الوحوش و الشوش" معتقد است که در آن زمان شاهنشاه ایران و انیران سلطان محمد خربنده متخلص به "عبدالحمار" بوده است و حالا ما هم فرض کنیم خدای نکرده این حدس راست باشد. همه می‌دانند که این شاهنشاه بطور استثناءِ حلیم و سلیم و اهل رضا و تسلیم و آدم باخدای بی‌آلایشی بوده و معروف است که جمال حالش بزیور ایمان و اسلام و حلیه‌ی متابعت سنت حضرت خیرالانام علیه الصواه و السلام مزین و مجلی بود و همواره در تقویت ارکان شریعت عزا و تمشیت مهام ملت بیضا مساعب جمیله بذل می‌فرمود و چون بیشتر به درست کردن شک میان دو وسه وغور و تعمق در آداب مبال رفتن و حیض و نفاس و غسل جنابت و مبطلات روزه و استبرا و و استنجا می‌پرداخته و به فکر نماز و روزه و دعای نزله بندی

بود، کمتر متوجه قرتی بازی سیاستمداری می‌شده است و فقط در زمان جهانداریش یک اقدام مهم خواست بکند، بعد هم از سگ پشیمان‌تر شد، یعنی از کوری چشم ملک نقاله می‌خواست تربت مطهر حضرت علی را از نجف اشرف به پایتخت خودش سلطانیه نقل و انتقال بدهد تا مردم کمتر پول و دارائیشان را ببرند و به‌اماکن مقدسه و به عرب‌های کون نشور تحویل بدهند و فحش" عجمی" بشنوند. (جای بس تعجب است، با جودی که طهارت و استنجا از فکر بکر عرب تراوش کرده معلوم نیست، چرا خودشان این عمل شنیع را بکار نمی‌بندند،)

باری، حضرت امیرمؤمنان و پیشوای متقیان وراه نجات گنه‌کاران، در خواب به سلطان محمد خربنده ظاهر شد و به ترکی سره مقداری کلمات قصار و سرقدم رفت و گفت: "اهو سلطان محمد خربنده، سنین کی سنده، منین کی منده." البته مقصود حضرت این بود که: هالو، از ما بکش و به یک حاجی زاده بند کن." این را هم بگوئیم که علی قربانش بروم درویش مسلک و دموکرات بود و سوسیالیست هم بود. یعنی خلاصه، سوسیال دموکرات تمام عیار بود و پیش از آنکه، فرنگی‌ها مسلک‌های عجیب و غریب امروزی خود را ماکیاولیسم و مرکانتی‌لیسم و اپورتونیسم باشد اختراع کنند و مثل گرزهای داغ به سرو کله هم بکوبند، حضرت به مصداق: نگار من که به مکتب نرفت و خط ننوشت، به غمزه مسئله‌آموز صد مدرس شد.

تمام این‌ها را از برداشت و با وجودی که میان اعراب بادیه نشین کافر و جاهل دین حنیف را تبلیغ می‌فرمودند، دقیقه ای از این گونه مسائل علمی و مسالک دنیوی غفلت نمی‌ورزیدند چه درد سربدهم؟ حضرت کت همه

را از پشت بسته و از خود ماکیاول هم ماکیاولیستتر و از روسو و بیکن هم دموکراتتر تشریف داشتند و بعضی معتقدند که تمایلات کمونیست افراطی هم در وجود مبارکشان مشاهده می‌شد. زیرا وقتی که قالی بهارستان کسری به دست سران عرب افتاد و تکه تکه کردند، علی برای اینکه بی اعتنائی و گذشت خود را به پول و مال دنیا نشان بدهد، سهم خود را با یک مشت کافور که برای چپاندن به منافات ملیت بکار می‌رفت با تاجر حبشی تاخت زد، تا علی رغم همکاران کلاه به سر مبارکش رفته باشد. زیرا رفقایش هر کدام بهره خود را به چندین هزار درهم فروختند. به علاوه از دشمنی که با ثروتمندان داشت، بموجب آیه کریمه: "والله علی الناس حج البیت من استطاع الیه سبیلا". ما زیارت کعبه را بر لذت و لوطها حرام کرده و قانون گذرانید که (اگر چه خودش می‌دانست که خدا نه مرکب است و نه جسم است و نه مرئی است و نه حال است، نه محل است، و نه شریک دارد نه معانی و صفا زائد بر ذات دارد و نه به هیچ‌چیز و به هیچ‌کس نیاز دارد و خلاصه مقامش عالی‌تر از این است که اصلاً وجود داشته باشد و مقصود فقط پر کردن بیت المال مسلمین است) فقط میلیونرها حق رفتن به خانه خدا و بجا آوردن صله رحم با قادر متعال را دارند. تا با این وسیله آن‌ها را به لی لی کردن دور حجر الاسود و انداختن هفت ریگ وادار کند و به ریش حنابسته آن‌ها بخندد و نیز آن‌ها را مجبور کرد که روز عید قربان در خانه خدا به خون‌بهای هر شپش که بکشند یک گوسفند قربانی کرد و تمام پول و آبروی نداری خود را از دست بدهند. البته لات و لوطها از این تفریح محروم نبودند که پول ناچیز خود را خرج اماکن متبرّکه بکنند و به خاکِ‌سیاه بنشینند - باری بعد هم سادات را به

شغل شریف گدائی تشویق کرد و مستمری نذر و نیاز و صدقه و خمس بر ایشان معین فرمود و بر مردم عام واجب کرد که از بیست انگشتان، انگشت بیست و یکمی از آن سادات باشد. این‌ها جمله‌های معترضه بود، اما از شما چه پنهان که در اثر پیش‌آمد سابق الذکر، سلطان محمد خربنده از تصمیم قطعی خود چشم پوشید که پوشید.

البته در آن زمان، نه اسپیت فایر بود و نه هوریکن و نه جاده شوسه و نه کشتی آژدَرآفکَن و نه گراف زِپلین، فقط عماری و تخت روان و دلیجان و پالکی و از این مزخرفات پیدا می‌شد.

حالا فکرش را بکنید که هرمز هرمزان استاندار استانداران جزیره هرمز که فقط یک درازگوش بندری که در سرعت و رفتار از برق و باد سبق می‌برد زیر پایش بود، با چه فلاکتی می‌توانست خودش را به سلطانیه برساند، (بنای شهر اخیر را جمعی به حضرت نوح و جماعتی به حضرت سلیمان می‌دهند، برخی گویند که شهر مزبور ابتدا به سلیمانیه مشهور بوده است و الله اعلم) به‌طور دقیق ما اطلاع داریم که مسافرتش هفت هفته به طول انجامید. سلطان محمد خربنده که حلیم و سلیم و اهل تسلیم و تقوی و آدم بی‌آلایش با خدائی بود، وقتی که هرمز هرمزان را به حال زار و نزار و با هیکلی غبارآلود دید و اولین بار اسم‌های تخمی مثل Don Rastacuero و Don Conquistador و Don Quichotte و Don Matamoros را به‌جای یوزباشی و دهباشی یاردان قلی و فضول آغاسی و قارداش غلام یحیی شنید، اگرچه چیز زیادی دستگیرش نشد، اما دلش شروع کرد به جلز و ولز سوختن. هرمز هرمزان را نوازش و دلجوئی کرد و به صیقل کلام محبت‌آمیز زنگ اندوه از مرآت خاطرش

بزدود و بیشتر از پیشتر به عواطف خسروانه سرافزایش گردانید. همین که دوتا پرتقال را دید فرمود: "اله این کپک اوغلی پرتقالی‌ها، (از این به بعد اهالی لوزیطانستان معروف به پرتقالی گشتند و این لقب از کفرابلیس مشهورتر شد) هرچی باشد بما مهمان دور. پی، جهنم مال دونیانین داگور پدرش کرده، اگر اله خواسته باشد، خود شها می‌رود و خدا کلکشان میکنی. پی نییه کافرا و لموسن؟ مگر بیلمیسن کی بیدون حکمی حق سوبحانهو و تا علا، بلگ از آغاج نمی‌ریزی؟ پس تقدیر بیله دورکی این کپک اوغلی پرتقالی لر جزیره نی بگیرند، اله دابا تقدیر تدبیر اولماز. اگر اله خودش بوخواهد، زعفر جنی فریستاده، هاموسینی کوشته. پی، ایندی اینقدر فضولی کی می‌خواهی آله کارخانسی نادست بوزنی؟ مشیتی بیله قرار گیرفت کی کوفار بر ما موسلطه بو شود. اله دا بودورکی واردور. من خودم به زبان آذری فرموده: سراجی را که ایزد بیفروزه:

ریشی بوسوزه،	هرکی پوف کونه،
بیوکدن بخشیش.	کوچکدن گوناه،

الله من گوزهایم هم گذاشته‌ای. این دی بله صلاح است کی هر نه داریم بیدهیم. آنان سوراتخمی پرتقال لری می‌کاریم، تا اولاریچون خوراک تدارک بو شود. چون کی صباح بو کپک اوغلی لر گورسنه نشوده بوگویدکی ما شاهنشاه مهمان شوده گورسنه ماندی.[2]

---

[2] این پرتقالی‌های بی ننه بابا(–) هرچه باشد مهمانند وبه ما واردشده‌اند. گور پدر مال دنیا هم کرده، چرا بی خود سخت بگیریم؟ اگر خواست خدا باشد پایش را می‌خورند و کلکشان کنده خواهد شد. مگر کافر شدی یا نمی‌دانی که بی امر و حکم حق سبحانه و تعالی برگ از درخت نمی‌افتد؟ پس مقدر بود که این پرتقالی‌های سگ پدر جزیره را بگیرند. وگرنه با تقدیر تدبیر چه سود؟ اگر خدا بخواهد زعفرجنی را می‌فرستد همه شان را می‌کشد. حالا می‌خواهی دست به کارخانه خدا بزنی؟ مشیتش این

"اگرچه متن این سخنرانی عاری از لغزش گرامری نیست، اما هرمز هرمزان هرچند ترکی نمی‌دانست، ایراد نحوی به سلطان محمد خربنده گرفت. مشارالیه در جواب گفت: "اوغلان سن، بیلمیرسن، منین سندن تجروبه زیاد است. گولاخ ورگورچی می‌گم، دوتا ملک دی لر الاه رگاهنا چخ مقرب: یکی صرف دی، یکی ده نحودی. گوناه الدی لر. آلاه اونهاری تنبیه فرمودی و در دهن اوشاخ لار محبوس کردی. من گلدیم شفاعت کردیم. اونان سورا فاعل و مفعول خود مختار شدی، صرف و نحوده گتدی.[۳] نگو که پرتقالی‌های حرام لقمه، به وسیله مسافر ایتالیائی مارکوپولو، قبلاً مقداری ریال سکه زده بودند و به سلطان محمد رشوه داده و دم سبیلش را حسابی چرب کرده بودند تا خودش را به کوچه علی‌چپ بزند (ولیکن این شخص باید کس دیگری ورای جهانگرد معروف ایتالیائی باشد که در زمان هلاکو و شصت سال پیش از ابن بطوطه به ایران آمده است.) باری، برای اینکه هرمز هرمزان با وجود خوش خدمتی که کرده بود نرنجد، فوراً فرمان همایونی صادر کرد و مشهدی ذوالفقار مرزبان جزیره قشم که در بند "ج" بود و سال قبل کارت تبریک عید نوروز به خاکپای همایونی نفرستاده بود بازنشسته کرد و قلمرو او و که

____

طور قرار گرفته که کفار برما مسلط بشوند، چه می‌شود کرد؟ چنانکه خودم بزبان آذری فرموده‌ام: چراغی را که ایزد بفروزد، هر که پف کند ریشش بسوزد، خوب گناه از کوچک بخشش از بزرگ من چشمم را هم می‌گذارم، بهتر این است.که تخم این پرتقال‌ها را بکاریم و خوراک برایشان فراهم کنیم تا اگر فردا درتنگی ماندند نگویند، ما مهمان شاهنشاه شدیم وگرسنه ماندیم."

[۳] پسر جان تو نمی دانی ، من تجربه ام از تو زیادتر است. گوش کن چه می‌گویم صرف و نحو و ملک مقرب در درگاه پروردگار بودند، گناهی از ایشان صادر شد. خدا برای تنبیه شان آنها را در ذهن اطفال زندانی کرد و من رفتم شفاعت کردم آزاد شدند. حالا دیگر به فعل و فاعل خود مختاری داده شده است.</p>

بزرگ‌تر و آبادتر از هرمز بود به هرمز هرمزان واگذار نمود تا بی‌درنگ مشغول رتق و فتق امور بشود. بعد دستور داد که تخم پرتقال را به توسط کارشناسان زبردست وزارت کشاورزی و پیشه و هنر و تبلیغات در مازندران کاشتند و در انتظار نوبر میوه‌اش مشغول مکیدن سماق شد و سال‌ها بدین منوال سپری گردید. چون مورخ باید دست و دلپاک باشد، این نکته مهم تاریخی را ناگفته نمی‌گذارم که حکم مرزبان مرزبانان جزیره‌ی قشم در اداره بازنشستگی مورد اعتراض قرار گرفت و دیوان محاسبات به وسیله قرطاس پرانی‌های ماهرانه حقوق پس‌افتاده او را تصویب ننمود. حالا شما این کشور یک وجبی پرتقال را دست کم نگیرید. اصلاً تخم لق استعمار و استثمار را ملت توی دهن دیگران شکست و چون تا آن زمان استعمار و استثمار فقط در زیر لوای مذهب می‌شد و هنوز صورت قانونی و حقوقی و بین‌المللی بخود نگرفته بود و هم ردیف دزدی و گردنه‌گیری بشمار می‌آمد. اما پرتقالی‌ها چون توپ مرواری که تا آن وقت اسمش فقط "قانون" بود در دست داشتند، گمان کردند حق و حقیقت و قانون با آن‌هاست و هر کثافت کاری که دلشان بخواهد می‌توانند بکنند. به شرط اینکه زیر لوای قانون کلاه شرعی بسرش بگذارند. باری، پس از چهارده هفته آزگار، چاپار مخصوص شاهانه نامه تقدیرانگیز و تشویق‌آمیزی برای واسکودوگاما آورد. این نامه را البوقرق به خط رمز نوشته بود و واسکودوگاما با اشکال زیادی از روی کتاب"کنزالرموز" بونتلی Buntly خود توانست تقریباً معنی ثلث آن را کشف بکند. دسپراتوس ضمناً گوشزد کرده بود حالا که نتوانسته است خمس مسکون را تسخیر بکند، اقلاً تا اندلسیها به قتل و غارت ملحدان

بی‌ایمان ینگی دنیا سرگرمند، باید هرچه زودتر اقدام به تسخیر هفت پرکنه‌ی هند بنماید، تا آن‌ها را جلوی امر واقع شده قرار بدهد. و برای این منظور به هر وسیله که متشبث شود روا خواهدبود. چنانکه علمای پیشینیان که از زبان ایطالیائی اطلاع کافی نداشته به فرانسه فرموده la fin justifie les moyens یعنی این است و جز این نیست، به‌درستی که هرآینه چون مقصودی و مطلوبی مورد عنایت و توجه بزرگان واقع گردد، برای وصول بدان به هر وسیله و به هر دوز کلکی چه خوب باشد و چه بد، چه مشروع باشد و چه نامشروع تشبث جسته شود، به تحقیق شایسته و همانا که مشروع و مجاز و مقبول خاطر ایشان خواهد بود و نیز تذکر داده بود اگر اهالی محترم پرتقال بو ببرند که من بی‌خود لقب فاتح ینگی دنیا و هند به خود داده‌ام، به رگ غیرتشان برمی‌خورد و هرچند همدانی نیستند، اما پوستم را غلفتی خواهند کند. بعد پوزش فراوانی خواسته بود که چون امسال درخت مرکبات آفت فیلوکسرا Phyloxera دیده و صدمات بسیار چشیده و از این لحاظ بیم قحطی در خود کشور پرتقال می‌رود، لذا تسریع‌الحاق هفت پرکنه‌ی هند را به مستملکات پرتقال تائید کرده بود، توضیح آنکه: در کتاب قوس و قزحی که راجع به جرم و جنایات هندوها نسبت به پرتقال در دست تألیف است، تذکر داده شده در سرزمین پرتقال خیز هندوستان که مردمش وحشی و عادت به خوردن پرتقال ندارند، از کینه‌ای که به پرتقالی‌ها می‌ورزند، مرده‌های خود را با پرتقال آتش می‌زنند و یا مثل قهوه برزیل، پرتقال‌ها را برای ماهیان به دریا می‌ریزند تا از تورم محصولات جلوگیری شود و بالنتیجه از تورم پول مسکوک واسکناس ممانعت به عمل آید. در این صورت

وظیفه مقدس هر فرد میهن پرست و با شهامت پرتقالی است که هندوستان را از لوث وجود این مردم خبیث وحشی نجات داده، شکمی از عزا دربیاورد و هم چنین اهالی اصیل و نجیب میهن را از شر قحط و غلا برهاند. ودر خاتمه افزوده بود:" زنده باد خدا و شاه و میهن که نماینده‌ی هر سه آن‌ها خودم هستم." ضمناً یک پرگار و مقداری مشک و زعفران که در آن ایام نوشت‌افزار نقشه کشی بود برای واسکودوگاما فرستاد، تا هرچه زودتر نقشه حمله خود را بکشد. واسکودوگاما به مصداق مثل معروف: "حماقت‌های تاریخ همواره باید تکرار بشود." پیام شاهانه را حک و اصلاح کرد و داد برای ساکنین هرمز و توی بوق و کرنا زدند و جار کشیدند که: "بدانید و آگاه باشید که وظیفه طاقت‌فرسای مقدسی بعهده ملت نجیب و برگزیده پرتقال است. زیرا قادر متعال به‌طرز معجزه‌آسائی قانون را در اختیار ما گذاشت تا به وسیله آن مردمان تمام اقطار عالم را در زیر پرچم پرافتخار پرتقال بیاوریم و به صراط مستقیم نشر و توسعه علوم و تمدن عرب راهنمائی بکنیم و به تأسیس انجمن‌های فرهنگی در میان طوایف وحشی گمراه همت بگماریم و آنان را از مزایای دادگستری و آزادی و دموکراسی و قانون خودمان برخوردار سازیم. دوره‌ی رخوت و آسایش و تن پروری سپری گردید، اکنون هنگام جدیت و فعالیت و هنرنمائی و زورآزمایی و اتحاد کلمه و مبارزه با فساد فرا رسیده است. شما باید بدانید که چشم و چراغ عالم می‌باشید و چشم امید شاهنشاه جوان‌بختتان به شما که پیش‌قراول آزادی هستید دوخته شده است. زنده باد پرتقال جاویدان که به زودی در مستعمراتش خورشید یک چرت

نخواهد خوابید. مرده باد هندوهای مرتجع که خوراک پرتقالی‌های آریستوکرات را احتکار کرده‌اند. بیت:

بنی آدم اعضای یکدیگرند   که در آفرینش زیک گوهرند

پس برای شروع، ابتدا به تسخیر هفت پرکنه‌ی هند قیام می‌کنیم که مردمانش دشمن شماره یک ما هستند. این وظیفه مقدس هر فرد باشهامت و میهن‌پرست پرتقالی است لذا از شما دعوت می‌کنم چنانکه حضرت خاتم‌النبین در کتاب آسمانی خود می‌فرماید: "فلیقاتل فی سبیل‌الله الذین یشرون الحیوه الدنیا بالاخره و من یقاتل فی سبیل‌الله فیقتل او بغلب فسوف نوتیه اجرا عظیما. پس به مقتضای آیت کریمه، باید هرچه زودتر آماده جدال و قتال بشوید. فراموش نکنید که محض رضای خدا می‌کشید و البته آخرت را به دنیا ترجیح می‌دهید و کسی که در راه خدا می‌کشد، چه بکشد و چه کشته شود خدا پاداش گرانی به او ارزانی خواهد داشت. و در سوره البقر نیز می‌فرماید: "و قاتلو فی سبیل الله و اعلموا ان الله سمیع علیم." یعنی بکشید در راه خدا و بدانید که خدا شنوا و داناست، و به تحقیق بدانید که قادر متعال از آن جهت مرا بر مسند سلطنت نشانیده و به مرتبه ظل الهی ارتقا داده که امتثال فرمان باریتعالی بنمایم و بر من واجب است که حق گویم و طریق حق پویم. مجرمان را بجزای اعمال ایشان رسانم و مخلصات را بمزید انعام و احسان مفتخر گردانم. هنر نزد پرتقالیان است و بس. چو پرتقال نباشد تن من مباد حالا دیگر خود دانید........ به پیش!...." طبل و دهل زدند و رجز خواندند هم‌چنین این

سخنرانی محیرالعقول را بوسیله رادیو و روزنامه‌های مرتجع به اطلاع مردم آنسوی دریاها رسانیدند. ـ اما کسی کوشش به این چرندیات بدهکار نبود. زیرا مدتی که زن‌های یائسه بوسیله بلیط‌های بخت‌آزمائی پول‌های پس‌انداز خود را رویهم گذاشته و بتوسط "سازمان خدمات انفرادی" و "بنگاه نیکوکاری" ناقوس بزرگی خریده و بدین مناسبت جشن باشکوهی برپا کرده بودند تا ناقوس را به گردن قانون آویزان کنند و میان فقرا مربای شقاقل و ماهی سقنقور مجانی توزیع می‌نمودند، و دور قانون را گرفته بودند و با حرص و ولع عجیبی مشغول لهو و لعب و سحق و ملامسه و غمزه و کرشمه و لاس زدن با دون ژوان‌ها و خواندن کتاب ویس و رامین و الفیه شلفیه و کاماسوترا بودند. ضمناً بیانیه بیت لحم که راجع به تحریم استعمال جنگی قانون بود، اعلام نمود و مشغول جمع‌آوری امضاء بودند. این شد که محل سگ به فرمان جهان مطاع شاهنشاه جوان بختشان نگذاشتند، از طرف دیگر، واسکودوگاما این مثل حکیمانه را از اهالی جزیره شنیده و آویزه‌ی گوش هوش ساخته بود که: "سگ که می‌خواهد استخوان بخورد به زیردمش نگاه می‌کند." از این رو نمی‌خواست بی‌گدار به آب بزند و به هندوستان حمله بکند. وانگهی تن‌پرور و عیاش شده بود و شکمش گوشت نو آورده بود. با خودش گفت: "سری که درد نمی‌کند بی‌خود دستمال نمی‌بندند،" چند مروارید غلتان قاچاق از آب بازان عمان گرفت و برای شاهنشاه محبوب عظیم‌الشأن خود فرستاد تا با این وسیله دست از سر کچلش بردارد و جلو عرو تیزش گرفته شود. دسپراتوس که دید تیرش به سنگ خورده، غضب نشست و فرمان داد واسکودوگاما راکت بسته وارونه سوار خربندری کردند و به صورتش میکی ماست

مالیدند و via بالکان او را دربست به لیسبن تحویل دادند و به محض ورود گردنش را به جرم خیانت به میهن زدند. ولی گویا مانند قره العین در موقع بریدن سرش این شعر را می‌سروده و می‌رقصیده است،بیت:

یکدست جام باده و یکدست زلف یار

رقصی چنین میانه میدانم آرزوست

بالاخره آن بزرگوار دعوت حق را اجابت کرد و شربت شهادت را چشید و به تقلید شیخ عطار سر بریده‌اش را برداشته زیر بغل گذاشت و یک شیشکی به ناف میر غضب‌باشی و قبله‌ی عالم پرتقالستان بست و به جابلسا گریخت که در آنجا بقیت عمر را به طاعت و عبادت قادر متعال بسر برد. آن جناب در تمامی اقسام حکمت بر حکما اعصار و علما ادوار رتبه تقدم داشت و در سایر علوم معقول و منقول بقلم جودت طبع وحدت ذهن نقش کمال مهارت بر لوح خاطر نگاشت از جمله‌ی مؤلفاتش دوجلد کتاب راجع به آداب طهارت که بدستور اداره جاسوسی خاورمیانه پرتقال نگاریده مشهور است – و نکات ودقایق آن کتب برالسنه وافواه جمهور علما و فضلا مذکور. دیگر کتاب "واسکوت نامه" است که در شرح حال خود به رشته تحریر درآورده یعنی از روزی که قلم پدرش به دوات مادرش آشنا شد تا روزی که روی درنقاب تراب کشید هم‌چنین از علوم غریبه و فنون عجیبه و تسخیر جن و نیرنگ جات و دعوت کواکب و طلسمات و شعبده و جفروفن سحرو سیمیا و کیمیا و هیمیا و لیمیا و خاصیت اجسام ارضی و اجرام سماوی وقوف تمام داشت و دعوی می‌کرد

که مرا برما فی الضمیر صغیر و کبیرو گرسنه و سیر و برنا و پیر اطلاع است و گاهی بر سماوات عروج می‌نمایم و با صانع نجوم و بوروج تکلم می‌کنم. از گرما و سرما متضرر نگشتی و برهنه در میان یخ و برف نشستی.بیت:

برهنه به کوهی بدی مسکنش، زسرما و گرما نخستی تنش.

و نیز رسالات متعددی در پندیات و هزلیات و اخلاقیات و تقیه آلات و کلمات قصار بوی نسبت می‌دهند که زبانزد خاص و عام می‌باشد. از جمله معروف است بعد از آنکه گردنش را زدند، به عنوان اعتراض این جمله حکیمانه را فرمود: "مگر فضای مماتی در همانجا که بودم قحط بود که یک کاره تا لیسبن لنجاره کشم کردید و بعد گردنم را زدید؟"

باری، دسپراتوس اسم جزیره هرمز را هم برگردانید و البوقرق آباد گذاشت و خود البوقرق را که رشوه زیادی به او داده بود، به فرماندهی کل نیروی پرتقال در خاور دور و نزدیک و میانه گماشت و مقرش را در جزیره هرمز معین کردسال‌ها گذشت، البوقرق هم به علت مثل معروف که بخط نسخ بسیار خوش بدیوار دفتر واسکودوگاما نوشته بودند: "سگ می‌خواهد استخوان بخورد به زیر دمش نگاه می‌کند" از حمله هندوستان ترسید و نقشه جنگی واسکودوگاما را در بوته اجمال انداخت و بعد هم این نقشه پشت در پشت به نوه و نتیجه و ندیده‌اش رسید. وانگهی چون رنگ مشک و زعفران در طی دوران زمان پریده بود، دیگر اثری از نقشه تهاجمی دیده نمی‌شد. از طرف دیگر همین که پادشاه اندلس، دوست

مردالینوس پی برد که دسپراتوس پادشاه محبوب و پدر تاجدار ملت دوست و هم جوارش به قشون او خنجری از پشت زده و با قانون مرحمتی کریستف کلمب و رزمنا و "قرطاجنه" مشغول کشورگشائی ربع مسکون در آنسوی دریاها می‌باشد، شبانه با اهالی ناراضی پرتقالستان که در روزنامه‌های دست چپ خوانده بودند پادشاهشان هنوز هند را تسخیر نکرده و دروغی لقب فاتح هند به دمش می‌بندد، دَست‌به‌یکی شد و تمام خاک پرتقالستان را به طرفه العین از یخه مبارکش پائین انداخت.

دسپراتوس فاتح سابق هندوستان و ایران و توران مثل یهودی سرگردان رجوع به اصل کرد و در مستعمراتش که آفتاب بی‌خوابی به سرش زده بود، به عنوان دزد دریائی راهزنی می‌نمود و با اینکه تمام خزانه و جواهرات سلطنتی و آثار باستانی میهن عزیزش که از وزن سبک و از قیمت سنگین بود بالا کشیده بود، با تخم و ترکه‌اش به کار چاق کنی مشغول بود. ضمناً از فرط علاقه به میهن مقدسش، یک توبره خاک کود cuano بسیار ممتاز از آنجا را با خودش همراه داشت و در موقع حساس درد میهن، آن را روی زمین پهن می‌کرد و رویش خر غلت می‌زد. اما چون از فداکاری اخیر وی قدردانی نشد به Verzweiflung دچار گردید، در صورتی که خودش گمان می‌کرد سودا به او غلبه کرده مبتلا به saudades شده است. به همین مناسبت به آهنگ دلخراش تانگوی آرژانتینی"نستالژیا" nostalgia که توی ستار مرحوم می‌زد می‌خواند:

"دسپراحب وطن گرچه حدیثی است شریف، نتوان مرد به سختی که من اینجا زادم، و آنقدر به دنیا و مافی‌ها اظهار بدبینی می‌کرد که تکیه کلامش این شعر بود که در بحر مقابرت مخنث مأبون گفته بود:"

از طرف دیگر، کریستف کلمب فاتح ینگی دنیا و مضافات اگرچه توی زندان موش از کونش بلغور می‌کشید، همین که این خبر به گوش رسید و به خیانت دسپراتوس پی برد، از ما ترک خود روی کله او ۷۷۷ ریال قیمت گذاشته بود و به این جهت، البوقوق سوم دریاسالار معروفش در به در با تیغ آخته دنبال دسپراتوس می‌گشت، تا سر پادشاه محبوب و عظیم‌الشأن سابقش را بکند و برای ناخدا کلمب در زندان بفرستد و هرچه زودتر این مبلغ را دریافت دارد.

از شما چه پنهان، از برکت قانون، به قدری جمعیت جزیره هرمز زیاد شد که اهالی از حیث جا و خوراک و پوشاک، مخصوصاً آب شیرین در مضیقه افتادند، ناگفته نماند که دزدان دریائی لوزیطانستان ابتدا از همان آب تلخ و شور دریا می‌خوردند و جیک هم نمی‌زدند، فقط به مرض پیوک که در آن‌زمان رشته می‌نامیدند مبتلا می‌شدند. اما سال‌ها گذشت، کم کم متعین و آریستوکرات و امپریالیست و بورژوا شدند و شهرت دادند که پشت سرشان بگویند: "پرتقالی‌ها اصلاً آقازاده و جنتلمن هستند" و دیگر آب شور دریا به دهنشان مزه نمی‌کرد. بعلاوه زمانی که هرمز هرمزان از جزیره‌ی هرمز عقب‌نشینی مشعشعانه کرد، همه پالایشگاه‌های آب را منفجر ساخت و هم‌چنین صدور آب شیرین قشم را به این جزیره دوست و هم‌جوار تحریم کرد. به‌طوری که در اندک زمانی آن‌جا تبدیل به صحرای کربلا گردید. اما مردم از قانون دل نمی‌کندند که بروند

بی‌صاحب مانده دیگری را اشغال کنند و چون آذوقه پرتقال آن‌ها از کشورشان نمی‌رسید، ناگزیر با لیموی عمانی و نارنگی و بادرنج و توسرخ و نارنج و ترنج و بتاوی و دارابی و ترش دبه و تغن سدجوع می‌نمودند. در ضمن جاسوسی پرتقالی کشف کردند که در مازندران پرتقال زیاد به هم می‌رسید. برای تامین آذوقه، به فکرشان رسید این ولایت را بوسیله جنگ اعصاب و جنگ سرد وحتی ولرم پشتوانه‌ی مستلکات پرتقال بکنند تا حسابی شکمی از عزا در بیاورند. لذا به شیوه پلوترکرات‌ها مشغول آنتریک و پرووکاسیون شدند. اما چون سوراخ دعا را گم کردند، اول به خیالشان رسید جزیره بحرین را هم تغذیه بکنند در آن زمان به عادت سخیف قدیم به این جزیره تهران می‌گفتند و هنوز اسم قلابی بحرین اختراع نشده بود که رویش بگذارند. این بود که پرتقال‌ها شخصی به نام آذر جسنف بن بیورالاغ یکی از نواده‌های پاپ ایرانی‌الاصل موسوم به اورمزددداد (Hormisdas) را که فارسی را مثل سلمان تازی حرف می‌زد و معلوم نبود توی این شلوغی از کجا گیرش آورده بودند ظاهراً از کاتولیک‌های دو آتشه بود، به عنوان نماینده‌ی پاپ اعظم به تهران فرستادند.آذر جسنف بن بیورالاغ بطریق البطارقه که کنیتش ابوالخلجو تخلصش یخلا زاده بود، دست بر قضا طبعی روان و ذوقی سرشار داشت و در هنگام فراغت خاطر مقطعات دلچسبی به نظم می‌سرود. هرچند دیوان اشعارش در سال وبائی دستخوش حریق گردید، معهذا در بعضی از جُنگ‌ها این رباعی سوزناک را که در مذلت فقرا سروده و نماینده تجلیات روح کاتولیک منشأنه‌ی اوست به نامش ثبت نمودند. والعهد علی الراوی، والله اعلم:

گرجیب فقیر و داخلش می‌دیدی

تهی زهمه چیز و سوراخش دیدی

در لبس درونش و دیگر وصله هایش

ای کاش عزیزان کمکی می‌دیدی

ولی با این همه طبع شعر و روح ضعیف‌نوازی، در شکنجه‌های مذهبی یدی طولا داشت و تکفیر و انگیزیسیون برایش مثل آب خوردن بود. آخر جسنف بن بیور الاغ قباله‌ی مالکیت تمام سواحل خلیج فارس را به خط میخی برجسته به شکل خشت خام به زبان سومری که در حفریات مهانجادارو پیدا کرده بود، در میدان ابولفوارس قبرمطی بمعرض نمایش گذاشت و ادعا کرد که حضرت مسیح در عالم خواب اورا مأمور کرده و دستور داده که اهالی جزیره را از شر لوله هنگ که در آن زمان ریغ افزار می‌نامیدند و همچنین تعزیه و گریه و ختنه و حجاب و مرده‌پرستی و تکدی و آخوندبازی و قربانی و توجه مخصوص به قبل و دبر و کثافت کاری نجات بدهد. برای پیشرفت مقصود خود، ابتدا مقدار معتنابهی کاغذ استنجای بسیار اعلا، مجاناً میان اهالی پخش کرد تا عادت شنیع کون شوئی با آب شور دریا از سرشان بیفتد و به این وسیله ضربت مهلکی از عقب به دین مبین وارد بیاورد و لیکن آن بازان آن صفحات به تحریک "انجمن تبلیغات صیهونیست ملی بحرین" که وابسته به یکی از سفارتخانه‌ها فخیمه آن زمان بود و بودجه سری دریافت می‌کرد، اعتراض شدید نمودند و در بازار بحرین چلوار بر ضد آذرجنسف بن بیورالاغ مهر کردند و برایش

پیغام و پسغام فرستادند که اگر بخواهد از این جور کثافت کاری‌ها بکند، صاف و پوست‌کنده به شاهنشاه اسلام پناه و پدر تاجدارمان شکایت خواهیم کرد. آذر جسنف بن بیورالاغ از رو نرفت، و با آنکه در لباس روحانی بود اما مثل یک فیلدمارشال جواب داد و گفت: "فضولی موقوف، مگر من اسمم عبدل کس خرنه است؟ این پنبه را از توی گوشتان بیرون بیاورید، هیچ می‌دانید اگر خدای نکرده قانون را که لوله‌اش بطرف ممالک محروسه‌ی شاهنشاهی است دربکنیم، زمین و زمان کن فیکون خواهد شد؟ به جوائی خودتان رحم بکنید. حالا خود دانید، اما من هم من اندک مندک و چغندر زردک نیستم که با این حرف‌ها از میدان دربروم. یالا، هرکس می‌خواهد از دست من به به پدر تاجدارش چغولی بکند راه باز است و جاده دراز، آن وقت من هم حاضرم به عنوان سوغات مقداری فشفشه و ترقه و بمب اتمی و هیدروژنی و پاچه خیزک و زنبورک برایش بفرستم تا بداند که سنگ یک دو من است و سروکارش با من، وانگهی قباله خلیج فارس و مضافاتش پرشالم است، اصلاً حرف حسابی شما چیست؟ نماینده‌ی آب بازان که مردی سرتق بود این و پا کرد و گفت:" پس اجازه بفرمائید روی این کاغذها کتاب آسمانی خودمان را بنویسیم" و آذر جسنف بن بیورالاغ که متخصص خواندن کتیبه‌های میخی بود، ناگاه به زبان میخی سره وی را مخاطب قرارداده فرمود: "میخی میخی، ارنمیخی درت مینم" یعنی به تحقیق و درستی که چنین است و جز این نیست که هرگاه بدین امر رضایت بدهی فبها وگرنه دستور میمنت ظهور صادر می‌سازم که همانا از آستان‌هام شما را برانند. نماینده آب بازان که از این زبان بی اطلاع بود مطلب دستگیرش شد، دم خود را روی کولش نهاد و خارج شد

البته آذر بن بیورالاغ گمان کرد چون شاهنشاه ایران صوفی مشرب است، به پیری او رحم می‌آورد، صفا می‌کند و شاید یک کشکول وتبرزین و تاج و کمر و تسبیح و شمشیر مندی مرصع هم برایش بفرستد، این بود که چس گرگی پاشد. اما چون یک دنده بود و اهل رشوه و گاب‌بندی نبود و به این آسانی از میدان در نمی‌رفت، البوقرق سوم بعد از آنکه با "اتحادیه‌ی آب بازان بحر عمان" ساخت و پاخت کرد به او بدبین شد، زیر آبش را زد و به عنوان‌جاسوس ستون پنجم تبعیدش کرد به هند و دیگر کسی نفهمید چه بسرش آمد، اما این شخص باوجود مقام شامخ ادبی،روشنفکر مأیوس بود و عقیده منسوخ عقب مانده و وازده ای داشت، زیرا روز قبل از حرکتش هرچند مخبرین محترم جراید خواستند عکسش را بکشند، به این امر تن نداد، و نیز یکی از آن‌ها شرح حالش را پرسید به پاسخ گفت: "از وقتی که توی این خلا تر کمانم زده‌اند هنوز مشغول دست و پازدن هستم، همین" و لیکن از شما چه پنهان که آب بازان آب زیرکاه میهن پرست که بیانیه‌ی بیت‌الحم را امضاءِ کرده بودند، (زیرا کهنه‌پرست بودند و می‌ترسیدند در صورتی که جنگ در بگیرد، با وسیله جدید قانون که بجای بمب اتمی آن زمان بود، در یک چشم بهم زدن لت و پار کردند. درصورتی که ترجیح می‌دادند با تیرکمان با چماق که به لنبرشان کارگر می‌شد، هفت روز زوزه بکشند و مثلاً بعد هم سگ‌کش بشوند.) باری، آب بازان برای شاهنشاه خودشان خبرچینی کردند. همین‌قدر سربسته می‌دانیم که زمان سبیل علیشاه کبیر بود و از ترس پرتقالی‌ها، پایتخت را از سلطانیه به اصفهان آورده بود. خوب دیگر این مطلب شوخی برنمی‌داشت. اگر کوتاه می‌آمد، از او باج سبیل

می‌خواستند و به‌اندک غفلتی، جزیره تهران را که پرتقالی‌ها برای آب شیرینش اجاره کرده بودند درست و حسابی قورت می‌دادند و آبرویش پیش نمایندگان داخله و خارجه که در دربارش بودند پاک می‌ریخت و دیگر کسی برایش تره هم خورد نمی‌کرد. سبیل علیشاه سر غیرت آمد، روی ترش فرمود و یک روز صبح سحر لباس غضب پوشید، بارعام داد و همه سفرای مختار و ایلچی‌ها را سبیل تا سبیل دزدکی سرشماری کرد و ارتش را که در آن زمان به مناسبت اسم سپاهان، سپاه می‌نامیدند رژه دید و بعد عوض اینکه به ریش توپی خود که روز قبل حنا بسته بود دست بکشد، شاربش را چنگ مالی کرد و نطقی به زبان اصفهانی سره ایراد فرمود: "خوبس، خوبس، خجالتم نمی‌کشند، انگار که خیاره خوردندشون و آبروزه قی کردندشون، به جونی جفتی سیبلام کودیگی صبری ما لبریز شدس. معلوم میشند کواین پرتقالی‌های ریغو نه روی زیمینی سف نشاشیدندشون، من پش اندرپشتم از برق علیشاه و بوق علیشاه و دولت علیشاه و صفدر علیشاه و حیدر علیشاه و قنبر علیشاه و ببر علیشاه و ملنگ علیشاه و مجذوب علیشاه و فنا علیشاه و صفا علیشاه و رحمت علیشاه و همت علیشاه و هیبت علیشاه، از زمونی هبوطی حضرتی آدم، همه شون صاحبی کشف و کرامات بودن، ئونعلیناشون جلوی پاشون جفت میشدس، ئوپادشاهم بودن شون، جونم براشومابوگد: به شوما حکم میکونم، همین الانی در گیواتون رو وربکشین و برین این جزیره‌ی هرمز بیگیرین و دمار از روزگاری پرتقالی‌های حروم لقمه ئربیاریندشون، این فولون فولون شده‌ها روشون کواز سنگی پای قزوین سف ترس، انگار کوسماق پالونس، حالا دیگه خوبس. موگوئما، میباس سر این مرتیکه دم بریده کومیگن

اسمش "واسکودوگامس" ببریند و ئوبرااعلا حضرتی ما بیاریندش والسلوم نومه تموم."

فوراً لشکر جرار خونخوار داوطلبی مرکب از دراویش، نقش بندیه و نعمت اللهیه وصفی علیشاهیه و خاکساریه و اسماعیلیه و علی اللهیه و زنادقیه و ملامتیه و بکتاشیه و مولویه و نوربخشیه و اشراقیه و نعمتیه و حیدریه و شاخ حسنیه و قمه زنیه وزنجیرزنیه و داش مشدیه و قوچ باریه و گرگ بازیه و مارگیریه و جن گیریه و دعانویسیه وگل مولائیه مجهز به: تسبیح و تبرزین و کشکول و بوق و متشأ وچماق و گرز و عمود و تخماق و واحد یموت و دوغ وحدت و بنگ، ملبس به مراد بگی و الیجه و ارخالق و خرقه و شولا و مرقع و چهل تکه و پاپونچی و کپنک و پلنگینه و پشمیه و پستک، به سرکردگی، شاهقلی شاه و امامقلی شاه و علیقلی شاه و پولادشاه و عبدالصمد شاه سینه سپر کردند و کوس رحیل بستند. اما سبیل علیشاه از بسکه حکیم و سیاستمدار بود، هرمز هرمزان را که سردسته ستون پنجمش بود، با وجود کبرسن برای خرابکاری پشت جبهه، به لباس مبدل قبلاً به جزیره هرمز فرستاد. نامبرده هم به محض ورود، خود را به میکده پرتقالی‌ها زد و با اینکه مرض قند داشت، بی‌درنگ دوبشکه لیوانی از آبجوی آلمانی "دخترنشان" اعلا که در آنجا بود، سرکشید و بعد یک راست رفت روی انبار باروت پرتقالی‌ها. اگرچه روی دیوارش به خط ثلث حلبی نوشته بودند: "برپدر وُ مادرش لعنت که در اینجا بشاشد. به مثانه خود استراحت داد. این شد که وقتی جند جراربه بندر گمبرون رسید فارغ البال مصاف داد. دراویش عاروق زدند و "یا حق دوست" کشیدند و بساط فقر را چیدند و فوراً مشغول وجد و سماع وخاوندگاری ونمایشات

محیرالعقول شدند: دسته ای معرکه گرفتند و علی موجودها می‌خواندند، بیت:

"ما صاحب منتشاءِ بوقیم، جرثومه اشنع فسوقیم."

گروهی مشغول ذکر و پایکوبی و دست فشانی شدند و آنقدر دور خودشان چرخیدند که دهنشان کف کرد و بی‌هوش و بی‌گوش افتادند. گروهی روی آهن تفته گردش می‌کردند، عده ای از آن‌ها خورده شیشه و آتش می‌خوردند و شکر خدای بی همتا را بجا می‌آوردند. آسمان از دود و دم بنگ و چرس و شیره و نگاری وروحالاجنه پوشیده شد. پهلوانان مشغول زورآزمائی گردیدند و نوچه‌های خودشان را بقد سرشان بلند می‌کردند و مثل توپ بزمین می‌کوبیدند. دسته ای چوگان بازی و گوی بازی می‌کردند و دعانویس‌ها هی آیه‌الکرسی می‌خواندند و به اطراف و جوانب می‌دمیدند. خلاصه، چه دردسرتان بدهم، قوچ‌بازان و مارگیران و شاخ حسینیه‌ها و سینه‌زن‌ها و زنجیر و روضه خوان‌ها هرکدام مشغول هنرنمائی شدند. از مشاهده این احوال، پرتقالی‌ها بیچاره را می‌گوئی، دست و پای خود را گم کردند. قشون پرتقال با لوچه آویزان به پابوسی قطب اعظم آمد و سر سپرد و سردارشان گفت: "یا حق ما هرچه با نفس اماره جنگیدیم نشد و نتوانستیم ایرانی را به اصول عقاید خودمان ارشاد بکنیم. بالاخره زیر تاثیرش واقع شدیم، بما احلیل زد و ما را تحلیل برد و پدرمان را در آورد غیر تسلیم و رضا کو چاره‌ای" البوقرق سوم که شاهد این ماجرا بود، سربه نیزه غریبی زد و ازآنجا که مردی شقی و سیاه‌دل بود، به اضافه هفت کارمند ویژه با تمام اهل بیت اطهار و عورت پرتقالی‌ها تسلیم نشدند. زیرا علاقه به قانون داشتند و از آن دل

نمی‌کندند. خود البوقوق سینه سپر کرده بود و برای اینکه نشان بدهد پرتغالی‌ها به غیر از پرتغال چیزهای دیگری هم می‌خورند، در حالی که شلغم خامی را گاز می‌زد، این مصراع را تلاوت می‌نمود: "شلغم پخته به ز نقره خام." زیرا دریا سالار البوقرق سوم تصمیم گرفته بود که دنیا را کن فیکون بکنه. دستور داد زن‌ها را به ضرب واحد یموت از دور قانون راندند. (از آن روز ببعد هم واحد یموت معروف به چوپان قانون شد) باری همین که باروت نم کشیده را در لوله ریختند و کهنه تپاندند و گلوله انداختند و سنبه زدند و برخلاف تمام مقررات بشر دوستی و بیانیه صلح بیت لحم فتیله را روشن کردند والبوقرق از وحشت صدای انفجار دسته‌ها را بغل گوشش گذاشت. چشمتان روز بد نبیند. قانون بجلو رفت و عقب زد و اول کاری که کرد، هفت کارمند ویژه خود را زیر گرفت. بعد صدای تلپی از دهنش درآمد و تعجب اینجا بود که در اثر ورد و افسوس آیه‌الکرسی دورتادور قانون کرسی و روی هم چیده شده بود. گلوله به یکی از کرسی‌ها اصابت کرد و سپس نقش زمین شد.

دراویش که دیدند اتفاقی افتاد و نه دنیا کن فیکون شد جانی گرفتند یا حق کشیدند و گفتند: "آن همه آوازه‌ها از شه بود" و جزیره هرمز را زیر قبضه تبرزین خود درآوردند. اما هرچه شاهقلی شاه پرسان پرسان دنبال "واسکودگامس" گشت که سرش را ببرد و برای سبیل علیشاه بفرستد پیدایش نکرد. انگار که این شخص محترم نان شده بود و سگ او را خورده بود بالاخره کاشف به عمل آمد که چند سال پیش سق سیاه سلطان محمد خربنده به او کارگر شده و در لیسبن به کیفر اعمال ناشایست خود رسیده است. شاهقلی هم نامردی نکرد سواره دنبال

دریاسالار البوقرق سوم تاخت ناقه‌اش را از عقب پی کرد و باکمند آن ملعون گرفت اول خواست سرش را با گرز گاو سار بکوبد اما چون دل رحیم بود از این شکنجه او را در مقابل دادگاه دادگستری وجدانش معاف ساخت و گردنش را مثل دسته گل با تبرزین برید و گونه‌های ارغوانی وی فوراً به زعفرانی گرائید. نامبرده رخت از دنیای دون برداشت و یک راست به دالان کاروانسرای عدم شتافت. شاهقلی شاه هم که دید این‌طور شده سرش را توی روغن کرمانشاهی اعلا سرخ کرد. (حقیقتش این است که اول می‌خواست این عمل شنیع را در روغن محلاتی انجام بدهد. اما چون بادمجان دورقاب چین‌ها در سخنرانی‌های پرورش افکار روغن کرمانشاهی را بسیار ستوده بودند بالاخره تصمیم گرفت از معامله با حاجی‌آقاهای عمامه شیروشکری محلات چشم بپوشد و اجناس کرمانشاهی را که مسقط‌الرأس خودش بود به مصرف برساند. اما اینکه بعضی مورخین تردید کرده و گفته‌اند در روغن نباتی آمریکائی بود بهتان محض و برای لکه دار کردن افتخارات ملی و تاریخی ماست. بطلان این دعوی را از اینجا می‌توان دریافت که در آن زمان هنوز به موجب قرارداد سه‌گانه صیغه برادرخوندگی با امریکائی‌ها نخوانده بودیم تا دلشان برای کبدوکلیه برادران دوست و هم پیمان خود بسوزد و روغن‌های این کشور را برای جلوگیری از ناپرهیزی برادران خودکش بروند وبه‌جایش روغن پنبه دانه و بزرگ و کرچک و مزخرفات دیگر به خوردشان بدهند.) باری چه دردسرتان بدهم پس از اینکه سر یارو خوب سرخ شد توی چاک دهنش یک مشت جعفری و دورش سیب‌زمینی سرخ کرده اسلامبولی

گذاشت و با نامه‌ای که حاکی از جنگ خونین و مقاومت دلیرانه‌ی پرتقالی‌ها بود برای سبیل علیشاه با چاپار مخصوص گسیل داشت.

حالا ببینیم چه به سرقانون آمد: همان وقت که قانون دررفت و تلپی صداکرد، از دهن زمزم علیشاه مرشد هم پرید و اسمش را توپ گذاشت. (بعضی از علمای ریشه‌شناس و زبان‌شناس و سرشناس معتقدند که یک معنی دیگر قانون که به زبان ایتالیائی canonne می‌گویند لوله است. و لغت توپ فارسی هم ریشه با tube فرانسه به معنی لوله می‌باشد. چنان که توپ پارچه و ریش توپی و افعال توپیدن و تپقیدن و توفیدن و توپ زدن و تپاندن و توفانیدن وترقیدن و تفکاریدن و تفتیدن و تفوختن و توفاناچ و لغت طوفان و طوف و Tafung چینی و Typhon از همین اصل آمده است. ولیکن لغت توپ در حقیقت از تقلید صدای قانون و لغات توپ بازی و اهن و تلپ و تاپ و توپ بوجودآمده و مانند لغات: سینه‌پهلو و سرما وبا قرقره و بادبادک و سکسکه و قمقمه و عوره غوره بی‌پدر و مادر نیست.زیرا در اصل تلپی بود به این طریق که لام چون اولش مکسور بود عطف به واو شد و یای مجهوله‌ی مهمله هم در اثر این فاجعه لب ورچید و بعداً به عنوان اعتراض منتظر خدمت گردید ودر نتیجه توپ شد واز اینجا لغت توپ پابه عرصه وجودگذاشت و جانشین قانون گشت. به علت اینکه لغت مزبور بسیار حساس و دلنازک و مستعد قلب ماهیت بود برخی از علمای زبان شناس شک نموده و گفته‌اند که عربی سره است و به این مناسبت شایسته است به شکل طوب نوشته شود و لیکن در اینجا ما دل به دریا زدیم و آن را به شکل غلط مشهور "توپ" ضبط کردیم. والله اعلم بالصواب.

زن‌های پرتقالی از عوض شدن اسم قانون بسیار دمق گردیدند. از طرف دیگر چون همه‌ی آن‌ها برخلاف نص صریح آیه‌ی بشراعداد که به فاتحان توصیه می‌کند: "از زنان هر دختری که مرد را نشناخته وبا او هم‌بستر نشده برای خودزنده نگاه دارید." نه تنها مردها را به خوبی می‌شناختند بلکه هزارجور کثافت‌کاری هم با آن‌ها کرده بودند و به این آسانی کلاه سرشان نمی‌رفت، ترسیدند به عنوان صیغه و متعه و کنیز و برده بدست مسلمانان اسیر بشوند وبالاخره گذارشان به بازار برده‌فروشان بیفتد. هم‌چنین از لحاظ کین‌توزی و تقویت پشت جبهه تصمیم گرفتند که جزیره‌ی هرمز را تخلیه بکنند و با چند حمله گازانبری مرتب پایتخت سبیل علیشاه را تسخیر بنمایند. این بود که چون مردی در دستگاهشان پیدا نمی‌شد، شکر خدا را به‌جا آوردند و با دل راحت البوقرق دخت را به سرکردگی خود برگزیدند و شبانه توپ را Kidnappe کرده لای نمد پیچیدند و توی کرجی گذاشتند و از روی نقشه‌ی جنگی مرحوم مغفور واسکودوگاما که رنگش به کلی پریده بود راه هندوستان را پیش گرفتند. پس از این پیش‌آمد، جزیره‌ی هرمز خالی از اغیار و تمام اغیار به تسخیر دراویش میهنی درآمد و حق به حق‌دار رسید. از لحاظ سوق‌الجیشی حکومت نظامی ابدی در سرتاسر جزیره اعلام گردید و جشن مفصلی برپا نمودند وآن‌قدر زدند و رقصیدند و هنرنمائی کردند وشیشه‌خورده و آتش تناول کردند و چرس و بنگ و نگاری کشیدند که آن سرش ناپیدا بود. بطوری که در بورس و بازار سیاه نرخ کبریت و شیشه‌های بغلی و لیموناد و چرس و نگاری بطرز فاحشی ترقی کرد. فردای آن روز، نطربوق علیشاه چاپار مخصوص، سردریاسالار البوقرق سوم را به پیشگاه

سبیل علیشاه برد. شاه بارعام داد وتمام ایلچی‌ها را سبیل تا سبیل دعوت کرد. اول با شکم ناشتا شراب بی‌پیری به نافشان بست، بعد همین که سرپوش را از رو سربریده‌ی البوقرق سوم برداشتند، چنان بو و برنگ اغذیه که با روغن کرمانشاهی پخته شده بود در فضا پراکنده گردید که آب در دهن حضار جمع شدونزدیک بود روده کوچک روده بزرگشان را بخورد سپس سبیل علیشاه با عصای خیزرانی که در دست داشت، روی سر البوقرق سوم زد و گفت: "شوماره خدا بسر شاهدس کو آدم میباس چه چیزا با این یه جف غلاغ تک زده هاش بی‌بیند، یه زه به دون نگفتم، ز یردم این واسکه دوگامس شلس توبراما چس گرگی پاشدس؟ شوما باوردون نیمیاد، حالا این بندری کواسمش نوک زبونمس، نمی‌دونم کو عنبرونس یا گمبرونس، خوبه دیگه هرچی می‌خواد باشه، از همین فردا اسمشو بندرسبیل علیشاه بگذاریند. این مرتیکه شاهقلی شاهم که فتحی به این نمایونی کردس ئو غذاها به این خوبی بلدس کوبپزد، بپاسی خدماتی که کردس بفرستنیدش توآشپزخانه خونه ای درباره ما تابرد پی کارش" همین که نطقش به پایان رسید، خودش را به شغال مرگی زد و به حرم خود درعالی قاپوپناه برد. مجلس بزم و نشاط و عیش و انبساط آراست زرو گوهرش برسرافشا ندند. وبشرب می ارغوانی و استماع الحان واغانی قیام کرد. برای ناهارهم فرمان داد ازبازار لنجان برایش کله‌پاچه و سیرابی و جگرک که از غذاهای ملی آن زمان بود بیاورند. فردا صبح ابلاغیه دربار صادر شد و به ملت نجیب مژده داد که هرچند از فرط اضطراب امروز عن دماغ ذات ملوکانه نیم میلی بیرون آمده بود، اما وضع مزاجی اعلیحضرت روی هم رفته رضایت‌بخش است و

دامپزشک‌باشی‌ها معتقدند که نقاهت ملوکانه بزودی مرتفع خواهد شد.

بعد سبیل علیشاه فرمان همایونی صادر کرد قشون ظفرنمون با عروتیز جلو عکس جوانیش که بزک شده بود سان دید و غرور میهنی افراد بطرز وحشتناکی تقویت شد. اما دول معظمه رقیه وقت، ازین پیش‌آمد تو لب رفتند و کنفرانس بندر چاه‌بهار تشکیل یافت و به موجب منشور بحر عمان قرارش شد: اولندش تعریف راست حسینی و دست وُ روشسته تهاجم را بدهند و تفسیر کنند، دومندش ممالک محروسه از بلوک استرلینگ خارج شود و به بلوک ریال بپیوندد. سومندش هرچه پرنده "نفته موس" در مازندران پیدا می‌شود که زیر دمش بوی نفت می‌دهد ملک طلق کشورگشایان جنوبی باشد. چهارمندش مستملکات پرتقال در خاور دور و نزدیک محاصره اقتصادی شده مورد مجازات سخت واقع گردد. پنجمندش پرتقالی‌ها توپ خودشان را دو دستی به رسم یادگار به مقامات نیمچه صلاحیت‌دار ممالک محروسه واگذار کنند. آخرندش: دولت پرتقال اسم خود را دولت نارنگی بگذارد. اما متأسفانه هرچه دنبال آن‌ها گشتند، دیگر اثری از زن‌های متجاسره پرتقالی و توپ پیدا نشد که نشد.

حالا دو کلمه ازسرنوشت توپ خودمان بشنوید: زن‌های متجاسره پرتقالی با حال زارونُزار همین‌طور رفتند وُ رفتند، ناگهان بی‌هوا وارد بندر گوا Goa شدند. با کمال تعجب دیدند که صلیب‌های فراوان سر راه ریخته و ناقوس کلیسا مثل خروس بی‌محل مترنم است و آذرجسنف بن بیورالاغ بطریق البطارقه جزیره تهران که تبعیدش کرده بودند و نمی‌دانستند چه بسرش آمده، در اینجا دم علم کرده و عده‌ای بالغ بر ده هزارنفر را عیسوی نموده و به مقام اسقف الاساقفه ارتقاءِ یافته بود. نامبرده با گروه

انبوهی از پیروان سیاه پوست مسیحی و طبق‌های گل رازقی و نارگیل و ازگیل و زنجبیل و هلیله و بلیله و روغن شمبلیله و فوفل و فلفل و هل و دارچین و مامیران و زردچوبه و زعفران و تبر زرد و صبر زرد به پیشواز آن‌ها آمد. خدمت البوقرق دخت زمین ادب بوسه زد و عرض کرد: "قبله عالم سلامت باشد، چنانکه ملاحظه می‌فرمائید من آدم با خون جگر زیرپای این مردم نشستم و از گمراهی و بُت‌پرستی و شرمگاه‌پرستی نجاتشان دادم و به کیش عیسوی دعوتشان کردم، حالا شما با این قانون لعنتی آمدید که دوباره آن‌هارا چراغ پا کنید و از راه راست منحرف سازید؟ مگرنمی دانید که یهوه در سفر تثنیه چه دستوری داده است:" و تمامی قوم‌ها راکه یهوه به دست تو تسلیم می‌کند هلاک ساخته چشم تو بر آن‌ها ترحم ننماید و خدایان ایشان را عبادت منما، مبادا برای تو دام باشد. "حالا خواهشی که دارم اینست که یا هرچه زودتر بزنید بچاک و دست از سرمان بردارید و یا پته‌تان را روی آب می‌اندازم و در این صورت یک نفر از شما جان به سلامت نخواهد برد. و یا اینکه از خر شیطان پائین بیائید و همه دسته جمعی به کلیسا برویم تا یک دهن دعای توبه Pater Noster برایتان بخوانم." (باید در نظرداشت که شخص اخیر زیرتأثیر تبلیغات زهرآلود وخانمان برانداز ملحدان مانوی بغومیل Bogo Miles واقع شده بود که تمام دعاهای دیگر مذهب مسیح را زائد و برخلاف عقیده به دو منشاءِ خیروشر می‌دانستند.)

البوقرق دخت را این سخن دشوارآمد، دیگ خشمش به جوش اندرشد، روی ترش گردانید و گفت: "زبانت را گاز بگیر، به قانون اسائه ادب کردی؟ حالا می‌بینم که بی‌خود به خودت لقب بیور الاغ نداده بودی. لابد

امام ده هزار نفر هستی که به تو اقتدا می‌کنند و با خودت عده آن‌ها ده هزار وُ یک نفر می‌شود. اما این را بدان که ما نیامده‌ایم از شما مشورت کنیم و بعد هم اگر لالائی می‌دانی پس چرا خوابت نمی‌برد؟ از کجا معلوم است که مذهب شما برای ما دام نباشد؟ گویا فراموش کرده‌ای که قانون با ماست. وانگهی از کی تا حالا یهودی شده‌ای که از تورات برایم آیه نازل می‌کنی؟ در این صورت رجوع کن به کتاب زکریای نبی باب نهم ببین راجع به ظهور مسیح سرکار نوشته که: "حرامزاده و در او جلوس خواهد نمود و حشمت فلسطینیان را منقطع خواهد ساخت. و خون او را از دهانش بیرون خواهم آورد ورجاساتش را از میان دند آن‌هایش." هیچ‌کس بهتر از خود پیغمبرها آبروی همدیگر را نریخته‌اند، مخصوصاً وقتی که تضاد منافع پیدا شده است. پس هوای خودت را داشته باش. بدان که جلولوطی معلق می‌زنی" آذرجسنف بن بیورالاغ هم سرقوز افتاد و چون متجاسرین پرتقالی کوپن‌های مربوطه را نداشتند از تحویل پیش‌کش‌های خود که آب در دهن ضعیفه‌ها انداخته بود و نزدیک بود که امه بکنند خودداری کرد. از طرف دیگر، البوقرق دخت که سرکرده غیر رسمی زن‌های فاجره مهاجره متجاسره بود و می‌خواست که دراینجا دولت پرتقال آزاد تشکیل بدهد از این پیش‌آمد سخت واچرتید. چون به فراست دریافت آذرجسنف بن بیورالاغ جلو بهانه کس ترکی تبلیغ مسیحیت را گرفته و حالا ناگزیر باید نیرنگ تازه‌ای بکار بزند تا یخش بگیرد. اما چون سیاستمدار نبود و هنوز نمی‌دانست که دیگر دولت پرتقال وجود ندارد و پادشاه فاتح ربع مسکونش هم ریغ رحمت بسر کشیده و هفتاد کفن پوسانیده و حتی در مجالس احضار ارواح هم کسی به صرافت نمی‌افتد

که روح آن بزرگوار شادروان را حاضربکند. ابتداد ستور داد توپ را کنار بندر نصب کردند، بعد دستش را پر کمرش زد و با صدای زیر دورگه این‌طور وراجی کرد:

"جانم برایتان بگوید، من نماینده محترم پرتقال آزاد هستم و برای کفلمه‌ی هفت پرکنه هند به اینجا آمده‌ام. ما در اثر سال‌ها تجربه تلخ، دریافتیم که مردم دنیا خوش‌باور و احمق و توسری خورند و عقلشان به چشمشان می‌باشد و هم‌چنین دنیا خرتوخر است. اگر ما از حماقت مردم استفاده می‌کنیم گناه از ما نیست. چشمشان کور شود و دنده‌شان نرم، اگر شعور دارند بزنند و پدرمان را دربیاورند. – اما حالا که ریگی به کفش دارند و قلدرپَرَسَتند پس فضولی موقوف، بی‌خود صورت حق‌به‌جانب به خود نگیرید، زیرا حق نتق کشیدن ندارند.- آخر ما هم بیکار نمی‌نشینیم و با قصه "بی‌بی‌گوزک" سرشان را گرم خواهیم کرد. چنان آن‌ها را ترغیب به گذشت و فقر وفاقه و صوفی‌گری و مرده‌پرستی و گریه و بافور و توسری‌خوری می‌کنیم که دست روی دستشان بگذارند و بگویند، باید دستی از غیب برون آید و کاری بکند، اما این دست، دست ما خواهد بود. ما ترک دنیا به آن‌ها می‌آموزیم و خودمان سیم و غله خواهیم اندوخت (کف زدن حضار) جانم برایتان بگوید، همیشه برای اینکه تاریخ عرض اندام بکند، یک تیز یا گرز یا قداره خونالود ویا لوله توپ و یا بمب اتمی برهان قاطع است. چنان که حضرت خاتم النبیین می‌فرماید: "انا نبتی باالسیف" آن وقت چند نفر رجاله لازم است که به اسم خدا و شاه و میهن هی کوراوغلی بخوانند و سینه بزنند و خود را نگهبان قانون معرفی بکنند و توده عوام کاالانعام را با اشتلم و بیم دوزخ و امید بهشت بفریبند. این توده گمنام هم

که اسیر شکم و زیر شکمش است کورکورانه از آن‌ها اطاعت خواهد کرد. وبه پای خود به کشتارگاه می‌رود. ـ به این طریق تاریخ عوض می‌شود. (حضار کف زدند و هورا کشیدند. میهن مسلخ عزیز ماست.) اما چرا علم شریف تاریخ تکرار می‌شود؟ برای اینکه وقاحت‌ها و پَستی‌ها و سُستی‌ها و مادرقحبگی‌های بشر هم تکرار می‌شود. جانوران بُت نمی‌پرستند، قُلدر نمی‌تراشند و به کثافت‌کاری‌های خودشان نمی‌بالند برای همین تاریخ ندارند. صفحات تاریخ بشر با خون نوشته شده، هرقلدری که وقیح‌تر و درنده‌تر باشد بیشتر کشتار و غارت بکند و پدر مردم را در بیاورد در صفحات این تاریخ عزیز چسانه‌تر است و به‌اصطلاح نامش جاویدان می‌شود گاهی لقب"عادل" هم بدمش می‌چسبانند و حتی بدرجه الوهیت هم او را بالا می‌برند ـ این از خصایص اشرف مخلوقات است، ـ آن‌وقت موجودات احمق وازده‌ای که ریزه‌خوار خان‌رجاله‌های تازه بدوران رسیده می‌باشند قدعلم می‌کنند و جریان وقایع را با منافع شکم و زیرشکم خودشان تطبیق می‌دهند، با جملات چسبنده پرطمطراق و سجع و قافیه پرده روی جنایات و حماقت کارنامه این قلدرها می‌اندازند و اسم خودشان را مورخ می‌گذارند. به این طریق افسانه به وجود می‌آید. خوبیش اینست که از افسانه هم درس عبرت نمی‌شود گرفت. تنها فایده تاریخ این است که از مطالعه‌اش انسان به ترقی و آینده بشر هم ناامید می‌شود. درهرزمان که آدم‌ها به هم برخورده‌اند، این برخورددائمی همیشه کشت و کشتار به بارآورده، هر ملتی که به درجه تمدن رسیده ملت همسایه‌اش که قلدر و پاچه ورمالیده بود به آن حمله کرده و هستیش را به بادداده است. خاصیت هر نسل اینست که آزمایش نسل

گذشته را فراموش بکند، وقایع تاریخ یک فاجعه و یا رُمان است که به تناسب مقتضیات وقت هر مورخی مطابق سلیقه خودش از میان هرج‌وُمرج اسناد تاریخی بهره‌برداری کرده است، اما به ما ربطی ندارد. فقط درس پستی و درندگی و کین‌توزی به ما می‌آموزد، به همین علت بشر را وادار می‌کنند همیشه روبه قهقرا برود. فقط الفاظ فرق می‌کند، اما دیکتاتور امروز به مراتب خطرناکتر از دیکتاتور هزار سال پیش است. (کف زدن ممتد حضار) باز هم تجربه به ما ثابت کرده که مذهب مسیح بهانه و افزار دست یک مشت گرگ است که به لباس میش درآمده‌اند و جز تخم نفاق و کینه ثمر دیگری به بار نمی‌آورند. زیرا یک دسته انگشت شمار مثل اسقف‌الاساقفه خودمان (اشاره بطرف آذرجسنف بن بیورالاغ کرد) برای تأیید حرص وُ آز و شهوت و خودپسندی و جاه‌طلبی خودشان آمده‌اند دنیای نامرئی و خدای قهاری تصور کرده‌اند که همان تمایلات پست آن‌ها را دارد. آن‌ها نماینده و تعزیه‌گردان همین دستگاهند و برای سود و زیان خود آیه از زبورو تورا‌ه می‌آورند و پایش بیفتد با شیطان هم می‌سازند تا موجودات را تا ابد پست و احمق و گدا و مطیع نگه‌دارند و همین که قوت گرفتند، این آقایان زاهد و عابد و مسلمان حتی مدعی تاج و تخت هم می‌شوند. به همین مناسبت یک پا دشمن خونی ما هستند. اگرچه من از لحاظ سیاست استعماری درنظرداشتم که شعائر اسلامی را تقویت بکنم، اما حالاکه سر قوز افتادم از این کار بکلی چشم می‌پوشم، زیرا ما از ته قلب به مذهب لینگم گرویده‌ایم و دیگر حنای هیچ مذهبی پیشمان رنگی ندارد. جانم برایتان بگوید، اگرخداوجود داشت دیگر احتیاجی به کشیش و آخوند و خاخام و مسجد و کلیسا و کنیسه نبود. مظهر پرستش

ما محسوس و در دسترس همگی است و میانجی لازم ندارد. حتی از تبلیغ هم بی‌نیاز است. — مشک آن است که خود ببوید، نه آنکه عطار بگوید. چون آنچه که مشکوک است همیشه تبلیغ لازم دارد. اگر مذهب راست می‌گفت، این همه زندان و پاسبان و بیمارستان و تیمارستان و قشون و کینه و جنگ‌های صلیبی و مذهبی و جود نداشت، زیرا دین و مذهب از ابتدای پیدایش تاکنون جز موجبات بدبختی و تَبَه‌روزی مردم را فراهم نساخته وجز دکانداری و آلت خر‌کردن مردم چیز دیگری نبود، چه آنکه از پایه و اساس موهوم بود. اساساً تمنای تذهیب آدمی از راه مذهب جز از قبیل تمنای دفع فاسد به افسد نیست. از بدمنشی‌ها و کثافت‌کاری‌های آدمی از همه فاسدتر همان ایمان مذهبی است. ایمان مذهبی بزرگترین دروغهائی است که بشر برای تبرئه خود قالب زده و گشادترین کلاهی است که به سر خودش گذاشته است. فقط به این وسیله نمایندگان آن به اقتضای زمان در خَر‌کردنِ مردم و سوارشدن بر گُرده آنان کوشیده‌اند. کدام مذهب است که توانسته باشد پنج دقیقه از شرارت بشر بکاهد؟ برعکس می‌بینیم همیشه تعصب و خرافات و حماقت بشر را برای پیشرفت مقاصد خود دست آویز قرارداده و یک میانجی کشیش یا آخوند لازم دارد که کلاه مردم را به‌امید بهشت و بیم دوزخ بردارد و بر ریششان بخندد. مذهب ما میانجی لازم ندارد. لذا قانون ما این توپ رضی‌الله عنه می‌باشد که مشاهده می‌کنید و آلت پرستش ماست. (زنان فاجره پرتقالی که از مسلمانان دل پرخونی داشتند دسته جمعی خواندند.

مسلمان گر بدانستی که توپ چیست،

یقین کردید که دین در توپ پرستی است،

ز اسلام مجازی گشته بیزار،

کز آن کفر حقیقی شد پدیدار،

اگر کافر زتوپ آگاه گشتی،

کجا در دین خود گمراه گشتی؟)

جانم برایتان بگوید، اما از لحاظ روش سیاسی، چنان که ملاحظه می‌کنید ازین دقیقه به بعد ما فاتح هند هستیم. ـ سرکردگان، سال‌ها مشغول مطالعه حمله به هندوستان بودند و کاری از پیش نبردند و آخرش جلو یک مشت درویش لندهور زانو زدند و سپر انداختند ولیکن ما دست به ترکیب هیئت حاکمه شما نمی‌زنیم، برعکس غرور ملی و مذهب لینگم و مهاراجه میهن‌پرست شما را تقویت خواهیم کرد. به این معنی که استقلال ظاهری و عنعنات دینی شما را عجالتاً محترم می‌شماریم تا بهتر بتوانیم پدرتان را در بیاوریم. زیرا دستگاه حاکمه‌ی دست‌نشانده‌ی غلام حلقه بگوش، خواهد بود و در این صورت مسئولیتی به عهده ما نمی‌باشد. جانم برایتان بگوید، چون شما ملت پست عقب افتاده ای هستید، باید در عوض همه محصولات زیرزمینی و بالای آسمانی خودتان را دو دستی به بیت‌المال کفر ما تقدیم بکنید و ما بموجب برنامه هفت ساله‌ای که تنظیم کرده‌ایم، برایتان زندان‌هائی با سیستم جدید بسازیم و جاده‌های نظامی و فرودگاه درست بکنیم، بانک‌های خارجی پولتان را کنترل بکند و نظامتان در دست ما باشد. هم‌چنین برای اینکه در جرگه ملل مترقی درآئید باید

قرض هنگفتی ازما بکنید تا توپ و تفنگ و خمپاره و آتش‌خانه‌های وازده کهنه و بنجل‌های خودمان را برایتان بفرستیم و به این طریق تا ابدالاباد زیر دین ما بمانید. (حضار کف زدند و گفتند: چنین کنند بزرگان که کرد باید کار،) جانم برایتان بگوید، مخلص کلام اینکه: ما برای دوشیدن شما آمده‌ایم ومن شخصاً مسئولیت وجدانی دارم که پرتقالی‌های هفت پرکنه هند را مصادره بکنم و برای هم میهنان عزیزم بفرستم، حالا دیگر خود دانید. زنده باد مهاراجه کاپوت والا پدر تاجدار و نابغه دهر ولایت البوقرق دخت آباد، زنده باد مذهب مقدس لینگم. مرگ سیاه برکلیسا. محو باد کشیشان مفتخوار و مرده خوار، آکله شتری بیفتد به پائین تنه پادشاه پرتقالمان،.....» ضعیفه‌های متجاسره مهاجره هم ریختند و تمام تحف و هدایای هندوها را چپو کردند و به نیش کشیدند سپس البوقرق دخت فرمان داد که دیگر آخوندها بر منبر نروند و مؤذنان بانگ نماز نگویند و سایر خلایق به ذبح اغنام اقدام ننمایند. همچنین در کوچه و بازار مذاکره کردند که همه باید برکیش آباءِ و اجدادی خویش باشند و معترض یکدیگر نشوند. و برای اثبات مدعای خود، امر کرد فی‌المجلس آذرجسنف بن بیورالاغ، اسقف الاساقفه رادر جلوی کلیسای سن ماسوخ st masoch همآن‌جا که قباله خشت خام سواحل خلیج فارس را به عنوان الواحی که سرکوه طور به موسی نازل شده بود،در قاب طلا گرفته و سررف گذاشته بود، توی پوستش کاه چپاندند و به چوبه دار آویختند. دراثر این ضایعه جبران ناپذیر، مرغ جان از قفس تن آذرجسنف بن بیورالاغ طیران نمود و فوراً با ملایک مشحورشد. و لیکن حتی ده هزار تن پیروانش از ترس البوقرق دخت جرأت نکردند که برای مومیائی جنازه مومی الیه اقدامات

مقتضی به عمل آورند. همان شب لوطی مستی با زغال روی سنگ قبرش نوشت: "دیری نخواهد کشید، مُرشد ما که در اینجا به خاک سپرده شد قیام خواهد کرد و پدر هرچه قانون‌پرست است در می‌آورد. به‌طوریکه تا کمر اسبش درخون موج خواهد زد. — بر پدر باور نکن لعنت،" مرحوم جسنف بن بیورالاغ علی الدوام به ریاضت و عبادت مشغول بود و گاهی اشعار آبدار برلوح اعتبار نقش می‌نمود و چند تصنیف معتبر بر تاریخچه سنگ قبر خودرا با تحقیقات بسیار دقیق زیر عنوان تحفه الاراجیف بطور متقاله قلمی کند تا در مجامع علم و ادب ممالک محروسه عرض اندام نموده نام خود را جاویدان سازد، و لیکن اجل مهلتش نداد و ما این فقدان جبران ناپذیر را به ادبیات و مخصوصاً به علم شریف تاریخ تسلیت می‌گوئیم.

اما از آنجا بشنوید که چون البوقرق دخت کفر گفت به مقام باری تعالی جسارت ورزید و نسبت به حضرت رسالت پناه صلی‌الله علیه و آله و سلم کلمات بی ادبانه به زبان راند، بیت:

چو عاجز شد آن بادب در جواب،   به بد کرد حاشا نبی را خطاب.

فوراً ریختش از دنیا برگشت و صورتش مثل زغال سیاه شد و چون نمی‌دانست: "که زنگی به شستن نگردد سپید." هرچه آب به سرورویش زد فایده نبخشید از قضا، مردم ساده لوح مسیحی هندی، درحالی که برگ تنبول می‌جویدند و با دهن حیض شده به درو دیوار تف قرمز پرتاب می‌کردند، برای اثبات بی‌دینیش ازین حجه الکفاره معجزه خواستند.

ضعیفه هم نه گذاشت و نه ورداشت و گفت: "جانم برایتان بگوید، معجزات صوری معارضه با سامری است. شأن من درآنست که اصلاً معجزه ندارم و به موجب آیه کریمه: "قل انما بشر مثلکم یوحی الی منهم ناسلامتی بشری هستم مثل شما. اما حالا که سرقوز افتادم، به شما اخطار می‌کنم که معجزه تیاتر و نمایشگاه که نیست و دستگاه بی‌دینی را ملعبه نمی‌توان پنداشت. هر گاه معجزه می‌خواهید، علمای شرق و غرب و شمال و جنوب را حاضر کنید تامر کنم آفتاب که از شرق برمی‌آید، از غرب طلوع کند و آن علماءِ پای معجزه من به صحه بگذارند و پاراف کنند تا کافه عوام کاالانعام بی‌چون و چرا به من بگروند و آنگاه صدق مقال من کالشمس فی اربعه النهار روشن و آشکار گردد. همین."

هندوهای مسیحی که دیدند سنبه پرزور است و حالا دسترسی به علمای شرق و غرب و شمال و جنوب ندارند، سخت ازرو رفتند و زبان درکام خاموشی فرو بردند و فقط توی دلشان این بیت را سرودند:

"چس رفته گوز اومده،   حاکم دهن دوز آمده"

و بالاخره شاخشان را از البوقرق دخت بیرون کشیدند. برعکس هرزگی‌پرستان از ذوق توی پوست نمی‌گنجیدند و چون در ایام جهالت در اخلاقشان سخت‌گیری نشده بود، باخودشان می‌گفتند: "نچسین نگوزین که احمدک خیار کاشته، اما کسی که با دیگران زنا کند، با مادر خود چه‌ها کند،" ضمناً رسالات بی‌شماری در شک میان خماری و مستی و درمالی و بنداز و مبطلات جماع از قول استادان فن منتشر نمودند.

الخلاصه، البوقرق دخت از مصائب گذشته پَند گرفت و از شوق فتوحات آینده با دُمَش گردو می‌شکست. فوراً دستورداد هفت تن از رجال و کارشناسان و دکتران حقوق و جوانان مؤدب و پیران مذهب قوم دورهم گردآیند و هفت شبان و هفت روز زیج بنشینند و یک نقشه هفت ساله شسته روفته برای عمران و آبادی و ازدیاد نفوس و استحصالات و تأسیس زایشگاه و خوانشگاه و آرایشگاه و پالایشگاه و آسایشگاه و پرورشگاه و آزمایشگاه و بازداشتگاه و باشگاه و پاسگاه و پناهگاه و شیرخوارگاه و آموزشگاه و نمایشگاه و خرگاه، فرودگاه و دستگاه و بزنگاه و ایستگاه و آبریزگاه و شاشگاه و کشتارگاه تیار کنند. همین که هفت روز مقرر گذشت، فرمان داد اصطلاحات بی درنگ آغاز شود. از این جهت اول به خودش نشان بیضه بند لیاقت داد که رویش حک شده بود:

ambitio – pecuniae – imperi – cupido

سپس سوار کره مادیان سفیدی شد ودر خیابان تنگوزئیل ارتش را سان دید و دستور داد هرکس که غلام سفارت خواهر و مادرش را زحمت نداده بود به جرم عنصر پلید و خائن به میهن گرفتند و زندانی کردند و دارائی اورا بنام مصالح عالیه کشور چاپیدند. بعد فرمانی صادرکرد تا راه آهن سرتاسر هفت پرکنه هند را بکشند. سپس اقدام به تأسیس فرهنگستان اردو و پرورش افکار کرد. یک دسته بادمجان دورقاب چین و دلقک وازده هم مرتب از صبح تا شام سینه می‌زدند و خاک توی چشم مردم می‌پاچیدند و در مدح این ضعیفه ظل‌الله می‌گفتند: "هرچه آن خسرو کند شیرین بود،" هروقت هم که این ضعیفه به مسافرت می‌رفت و برمی‌ گشت، یک مشت بچه‌های حرام‌زاده و پیر وُ پاتال‌های زهوار

دَررَفتهشان را جلو قدوم روحی فداه سگکش میکردند. ضمناً به دستور وزارت بهداری، تپه تپه مجسمه مشارالیها را با مخارج هنگفت سرراه و نیمه راه برای عبرت عابرین گذاشتند تا سنده سلامیهای محترم میهن خودبخود معالجه بشوند. در این حیص و بیص سرکودبان آن دیار که طبعی وقاد و ذوقی سرشار داشت، شعری در مرثیه دخت خواند. اینک چند بیت در اینجا قلمی میگردد:

لاشه گندیده ای در یک کنار افتاده است

سنده پوسیده، دور از سندهزار افتاده است

از برای کِشت کاهو همچو کودی نادر است

وای و دردا، کشت ما بیکود و بار افتاده است

حضرت البوقرق فرمانده عالی مقام

بیکمر شمشیر و بینقش و نگار افتاده است

زورداری زورجوی و زورمندی زورگوی

زورش از زانو شده، پانه زکار افتاده است

توسوار توپ مروارید بودی ای امیر

توپ مرواریدت اینجا بیسوار افتاده است

دخترت البوقرق دخت از فراق لاشه ات

غرق اشک و غرق خون روی مزار افتاده است

خیز و اشک از چشمهای دختر خود پاک کن

حیف آید دخترت بیغمگسار افتاده است

گیسوان دخترت بر روی خاک مرقدت

چون بروی منقلی عنبر مضار افتاده است،

ای همایون سرور و سالار باعزو وقار

بین که ناموست چنین خواروفکار افتاده است،

جان نصار و چاکرت سرکودبان خاکشور

برسر خاک مزارت داغدار افتاده است

ای فدای دخترت گردم که از دیدار او

طبع شعرمن چنین در خارخار افتاده است

باش تا بینی که از یک ذره خاک تُربتش

سال دیگر هر خیاری چون چنار افتاده است

(جای بسی تعجب است که شاعر در بیت پنجم لقب مروارید را به توپ اعطا می‌کند و چنان که به‌جای خود ذکر خواهد شد، این لقب را بعدها به مناسبتی روی این توپ خواهند گذاشت که عجاله از گفتنش خودداری می‌کنم. البته ما منکر نیستیم که شاعر را با عالم علوی و جهان ماوراءِطبیعی سروسری است و از سرچشمه غیبی فیض می‌گیرد وگاهی ممکن است غلط انداز، ازین پیشگوئی‌ها بکند. و لیکن بظن قوی لغت مزبور از فعل مروارید می‌آیدکه به عربی تطییر می‌نامند و مقصود خالی است که از پرواز پرندگان و یا فضله‌انداختن آنان می‌گیرند و مروا بروزن خرما فال نیک و دعای خیر می‌باشد.) باری، همین که سرکودبان این قصیده را برای البوقرق دخت خواند به لقب ملک الشعرای دربار مفتخر شد و البوقرق دخت برای ازدیاد محصول کاهو دستور داد لاشمرده پدرش البوقرق

سوم را با بوق و کرنا و سرنا از جزیره هرمز آوردند و روی لوله توپ گذاشتند و به دولابی‌های ولایت البوقرق آباد سپردند. نیز ناگفته نماند که پس از این همه فداکاری و ترقیات روزافزون اگرچه البوقرق دخت از طرف حمال‌های میهنش جزو مادینه‌های Non Baisabilis طبقه‌بندی شده بود و لیکن از گیس سفیدان قوم مشورت کرد تا شوهری پروپاغرس از بلاد عربستان برای خود استخدام کند و صفت پرتقالی‌الاصل به او بدهد. اما آن‌ها زیر بار نرفتند. ولی تعجب دراینجا است که با وجود این آثار آبستنی در البوقرق دخت پدیدار شد. هرچند خودش مدعی بودکه از برکت توپ است و اظهار داشت: "جانم برایتان بگوید: شبی که به زیارت توپ ارواحنا فداه رفته و درجوار آن بزرگوار پهلو بر بستر استراحت داده بودم. ناگاه دیدم که نوری از روزنه خرگاه درآمد و به کامم فرورفت. "بیت:

حکایات مریم اگر بشنوی   به البوقرق لاجرم بگروی.

همین که وضع حمل با مراسم باشکوهی انجام گرفت. بچه ناقص‌الخلقه بود، گیس سفیدان به او بدبین شدند و او هم از ترس ناچار سرجگرگوشه خود را زیر آب کرد. ضمناً برای اینکه زبان عیب‌جو و بدگو را ببندد و از رعایای خود چشم زهره بگیرد. قانونی به قید سه فوریت گذرانید که هر کس اساءه ادب به ماتیشگه خانه دربار بکند، او را شمع آجین کنند و در کوچه و بازار بگردانند. از طرف دیگر، چون کارشناسان مخصوص کشاورزی او گزارش کردند که هند همه جور میوه به هم می‌رسد مگر

پرتقال و دید که پادشاه فقید سابقشان به آن‌ها حقه زده بود تا تمام هند را دربست برایش تسخیر بکنند از تصرف باقی هفت پرکنه‌ی هند چشم پوشید که پوشید. اما عوضش یک میدان "ارگ" حسابی در گردنه خیبر درست کرد، بالای سردرش داد شب و روز نقاره زدند و با سلام و صلوات توپ را در آنجا گذاشت و دهنه‌اش را بطرف ممالک محروسه قرار داد. البته به خیال اینکه در اولین فرصت، به خونخواهی پدر ناکامش، به اصفهان حمله ور گشته و سرسبیل علیشاه را توی روغن محلاتی سرخ کند و سبیلش را دود بدهد.

ناگفته نماند، البوقرق دخت که ضعیفه سرتق سمجی بود، بالاخره تصمیم به تسخیر ممالک محروسه گرفت. اما چون خرافاتی بود و ایمان پابرجائی نداشت، این شد که قبل از اقدام به حمله، از جوکی مجربی که سال‌ها دود چراغ خورده و ذوات لحم نیاز رده و با چشم‌های کوچکش چیزهای بزرگ دیده بود مشورت کرد و گفت: "جانم برایت بگوید، ما را پندی ده و سخن گوی تا آن را بشنویم و بکار بندیم. "جوکی عوض رمل، اصطرلاب انداخت و عرض کرد: "اصطرلاب همان نماید که جد مطهرم کریشناپاتاپام در کتاب شق الیقین آورده است." البوقرق دخت دستپاچه پرسید: "چگونه بود آنک؟" جوکی فرمود: "آورده‌اند، جد بزرگوارم در کتاب خود از قول جابربن هردمبیل روایت نمود که پدرجدش ابوالفرج بن انسی از حضرت علی ع پرسیدم: یا سیدی، سرنوشت ممالک محروسه چیست و کارش به کجا انجامید؟ حضرت علی ع فرمود: به درستی که من الان خبر می‌دهم به شما از چیزهائی که بعد از آن شدنی است. پس برسانید این‌ها را کسانی که از شما در اینجا حاضرند، به کسانی که از اینجا

غایبند." بعد آن حضرت دستار خود را باز کرد و های‌های گریستن آغاز نهاد، بطوریکه به سبب گریه او همه حضار به گریه درآمدند وقتی که از گریستن فارغ گردید فرمود: "به تحقیق چنین است و جز این نیست که امروز سرآغاز و سرانجام ممالک محروسه را به دو کلمه اختصار کنم: بدانید و آگاه باشیدکه تاریخ ممالک محروسه از پیشدادیان شروع می‌شود و به پسدادیان خاتمه می‌پذیرد." سپس جوکی افزود: "ولیکن از دلایل نجوم چنان معلوم می‌شود که کوکب دولت و اقبال ممالک محروسه به درجه‌ی هبوط و حدود نحوس رسیده و از آن می‌ترسم که شقاوت و ادبار اودر سعادت و اقبال شما نیز سرایت کند." البوقرق دخت که این سخن شنید، اندیشمند شد،آب در دیده گردانید و از تصمیم خویش چشم پوشید.

همین که غلام سفارت از این ماجرا اطلاع یافت، پیامبری نزد البوقرق دخت فرستاد که: "اگر که می‌خواهی کارت سکه بکند و پیازت کونه، همانا راه دیگری در پیش نداری مگر آنکه ظاهراً از هرزگی پرستی دست بکشی و مسلمان بازی در بیاوری و مردم را حسابی خربکنی که به نفع ما و شماست. در این صورت تا دنیا دنیاست ما میخ طویله پشتت خواهیم بود. حالا تو خواه از سخنم پند گیر و خواه ملال،" البوقرق دخت که ۷۷ سال از عمر شریفش می‌گذشت و مراحل یائسگی را به سرعت می‌پیمود. در این اواخر هرچه دوا و درمان کرده و دست به دامان توپ شده بود دیگر از این امامزاده معجزی ندیده بود، به توپ و حتی به ملت هرزگی پرستش و مهاراجه کاپوت والد و دنیا و مافیها پسی میست شد. ‌ـ گمان گَرد خدای مسلمانان غضبش کرده، باخود گفت: "آن قدر دنیا خرتوخر است که

می‌ترسم حرف آن‌ها راست از آب دربیاید و آن دنیا هم باشد. ولیکن دنیای بدون توپ برای دم توپ خوبست، پس چه‌جور کلاه سرخداشان بگذارم؟" لذا در اثر انقلابات روحی و محرومیت‌های جنسی و بدجنسی به دین حنیف تمایل حاصل نمود تا اقلاً در دنیای دیگر شکمی از عزا درآورده با جماعت آخوند و طلبه پای حوض کوثر عسل و شراب بخورد و با غلمانان بندازهای ابدی بنماید. این شد که در حضور حجه الحق و الاسلام شیخ پشم الدین تفتازانی و مالک هشدرتوبه نصوح کردو شهادتین را به دهن مبارک جاری ساخت و از روی اخلاص به عنعنات دین مبین پرداخت و اسم جدید الاسلام خوشقدم باجی روی خودش گذاشت و ترک شرک و ملت مذموم هرزگی‌پرستان گرفت در همان روز قریب صدهزار شرمگاه پرست متمرد، مؤمن دوآتشه و موحد گردیدند و از ظلمت ضلالت و عبادت اوثان نجات یافته و بصحت عقیدت فایز شده کلمه توحید بر زبان راندند. جماعت جدیدالاسلام جراحات سفلیس را که بر اندام و جوارح و پائین تنه خوشقدم باجی ظاهر شده بود معجزه پنداشته چون مهر نبوت آنقدر بوسیدند و لیسیدند تا بدان مقام رسیدند که رسیدند، از برکت قبول شریعت غرانه تنها فروغ ایمان برسراچه دل خوشقدم باجی تافت، بلکه صورت و اندامش که دراثر کفر و الحاد سیاه شده بود در اثر لیسش پیروان پاکدلش پیس شد و گوشت نو آورد و مانند خورشید درخشیدن گرفت. هم چنین بدنش که چون نی قلیان نحیف و چون تیغ ماهی ضعیف بود در اثر ابتلای داءالفیل به هیکل کرگدن درآمد. خوشقدم باجی هم به پاس این معجز بی قیاس آهنگ زیارت عتبات عالیات و تربت خامس آل عباس ع کرد. لذا تمارض به مرض klepto Manie نمود و

دکتران کمیسیون ارز وزارت دارائی مرض اورا تصدیق کردند و مشارالیها فوراً از انواع لالی و درّ و مرجان و جواهرواوانی زر و سیم و نقود سرخ و سفید و نوع طلای تخت جمشید خزانه مهارجه کاپوت والا که از وزن سبک و از قیمت سنگین بود دستبردی ماهرانه زد و با خود برگرفت. ع:وصفش نگنجد در بیان، شرحش نیاید در قلم، و به عزیمت گذاردن حج اسلام و طواف تربت جنت رتبت حضرت خیرالانام علیه الصلواه والسلام از دارالسلطنه گوا در حرکت آمد. جمعی کثیر از فحول علماءِ و اعیان و رجال مانند خواجه نره خر جوز علی و شیخ پشم الدین و مالک هشدر در ملازمت بی‌بی زبیده و ام کلئوم و ننه نادعلی و خاله کوکومه و میمنت خانم و ننه‌ام النبی به جانب حجاز روان گشتند و به شرف طواف و رکن و مقام و زیارت مرقد عطرسای پیغمبر علیه الصلوات و السلام مشرف شده و در مراجعت، مدتی در کربلای معلا رحل اقامت افکندند و مجاور شدند. هرچند خوشقدم باجی تمام دارائی خود را از کف داد و به روز سیاه نشست، حتی در شهر نو آن بلاد مدتی به نام "عجمی، اطفاءِ شهوت بی‌مروت نمود، ولیکن از پخش امراض رهروی و سفلیس درجه ۳ در میان اعراب خوش مصالح ذره‌ای غفلت نورزید و دست رد به سینه کسی نگذاشت. اما در عوض خود را مرتب به ضریح مقدس می‌مالید و گناهانش مثل برگ درخت خودبخود فرو می‌ریخت. تا آن‌که بازارش سخت کساد شد و قصد بازگشت به میهن عزیز کرد. مقدار هنگفتی تربت اصل و کفن مقدس و واجبی بسیار اعلا و مهر و تسبیح و چند مشک دوغ عرب و مقداری موش و سوسمار خشک شده و چند بغچه روبنده و چادر و چاقچور و چارقد قالبی و عبا و کفیه عقال و شلیته دندان موشی و چند

تن روضه خوان و دعانویس و جن گیر و از گداهای سامره به همراه خود آورد تا مردمِ خوشقدمِ آباد را بدین حنیف راهنمائی بکند. حاجیه خانم، به روز عید اضحی وارد شهر گوا شد و قتل‌عام حسابی از گاو و گوسفند جلو قدوم مبارکش کردند تا طلعت روح‌افزا به مردم نمود و تخت خانی و سریر کامرانی را به خانخانی وجود میکروب آلوده خود که موشح بود به نقرس و غمباد و کرم کدو و شاشبند و آتشک وابنه سواره و بود بود پیاده و آکله شتری و شانکرو ترپونم و استافیلوکوک و گونوکوک، زینب و زینت در افزوده و فرمانی صادر نمود که تمامی هرزگی‌پرستان مسلمان شده به اظهار شعار شرع شریف پردازند و آداب و عنعنات صدر اسلام را پیرایه خویش سازند و هر کس از انقیاد ارگان دین قویم سرپیچید سرش را به ضرب عمود نابود سازند. مگر آنکه به موجب آئین و قوانین شریعت جزیه بپردازند و کسی که جزیه بیش دهد، می‌تواند در امن و امان بیشتری زیسته بر سر سبیل اسلام نقاره بنوازد. هرچند این ضعیفه جدیدالاسلام خواست نطق غرائی در مدح تغییر مسلک و روش خود بکند، اما به علت باد سفلیس صدایش کرو کیپ گرفته بود. لذا فقط توانست پای فرمان ملوکانه را که مالک هشدر برایش نوشته بود به صحه ملوکانه موشح فرماید.

همین که به راهنمائی غلام سفارت کارش گرفت، جمعی دُم‌بریده و پاچه ورمالیده دورش را گرفتند و مشغول رجزخوانی شدند و دمش را در بشقاب گذاشتند. ضعیفه هم از گناهان سابق خود غفران طلبید و مخالف سرسخت الفبای لاتینی شد و فرمود لاتینیات را در کشور خوشقدم آباد از بیخ و بن براندازند و رسالات مربوطه به آداب مبال رفتن و فقه و

اصول را به الفبای عربی برگردانند. (در این صورت ما هم بی‌اندازه متأسفیم که در این تاریخچه چند لغت خارجی بطور غلط‌انداز استعمال کردیم و از صمیم قلب استغفار می‌کنم.) و به‌جای ویس و رامین و الفیه شلفیه و کاماسوترا، کتاب سیره عنتر و سرود "چوخوشقدم باجی نباشد تن من مباد" و شرعیات و فقهیات به اطفال نابالغ در دبستان‌ها بیاموزند. هم‌چنین دستور داد دَرِ همه دانسینگ‌ها را بستند، پرده‌های نقاشی را جردادند، مجسمه‌ها را شکستند، آلات موسیقی را سوزانیدند و کتاب‌ها را در آتش انداختند و کاخ‌ها و کوشک‌ها و قصرها و باغ‌های عمومی و میکده و دانشکده و آتشکده و معابد هرزگی‌پرستی و کلیساهائی که جزیه نمی‌دادند با خاک یکسان کردند و به‌جایش مسجد و تکیه و امامزاده و حسینیه و منار و قاپوق و پاتوق و شیره‌کش‌خانه و واجبی‌کش‌خانه ساختند. متخصصین اذان و مناجات و آخوندهای گردن‌کلفت خواب و خوراک را به مردم حرام کردند و یریز در رادیو با عرو تیز و چسناله عربی و روضه مردم را دعوت به مرده‌پرستی و روزه و گذشت از دنیا و گریه و غسل در آب روان می‌کردند و از فشار قبر و روز پنجاه هزار سال می‌ترسانیدند و به شهوترانی‌ها و شکم‌چرانی‌های بهشت وعده و عید می‌دادند. ضمناً باید متذکر شد که خوشقدم باجی خیرات و مبرات زیادی هم کرد، از جمله داد سر راه امامزاده‌ها بیت الخلا و آب انبار و کاروانسرا ساختند و جوی‌هائی برای رفع قضای حاجت به عنوان کنار آب در اطراف آن‌ها تعبیه کردند و مخارجش را از بلیط لاتاری سازمان اشتباهی خوشقدم‌آباد تأمین نمودند. ملّاباجی‌ها در مکتب‌خانه‌های شنگول و منگول مسائل مهمی راجع به شک میان دو و سه و استحاضه کبیره و متوسط و قلیله و مبطلات روزه

و طی و مقاربت ادخال خشنه به قبل و دبر و ریزه کاری‌های زبان دلنازک عربی مطرح می‌کردند و به هندوها حقنه می‌نمودند و در منافع تعدد زوجات و تقیه و محلل و خواص تربت اصل داد سخن می‌دادند. شیخ پشم‌الدین کتابی در نجاسات تألیف کرد که حاوی هزارو پانصد مسئله در باب آداب خلا رفتن و کونشوئی بود. خواص آب کر و آب مضاف و جلو گذاشتن پای چپ هنگام ورود به محل تخلیه.

خوشقدم‌باجی که دید زمینه برای خرکردن مردم فراهم است، دست از قنداق درآورد و دستور داد به‌جای مامیران و زعفران و ترنجبین و گزنگبین و شیرخشت و فلوس و هل و فوفل و انقوزه سرتاسر ممالک خوشقدم آباد تریاک ناب کاشتند و به دستور غلام سفارت تریاک‌های زرین عالی و مواد مخدره را میان پیروان خود به رایگان پخش می‌کرد و برای تبلیغ آن حتی دستور داد که در ماه مبارک رمضان موقع اذان سحر به مردم توصیه می‌کردند که:"آب است و تریاک" مردم ساده لوح هم گمان کردند که اگر در موقع سحر تریاک بخورند از زجر گرسنگی آن‌ها کاسته می‌شود. مالک هشدر هم ساقی مخصوص خوشقدم باجی شده بود و بست‌های عالی می‌چسبانید و به دهنش می‌گذاشت. خلاصه، بازار دعانویس و جن‌گیر و شاخ حسینی و جگرکی ومحلل رونقی به سزا گرفت. متخصصین روضه و گریه تمام لذت‌های این دنیا را حواله به دنیای دیگر می‌کردند و مردم را وادار به زوزه و روزه و گریه و چسناله می‌نمودند و خودشان دائماً در عیش و نوش مشغول اندوختن مال و منال بودند و می‌خواندند: "گریه برهر درد بی‌درمان دواست" مردم به‌اندازه‌ای گریه رو شده بودند که اشکشان دم مشکشان بود، حتی مؤمنین دوآتشه شیشه

اشکدان داشتند و اشکی که در مجالس روضه‌خوانی برای اولاد علی ص ع می‌ریختند درآن جمع می‌کردند و بعد از مرگ این شیشه‌ها را توی قبرشان می‌گذاشتند تا در روز پنجاه هزار سال کار عمله واکره آن دنیا را آسان کنند و ثابت نمایند که روی زمین برای اولاد علی ص ع دلشان سوخته و چشمشان حیض شده است. بعد هم به خونخواهی سگ دوس مردالینوس که پای این قطیفه را گرفته بود سگ‌ها را به باد کتک گرفتند و خونشان را مباح کردند - تنها جانور عزیزدُردُردانه شپش شد که به او لقب "منیجه خانم" داده بودند و هر کس نداشت او را مسلمان نمی‌دانستند و در روز عید قربان در خانه خدا به خون بهای هر شپش یک گوسفند قربانی می‌کردند. توپ از چشم خوشقدم باجی افتاد. بهمین جهت داد موقوفاتش را ضبط کردند و برای "عذاب عرب" اختصاص دادند.

روز جشن کشف توپ و جشن نصب توپ در هرمز و چهارشنبه سوری و جشن ناقوس بستن به گردن توپ قدغن شد و مبدل به روز عزا برای شهادت البوقرق سوم و روز آوردن لاشه‌اش به گوا گردید. همچنین که تعزیه‌اش را توی میدان‌ها در می‌آوردند و همه مؤمنین مجبور بودند که به زیارت مزارش بروند.

از آنجا که خزانه دولت صرف زیارت اماکن مقدسه، سهم امام و پُرکردن بیت‌المال مسلمین شده بود، فکر بکری به خاطر خوشقدم باجی خطور کرد، نقشه اقتصادی وسیعی کشید و با ممالک اسلامی همجوار روابط اقتصادی مهمی برقرار کرد. به‌طوری که هرسال صدها خروار چُس‌فیل و پشکل ماچه الاغ به ملک یمن صادر می‌کرد و به‌جایش تربت اصل و پشگل شتر وارد می‌نمود. همچنین برای افتتاح باب تجارت و تقویت بیضه

اسلام، قانون گذرانید که هر کس هفت دختر دارد، باید یکی از آن‌ها را مفت و مجانی به یک سید عرب تقدیم کند و دختران هندی و عراقی را به عنوان صادرات به بلاد عربستان می‌فرستاد تا به وسیله ازدیاد نفوس مانع تجاوز کفار بشود.

خلاصه، آن قدر عنعنات اسلامی کردند که خوشقدم‌آباد صحرای کربلا شد. چنان گریه و شیون و شاخ حسینی و روضه‌خوانی و سینه‌زنی و قربانی و عزاداری و زوزه درگرفت که عرش و فرش به لرزه درآمد و گند و کثافت از سرورُوی مردم بالا می‌رفت. تمام هستی مردم دستخوش پائین‌تنه یک جوال تخم و ترکه البوقرق سوم و یک مشت آخوند گردن‌کلفت شده بود. از این رو اختلال تمام به احوال ملک و مال راه یافت و جمعی کثیر از رعیت‌های او با پرداخت خراج دوباره به مذهب لینگم گرویدند و پناه به توپ بردند.

چون این خبر به سمع شریف صاحبقران گیتی‌گشای حضرت مهاراجه کاپوت والا رسید، ظلم و بیداری که براهل هرزگی‌پرستان رفته بود بر خاطرش گران آمد و رأی عالم‌آرا بر آن قرار گرفت که فتنه حاجیه خانم خوشقدم‌باجی را بخواباند. چون خوشقدم‌باجی یک دنده کم داشت، هوا ورش داشت، دلاک زبردستی نزد مهاراجه گسیل داشت که به موجب آیه شریفه: "و ان نکئوا ایمانهم من بعد عهدهم و طعنوا فی دینکم، فقاتلوا ائمه الکفیر." توبه آیه ۱۲ اورا ابتدا دعوت به اسلام کند و بعد ختنه بنماید. مهاراجه از علاقه‌ای که به هرزگی خود داشت وحشت کرد و فوراً عَلَم طغیان برافراشت و اولتیماتومی برای خوشقدم‌باجی فرستاد که هر گاه در عرض ۲۴ ساعت دست از کثافت‌کاری‌های خود برندارد، با لشکری جرار

دمار از روزگارش برخواهد آورد. خوشقدم‌باجی آیه کریمه: "قاتلوهم یعذبهم الله بایدیکم و یخزنهم." اعلام جهاد داد. دو لشکر به یکدیگر آویختند و لوازم کشتن و خونریزی به‌جای آوردند. حاجیه‌خانم دید که هوا پس است و عنقریب لشگر کفر بر اسلام غلبه خواهند کرد، اگرچه صبر آمد، اما هفت قل هوالله خواند و به اطراف فوت کرد و سپس دستور داد جزوه‌های کتاب ویس و رامین و الفیه شلیفه و کاماسوترا را بر سر نیزه کردند. قشون مهاراجه ترسید که کفر به کمبزه بشود و خللی به ارکان هرزگی‌پرستی وارد بیاید، لذا دست از جنگ کشیدند. مهاراجه که حیله این ضعیفه فاجره مهاجره متجاسره را دریافت روی به سپاه خود نمود و گفت: "هیچ نترسید زیرا خداوند در کتاب آسمانی خود فرمود: الذین امنو یقاتلون فی سبیل الله و الذین کفروا یقاتلون فی سبیل الطاغوت، فقاتلوا اولیاءِ الشیطان ان کید الشیطان کان ضعیفا." وانگهی من خودم عمه جزو ناطقم، تا حضرت توپ ارواحنافداه به کمک ما نیامده بزنید و پدرشان را درییاورید." قشون مهاراجه هم به قلب سپاه دشمن زد و بالاخره خوشقدم‌باجی اسیر گردید. مهاراجه کاپوت‌والا، فوراً تاج کیانی را به سر گذاشت و بر مسند ایالت تکیه زد و مراسم جشن باشکوهی فراهم ساخت. مخصوصاً تمبر جدیدی به مناسبت تاج‌گذاری خود انتشار داد که اکنون به مثابه سیمرغ و کیمیاست و هدیه‌اش را به صدهزار هزار درهم تخمین زده‌اند.

خوش‌قدم‌باجی در غایت ندامت، زبان معذرت بگشاد، مهاراجه هم از ترس عصیان مسلمانان رقم عفو برجریده اعمالش کشید و او را زندانی کرد. اما همین که دید مسلمانان بی‌عرضه و قضاقدری و وافوری و

پزوائی و تقیه‌چی هستند و خودشان جاسوسند و مذهب بی‌پیر چنان سوقانشان را کشیده که دیگر سرجمع آدم حساب نمی‌شوند، برای سیاست خوشقدم‌باجی، مراجعه به افکار عمومی کرد. هرزگی‌پرستان آغاز بدگوئی کردند:

چه نیکی طمع داری از اژدها؟   که او را چرا زنده کردی رها؟

مهاراجه هم دستور داد به خونخواهی مرحوم آذرجسنف بن بیورالاغ، ضعیفه را در میدان ارگ گردنه خیبر چهار میخ کشیدند تا به جوار مغفرت الهی واصل شد و بعد از شهادتش مراسم بانگ نماز و قامت و اقامت نماز جمعه و جماعت از آن دیار برافتاد و ملت هرزگی‌پرست از شر نماز و روزه و زوزه و گریه و چسناله و مرده‌پرستی و تقیه و محلل نجات یافت. البوقرق دخت سابق و خوشقدم باجی لاحق ده صبیه صلبیه البوقرق سوم بود و فروغ عفت و طهارت از وجناتش می‌درخشید، به اتفاق مورخان شیره‌زنی کامکار بلند مقدار بود. هرچندباطناً عورتی قطامه و نمامه و دمامه بود، ولیکن بمزید شجاعت و درایت و شهامت و همت (درلغت اخیر، به علت قلت استعمال، هیچگونه تغییری رخ نداده و به همان شکل ماقبل تاریخی خود باقی مانده است. هرچند بعضی از علمای واژه‌شناس مدعی‌اند که لغت نامبرده در کتاب اوستا که تفسیر زند است و زند صحف حضرت ابراهیم می‌باشد، به صورت هومت باهای مضموم ثبت شده و برخی گویند که لغتی است مجوس و مربوط به عنعنات آن قوم می‌باشد. و الله اعلم فی حقایق الامور،) از تمامی امثال و اقران ممتاز و

مستثنی می‌فرمود، درایام اعتبار، نخست به حسب ظاهر درباب ترویج شریعت هرزگی‌پرستی سعی بلیغ می‌نمود تا آخرالامر به کمال دولت و اقبال و غایت عظمت و استقلال مغرور گشت و نخوت و جبروت و ابهت و بالا بروت او از حد عدد گذشت، علم مخالفت برافراخت و با کارگزاران شریعت سید ابرار صلی الله علیه و آله الاطهار ساخت و مدتی به آبادی و عمران ممالک محروسه خوشقدم‌آباد پرداخت. هرچند ابتدا تمام کاخ و بساطین آن دیار را باخاک یکسان نمود و لیکن بناهائی از جمله واجبی‌کش‌خانه و حسینه و پاقاپوق و پاتوغ و امامزاده و مسجد و تکیه و شیره‌کش‌خانه‌هائی بطرز جدید احداث کرد که موجب عبرت جهانیان می‌باشد. عاقبت در کارزاری که با مهاراجه کاپوت‌والا دست نشانده خود کرد یکسر به عالم آخرت شتافت. ولیکن به عقیده جمعی از مورخان شهریاری بود به غایت سفالک و بی‌باک و هتاک و به قساوت قلب موصوف و به شدت شهوت کلب معروف. از اختراعات زمان وی، علماءِ معجونی ساختند از جفت و همکشک و پوست انارکه پائین تنه مانند غار را چنان گردانیدی که بضرب چکش در آن موی نخلیدی و ترکیبی از ماهی سقنقوروکانتاریدین و شقاقل ترتیب دادند که مردان سترون را چنان سخت کمر و ستبر ذکر کردی که چوب مازندرانی را به یک ضربت سوراخ نمودی و لیکن اختراع گاز خفه کننده در ازمنه بعد قدم به عرصه ظهور گذاشت، چنان که به‌جایگاه خویش گفته آید، انشاءِ الله و تعالی.

اما از آنجا بشنوید که توپ هم در گردنه خیبر بی‌کار ننشست و بدون فوت وقت، مشغول معجزه و بخت‌گشائی شد، دسته دسته مردان سترون از کار افتاده و پیرزن‌های بدیائسه و دختران حشری می‌آمدند و با آن

راز وُ نیاز می‌کردند و از سر وُ کولش با ناز و کرشمه بالا می‌رفتند و یا از زیر لوله‌اش رد می‌شدند و زیارت‌نامه‌خوان‌های مخصوص، برایشان زیارت نامه" لندستبر" و ابیات ویس و رامین وآیات الفیه شلفیه و کاماسوترا را از بر می‌خواندند. توپ هم بی‌رودَروایسی کارشان را صورت می‌داد و مفت و مجانی بدون میانجی کارگشائی می‌کرد – به‌طوری که سبب رقابت متولیان معابد هرزگی‌پرستی لینگم شد و پیر مغان دیر تمام دستگاه تبلیغاتی خود را برضد توپ بکار انداخت و مشغول کارشکنی و جادو و جنبل و خراب‌کاری و اخلال شد، تا توپ را از چشم مردم بیندازد. ودر جرنالات هوچی، مقالات آتشین انتی توپ به زبان فصیح سانسکریت منتشرکرد. ولیکن اقدامات مشارالیه به علت اینکه درزبان سانسکریت فحش به‌اندازه کافی یافت نمی‌شد عقیم ماند و نتیجه نبخشید. او هم ازپای ننشست، فوراً تلگرافید و از کشور دوست و هم جوار خود ایران، چند عدد صاحب منصب قزاق و درشکه‌چی وسورچی و روزنامه‌چی هوچی متخصص برای تعلیم فحش‌های آب نکشیده، با فوق‌العاده بدی آب و هوا و خرج سفر و صعوبت معیشت و سود ویژه و کرایه درشکه و کسر صندوق و سایر مزایا استخدام کرد و حرف‌های آن‌ها را مانند سحر حلال هرروز در جراید بخورد اهالی محترم داد اما بازهم به حکم

"بیچاره اگر مسجد آدینه بسازد،

یا سقف فرودآید و یا قبله کج آید."

کارش سکه نکرد و عبث عبث عرض خود می‌برد و زحمتی به مخالفین نمی‌داد. توضیح آنکه آوازه شهرت این توپ چنان در خاور و باختر پیچیده بود که از کشورهای ختا و ختن و چین و ماچین و ایران و توران و جزایر قناری و خالدات و ممالک محروسه نمسه و فرانسه و سایر بلاد ماوراءِ اردن و بحار هم زنان و دوشیزگان، گروه گروه و فوج فوج، دسته دسته می‌آمدند و دست به دامان این توپ می‌شدند. تا اینکه زد و خیرالنساءخانم، زن یائسه مهاراجه کاپو والا نذر کرد اگر بچه‌اش زنده ماند سرتاپای توپ را مروارید بگیرد. ــ فراموش نشود که غلام سفارت برای اینکه قاپ مهاراجه را بدزدد، به او نشان فتق بند و لقب سیر sir داده بود و پیزر فراوانی لای پالانش می‌گذاشت و عنوانش را روی پاکت His Highness می‌نوشت. اما باید متذکر شد که این مهاراجه زیر تأثیر شوم اربابان خود نرفت و برای اصلاح هفت پرکنه هند، هرچند معنیش را نمی‌دانست، اما طرفدار دو آتشه لغت "تحول" شده بود و به تقلید جد مهدی حمالش اشعاری به سبک کردستانی سروده بود که این یک بیت از آن گنجینه بدست ما آمد:

"تهوع ز پائین، نغوط ز بالا،   نه چنین است رسم جهانداری ما."

باری این جهانگشای عالی‌مقام در اثر سوءِ استعمال "ابریشمی" بود که بچه‌اش پا نمی‌گرفت.

دست بر قضا، خیرالنساءِ خانم که از مدتها پیش با یک فیلبان گجراتی روابط جنسی و بدجنسی مشروع داشت، دست به تنبان او شدو اتفاقاً این سفر زد وُ بچه‌اش پاگرفت. مشارالیها فوراً دستور داد سرتاپای توپ را مرواری بندان کردند. آن هم از شده‌های مروارید ژاپونی که در آن زمان این

کشور را جغرافیون عرب زیبانگو می‌نامیدند. اما چون تا آن وقت مروارید بدلی اختراع نشده بود، همه مردم آن‌ها را به‌جای اصل گرفتند. باری، از آن زمان توپ ملقب به "توپ مرواری" شد. اما از شما چه پنهان که این توپ از حالت نظامی و جنگی و اخلاقی و کاتولیکی دیگر خارج شده بود و حالت ابیقوری و هیکل هرزه و پررو و تخمی به خودش گرفته بود و یه ریز معجزه صادر می‌کرد و تمام این نواحی را گندانیده بود از بچه‌های حلال‌زاده و حرامزاده و کورو کچل و مفینه.

چه دَردِسرتان بدهم، سال‌ها گذشت و ستاره اقبال علیشاه‌ها افول کرد و تحولات عظیمی در تاریخ ممالک محروسه رخ داد که شرح آن از موضوع ما خارج است و تا اینکه دوران سلطنت به نظر قلی رسید. این نادره دوران و اعجوبه زمان، بعد از آنکه دشمنان میهنش را از شرق و غرب و شمال و جنوب توپوزی زد و لت و پار کرد و زمام امور را به دست گرفت، یکهو هوا ورش داشت. آن هم به علت اینکه کتاب‌های: اسکندرنامه و رموز حمزه و حسین کرد را برایش به ترکی جغتائی ترجمه کرده بودند و بی‌میل نبود که او هم در این دوروزه دنیای دون، وظیفه مهم اجتماعی بازی کند و هنرنمائی بنماید تا نام نامیش که در کله موجودات میروک، تخم و ترکه حضرت بابا آدم جاویدان بماند. اگرچه چشمه‌خور شده بود، اما نمی‌دانست چه بهانه‌ای بگیرد و از کجا شروع بکند. تا اینکه زد و سه تا از متعلقاتش: رقیه سلطان و جیران خانم و ممه آغا که هرچه جادو و جنبل دوا و درمان از دستشان برمی‌آمد کردند و بچه‌شان نشده بود، بالاخره عقلشان را روی هم ریختند و دست به دامان رمال و فالگیر شدند.

آن‌ها هم که از اراده تبلیغات متولی توپ مرواری بودجه سری دریافت می‌کردند، متفق الرأی توصیه نمودند که برای آبستن شدن فقط یک علاج قطعی وجود دارد و آن اینست که بروند گردنه خیبر و به راهنمائی فیل‌بان گجراتی روی لوله توپ مرواری سوار بشوند تا مرادشان برآورده شود. مخدرات هم ناچار زیر جلد نظر قلی افتادند و هی نقه زدند که: مگر تو از حسین کرد و اسکندر رومی و مهتر نسیم عیار بی‌قابلیت تری؟

پاشو گورت را گم کن، برو اگر راست می‌گوئی هفت پرکنه هند را بگیر. آنجا پر از پول و پرتقال و جواهرآلات است. وانگهی اگر توپ مرواری را از چنگ هندی‌ها درآوردی نانت توی روغن است. علاوه بر هفت پرکنه هند، تمام دنیا را فتح الفتوح خواهی کرد."

نظر قلی اول استخاره کرد و بعد شیر یا خط انداخت. دست برقضا هردو خوب آمد، با خودش گفت: "گنه این ضعیفه‌ها که بیردنده داها کم داری، ایاقمین گاباغنا یول گوی دیلر. منیم موطهر اجدادیم از آلاه قلی، رحمت قلی، امام قلی،همت قلی.(در متن دوبار لغت قلی تکرار شده بود، ما یکی ازآن‌ها را حذف کردیم.گویا مقصود از قلی دوم coolie حمال‌های معروف چینی است که بار روی کولشان می‌گیرند و به این مناسبت به لفظ عجم کولی نامیده می‌شوند که همان قلی باشد. ولیکن این لغت نباید با کولی قرشمال اشتباه بشود. و الله اعلم بحقیقه الاحوال و الامور! دان هبوط آدام من گاباخ ایمروز شاه بوده، تو سر مردم باج زده، باج سیبیل گیریفته، سقل خراجی اخذی کرده، پی! پس من چیرا هفت پرکنه هیندی نگین آلتیما در نیاوردی، تا منیم خزانه‌پور و پیمان شوده و منیم ناممین

شوهرتی عالمگیر بوشود و تاریخ دا ثبت بوشود؟ شاعر داچخ یلخچی چخ گوزل فرموده: نادراودی – گاباخ دا دورسون غولی، شوهرتی با سیسن بوردان اسلامبولی من داچخ می‌خوام برایم نقیل ساخته افسانه پرداخته و آلاه مقامی منیم ایچون درست کرده و منیم زندگانی میزین موضحک و قعه لرین بیر بیوک اخلاقی نتایج بیگیرددا! اگر توپ مرواری نی بچنگ آورده، کی منیم چورکیم یاغلی – دور. اوننان سورا آدم و عالم حسابی پاک دور. این دی گده، بیله بیربرق آسا جنگ بوکونم کی خلق الله‌ها موسی انگوشتی درگت بو گوزاری و موتحیر بمانی؛[4] چون آدم یغور خشنی بود و از حقه‌بازی‌ها و موش‌مردگی‌ها و چاپلوسی‌های سیاستمداری چیزی سرش نمی‌شد، به مهاراجه کاپوت والا خیلی بی‌رودروایسی پیامی به این مضمون فرستاد: "عجب! بیزدایاخچی موقع رسیده ایندی کی سنین مملکتین سگ خور شوده، همسایالیخ داحق خودتواداکون بلیکه بیور موشام – یاگت بانظره بیعت ایله، یا گل اردبیله زراعت ایله. بیزداواروخ حقیقتی بود ورکی بوگوزاربیردفه دا برای جنگ بیرد و زباهانه گوفته بو شد. الاها آندوسسون غیرازین، اسمی جنگی

---

[4] باز هم این ضعیفه‌های ناقص عقل که راه پیش پایم گذاشتند. من همه‌ی نیاکان مطهرم از الله قلی و رحمت قلی و امامقلی و همت قلی(.........) قبل از هبوط آدم تا الی امروز شاه بودند، تو سر مردم می‌زدندو باج سبیل و خراج ریش میگرفتند. چرا نباید هفت پرکنه هند را زیر نگینم دریباورم تا خزآن‌هام پرو پیمان بشود و اسمم سرزبآن‌ها بیفتد و در تاریخ ثبت شود؟ شاعری شعر بسیار عالی و خوبی گفته است که:"نادر کسی است که در جلوش بندگان ایستاده باشند و شهرتش از اینجا تا اسلامبول را بگیرد".من می‌خواهم برایم قصه بسازند و افسانه بپردازند و مقام الوهیت برایم بتراشند و از وقایع مضحک زندگیم نتایج اخلاقی بگیرند. اگر توپ مرواری را بچنگ آوردم که نانم در روغن است. دیگر حساب عالم و آدم پاک می‌شود. حالا جنگ برق آسائی بکنم که همه مردم انگشت بفلان حیران بمانند

خودم را اسلام یولوندا جادگویه رم."[5] اما در انتظار جواب ننشست. فوراً فرمان بسیج عمومی صادر کرد و هرچه امیر نویان و امیر تومان و دهباشی و مینباشی و یوزباشی و باشماقچی و ایاقچی و قورچی و یورتچی و چورکچی و قوشچی و ایشک آقاسی بود، با گرز و دگنک و سیخک و قمه و قمچی و تخماق و چماق و قداره و نیزه و شمشیر و گزلیک و دشنه تجهیز کرد و سان دید. اما چون اداره سررشته داری در سازمان ارتش خود نداشت و نمیخواست از مرور عساکر منصور دیار اسلام ویران شود و این معنی موجب شماتت اصحاب کفر و ظلام گردد، برای جلوگیری از اجحاف لشکر به مال و منال و محصول و پول و حتی بچههای مول خلایق، مخصوصاً به افراد توصیه فرمود که در چکمه خودشان دانه جوی بیندازند تا از رطوبت پای آنان جوانه بزند و بارور گردد، ضمناً در صورت ضیق خواربار آذوقه سرخود باشند و از محصول آن سدجوع کنند.

روز قبل از حرکت یک دانه جو در چکمهاش انداخت و گفت:"سن اولاسن! تا هفت پرکنه هندی منیم نگین عنبرنشین آلتین داگتیر مسه، هرچند کی من عمری بوده، اما به حضرت عباس آنداوسسون کی بوچکمه نیاز پا

[5] ما هم سر قسمت رسیدیم، حالاکه مملکت سگ خورشده، حق همسایگی رابجا بیار. چنان که خودم فرمودهام:

"یا بیا با نظر تو بیعت کن   یا برو کنگور زراعت کن.

ما هم هستیم. بگذار اقلاً یک جنگ هم در دنیا بهانه راست حسینی داشته باشد، وگرنه ممکن است که اسم جنگم را جهاد اسلامی بگذارم.

درنیاورده[۶]. توضیح آنکه: چندی بعد میرزا کوچک خان هم گفت: "به قبله حاجات قسم که ریشم را تا موقعی که ایران را تمشیت ندهم نخواهم تراشید." و هیتلر هم روزی گفت: "به سر مبارک وطان wotan ص ع قسم، سبیل‌هایش را توی خون تر کرده‌ام که تا دنیا را قبضه نکنم این یکتا پیرهن را از تنم نخواهم کند." ولی این دوتا به علل انشعاب ایدئولوژیک، کارشان بجائی نرسید و نظرقلی ما تنها کسی بود که بقول خود خود وفاکرد.

باز هم توضیح آنکه: چون به راه افتاد، قشونش مثل مورواُملخ، همه شهرها و آبادی‌های سر راه را می‌چاپید و می‌گذشت. به همین مناسبت، صحرای قهستان که تا آن زمان از غایت معموری رشگ نگارخانه چین بلکه حیرت افزای بهشت برین بود، به حالت امروز افتاد که افتاد.

بالاخره، پس از هفت هفته آزگار، وارد گردنه خیبر شد. دَم گردنه خیبر اگرچه قشون نظرقلی پشت ساقه‌های جو که از چکمه شان بیرون زده بود قایم‌باشک‌بازی درآورده بودند که به زبان فنی استتار یا camouflage می‌نامند، و لیکن دیده‌بانان هند و متوجه آن‌ها شدند و برای سرلشکران خود خبرچینی میهن‌پرستانه کردند و به دریافت هفت روپیه جاسوسی مزد سرافراز گردیدند. لذا دو اردوی خصم، بوق و کرنا زدندو حسابی مصاف دادند. هندوها که از همه جا بی‌خبر نشسته بودند، دستپاچه شدند و برخلاف بیانیه بیت لحم، به "توبمیری، من بمیرم!" توپ مرواری را دوشبه از متولی مخصوصش کرایه کردندو جلو قشون ظفرنمون نظرقلی آوردند.(گرچه ما قضایارا کاملاً بی طرفانه و مطابق

---

[۶] به جان خودم تا زمانی که هفت پرکنه هند را زیر نگین عنبرنشینم در نیاورده ام، اگرچه عمری هستم، اما به حضرت عباس قسم که این چکمه را از پا درنخواهم آورد.

اصول فلسفی و علمی جدیدتحلیل و توضیح می‌کنیم. اما اینجا دیگر عرق میهن‌پرستی ما گُل کرد و عنان اختیار را از کف رها کردیم و دل به دریا زدیم و این صفت شایسته و بایسته را از لحاظ قلقلک سجع و قافیه روی قشون نظر قلی گذاشتیم. خوانندگان محترم به سر شاهدند که ما چنان احساسات رقیقی در مقابل قشون‌کشی پرتقالی‌ها که فاصله آن‌ها تا جزیره هرمز خیلی بیشتر بوداز خود بروز ندادیم.) توضیح آن‌که: توپ مرواری دیگرآن توپ مرواری قدیم نبودکه هرکس می‌دید مو به تنش سیخ می‌شد و زهره می‌ترکانید و یا اقلاً نریش می‌ریخت. آن قدر خشتک روئه اطلس و شلوار دبیت حاجی علی اکبر و شلیته دندان موشی به آن سابیده بودند و آن قدر جواهرات گرانبها به لب و لوچه‌اش آویزان بود که یک پا بورژوا از آب درآمده بودو بیشتر به درد "موزه مردم‌شناسی" می‌خورد. وانگهی خود این توپ از خاله شلخته‌ها و غشه رشه‌ها بیشتر خوشش می‌آمد تا از سربازان بیل مز سبیل از بناگوش دررفته خشن و غبارآلود و بوگندو که هی "الدرم بلدرم" می‌کردند. چون در اثر تبلیغات زهرآلود دموکراسی، این توپ طبعاً صلح‌جو و دموکرات و طرفدار منشور بحر عمان و بیانیه بیت لحم شده بود. باری هندوها هرچه قربان صدقه‌اش رفتند، بجائی نرسید و عاقبت درنرفت، حتی وقتی که فتیله‌اش را آتش زدند گلوله آن هفت متر خارج شد و دوباره توی لوله‌اش برگشت. اما قشون ظفر نمون که ازبالای گردنه خیبر این منظره محیرالعقول را می‌نگریست، خودش را باخت و با وجود دلغشه و سستی زانو فراریدنی گرفت که آن سرش ناپیدابود. نظرقلی که دید قافیه را باخته و خودش هم از هیبت توپ چیزی نمانده است که قالب تهی بکند،

فرمان داد چکمه‌اش را بزحمت از پایش درآورند. دانه جوی که در چکمه‌اش انداخته بود، از کود پای این نابغه عظیم الشأن، سبز و شاداب سر به عرش کشیده بود. خوشه‌های جوراکند و در دهن خود انداخت و رویش هم یک مشت آب خورد. بعد چکمه را برداشت، سه بار دور سر مبارکش گردانید و با تمام قوا، به جانب سپاه مهاراجه کاپوت والا پرتاب کرد که یک مرتبه زمین شد شش و آسمان گشت هشت: به قدرتی خدا، چنان بوی گندی از چکمه‌اش در فضا پیچید که سپاه مهاراجه تاب مقاومت نیاورد و همه بی‌هوش و بی‌گوش نقش زمین شدند. بیت:

سپاهان هند از یسار و یمین، فتادند چون کره خر بر زمین.

(از آن وقت به بعد گاز خفه کننده عرض اندام نمود) نظرقلی هم نامردی نکرد، بقلب سپاه زد و از کشته پشته ساخت. اول از همه، توپ مرواری را اسیر و خلع جواهر کرد، بعد هم به همچشمی سلطان محمود، قصد سومنات را نمود. داد خیمه و خرگاه زدند و بعد از آنکه گزلیک‌ها و چاقوها و دشنه‌ها و شمشیرهای زنگ زده قشونش را حسابی تیز کرد و زهر آب داد، به کرنال که رسید فرمان تاراج و قتل عام اهالی را صادر فرمود و کشتاری کرد که خون می‌آمد و لَش می‌برد. فقط یک کلمه ورد زبانش بود و به ترکی سره می‌گفت: "پول ایستیرم، پول ایستیرم!" و لیکن چون نظرقلی بی‌سواد بود از غارت و چپاولی که در هند بدست آورد، به مضمون آیه کریمه: "واذا غنمتم من شیئی فان لله خمسه و للرسول ولذی القربی والیتامی والمساکین. الخ" رفتار نکرد: یعنی سهم خدا و رسول خدا و خویشاوندان و یتیمان و فقرا را بالا کشید و بروی مبارک خود نیاورد. آنگاه پادشاه عالیجاه به تعاقب مهاراجه کاپوت والا شتافت و چند

نوبت باگبران بی‌ایمان مقابله و مقاتله نمود و بسیاری از ایشان را به آتش دوزخ فرستاد و به هر دیار که می‌گذشت مراسم چپاول و غارت را بجای می‌آورد. تمام دارائی مهاراجه کاپوت والا را چپو کرد و خودش را به خونخواهی خوشقدم باجی و به جرم بابیگری داد شقه کردند و خیرالنساء خانم، زن یائسه مهاراجه را به موجب شرع شریف صیغه بیست و چهارساعته خود نمود و دستور داد توپ مرواری را به سرپرستی فیلبان گجراتی برای حرمش تحت الحفظ بفرستند – ولیکن اشکالی که عرض وجود دارد این بود که لوله این توپ را هر بار هر چارپائی حتی قاطر حمل می‌کردند، فوراً بارور می‌شد و چون چارپایان آن زمان از لحاظ شیکی نمی‌خواستند شکمشان پلق بزند و از بچه باد بکند و از میان سرو ٗ همسر پیر و بدنما جلوه بکنند، از حمل لوله توپ شانه خالی کردند. به همین مناسبت عوام معتقدند که این توپ بپای خود راهش را کشیده و نمی‌دانم چرا از بندر بوشهر به تهران آمده است.

باری، توپ مرواری را برای حرم شاه به پایتخت که درست معلوم نیست مشهد و یا تهران بود آوردند. نظرقلی که از هندوستان برگشت، دید از دولت سرفیلبان گجراتی و نفس مجربش همه متعلقاتش آبستن شده‌اند غرق در شادی شد. فیل بان گجراتی را به خلعت شاهانه مفتخر گردانید، سپس شکر حضرت باری را بجای آورد و مذهب سنی را فی المجلس طلاق داد و به مذهب جعفری شیعه اثنی عشری خودمان درآمد و داد شهر را هفت قلم آرایش کردند و هفت شبان و هفت روز آذین و طاق نصرت بستند و چراغانی مفصلی برپاکردند و برای توپ مرواری، به پاس خدماتش میدان"ارگ" را بنا نمودند. ولیکن چون جلو قنداق بچه‌اش

مهره "ببین و بترک" آویزان بود، همین که نوزاد خود یافت قلی را دید و چشمش به مهره ببین و بترک افتاد، فوراً این نابغه جهانگشا در قی ترکید و اهالی محترم میهنش را غرق دریای غم و اندوه ساخت. اما بعدها که این توپ مورد احتیاج کافه انام و جمهور ناس قرارگرفت، جمعیت پایتخت بطرز لایشعر زیاد شد، بهطوری که آذوقه ممالک محروسه کفاف اهالی را نداد و سال قحطی هشتادو هشت پیش آمد. فوراً قانونی به قید سه فوریتی از مجلس شورای ریش سفیدان گذشت که این توپ حق دارد فقط سالی یکبار یعنی چهارشنبه آخر سال هنرنمائی کند و مراد زنها را بدهد. این بود تاریخچه توپ مرواری. والسلام. نامه تمام. ایام بکام!

پروین دختر ساسان

این پرده در بحبوحه‌ی جنگ عرب‌ها با ایرانیان در حدود سـنه‌ی ۲۲ هجری در شهرری (راغا) نزدیک تهران کنونی می‌گذرد. ساختمان خانه، پیرایش و درون آن همه مربوط به شیوه دوره‌ی اخیر ساسانی است.

بازیگران

بهرام ــ نوکر، درحدود ۵۰ سـال دارد کلاه‌نمدی زرد، رنگ لباس آبی آسمانی بلند، شال، شلوار گشاد، کفش بدون پاشنه، ریش و سبیل سفید، موهای پاشـنه نخواب، آسـتین گشـاد کمرچین. ترسـو، مؤدب، به زبان عوامانه حرف می‌زنند.

چهره پرداز ــ ۴۵ سـال، بزرگ‌منش، اندام خمیده، موهای خاکسـتری پرپشت روی دوش‌های او ریخته جامه ابریشمی خاکستری با نقش و نگار به همان رنگ، کمربندی پهن گره خورده و شرابه آن از پشت او آویزان است، آستین تنگ و چسب دست، دامن بلند چین خورده، شلوار بلند و گشـاد چین‌های بزرگ دارد، دهنه آن خفت مچ پاکفش بندی نک باریک نرم بدون پاشنه باوقار مرموز و با ایما و اشاره.

پروین ــ دختر چهره‌پرداز، ۲۰ سـاله بلند بالا، رنگ مهتابی، گیسـوی خرمائی بلند تابدار شـانه کرده، جامه بلند ابریشـمی نازک تا روی مچ پایش افتاده و پائین آن چین‌های بزرگ می‌خورد، آسـتین گشـاد دهانه

تنگ سینه‌باز، گوشواره، گردن‌بند مروارید، النگو، نوار ابریشمی به رنگ لباس روی پیشانی او بسته شده و دنباله پهن آن از پشت سر به شکل دستمال گردن آویزان است، کمربند پهن دنباله آن نیز از پشت موج می‌زند، کفش پارچه‌ای به رنگ لباس ساده صدای رسا، لوس و یکی یکدانه با پدرش.

پرویز- نامزد دختر، ۲۵ ساله جامه «سواران جاویدان» در بردارد کلاه خود گرد، موی سیاه چین داده، فر زده، تیروکمان، قداره، موزه سرخ، بندی کوتاه پیش سینه لباس او به توسط دو قلاب بسته می‌شود تسمه تیردان از روی آن می‌گذرد، همه آن‌ها با فر شکوه مطمئن و دلیر.

چهارنفر عرب — عباهای پاره به خود پیچیده روی آن به کمرشان نخ بسته‌اند. صورت‌ها سیاه، ریش و سبیل سیاه زمخت، سر و گردن را با پارچه سفید و زرد چرک پیچیده‌اند، پاها برهنه غبار آلود، شمشیرها مختلف — درنده، ترسناک، داد وفریاد می‌کنند.

سرکرده‌ی عرب‌ها — کوتاه، شکم پیش‌آمده، گردنِ کلفت سبیل و ریش توپی، چین میان دو ابرو عمامه بزرگ گوشه آن آویزان است لباده بلند ساده مغزی‌دار، شال پهن، خنجر کوچکی به کمرش، پای لخت، نعلین، زیرشلواری سفید، صورت سیاه ترسناک ناشی خودش را می‌گیرد.

ترجمان عرب – ٤٠ سـاله، چپیه اگال، عبای زردرنگ، جامه سـفید بلند شال، کفش، جوراب ساقه کوتاه، شمرده و غلیظ حرف می‌زند.

پرده نخست

دست چپ سه کنج ایوان پهنی به شیوه ساختمان ساسانی و هخامنشی پیداست. دارای دو ستون کله اسبی کوتاه، پایه‌های آن چهار گوشه روی نبش دیوار پائین ســتون و کمر آن نقش و نگارهای پخش قهوه‌ای رنگ دارد. ایوان تا زمین دو پله می‌خورد. دو در چوبی منبت کاری شـــده پیداسـت. قالیچه ابریشـمی به رنگ‌های زنده روشـن روی ایوان افتاده، میز کوتاه کهنه و چهارپایه کوتاهی جلو آن گذاشته شده، دست راست کنار ایوان درخت بزرگی دیده می‌شـــود. جلو ایوان تپه گل کمی دورتر دورنمای باغ دره و کوتاه دماوند نمایان می‌باشد. دردست چپ نیمه باز است.[7]

[7] تا اندازه‌ای که در دسترس نگارنده بود این پرده را با وقایع تاریخی مطابقت داده هم چنین سپاسگزار آقای کاظم‌زاده ایرانشهر می‌باشم که در این قسمت کمک گرانبهائی به اینجانب کرده‌اند.

۱

بهرام جاروب به دست گرفته پائین ایوان را می‌روبد می‌آیدجلو ایران باخودش زیرلب حرف می‌زند

بهرام – این هم زندگی شـد؟ از سـپیده بامداد تا شـام جان می‌کنم کار می‌کنم چـه دلخوشـی...؟ آن ارباب‌مـان نمی‌دانم چـه می‌کنـد...؟ چرا نمی‌گذارد برود؟ همه آن‌هائی که دسـتشـان به دهنشان می‌رسـد گریخته‌اند. او مانده می‌خواهد به دسـت این تازیان نابکار بیفتیم.... هر روز کاغذ پاره این‌جا هم افتاده (خم شـده از روی ایوان کاغذ را برداشـته گنجله می‌کند پائین می‌اندازد) امان ازدسـت این چهره‌پردازی...... آری این‌جا مانده تا چهره تازی‌ها را بکشـد....! اگر نان و نمکشـان را نخورده بودم و چندین و چند سال نبود که در خانه آن‌ها هستم هـ روز یک شتر پیشـشـان نمی‌ماندم می‌رفتم پی کارم. نمی‌داند که همه‌ی مردم ازاین شـهر گریخ تها ند؟ امروز فردا بازهم دِنگ در می‌گیرد چه خاکی برسرمان بریزیم؟ گمان می‌کند.....

چهره پرداز – چه کار می‌کنی؟ باز دیگر چه شـده با خودت زمزمه می‌کنی؟

بهرام – می‌خواهی که چه بشود؟ ولم کنید، دست از سرم بردارید، مگر سـپاهیان را سـان می‌بینید همه توانگران از دوماه پیش به چین و توران

گریخته‌اند. نمی‌دانم چرا شما مانده اید؟ جنگ است، شوخی نیست، مردم دسته دسته می‌گریزند، تنها جوانان برای جنگ کردن مانده‌اند.

چهره پرداز – دیروز پرسیدی؟ آیا راه گریز هست؟

بهرام – پرسیدم....! مگر به شما نگفتم که راه نیست؟ رفتم دیدم به چشم خودم دیدم در جاده‌ها پیرمردها، زن و بچه‌های گرسنه‌ی ایرانی دیده می‌شوند که چیزهای خودشان را در ارابه‌های کوچک گذاشته جلو خودشان می‌کشند و پس مانده گله و رمه‌شان را می‌برند، می‌روند، نمی‌دانند به کجا، راه بند است. درمیان راه پیرها از پا در می‌آیند، می‌میرند، مادرها دست بچه‌های خودشان را گرفته از روی سنگلاخ و گرد وغبار جاده‌ها می‌گذرند. همه جا شلوغ و کسی به کسی نیست، همه مردم گرسنه‌اند، اگر تازی‌ها ما را نکشند از گرسنگی خواهیم مرد، در شهر می‌گفتند تازی‌ها ام‌شب شهر راغا را می‌گیرند، می‌دانی دخترها را می‌فروشند؟[8] دخترت را چه کار می‌کنی؟ تنها دلم برای او می‌سوزد. دختر من هم هست من را او را بزرگ کردم و از آب و گل درآوردم. همه‌اش دلم برای او می‌سوزد.

چهره پرداز - [اندیشــناک] - دخترم را چه بکنم؟ پرویز هم نیامد ببینم
چه کرده.

بهرام — گفتم که من هم همه‌اش را در اندیشـــه دخترم هســتم. چندی
است که‌اندیشناک و گرفته است دیشب تاریکی در باغ گردش می‌کرد،
من او را می‌پائیدم. رفت کنار آبِ شار روی تخته سنگی نـ شـ ست، سر را
مابین دو دـ ستش گرفت گریه می‌کرد. جگرم آتش گرفت ولی از دـ ست
من و شما چه برمی آید؟

چهره پرداز - راست می‌گویی نمی‌دانم چه کار بکنم؟

بهرام — من همه‌اش شور او را می‌زنم و گرنه گمان می‌کنید برای خودم
اســت؟ این همه جوانان ما کشـــته شـــدند، پســـرت را یادت رفته؟ برادر
کوچک مرا هم کـ شتند، جان من چه ارز شی دارد؟ این یک بدبختی اـ ست
که به ما روکرده و به سـر همه‌مان آمده، من که دارم دیوانه می‌شــوم
صدسال پیرشدم شما را هر که ببیند می‌گوید ۷۰ سال دارید.

چهره پرداز- همه کارهایت را کنار بگذار برو شـــاید پرویز را پیدا بکنی،
سواران جاویدان را که میدانی؟

بهرام - مگر دوسـه بار به ســراغش نرفتم؟ دخترت مرا پنهانی شـما فر ستاد، می‌دانم کجا ست، دور ا ست. دماوند را می‌بینی (ا شاره به کوه) آن‌جاست.

چهره پرداز - برو، برو، پر چانگی را ک نارِب گذار می‌روی می‌پرسـی و می‌گوئی هرچه زودتر بیاید به ما سری بزند.

بهرام از باغ می‌رود بیرون، چهره پرداز دسـت‌ها را به پشـت زده چند قدمی به درازای ایوان راه می‌رود سرفه کرده صدا می‌زند.

٢

چهره پرداز - پروین.... پروین......

در دست راست باز شده دختر وارد می‌شود به هم نگاه می‌کنند.

چهره پرداز - نشان افسرد‌گی درچهره تو می‌بینم بگو ببینم چه شده؟

پروین - چرا که افسـرده نباشـم؟ مگر نمی‌دانی که تاز یان نزد یک می‌شوند، ما چه خواهیم کرد؟

چهره پرداز -[قدم می‌زند متفکر] - راسـت اسـت با این تازیان که دشـمن یزدان و آفت جان من هم پیوسـته اندیشـناکم ولیکن از

دست ما کاری ساخته نیست، چه می‌شود کرد؟ چندین ماه است که می‌جنگیم، این جنگ سوم است. توشه ما به ته کشیده، مردم همه گرسنه هستند. تاکنون ایستادگی کرده‌ایم. مترس، خدا بزرگ است این باره پیروزمند خواهیم شد. مگر نشنیدی هیچ دو نیست که سه نشود؟ لشکر ما آراسته است، کاری ازپیش نخواهد برد. درشهرهای دیگر که به دست تازیان افتاده شورش کرده‌اند. اگر ما بتوانیم دوسه روز دیگر ایستادگی بکنیم دیلمیان[9] با توشه و اندوخته به کمک ما خواهند آمد.....، نه، شهر راغا به دست دشمن نمی‌افتد. آتش یزدان ازما نگاهداری خواهد کرد[10]، تو بیهوده به خودت آزار مده.

پروین – جنگ.... کشتار.... خون....!

چهره پرداز [باحرارت] – هرچه در راه جنگ با تازیان داده باشیم کم است. ایران چندین بار میدان تاخت و تاز بیگانگان شد هیچ‌کدام به‌اندازه تازی‌ها به ما چشم زخم نزدند. هستی ما را به باد دادند، دزدیدند، آتش زدند، ک شتند. آه تو نمیدانی.... تو هنوز بچه بودی که گریخته آمدیم به راغا. من این خانه را دور از هیاهو و جنجال گرفتم تا دل آسوده چهره پردازی بکنم. اگر همان دستگاه پیش برپا بود من یکی از چهره پردازان دربار بودم.... همه‌ی این پرده‌هایی که کشیده‌ام از زیبائی تو دارم.....

---

[9] به قول تاریخ نویسان اهالی دیلم با اهالی ری در جنگ با عرب ها دست به یکی شده بودند.
[10] آتشکده ری معروف بوده.

(سرفه) اکنون هنگام پیری و رنجوریم رسیده. این پرده‌ای که از روی تو می‌کشـم انجامین کار من خواهد بود چون می‌دانم که نامزدت پرویز دیر یا زود تو را به زنی می‌برد آن گاه چهره دلنواز تو از من دلداری خواهد کرد.... خودت را آماده بکن دو روز دیگر بیشـتر کار ندارد، پرده به انجام می‌رسد. بیچاره مادرت تو را چه دوست داشت هنوز یادم است هر روز آن‌جا نزدیک آبشار در آن میدآن‌گاهی با تو بازی می‌کرد.

پروین – همیشـه بچگی مرا یادآوری می‌کنی. امروز دیگر بچه نیسـتم، کاش بچه مانده بودم و این روزها را نمی‌دیدم.

چهره پرداز – برو چنگ را بیاور، می‌روم دست به کار بشوم، اکنون بهتر از این سرگرمی نداریم.

(دختر از دسـت راسـت می‌رود بیرون، پیرمرد رفته روی چهارپایه جلو میز می‌نشیند از کشو میز یک لوله کاغذ، دو پیاله کوچک و چند تکه رنگ خشک بیرون می‌آورد، دستمال چرکی که رویش لکه‌های رنگ است جلو خودش می‌اندازد. دختر می‌آید چنگ بزرگ و زیبائی در دسـت دارد، آن را به زمین گذاشته نیم رخ می‌نشیند جلو پدرش پشت به باغ.)

پروین – میدانی سگمان ناخوش شده؟

چهره پرداز ــ راشنو را می‌گوئی؟ دیشب شنیدم همه‌اش زوزه می‌کشید. امروز هم نیامدپیش ما. بهرام که آمد می‌گوئی ستور پزشک را بیاورد این سگ بهترین دوست وفادار من است.

(دست برده یک تکه رنگ طلائی بردا شته روی سنگ مرمر کوچکی که روی میز است می‌ساید.)

چهره پرداز ــ راستی چندی است که پرویز به سراغ ما نیامده، بهرام را پی او فر ستادم. راه دور است، گمان می‌کنم برای سر شب بیاید، سر او به لشکرآرائی گرم اسـت. اگر بتوانیم آزادی خودمان را نگاه داریم و رفته رفته شــهرهای خودمان را از چنگ تازی‌ها بیرون بیاوریم آن‌گاه با یکدیگر برمی گردیم به اکباتان در آن جا جشـن بزرگی گرفته تو را می‌دهم به پرویز. در یک جا خانه می‌گیریم، نمی‌خواهم از تو جدا بشـوم، میدانی که تو بزرگترین امید و دلخوشی زندگانی من هستی.

(دختر مات جلو ایوان را نگاه می‌کند).

چهره پرداز ــ [همین‌طور که مشغول سائیدن است] ــ چرا امروز چنگ نمی‌زنی؟ از آن آوازهای روانبخشی که بلد هستی بنواز، باربد را بزن.

(دختر به حالت خسته چنگ را از پهلوی خود برداشته نوای سوزناک و دلخراشی را می‌نوازد[11]. چهره پرداز رنگ را به زمین می‌گذارد اندکی به ساز گوش می‌دهد لوله کاغذ را باز می‌کند نگاهی به دختر و نگاهی روی کاغذ می‌کند.)

چهره پرداز- پای چپ را کمی دراز بکن.... یک خورده بیشتر. آهان این جوری خوبست.

(سپس سیمای جدی به خود گرفته رنگ را با نوک قلم مو برمی دارد روی کاغذ دیگر آزمایش کرده می‌گذارد روی پرده خودش.)

چهره پرداز — نمی‌دانم چرا امروز دستم پی کار نمی‌رود، تو ساز بزن. (عکس را می‌اندازد روی میز. در این بین صدای کلون درباغ می‌آید. دختر رویش را برمی گرداند می‌بیند پرویز است چنگ را نیمه کاره به دیوار تکیه داده از جا برمی خیزد پیرمرد سر را بلند می‌کند.)

پرویز - [انگشت سبابه را جلو صورت نگاهداشته] - روژ گاریاک.

چهره پرداز- روژ گاریاک، خیلی خوش آمدید بهرام را ندیدند؟ او را پی شما فرستاده بودم.

---

[11] می‌شود «شهر آزاد» تصنیف ریمسکی کرسا کوو را بزند.
Scheherazade – Rimsky Korsakow

.

۱۷۷

پرویز ـ نه او را ندیدم خیلی گرفتارم همه کارهایم را به زمین گذاشتم آمدم ببینم شما چه کرده اید.

چهره پرداز ـ راست است که می‌گویند دل به دل راه دارد، اندکی نمی‌گذرد که از شما سخن به میان بود.... به خواست یزدان تندر ست هستید، زخمی که نشده‌اید؟ چرا زودتر به دیدن ما نیامدید؟ بگوئید چه می‌کنید؟ چه تازه ای از جنگ دارید؟ بفرمائید بالا بنشینید.

پرویز ـ [آمده کنار ایوان جلو دختر و پیرمرد می‌نشیند] ـ همین‌جا خوبست.

(دختر کمی دورتر نشسته چین‌های دامن خود را مرتب می‌کند.)

پرویز [به دختر] ـ چرا دست نگاه داشتی؟ خواهشمندم بنوازی دیری است که سوای هیاهوی جنگ، غریو شیپور، چکاچاک شمشیر وناله زخمی‌ها آواز دیگری به گوشم نرسیده.

پرویز ـ [به چهره پرداز] ـ ببخشید از بس که گرفتارم، آمده‌ام خدانگهداری بگویم. همین امروز و فردا با لشکر تازیان دست به گریبان می شویم نمی‌دانم کی آزاد خواهیم شد. تاکنون ایستادگی کرده‌ایم. من همه‌اش دلواپسی شما را دارم. بارها به شما گفتم که از این شهر بگریزید

این تازه‌های ناگواری که هر دم می‌رسد برای ناخو شی شما و دخترتان خوب نیست هنوز هم دیر نشده من می‌توانم راه گریز را آماده بکنم.

چهره پرداز - [به پروین] - برو یک چیزی برای مهمان بیاور.

(دختر برخاسته از در دست راست بیرون می‌رود.)

۳

چهره پرداز - [سـرخود را نزدیک پرویز برده] - مگر خدای نخواسـته تازه بدی دارید؟ پیش آمد ناگواری رخ داده؟

پرویز - دیروز کنکاشـگر ما می‌گفت لشـکر بی‌شـماری به تازگی آهنگ راغا را کرده امروز یا فردا می‌رسـد. اگر به سـپاهیان ما تا فردا کمک و توشه نرسد کارمان زار است مردم همه از گرسنگی می‌میرند.

چهره پرداز- دیگر چه می‌گفت؟ من شنیدم در شهرهای دیگر به تازیان شوریده‌اند همه جاها شلوغ کرده‌اند.

پرویز - شور شیان را د ستگیر و سرکوب کرده‌اند یکی دو از انجمن‌های زیرزمینی که کنکاش می‌کرده‌اند تازیان پیدا کرده‌اند لشـکری که به کمک ما از دیلمستان می‌آمده جلو بر شـده ما از همه جا جدا مانده‌ایم،

دور و پرت افتاده‌ایم، بدون زور جلو لشــکر خونخوار دشــمن، تازیانی که از هیچ پستی و درندگی روبرگردان نیستند، درنده‌ترین سرکرده خود را خلیفه برای ما فرسـتاده، این جنگی اســت که برای مرگ و زندگانی خودمان می‌کنیم و سرنوشت بچه‌ها و زن‌های ما بسته به آن است.

چهره پرداز ــ این سرکرده‌ی آن‌ها نیست که خونخوار است، خلیفه است که دستور کشتار و فروش زن‌ها را داده تا در تباه کردن آئین مزدیسنی از هیچ گونه جور و ســتم کوتاهی نکند. نگذارند ســنگ روی سنگ بند بشود. گوئی دسته‌ای از اهریمنان و دیوان تشنه به خون هستند که برای برکندن بنیان ایرانیان خروشــیده‌اند. اکنون انگره مانیو و دیو خشــم سـرتاسـر کشــور ما را فرا گرفته در همه جا خونریزی و ستم‌گری فرمانروائی دارد.... از دیرگاهی اسـت که ترسـائیان، زروانیان، مانویان و مزدکیان رخنه در کیش آشــوئی انداخته‌اند و تخم دوئی و بیگانگی مابین مردم کاشتند، ناسازگاری آن‌ها پیشرفت تازیان را آسان کرد. (سرفه)

[دوباره می‌پرسد]ـ آیا خیلی کشته‌اند؟

پرویز [باحرارت] ـ شــما نمی‌دانید چه می‌کنند باید دید.... باید دید.... این جنگ نیست کشــت و کشــتار اسـت.... آن‌ها جلو می‌آیند، می‌کشند هنگامی که همه را سربریدند و شم شیرهای آن‌ها از خون سرخ شد آتش می‌آورند و می‌ســوزانند، کاشــانه‌ها را چپو می‌کنند، زن‌ها را

می‌برند، باید دید همه آبادی‌های ما با خاک یکسان شـــده، یک بیابان درندشت از ویرانه‌ها دود بلند می‌شود، جوی‌های خون سرازیر شده.

چهره پرداز – از هنگام جهانداری مهابادیان تاکنون به کشـور ایران چنین گزندی نر سیده بود گوئی فرمانفرمایی هرمز سپری شده اهریمنان و دیوان بربنگاه او جایگزین شـــده‌اند. آنان کوشـــش می‌کنند زبان، آئین و ه ستی مارا براندازند و به بهانه آوردن کیش نوین و د ست آویز شدن بـه آن از هیچ گونـه جور و ســتم خودداری نمی‌کننـد. امـاج آن‌هـا کشورگشائی است و لشکریانشان مانند ملخی که بر کشت‌زار گندم بزند روی آبادی‌های ما ریخته همه را وادار کرده‌اند تا آئین آشـــوئی را رها کرده و گرنه باج بپردازند. دسـتهای آب و خاک نیاکان را بدرود گفته به کشـورهای بیگانگان کوچ کرده‌اند. تازیان بیابان نورد سـوسـمارخوار که سال‌ها زیر دست ما بودند و به ما باج می‌پرداختند....!

٤

(دراین بین پروین با سـینی نقره‌ای که در آن دو پیاله قلمزده گذاشـــته شده می‌آید روبروی آن‌ها به زمین می‌گذارد.)

پروین – این پالوده‌ای است که خود درست کرده‌ام.

پرویز - [جام را بردا شته می‌چ شد] - بَه بَه چه خو شمزه ا ست دیری
بود که من پالوده نخورده بودم.

پروین – هنوز از جنگ سخن به میان است.

(پرویز سر خود را تکان می‌دهد.)

پروین – آیا نمی‌شـود با تازی‌ها آشـتی کرد؟ تا کی می‌توانیم ایسـتادگی
بکنیم؟ یک م شت مردمان این شهر چگونه می‌توانند جلو آفت بنیان کن
تازیان را بگیرند؟

پرویز - [با لبخند تمسخر آمیز] - آشتی بکنیم؟.... شهر را پیشکش آن‌ها
بکنیم؟ آشــتی.... آن‌ها هسـتی ما را به باد داده‌اند، مگر نمی‌دانی در
شـهرهای دیگر چه می‌کنند؟ پیشــنهاد خواهند کرد کیش آنان را پیروی
کرده آتشکده‌ها را به دست خودمان ویران بکنیم. آئین آشوئی را از بیخ
و بن براندازیم، زبان خودمان را از دست بدهیم.... راست است که ما یک
مشـت مردم بیشـتر نیسـتیم ولی سـرنوشـت ما و چشـم امید نیاکان و
آیندگان ما به آن دوخته، روان‌گذ شتگان به ما نفرین خواهد کرد. اکنون
مردانه می‌جنگیم، اگر پیش بردیم چه بهتر و گرنه به روز دیگران خواهیم
افتاد.... از جلو دشــمن بگریزیم؟ هرگز، این ننگ را به کجا پنهان بکنیم؟ تا
از جامین چکه‌ی خون خود مان را در راه آزادی خواهیم ریخت. زمین
نیاکان را به اهریمنان واگذار بکنیم؟ هرگز، اگر سـرنوشـت ما این است

که کشته بشویم جلو آن سر فرود می‌آوریم. اکنون ستاره بخت ما زیر ابرهای تیره و تار پنهان است.

چهره پرداز – نه نژاد ایرانی نمی‌میرد، ما همانی هستیم که سالیان دراز زیرتاخت و تاز یونانیان و اشکانیان بودیم، در انجامش سربلند کردیم. زبان، رفتار و روش آنان بما جور نیامد، چه برسد به این تازی‌های درنده لخت پاپتی که هیچ از خودشان ندارند مگر زبان دراز و شمشیر. هنوز در شهرها شورش برپا ست نه اینکه من آزموده‌تر هستم؟ پیش آمدهای روزگار است نباید ناامید شد.

پرویز – پس از جنگ نهاوند و شکست ایرانیان، کشته شدن سرداران بزرگ و ازهم گسیختن سپاهیان بخت ما واژگون شد، پرچم کاوه به دست آنان افتاد.

چهره پرداز – تازی‌ها را تنها چیزی که پیروزمند می‌کند کیش آن‌هاست که برایش شمشیر می‌زنند. سرداران آن‌ها گفته‌اند اگر بکشید یا کشته بشوید می‌روید به بهشت. پس از آن هوی و هوس آن‌ها ست برای به چنگ آوردن زنان ایرانی، پول و خوشی‌ها، از چپو و کشتار هیچ باکی ندارند و بهشت را روی زمین دیدند. این مردمانی که زیر آفتاب سوزان عربستان سوای سوسمار و خرما چیز دیگری گیرشان نمی‌آمد، همه خوشی‌ها را در ایران چشیدند. مرز و بوم، آبادی‌ها و کشتزارها را

ویران کردند. سراها، بارگاه‌های شاهنشاهی همه بیغوله و پناهگاه جغد و بوم شد.... آتشکده‌ها را باخاک یکسان کردند. همه نامه‌های ما را سوزانیدند چون از خودشان هیچ نداشتند، دانش و هستی ما را نابود می‌کنند تا برآن‌ها برتری نداشته باشیم و بتوانند کیش خودشان را به آسانی در کله مردم فرو بکنند.... همه آن فر و شکوه نیست و نابود شد.... شهرهای پیشین را کسی نمی‌شناسد، گویا مرغان هوا ترسیده به کشورهای دیگر رفته‌اند.... بوستان‌ها پایمال شده مرده‌ها روی زمین خوابیده‌اند.... دیگر در بته‌های گل سرخ پرندگان آشیانه نمی‌سازند. آسمان اندوهگین و گرفته است، یک کفن تیره روی همه را پوشانیده. دسته‌ی کلاغان گرسنه روی آسمان پرواز می‌کنند، سرچشمه‌ها خشک شده، چمنزارها پژمرده، مرز وبوم جان می‌کند، می‌رود بمیرد. (سکوت)

چهره پرداز - [دوباره می‌گوید] - بگوئید بدانم آیا امید پیروزی هست؟

پرویز - ناامید نیستم من با فرخان و چند تن دیگر به پاسبانی سفید دژ گماشته شده‌ایم.... دور از شما نیستیم ولی می‌خواستم پیش از همه چیز بدانم آیا شما در همین‌جا خواهید ماند یا نه؟ گمان می‌رود در همین نزدیکی جنگ سختی در بگیرد. بهتر آن است که به شهر دورتری بروید

و از میان این داد وغوغاها و تازه‌های ناگواری که هردم می‌رسد دور بشوید، هنوز هم نگذشته.

پروین – به کجا برویم؟ راه نیست، پدرم ناخوش است.

پرویز – نه، نه، می‌گویم همین امشب راه بیفتید. اگرچه خیلی گرفتارم ولیکن باز به کارهای شما رسیدگی خواهم کرد و خودم می‌مانم تا انجام جنگ چه بشود!

چهره پرداز – [سر را تکان داده] - اکنون خیلی دیر است، راه‌ها گرفتند، هرگاه در همین نزدیکی جنگ درگرفت و ما پیروزمند شدیم که همین‌جا خواهیم ماند و اگر خدای نکرده سپاهیان ما شکست خورد خودت را زود به ما برسان با هم به کشور بیگانه یا شهر دورتری خواهیم رفت.

(پرویز دست دراز کرده دست چهره پرداز را فشار می‌دهد. چشمش می‌افتد به کاغذی که جلو او روی میز است.)

پرویز – چه کار تازه‌ای در دست دارید؟

چهره پرداز – [کاغذ را برداشته می‌دهد به دست پرویز، او نگاه می‌کند می‌بیند چهره‌ی پروین است با چشم‌های درشت خیره، موهای تابدار، اندام کشیده، چابک، با رنگ‌های زنده‌ای به هم آمیخته شده، زمینه‌ی آن

شلوغ پر از گل وُ بته، سایه‌ها و برجِ ستگی‌های دورتن را جلوه می‌دهد، دهان نیمه باز لبخند افسرده‌ای زده با دست چپ چنگ را نگاه داشته و با انگشت دست راست سیم را می‌کشد. پرویز نگاهی به دختر می‌کند کمی نقاشی را دور می‌برد.]

پرویز – [به نقاش] – چه کار زیبائی!.... خیره کننده اســـت، این بهترین شاهکارتان است.... آیا می‌توانم از شما خواهشی بکنم؟

چهره پرد/از – بگوئید.

پرویز – آیا می‌شود این پرده را به بنده بسپارید!.....

در هنگام کارزار ازمن دلداری خواهد کرد. پس از انجام جنگ آن را پس خواهم داد.

چهره پرد/از – پیشـــکش می‌کنم ببرید، تا دخترم از من جدا نشـــده بیمی ندارم، این چهـره مال روزهای تنهائی من است.

پرویز – [کاغذ را لوله کرده در جیب می‌گذارد] – می‌دانید که خیلی گرفتارم، باید به سنگر برگشته به کارهایم ر سیدگی بکنم. اگر توانَ ستم فردا یک ســری به شـما خواهم زد. خودتان را آماده بکنید هرچه دارید ببندید شاید بتوانم بایک ارابه‌ی جنگی شما را روانه بکنم.

چهره پرداز - [برخاسته] - دست یزدان به همراهتان می‌روم شما را کمی تنها می‌گذارم تا به دلخواه گفتگو بکنید می‌دانم به جوانان درمیان پیران خوش نمی‌گذرد من هم روزگاری جوان بودم!....

پرویز – خدا نگهدارتان باشد.

۵

(چهره پرداز درکارگاه خود رفته در را ازپشــت می‌بندد. دختر و پرویز می‌روند پائین ایوان   لحظه ای به یکدیگر نگاه می‌کنند).

پرویز- ببین چه اندیشیده‌ام. اینجائی که هستید در پناه نمی‌با شید. اگر خدای نخواسته سپاه ما ناگزیر به پس نشستن بشود، یا این که شهر به دست تازیان بیفتد چه خواهی کرد؟ فردا هرجور شده می‌آیم و تو را با پدرت روانه خواهم کرد.

(هوا کمی تاریک شده آسمان و ابرها سرخ ارغوانی می‌شود).

پروین [افســرده تپه گل را نشــان می‌دهد] - گل‌ها را ببین همه شکفته‌اند، چه چشم انداز دلربائی است.

پرویز – این گل هائی را که می‌بوئی درد و شکنجه‌ی روانی تو را فرو می‌نشاند.... آری گل‌های روی چمن ذندادند، افسوس که گل من پژمرده است.... چرا این گونه افسرده‌ای؟ مترس ما پیش خواهیم برد.

پروین – این گل‌ها کمی به من دلداری می‌دهد لیکن زود برگ‌های آن‌ها می‌ریزد – اوه اگر تو می‌دانستی!.... دل من گواهی پیش آمدهای ناگواری را می‌دهد. می‌خوا ستم با تو تنها با شم و رازهای نهانی خودم را برایت بگویم (اندیشناک) – نه من تنها نیستم یک سایه همیشه مرا دنبال می‌کند نمی‌خواهم از من دور بشوی.... اگر پهلوی من می‌ماندی!

پرویز – درد های ذهانی چهره‌ی ترا پژمرده کرده، اشک های پنهانی چشم‌های ترا خسته ساخته، چرا آشکار بامن گفتگو نمی‌کنی؟ مگر من چندین بار به خودت و پدرت نگفتم که در این‌جائی که هستید برایتان خوب نی ست؟ بدبختانه شتاب زده ه ستم باید بروم و به سپاهی که به دستم سپرده شده سرکشی بکنم، امیدوارم به زودی با پیروزی برخواهم گشت!

(جغدی روی شاخه‌ی درخت چند بار شیون می‌کشد، آن‌ها یکدیگر را در آغوش می‌کشند.)

پروین – [هرا سان] - شیون جغد را روی شاخه‌ی درخت شنیدی؟ چه آواز بدشگونی!

پرویز ـ مگر تو به این چرندها باور می‌کنی! ما از آن یکدیگر هستیم، زندگانی جلو ماست از چه می‌ترسی؟.... این انگشتر را بگیر به دستت بکن (دست کرده انگشتر طلای خود را که نگین سیاه دارد بیرون می‌آورد به انگشـــــت دختر می‌کند دختر هم انگشــــتر خود را بیرون آورده به او می‌دهد).

پروین ـ بگیر به یاد من داشـــته باش، آرزومندم که برایت خوشـــی بیاورد.... ببین هردو آن‌ها یک‌جور هســتند، روی این اهورامزدا کنده شده.

پروین ـ من همه نگرانی و دلواپسیم از تو است، می‌خواستم از این شهر دور بشوی اگر راغا به دست دشمن بیفتد چه به روز تو خواهد آمد؟

پروین ـ با هم می‌میریم، کجا بروم؟ پدرم ناخوش است سرفه می‌کند، من تنها هستم همه راه‌ها بسته خودت که بهتر می‌دانی.

پرویز ـ راســـت می‌گوئی که دیر شـــده لیکن من آشـنا دارم، خودم به خوبی می‌توانم کارها را درست بکنم ولی دستم بند است، نمی‌دانی تا چه اندازه گرفتارم، دارم خفه می‌شوم، شب هم خواب ندارم، همه‌اش به یاد تو هستم، اکنون باید بروم.... از تو جدا می‌شـــوم ولی دلم این‌جا می‌ماند. فراموش نکنی تن و روان ما از آن یکدیگر است.

(خم شده دامن دختر را می‌بوسد و می‌رود از دور دست تکان می‌دهد

تا ناپدید می‌شود، دختر پس رفته به ستون یله می‌دهد و به گل‌ها خیره

نگاه می‌کند.)

پردهٔ دوم

اطاق کوچکی به شیوه‌ی معماری ساسانی با دو چراغ روغنی روشن است.

دور کیلوئی آن حاشــیه پهن دارد. رویش نقش و نگار کشــیده شــده،

بدنه‌ی دیوار خاکســتری مایل به زرد، جلو در اطاق لنگه پرده‌ای از پارچه

ابریشمی حاشیه زربافت آویزان است. روی حاشیه‌ی آن گل وبته، میان

پرده پادشـــاه جوانی ســوار اســب خیالی اســت. تن آن شــیر، ســر

کرکس، گوش اسب و دوبال بزرگ دارد. زیرپای او شیری خوابیده. خود

شاه با شیر دیگری نبرد می‌کند. بالای سراو آهوئی می‌دود[12] دست چپ

پنجره کوچکی که در آن بسته، قالیچه کوچک ابریشمی، میان اطاق دست

چپ تخت‌خواب چوبی منبت کاری گذاشته شده. پیرمرد چهره پرداز با

موهای ژولیده و سیمای پژمرده در آن خوابیده، تک سرفه می‌کند. جلو

او روی زمین دو جام نقره‌ای قلم زده در ســینی گذاشــته شــده پهلوی

---

[12] رجوع شود به کتاب فردریخ زاره «هنروری در ایران باستان» عکس ۹۸ پرده ساسانی که در کلیسای سنت اورسول در آلمان است.

تخت پروین با رنگ پریده و پریشان جلو پرتو چراغ کتابی را ورق می‌زند و شکل‌هائی که پدرش در آن کشیده سرسرکی تماشا می‌کند صدای وزش باد غریو رعد و هیاهو از دور می‌آید.

پیرمرد در رخت خواب غلتی زده چشم‌هایش خیره باز می‌شود، با صدای نیم گرفته.

۱

چهره‌پرداز [سرفه می‌کند با خودش] - آه دیروز بود.... دیروز.... بهارستان‌ها همه به دست این تازیان بد نهاد افتاد.... هستی ما را به باد دادند.... [مات] هنوز چه می‌خواهند؟.... آه چه شب‌ها دراز هستند!.... خاموشی آن‌ها سنگین است.... درجلو دیوهای بیمناک دیگر نمی‌توانم روی تشک بخوابم.... گنبدهای کاشانه سینه‌ی مرا فشار می‌دهد، آسمان شانه‌ی مرا خرد می‌کند.... هنوز فریاد جنگجویان به گوشم می‌رسد.... شیهه‌ی اسب‌ها، چکاوک شمشیر که با غریو شیپور به هم می‌آمیخت.... دیگر هیچ.... خاموشی.... غرش تندر.... تاریکی.... این تاریکی جان کندن آب و خاک ما را نشان می‌دهد که یادگار گذشتگان از هم می‌پاشد.... به دست اهریمن‌نان.... به دندان دیوان و ددان ذیاکان ماتم زده به ما

می‌نگرند! - به خوابم.... خواب بیگناه! خواب که با یک گره دردناکی ما را به مرگ آشنا می‌کند داروی روآن‌های افسرده است.

پروین - [در اطاق راه می‌رود، دست‌ها را تکان می‌دهد] - بیچاره، بیچاره پرت می‌گوید.

[نزدیک پدرش رفته پهلوی تخت او می‌نشیند] - پدر جان من پهلوی تو می‌مانم. امشب این‌جا هستم، خوابم نمی‌برد از تو جدا نمی‌شوم.

چهره پرداز - چگونه می‌لرزی؟.... باید خسته شده باشی.

پروین - گوش‌هایم سنگین شده سرم تهی است.

چهره پرداز - برو آسوده بخواب ولی می‌خواستم بدانم آیا پرویز به سراغ ما نیامده؟ هیچ تازه‌ای از او نداری؟ بگو زود باش.

پروین - [دست روی پیشانی کشیده متفکر] - نه نیامده، نخواهد آمد، او کشته شده.... مرده.... آری خوابش را دیدم.... دیشب او را دیدم. به ماه نگاه می‌کردم. دود جلو آن را گرفت. پرویز با جامه سفید، موهای پریشان، به من نگاه می‌کرد، با انگشت خنجری که به کمرش بسته بود به من نشان داد. من سراسیمه از خواب پریدم، دیگر خوابم نبرد او مرده.....

چهره پرداز - [دست روی زلف‌های دختر کشیده او را نوازش می‌کند] - تو چه زودباور هستی! چرا به این گزاف‌ها و فریبندگی‌ها باور می‌کنی.

سپاهیان ما هنوز در کشمکش هستند، پس از انجام جنگ او خواهد آمد....

به هرجوری که شده تو را روانه خواهم کرد.... برو، برو آسوده بخواب....

چه هوای بدی است.... سینه‌ی من سخت درد می‌کند. [سرفه] تو نباید

امشب پیش من بمانی. هوای این‌جا زهر آلود است، برو بخواب.

(صدای سوت می‌آید. وزش باد تندتر می‌شود. هیاهو و غوغا از دور!

پدر و دختر مات به یکدیگر نگاه می‌کنند. دختر برخاسته می‌رود از پشت

در گوش می‌دهد برمی‌گردد.)

پروین – راشـــنو پارس می‌کند، چند نفر فریاد می‌کشـــند نمی‌دانم چه

شده....

چهره پرداز – آهورا به دادمان برسد باز دیگر چه شده؟.... آیا در خانه‌ی

خودمان هم آزادی نداریم؟

۲

(داد و فریاد نزدیک‌تر می‌شـــود. در اطاق چهارطاق باز شـــده بهرام

هراســـان می‌دود میان اطاق، رنگ پریده موهای ژولیده، دختر به دیوار

تکیه می‌دهد.)

چهره پرداز – چیست که تو را به لرزه‌انداخته؟

بهرام - [بریده بریده زبانش می‌گیرد] - آن‌جا دیدم.... به چشم خودم دیدم.... می‌سـوزانند، می‌درند.... می‌آمدم ناگهان برخوردم به چهار نفر تازی پاپتی.... دم در.... به زور در را باز کردند گفتم کی هستید؟....

چهره پرداز - بگو زود باش کی؟ کجا؟

بهرام - تازی‌ها ریخته‌اند به خانه‌ی ما.... سگمان را شنو به آن‌ها پریده.... امروز بامدادان یکی از آن‌ها را دیدم که لباده‌اش را به خودش پیچیده پشت درخت پنهان شده بود و شما را [اشاره می‌کند به پروین] که کنار ایوان ایسـتاده بودید برانداز می‌کرد. سـگ پارس کرد، او هم از پرچین باغ جسـته بیرون رفت. اگر من می‌دانسـتم پدرش را درآورده بودم.... اکنون سـه نفر دیگر را با خودش آورده، راشـنو به آن‌ها پریده در زد و خورد هسـتند [آب دهان خود را فروبرده تند حرف می‌زند] در شـهر شـنیدم مسـمغان[13] را با برادر و دخترش گرفته در زندان انداخته‌اند آتشکده را ویران کردند.

[پدر و دختر با تعجب] - آتشکده؟

هر چه موبد و مغ و هیربد بوده ازجلو تیغ گذرانید ند، مردم همه گرسنه‌اند، سپاه ما پراکنده شده، فرخان هم پیدایش نیست کسی نمی‌داند کجاست.

(پدر و دختر مات به هم نگاه می‌کنند، بهرام برگشته در را از پشت می‌بندد. چفت آن را انداخته پرده را جلو می‌کشد، می‌آید جلو پیرمرد می‌ایستد.)

پروین -[به بهرام] - مرا یک جائی پنهان بکن می‌ترسم.

بهرام - بیرون نروید. به پای خودتان به دست دشمن می‌افتید.

پروین - پس چه کار بکنم؟

چهره پرداز - یادت می‌آید که پرویز می‌گفت زودتر از این‌جا بگریزیم؟

پروین - اگر سگ مرا بکشند چه خواهیم کرد؟ نمی‌خواهم به او آزاری برسد، می‌روم او را از دست این دیوها برهانم.

چهره پرداز - خاموش شو، هنوز بچه‌ای، نمی‌بینی که با جان خودت بازی می‌کنی؟ مگر نمی‌دانی که سگ آفریده‌ی آهورا است برای پاسبانی و آبادی آفریده شده و آن‌ها فرستاده‌ی اهریمن هستند برای مرگ و ویرانی آمده‌اند؟

پروین – آهورا مزدا....!.... آهورا! آیا کجا ست؟ چرا به داد ما نمی‌رسد؟ چرا تاریکی را بر روشنائی چیره کرد؟.... چرا اهریمن را آفرید؟ آیا آواز دیوان و ددان را از بیرون نمی‌شنوی؟.....

چهره پرداز – اهریمن آری، اهریمن هست این بیچاره‌هائی که در کیش تازه‌ی خودشان می‌گویند اهریمن نیست! خودشان اهریمن هستند، نباید هم داشته باشند چون فرستاده‌های او هستند.

پروین – اگر بریزند این‌جا چه بکنیم؟ این همه بدبختی کم نبود؟

چهره پرداز – مترس جانم، آن‌ها دزدند، برای چیز و پول می‌آیند. من هر چه دارم به آن‌ها پیشکش می‌کنم، نمی‌گذارم به سوی تو دست دراز بکنند.

چهره پرداز – [به بهرام] - چراغ‌ها را خاموش بکنیم.

بهرام – بدتر است، گرز آتشی با خودشان دارند و دیده‌اند که پنجره‌ی شما روشن است. همه جا را وارسی خواهند کرد. من آن‌ها را می‌شناسم، چشم‌های آن‌ها مانند جانوران درنده می‌درخشــند، در تاریکی هم می‌بینند، از ریخت آن‌ها می‌ترسم، مانند میمون هستند: سیاه، چشم‌های دریده، ریش خشک شده زیرچانه‌شان، آواز ناهنجار سرخودشان را.

پروین - [اندیشــناک روبه بهرام کرده انگشــت را جلو لب‌های خود نگاه داشته] - هیست هیست آیا تو شنیدی؟

بهرام - نه.... چه؟ مگر آمدند؟

پروین - نمی‌دانم.... انگار در دالان راه می‌روند، درســت گوش بده، شنیدی؟

(صــدای پا نزدیک می‌شــود، در را به تندی می‌زنند، اندکی درنگ کرده دوباره در را تندتر می‌زنند.)

از پشت در - افتحوا الباب ایها الکلاب النجسه[14].

اطاق به لرزه در می‌آید، هرسه آن‌ها مات به یکدیگر نگاه می‌کنند.

چهره پرداز - کی است؟ دارند در را می‌شکنند، برو باز کن.

۳

بهرام در را باز می‌کند چهار نفر عرب شمشیر به دست، سرو صورت پیچیده، سیاه‌ترسناک، پاهای برهنه چرک وارد می‌شوند. چشم‌ها را به دختر می‌دوزند. عبای پاره یکی از آن‌ها به زمین کشــیده می‌شــود،

---

[14] قسمت‌های عربی برای خالی نبودن عریضه و در تحت الشعاع قرار می‌گیرد.

شمشیر خون‌آلود به دست دارد. بهرام دست‌ها را بلند می‌کند، عرب‌ها به یکدیگر نگاه کرده خنده ترسـناکی می‌کنند، دختر از ترس می‌لرزد، رفته خودش را می‌اندازد روی رخت خواب پدرش که او را در آغوش می‌کشد.

یکی از عرب‌ها به رفیقش – فلیِ بارک الله لم ارفی عمری جـمالا کـهذا [چشمک می‌زنند]

دومی می‌گوید – رئیسنا یعطینا دراهم کثیره.

سومی – انا متاکد.

[اولی اشاره می‌کند به بهرام] – تیقظ من هذا الرجل.

دومی – فلنجعل ولنفتش فی کل الانحاءِ لا تنسوا السجاده.

اولی – فلنذهب لکی لا تضیع الوقت.

هر چهار نفر با هم می‌ذنند. سـه نفر از عرب‌ها مشـغول کاوش می‌شـوند. کتاب خطی را یکی از آن‌ها برداشـته نگاه می‌کند، می‌زند به زمین لگد مال می‌کند، دیگری قالیچه را لو له کرده می‌گذارد کنار. سومی پیاله‌های دوا را روی فرش پاشیده گوشه‌ی عبایش می‌گذارد. آن که نزدیک در ایستاده و شمشیر به دست دارد پرده را می‌کشد می‌دهد به دست رفیقش. عرب سـومی چیزها را می‌گذارد کنار اطاق، به دختر

نگاه می‌کند، خنده‌ای بلند کرده جلو می‌رود به رفقای خودش اشـــاره می‌کند. دسـت می‌اندازد گردن بند او را پاره می‌کند، می‌گذارد در جیبش. می‌خندد دست می‌زند زیرچانه‌ی دختر.

بهرام از گوشه اطاق خودش را می‌اندازد میان عرب و پروین و دست او را پس می‌زند.

هرچهار نفر باهم – لنقتلهم – لنقتلهم.

عرب سومی – لا اریدان الوث سیفی فی دماءِ هذه الکلاب النجسه.

دومی – بیده حق.

چهارمی – سیموتون جمیعاً ما عدا الفتاه.

عرب دومی – ارم هذاالکلب الی الخارج و اقطعه نصفین.

٤

دو نفر دیگر چیزها را به زمین گذاشته بهرام را می‌گیرند با مشت و لگد، زخم شم‌شیر می‌زنند، او را از اطاق بیرون کشیده در دالان می‌اندازند. صدای زمین خوردن او شنیده می‌شود. فریاد می‌زند، ناله می‌کشد، خفه می‌شود. دختر بیهوش شده روی تخت خواب پدرش می‌افتد.

[چهره‌پرداز با صدای خراشیده و لرزان فریاد می‌زند]. با دختر من! با جگرپاره‌ی من چه کار دارید؟ هرچه می‌خواهید ببرید، خانه‌ی من مال شما، مرا بکشید.... به او د ست نزنید. او به کسی کاری نکرده، کسی را نیازرده، این دخترم اسـت... از من جدا نکنید، همه‌ی امید و میوه‌ی زندگانی منست، دست به سوی او دراز نکنید نه.... نه.... [سرفه] آه زبان آدمیزاد سرشان نمی‌شود....!

باد وطوفان برق می‌زنند. پنجره‌ی کوچک با صدای ترسناکی باز می‌شود. یکی از چراغ‌ها خاموش شـده غریو باد و طوفان برق اطاق را روشـن می‌کند. یکی از عرب‌ها خم شده دختر را از روی سینه پدرش برمی‌دارد.

چهره‌پرداز ــ [به زحمت نیمه تنه از روی رختخواب بلند می‌شود، دامن عبای چرک عرب را گرفته] ــ تو را به آئینت سوگند می‌دهم دخترم را از من جدا نکنید، د ست نگهدارید.... بگذارید.... بگذارید یک بار دیگر او را ببینم [عرب دامن عبای خود را از د ست او بیرون می‌کشد. هرچهار نفر خنده‌ی بلند و خشـکی می‌کنند. باد چراغ دیگر را خاموش کرده. برق می‌زند و اطاق را فاصله به فاصلـه روشـن می‌کند] آیا مهربانی در دل شما نیست؟ بگذارید.... بگذارید....

صـــدای غرش باد، به هم خوردن درو پنجره، تنها پاسـخ او را می‌دهد. گاهی برق می‌زنند. ســرفه او را گرفته دهانش کف می‌کند، در رخت خواب می‌افتد. صدای خنده‌ی عرب‌ها از دور می‌آید.

پرده می‌افتد.

پرده‌ی سوم

تالار باشـکوهی را نشـــان می‌دهد. دارای دو در بزرگ منبت‌کاری، یک پنجره و یک شاه‌نشین کوچک با چندین چراغ روغنی روشن است. دست راست نزدیک شاه نشین، تخت چوبی منبت‌کاری گران‌بهائی که پایه‌های کوتاه آن به شکل پنجه‌ی شیر و بالای آن کله شیر می‌با شد، کنج اطاق گذا شته شده روی تخت ت شک چندین زیرگو شی و پ شتی با رنگ‌های پخته ابری شمی انداخته شده. میز چهارگو شه رویش گلدان بزرگ لعابی قالی بزرگی سـطح اطاق پوشـانیده، دو سـه عسـلی کهنه و مختلف دور اطاق چیده. پائین تخت چندین صندوقچه در باز گذا شته شده و گو شه پارچه و بعضـــی چیزهای گران‌بها از آن پیداســـت. طرف دیگر تخت یک ظرف بخوردان برنجی که در آن عطر دود می‌کنند به شکل آت‌شکده با دسته‌های حلقه ای بزرگ که دو طرف آن آویزان است گذاشته شده.

۱

سردار عرب می‌رود جلو آینه نقره که به دیوار نصب شده خودش را در آن نگاه می‌کند، چرخیده در آینه نگاه می‌کند، دست می‌برد به سبیلش می‌خندد، چند قدم راه می‌رود، دست‌ها را به هم می‌مالد، می‌رود سر جعبه‌های جواهر، گردن‌بندها را درآورده با دستش وزن می‌کند، می‌خندد، می‌گذارد سرجایش برمی‌گردد. جلو پنجره به بیرون نگاه می‌کند. صدای پا می‌آید، برمی‌گردد می‌رود روی تخت می‌نشیند، اخم می‌کند.

۲

در طرف دست چپ باز می‌شود، چهار نفر عرب پابرهنه چیز سفید پیچیده‌ای را می‌آورند جلو تخت او می‌گذارند.

عرب‌ها ـ السلام علیک یا سیدی هوذا حوریه من الجنه جلبنا هالک.

یکی از آن‌ها پارچه را از روی او می‌کشد. دختر بیهوشی پدیدار می‌شود. سپس هرچهار نفر خم شده پس می‌روند، جلو در اطاق سربزیر می‌ایستند. سردار عرب چشم‌هایش می‌درخشد، آب دهان خود را فرو

می‌دهد، خنده می‌کند، دســـت برده به کمر خود چنگه پولی درآورده جلو عرب‌ها پرت می‌کند. پول‌های طلای ساسـانی در هوا می‌درخشـد. آن‌ها دویده با کشمکش تا دانه‌ی آخر را بَرمی‌چینند، سردار بَرآ شفته با دست اشاره به در می‌کند.

سردار عرب – اخرجوا... انقلعو من هنا.

چهار نفر عرب بیرون می‌روند.

۳

سردار از تخت پائین می‌آید، دست می‌کشد روی زلف دختر، نشسته ســر او را می‌گذارد روی زانوی خودش، گونه‌های دختر تکان می‌خورد، چشم‌های او مات و خیره، باز می‌شود دست برده چشم خود را می‌مالد، عرب خنده بلند می‌کند.

سردار عرب – مساءِ الخیر یا ربه الجمال اهلابک... تعالی معی.

پروین – [برخاسته‌اندیشناک] – خواب می‌بینم! چه خواب ترسناکی؟

سـردار عرب – لا تـهـربی منی کالغزاله.... آه ما الطف عیونک الجمیله تسکرنی بخمر من الجنه [اشاره به صندوقچه‌ها] اضع کل ثروتی هذه امام قدمیک.

پروین پس پس می‌رود کنج دیوار ایسـتاده به خود می‌لرزد، با حالی پریشان، موهای ژولیده، دستها را به هم فشار می‌دهد به زمین نگاه می‌کند. عرب نگاهی به سرتا پای او انداخته می‌خندد، از جا بلند می‌شود نزدیک دختر می‌رود. او با دستها صورتش را پنهان می‌کند. عرب دست می‌اندازد به کمر دختر، او به تندی دست عرب را پس می‌زند، دویده تنه‌اش می‌خورد به میز، گلدان به زمین خورده می‌شکند.

پروین – یکی به دادم برسد این مردکه کیست؟ از من چه می‌خواهد؟

عرب آهسته نزدیک او می‌رود.

پروین دستها را به حالت ترس جلو خود نگه داشـته، مثل این که بخواهد او را دور بکند:

«به نام خدائی که می‌پرستی بگذار بروم... بس است بگذار بروم...»

سردار عرب صورت را درهم کشیده می‌رود در دست چپ را بازکرده دست‌ها را به هم می‌زند و کسی را صدا می‌کند. عرب دیگری وارد شده تعظیم می‌کند، دست را می‌برد تا پیشانی پائین می‌آورد سردار عرب نزدیک او می‌رود.

سردار عرب – تکلم مع هذه المراه فانی انزوجها اذا اعتنقت الدین الاسلامی.... فاکافوک.... اذهب.

عربی که وارد شده دوباره تعظیم می‌کند. سردار عرب دست به کمر زده خیره خیره به دختر نگاه می‌کند، مثل این‌که منتی به سر او گذاشته باشد. بعد می‌رود روی تخت می‌نشیند. مترجم سر را پائین انداخته، دست‌ها به سینه می‌آید جلو دختر.

مترجم – شب شما خوش.

مترجم [دوباره می‌گوید] – شما به هیچ گونه اندیشناک نباشید، در پناه ما هستید، آسوده باشید، آزاری به شما نخواهد رسید.

پروین – دست از سرم بردارید، دور بشوید بگذارید بروم...

مترجم – شما دیگر نمی‌توانید بروید، چرا می‌لرزید؟ می‌ترسید؟ موئی از سرتان کم نخواهد شد.

پروین ــ بگذارید بروم، بگذارید بروم، دیگر بس است.

ترجمان- سردار ما حضرت عروه بن زید الخیل الطائی[15] به من د ستور داده تا به شما پیشنهادی بکنم، زندگانی و آینده شما وابسته به پذیرفتن آنست.

پروین ــ [باتردید] ــ بگو.

ترجمان ــ سردار ما پیش از آن چه شنیده بود شما را زیبا و دلفریب یافته و هرآینه به کیش اسلام بگروید شما را به زناشوئی برخواهد گزید. سرتا پایتان را گوهر می‌ریزد، یکی از بهترین کاخ‌ها جایگاه شما خواهد شد . زنان دیگرش فرمانبردار و کنیز شما می‌شوند، آسایش شما از هرگونه‌اماده و فراهم می‌شود. [لبخند]

پروین [باصدایی لرزان و نیم گرفته] ــ شما را به خدائی که می‌پرستید بگذارید بروم.... بروم پیش پدرم، نمی‌دانم زنده ا ست یا مرده، آیا هنوز بس نیست؟ نمی‌بینید چه به سر‌ما آورده اید؟

---

[15] به عقیده اشبیکل، دار مستترو کریستنسن ، قلعه جنگی دماوند که مرکز استحکامات ایرانیان بوده تنها در سنه ١٤١ هجری به دست عرب‌ها به سر کردکی خالد فتح می‌شود ولی اولین جنگ رازیان با اعراب به روایت مشهور در حدود سنه ٢٢ هجری در زمان خلافت عمر روی داده. سپهبد ایرانیان فرخان زیبندی و سرکرده عرب‌ها عروه بن زید نامیده می‌شد.

ترجمان ــ مکتوب سرنوشت بوده است، ما لشکریان روئین تن ایران را نمی‌توانستیم شکست بدهیم. این دست الله یزدان بود که ما را به این کار برگماشـت و به کمک و یاری او برشـما چیره شـدیم تا شـما را به راه راست راهنمائی بکنیم.

پروین ــ شما کیش خودتان را بهانه کردید. اماج شما جهان‌گشائی، پول، دزدی و درندگی است.

ترجمان ــ آن روزی که شـما پول داشـتید دیدید که جهانگیری نمی‌کردید! با رومی‌ها با تورانیان و با عرب‌ها که ما باشـیم پیوسـته در کشمکش و زد و خورد بودید، سرتاسر داستان ایران جنگ با همسایگانش است.

پروین ــ ما برای نگهداری آزادی خودمان جنگیده‌ایم. هیچ‌گاه به نام کیش و آئین با دیگران جنگ نکرده‌ایم و کیش و رفتار و روش دیگران را پست نکرده‌ایم. آن‌ها را آزاد گذاشتیم، شما خودتان را دانشمند می‌دانید لیکن از خداشناسی بو نبرده اید، مردمان تازه به دوران رسیده، چشم و دل گرسـنه، چگونه از کیش خودمان جلو ما گفتگو می‌کنید؟ کیش ما به کهنگی و سـالخوردگی جهان اسـت، شـما مردمان دیروزه می‌خواهید وخشور ما بشوید؟ ببینید شما خودتان را در راه راست می‌دانید و مانند دیوان و ددان رفتار می‌کنید. خدائی که شـما می‌پرستید اهریمن خدای

جنگ، خدای کشــتار، خدای کینه جو، خدای درنده اســت که خون می‌خواهد. شالوده کارهای شما، روش و رفتار شما، روی شکنجه و پستی اســت، به خون آدمیان تشــنه هســتید، همه کارهایتان زمین را چرکین و نژاد آدمی را پست می‌کند.

ترجمان – آئین ما از پیش یزدان آمده و به ما دســتور داده شــده تا دیگران را به راه راســت راهنمائی بکنیم. چه کشــته بشــویم و چه بکشــیم می‌رویم به بهشــت چون برای خشــنودی یزدان کارزار می‌کنیم. اگر ما درجنگ پیش می‌بریم برای آنست که راستی با ماست. شما آتش‌پرست دشمن خدا و هم‌دست اهریمن هستید. نامه‌های شما گمراه کننده باطل و مزخرف است.

پروین – با فرهنگ تازه سخن می‌گوئی؟

ترجمان – این زبانی اســت که باید بیاموزید، پس از جنگ نهاوند زبان و آئین شما مُرد.

پروین – [عصــبانی] – نامه‌های ما را ســوزانیدید. گمان کردید ما زبان شــما را آموخته و آئین‌تان را پیروی خواهیم کرد؟ تنها نام خودتان را تا جاویدان لکه دار کردید، آیندگان به شــما نفرین خواهند کرد و شــما را مشتی دیو و دد می‌خوانند که از نادانی و رشک و دیوانگی ارزش دانش را ندانستید و یادگار گذشتگان را سوزانیدید.

ترجمان – روی خاکستر آنها ماشراره دانش را خواهیم افروخت. آن چه سوخت نامه‌های گمراهی بوده، پشیمانی ندارد. دانش آدمیزاد را خوشبخت نمی‌کند، تنها باید باور کرد و اعتقاد داشت.

پروین – لیکن نه کورکورانه کیش ما با دانش یکی است و به هم آمیخته.

ترجمان – کیش گمراه، دانش گمراه می‌آورد.

پروین – تو که به دانش و نامه آسمانی ما اوستا آشنا هستی چرا این گونه سخن‌ها می‌گوئی؟ ما می‌دانیم که‌اماج شما کشورگشائی، کینه‌ورزی و دشمنی با ایرانیان است. کیش را بهانه و دست‌آویز خودتان کرده‌اید. آیا کیش شما دستور داده تا دختران را از خانمانشان دزدیده سرگذرها بفروشید؟ خانه‌ها را آتش بزنید؟ کشتزارها را ویران بکنید؟ زن‌ها و بچه‌ها را از جلو تیغ بگذرانید؟ آیا همه این‌ها کار اهریمن نیست؟ آری ما آغاز جنگ را کردیم چون آئین شما به درد ما ایرانیان نمی‌خورد. شاید برای خودتان خوبست زیرا که شما مانند جانوران درنده زندگانی می‌کنید. او شما را به راه راست رهبری کرد لیکن ما دیری است که نیک و بد را می‌شناسیم. خواهشمندم کیش خودتان را بهانه نیاوری و بهشت و دوزخ را کنار بگذاری. هرچه می‌توانید امروز بکنید لیکن ما زیربار زور نخواهیم رفت. اگرچه لشکریان شما بر ما چیره شدند و کارهای ناگفتنی کردند. روزی خواهد آمد که شما را از کشور خودمان برانیم و فروغ

دیرینه را از نو بیفروزیم وگرنه آوردن کیش تازه اگر راست است جنگ و کشتار نمی‌خواهد. مگر نشنیدی که سخن راست از شمشیر برنده‌تر است؟

[به تندی دست‌ها را تکان می‌دهد، نگاهی به سر کرده‌ی عرب می‌کند که در ته اطاق راه می‌رود و سبیل خود را می‌تابد و خنده‌ی عصبانی می‌کند] – آری نمونه‌اش من هستم، خوب مرا به راه راست هدایت کردید، دستتان درد نکند...؟

ترجمان- شما به کیش اسلام نمی‌گروید؟

پروین – نه، من پدر و مادرم به کیش زرد شتی مُردند. آن کسی را که بیشتر از همه دوست داشتم برای آزادی آب و خاک و نگاه داری کیش مزدیسنی جان‌فشانی کرد. اگر همه آن‌ها می‌روند به دوزخ من هم می‌خواهم با آن‌ها بوده باشم. شما که پیش از مرگ به بهشت آمدید و بهشت شما دوزخ ما شد.

ترجمان – اکنون به آینده‌ی خودتان بیندیشید پاسخ شما چه شد؟

پروین – [کمی درنگ کرده] – من از پیشنهاد سردار شما خیلی خرسندم. لیکن نامزد کسی هستم و نگین زناشوئی به من داده، تن و روان من از اوست، نمی‌توانم دیگری را به‌جای او برگزینم. اگر سردار

شما بنده را سرافراز بکنند می‌گذارند بروم با پدرم بروم به اردوی نیرانیان، تا زنده هستم سپاسگذار ایشان خواهم بود. بگو، به سردارت بگو که نامزد دیگری هستم، نمی‌توانم پیشنهاد او را بپذیرم، بگذارید با پدرم بروم به سراپرده لشکریان ایرانی، نامزد من آن‌جاست.

(دست خود را دراز کرده نگین انگشتر را به مترجم نشان می‌دهد. عرب نگاهی به انگشتر کرده از جیب خودش انگشتری مانند آن بیرون می‌آورد به دختر می‌دهد.)

ترجمان – آیا شما این انگشتر را می‌شناسید؟

پروین – [هراسان] – این انگشتر من است که به او دادم، روزی که از هم جدا شدیم... آه پرویز من... پرویز کشته شد بگو...

ترا به خدائی که می‌پرستی بگو کی این انگشتر را به تو داده؟ آیا ما بین گرفتاران ایرانی پرویز نام جوان بلندبالا که جامه‌ی سوار آن‌جاویدان را دَربردارد ندیده‌ای؟ بگو [زیرلب] آری کشته شده مرده....

پروین [دوباره] – به نام آئینی که برای آن جنگ می‌کنید، به نام آن‌چه که دوست داری ترا سوگند می‌دهم بگو که این انگشتر را به تو داده؟

ترجمان – اکنون که مرا سوگند دادید می‌روم برایتان بگویم. پریشب پاسی از آن گذشته بود که لشکریان ما به گروهی از سپاهیان شما

نزدیک رودخانه سورن شبیخون زدند. جنگ سختی درگرفت. پارسیان دلیرانه جنگیدند و همگی به خاک و خون خفتند من چون زبان پهلوی را به دستور خلیفه فرا گرفته بودم تا از شورشیان و دستگیر شدگان ایرانی پرسش بکنم به همراهی دسته‌ای رفتیم تا کمک کرده چیزهائی که از کشتگان بازمانده بود با خودمان بیاوریم. مهتاب سرد و دلگیری روی زمین گسترده بود، کشته‌ها در خونِ خود شان آغشته شده بودند. من همین‌جور که می‌گذشتم اسب سفیدی را دیدم که بالای سر کشته‌ای ایستاده است جلو رفتم کسی دامن عبای مراکشید. برگشتم دیدم جوانی با موهای ژولیده از شانه چپ او خون فوران می‌زد، به دشواری سرخود را بلند کرد، چون جامه سرداران را دربرداشت به زبان پهلوی گفتم تو کی هستی؟ او با آواز خراشیده‌ای گفت: به نام کیش و آئینت به من اندکی گوش فرادار. دیدم در دست چپ او تکه کاغذی بود که رویش چیزی کشیده بودند دست راست را بلند کرده گفت این انگشتر را بیرون بیاور. اگر گذارت به شهر راغا افتاد آن را بده به نامزد من، در خانه پیرایش‌گر، به یگان‌هامیدم بگو به یاد تو بودم، روزگار با من ستیزه کرد و چیزهائی گفت که درست نشنیدم افتاد به زمین و جان به جان آفرین داد.

پروین] می‌افتد روی عسلی که نزدیک اوست صورتش را مابین دو دستش پنهان می‌کند، بریده بریده با خودش] — او کشته شده... مرده....

رفت و من هنوز زنده‌ام! به دسـت این دیوان گرفتارم، نه نمی‌خواهم بس اسـت... آن پدرم نمی‌دانم چه به سـرش آمد... آیا راسـت اسـت؟ خواب نیست...؟ نمی‌توانم....

ترجمان – می‌دانید که سرنوشت هم‌کیشان و هم‌شهریانتان تا اندازه‌ای به د ست شما ست. هزاران مردم در زیر شکنجه ه ستند، مـ سمغان و دخترانش را به بغداد خواهند فرستاد. شما از دیگران خوشبخت‌تر بودید چه حضـرت سـردار می‌خواهد شـما را به زنی بگیرد و می‌توانید با یک لبخند و کرشـــمه خودتان جان چندین نفر را بخرید، یک دلربائی شـــما کرورها می‌ارزد، چشم امید دیگران به شماست.

پروین – خاموش شـو.... بیچاره با این سـخنان آبدار می‌خواهی مرا گول بزنی؟ می‌خواهی مرا فریب بدهی؟ بچه گیرآورده‌ای؟ هیهات شـــما را خوب می‌شناسم! با کشندگان نامزدم، پدرم و خانواده‌ام بخندم...؟

ترجمان – شـما نخسـتین زنی هسـتید که حضـرت عروه بن زیدالخیل الطائی پسندیده و با شما از در گفت و شنید درآمده می‌خواهد شما را در حرم خودش بفرسـتد. راسـت اسـت که به زن خوبی نیامده، گویا فراموش کرده‌اید که زندانی ایشان هستید؟

پروین – بس است، بس است، نه دیگر با شما کاری ندارم، هرچه که از دستتان برمی‌آید بکنید و داد خودتان را بستانید، برو از جلو من دور بشو.

ترجمان – پشیمان خواهید شد.

پروین – پشیمان....!

(پروین سر را ما بین دو دست می‌گیرد، مترجم می‌رود جلو سردار تعظیم می‌کند.)

مترجم – عاشقه رجلا من جنس‌ها.

[سردار برآشفته به او نهیب می‌زند.] فان لم تقبل؟ لالف جهنم.... خرج من هنا یا ابن الزنا یا ابن الکلب اتترکنی انتظر من اجل الاشیئی؟

۵

مترجم را گرفته از اطاق بیرون می‌اندازد و خودش هم دنبال او رفته در را از پشت می‌بندد.

۲۱٤

پروین انگشتر را در دست گرفته سر را بلند می‌کند، نگاهی به دور اطاق می‌اندازد. دست روی پیشانی کشیده مانند این که از خواب طولانی بیدار شده باشد بلند می‌شود روی زمین کنار میز نشسته گریه می‌کند.

هوای عقب اطاق تاریک و آبی سیر می‌شود. ناگهان صدای صفحه برنجی که به زمین بخورد یا سنج که به هم بزنند شنیده می شود. در د ست را ست چهارطاق باز می شود، پرویز کفن سفید چین خورده روی دوش انداخته، دامن بلند آن روی زمین ریخته، مو های شا نه کرده، دور چ شم‌ها حلقه کبود، نگاه خیره، صورت بدون حرکت، مثل این که با موم در ست کرده با شند میان چهارچوب در ای ستاده، پ شت او تاریک ا ست، سرتا نیم تنه او روشن‌تر، باقی بدن محو با صدای خفه می‌گوید:

سایه پرویز ــ پروین.... پروین.... به من گوش بده مرا ببخش.

پروین ــ [سـر را بلند کرده چشـم‌ها را می‌مالد دیوانه وار] ــ این آواز به گو شم آ شنا می‌آید، خواب می‌بینم؟ بیداری ا ست؟ آن چه گذ شته به یاد می‌آید [نگاه می‌کند] آه پرویز است تو را نکشته بودند! می‌دانستم که دروغ ا ست این‌ها دیو خشـم، دیو دروغ بودند. همه را دیدم همه را به چشـم خودم دیدم. من چشـم به راه تو بودم کجائی؟... بیا به دادم برس، بـیا مرا از چـنگ این دیوان بیرون بـیاور، می‌بینی به چه روزی افتاده‌ام؟ تو زنده بودی چرا زودتر نیامدی؟ بگریزیم، بگریزیم زود باش،

می‌دانی پدرم را کشتند؟ بیا بیا جلو [کوشش می‌کند بلند شود می‌خورد بر زمین] آه نمی‌توانم برخیزم نزدیک بیا، چرا هیچ نمی‌گوئی بیا....

[دوباره پروین به او خیره نگاه می‌کند] ــ چرا به من این جور نگاه می‌کنی، مگر نمی‌خواهی مرا با خودت ببری؟ دور، دور از این دیوها، زود باش مرا کمک بکن، چرا خیره نگاه می‌کنی! بیا جلو، خاموشی تو مرا می‌ترساند. یک چیزی بگو، من می‌ترسم. مرده‌ای یا زنده‌ای؟ این روان اوست. می‌گویند که روان مرده‌ها، گاهی آشکار می‌شود.... نه تنها در مغز خودم می‌بینم آیا کسی دیگری هم او را می‌بیند؟ می‌ترسم، می‌ترسم.

سایه پرویز ــ افسوس دیگر کاری از دست من برنمی‌آید. پروین من دیگر از مردمان روی زمین نیستم، روان من از کالبد گسسته، مابین ایزدان و امشاسپندان می‌باشم. من از آلودگی‌های زندگی رسته‌ام، آزاد شدم، همه چیز را می‌بینم، همه چیز را می‌شنوم، پروین مرا ببخش، روان من از درد تو در شکنجه است، مرا ببخش دیگر باید بروم.

پروین ــ تو مرده‌ای؟ نه دیگر زندگی برایم دلربائی ندارد، به هیچ چیز دل بستگی ندارم، کمی دست نگه دار، مرا هم با خودت ببر.... آیا مرا می‌سپاری به دست این دیوان درنده؟ مرا هم ببر، پرویز سرنوشت ما

را در مرگ زناشوئی می‌کند، ما یکی خواهیم شد و هیچ نیروئی نخواهد توانست ما را از هم جدا بکند.

سـایه‌ی پرویز – هیهات، من دیگر کاری نمی‌توانم بکنم، خواسـتی باهم مرده باشیم به این روز افتادی، مرا ببخش.

۶

صدای پا در دالان می‌آید، سایه‌ی پرویز آهسته دور می‌شود. در مثل اول بسته می‌شود. هوای پشت اطاق آبی تیره می‌ماند. از در دست چپ سردار عرب وارد می‌شود.

پروین – [بریده بریده] – نمی‌دانم! دیوانه شـده‌ام، آیا ناخوشـم، آیا دروغ نیست؟ جادو نیست؟ آن چه که دیده‌ام! آن چه که شنیده‌ام!.... هم خوابه این مردکه خون‌خوار بی‌سـر وُ بی‌پا بشـوم؟ کشـندگان پرویز، کشندگان پدرم! [گریه می‌کند]

سردار عرب خنده می‌کند، صورتک می‌سازد، می‌رود ظرف بخوردان را جلو تخت گذاشـته گُندر و عطر در آن می‌ریزد. دود غلیظ معطر در هوا پراکنده می‌شـود. بعد آمده جلو پروین دسـت‌ها را به هم می‌مالد،

دختر هراسان می‌رود به بدنه دیوار تکیه می‌دهد، سردار عرب جلو او می‌رود.

سردار عرب — ماذا تقولینا یا امیرتی؟ تعالی الی قلبی یا حوریه الجنان لا تخافی لست بقاس.

پروین به او خیره نگاه می‌کند.

سردار عرب [به زانو جلو او نشسته] — لا تبک یا حبیبتی یا نور عینی.

سردار عرب [برخاسته نزدیک تر می‌رود] — انظری یا عزیزتی کل هذه الاموال هی لک [اشاره می‌کند به صندوقچه‌ها] اضعها امام قدمیک من اجل ابتسامه واحده.

پروین به سرتاپای او خیره نگاه می‌کند عرب نزدیک تر می‌شود. او از جا تکان نمی‌خورد. عرب دست چپ را می‌اندازد دور گردن پروین و دست راست را زیرچانه او گرفته سرخود را نزدیک می‌برد. پروین دست برده دسته‌ی خنجر او را گرفته آهسته از غلاف بیرون می‌کشد و برده پشت خود نگاه می‌دارد. عرب بوسه‌ای از صورت او می‌کند، کمی عقب می‌رود، می‌خندد. دختر از زیر دست او به چابکی بیرون آمده خنجر را به دو دست گرفته با همه‌ی زور و توانایی خود می‌زند روی پستان چپش و بدون این که ناله بکند می‌خورد به زمین. عرب لحظه ای منگ و

مات نگاه می‌کند. غلاف خنجر خود را وارسی می‌کند بعد با گام‌های شمرده و سنگین رفته بخوردان را می‌آورد پهلوی نعش دختر می‌گذارد. دود غلیظ آن در هوا موج می‌زند. در این بین صدای دور و خفه لرزش سیم‌های چنگ که به آهنگ سوزناک از روی خستگی می‌زنند در هوا بلند می‌شود. سردار عرب رفته چنگه چنگه پارچه‌های گرانبها و جواهرها را از صندوقچه‌ها بیرون آورده می‌آورد می‌ریزد روی جنازه‌ی پروین. صدای ساز خاموش می‌شود. عرب دست‌ها را جلو صورت گرفته به عقب می‌رود.

پرده می‌افتد

پاریس ۲۱ آذرماه ۱۳۰۷

پایان

کاروان اسلام

البعثة الاسلامیه الی البلاد الافرنجیه

ترجمه از مجله المنجلاب السودان

سه فقره کاغذ از وقایع نگار مجله «المنجلاب» که همراه این کاروان بوده و گزارش روزانه آن را می‌نوشته بدست آمد که عیناً از عربی ترجمه می‌شود:

کاروان اسلام

در روز میمون فرخنده فال بیست و پنجم ماه شوال ۱۳٤٦ هجری در شهر سامره از بلاد مبارکه عربستان دعوت مهمی از نمایندگان ملل اسلامی به عمل آمده بود که راجع به اعزام یک دسته مبلغ برای دین حنیف اسلام در دنیا مشورت نمایند.

آقای تاج المتکلمین سمت ریاست؛ آقای عندلیب الاسلام نائب رئیس؛ آقای سکان الشریعه عضو مشاور و محاسب؛ و آقای سنت الاقطاب سمت تندنویس این جمعیت را عهده‌دار بودند و علاوه بر عده زیادی از فحول علماء و قائدین مبرز اسلام، نمایندگان محترم عدن، حبشه، سودان، زنگبار و مسقط نیز در این محفل شرکت نموده بودند و این عبدالحقیر

سراپا تقصیر الجرجیس یافث بن اسحق الیسوعی نیز به سمت مخبر و مترجم مجله مبارکه «المنجلاب سودان» در آنجا حضور به هم رسانیده و مأمور بودم که قدم به قدم وقایع این قافله مهم را بنگارم تا در آن جریده مبارکه درج گردد تا کافه مسلمین از اعمال و افعال آقایان مبلغین دین مبین و جنبش اسلامی با خبر باشند.

آقای تاج المتکلمین این‌طور مجلس را افتتاح نمودند:

بر همه ذوات محترم و علمای معظم اهل زهد و تقوی، حامی شرع مصطفی، مبرهن و آشکار است که دین مبین اسلام قوی‌ترین و عظیم‌ترین ادیان دنیا محسوب می‌شود. از جبال هندوکُش گرفته تا اقصی بلاد جابلقا و جابلسا، زنگبار، حبشه، سودان، طرابلس و اندلس که همه از ممالک متمدن و از اقلیم چهارم می‌باشند و سیصد کرور نفوس.

آقای عندلیب الاسلام فرمودند: خیلی معذرت می‌خواهم ولی از روی احصائیه دقیق بنده‌زاده آقای سکان الشریعه که با وجود صغر سن از جمله علوم معقول و منقول بهره‌ای کافی و شافی دارد و مدت سه سال از عمر شریف را در بلاد کفار به سر برده و کتاب «زبدة النجاسات» را تألیف کرده، سیصد هزار ملیان نفوس، گوینده لا اله الا الله می‌باشند.

آقای سکان الشریعه: «صحیح است».

آقای تاج المتکلمین: «نعم». مقصــــود حقیر همین بود چنان که گفته‌اند: الانسان محل السهو و النسیان؛ سیصد هزار ملیان شاید هم بیشتر به دین حنیف اسلام مشرف هستند و از قراری که آقازاده آقای عندلیب الاسلام، آقای سکان الشـریعه که چهار ســال از عمر شـریف را در بلاد کفار گذرانیده و از علوم معلوم و مجهول بهره‌ای بســزا دارد و کتاب «زبدهٔ النجاسات» را تألیف نموده در بلاد ینگی دنیا از اقلیم سوم اخیرا به فلسفه اسلام پی برده‌اند.

آقای سکان الشریعه: «بلی. در ینگی دنیا مسکرات را اکیداً ممنوع و فلاسفه و حکمای آنجا در اثر مباحثات و مناظرات و مجادلات با این حقیر متحدالرای شدند که ختنه را برای صحت فوائد بسیار می‌باشد و طلاق و تعدد زوجات برای امزجه سوداوی و بلغمی مزایای بسیار دارد. معتقدند که روزه اشـــتها را صــاف می‌کند. این حقیر هم گویا در کتاب «مرآت الاشتباه» خوانده‌ام که برای مرض ذوسنطاریا بسیار نافع است.

آقای تاج المتکلمین: پس، از این قرار اهالی ینگی دنیا هم مسلمان شده‌اند یا نور حقیقت از وجناتشــــان تابیدن گرفته، در این صــورت تنها جایی که باقی می‌ماند خطه یوروپ و فرنگستان می‌باشد که قلوبشان تاریک‌تر از حجرالا سود ا ست، از این لحاظ به عقیده ضعیف لازم بل وظیفه علماء و حافظین به اس اساس شـریعت اسـت که عده‌ای را از میان خودشـان

برگزیده و به سـوی بلاد کفار سـوق بدهند تا آن‌ها را به راه حقیقت هدایت نمایند و ریشه کفر و الحاد را از بیخ بر کنند.

آقای عندلیب الاسـلام: البته فکری بکر اسـت ولی بنده معتقدم که اول استخاره بکنیم.

آقای قوت لایوت نماینده محترم اعراب عنیزه فرمودند: اسـم این قافله را «الجهاد الاسلامیه» بگذاریم. مردهای کفار را از جلوی شمشیر بگذرانیم و زن‌ها و شترهای‌شان را ما بین مسلمین قسمت بکنیم.

شـیخ ابوالمندرس نماینده مسـقط همین‌طور که پیراهنش را میجسـت، گفت: « اهلا و سهلا مرحبا! »

آقای تابونانا نماینده محترم زنگبار لخت و عور بلند شد، تکیه به نیزه‌اش کرد و گفت: «لحم آدمی خیلی لذیذ، افرنجی ابیض، من روزی دو تا آدم بخور».

آقای تاج: البته صد البته اگر مسلمان نشوند همه را قلع و قمع می‌کنیم. پس در این صورت مخالفتی با اصل قضیه نیست که جمعی از علماءِ به عنوان مبلغ به دیار کفار اعزام بشوند.

آقای عندلیب الاسـلام: اسـتغفرالله هر کس شـک بیاورد زن به خانه‌اش حرام و خونش مباح اسـت. وظیفه هر مسـلمانی اسـت که کفار را امر به

معروف و نهی از منکر بکند، ولی به زعم حقیر موضوع اهل و اقدم و از همه، وجوهات و مخارجات این جمعیت است که باید دانست از چه محل تأمین می‌شود.

آقای تاج‌المتکلمین: بر ذوات محترم و علمای معظم واضح و لائح بل اظهر من‌الشمس است که در بادی امر مخارجی متوجه این جمعیت خواهد شد که از موقوفات، پیش‌بینی شده. علاوه بر این ملل اسلامئ هر کدام به قدر وسع خودشان از کمک و مساعدت دریغ نخواهند فرمود ولی تصور می‌رود که بعدها بتوانیم عوایدی بر کفار تحمیل بکنیم.

ابو عبید عصعص بن الناسور نماینده صحرای برهوت فرمودند: «وجوهی به عنوان خراج به کفار تعلق می‌گیرد.»

آقای سنت الاقطاب گفتند: در این صورت خدا دنیا را محض خاطر پنج تن آفرید و از پنج انگشت هر کس یکی متعلق به سادات است و من از ترکه و سلاسه ساداتم. پس خمسش به من می‌رسد.

آقای عندلیب الا سلام: از قراری که بنده‌زاده آقای سکان ال شریعه که با وجود صغر سن از علوم معقول و منقول بهره‌ای کافی و شافی دارد و مدت پنج سال از عمرش را در بلاد کفار به سر برده و کتاب «زبدهٔ

النجا سات» را که ا ساس شریعت ا سلام ا ست تألیف کرده می‌گفت، در ینگی دنیا که از اقلیم هفتم است خیلی پول بهم می‌رسد.

آقای سکان الشریعه: در ینگی دنیا از اقلیم دوازدهم مردمان پُر پول زیاد دارد و هر کدام از آن‌ها مسلمان بشوند البته واجب‌الحج خواهند بود. از این قرار می‌شود د سته‌ای قطاع الطریق سر راه مکّه بگمارند، تا آن‌ها را لخت بکند و در ضمن مأمورینی در تن آن‌ها شپش بیندازند تا در روز عید ا ضحی به خون‌بهای هر شپ شی که بک شند یک گو سفند در راه خدا قربانی بکنند. البته مسـتحب اسـت که دو گوسـفند بکشـند چون هر چه با شد جدید الا سلام ه ستند و اقوام آن‌ها خاج‌پر ست بوده‌اند. و آن‌هایی که اسلام را بپذیرند باید خراج و جزیه به بیت المال مسلمین بپردازند و گرنه مال‌شان حلال و زن به خانه‌شان حرام. مهدور الدم.

آقای قوت لایموت: اگر به‌جای پول، سـوسـمار و موش صـحرایی هم بدهند قبول می‌کنیم.

آقای تاج المتکلمین: البته. پس در این صورت مخالفتی نی ست که مخارج این جمعیت از روی موقوفات تأمین بشـود ولی باید دانسـت آیا در بلاد کفار محل و مو ضع بخ صو صی برای این جمعیت تخ صیص داده شده که از پول حلال خریده بشود و در ضمن غصبی هم نباشد؟

آقای عندلیب الاسلام: این حقیر از دیر زمانی است که مترصد و مشغول تتبع و تفحص و تجسس و تحقیقات هستم مخصوصاً بنده زاده آقای سکان الشریعه که از علوم معقول و منقول بهره‌ای کافی دارد و کتابی در آداب مبال رفتن و طهارت موسوم به «زبدة النجاسات» که اساس شریعت اسلام است تالیف کرده و شش سال از عمر شریفش را در بلاد کفار گذرانیده گفت که در شهر «البریس».

آقای سکان الشریعه: بلی. در شهر «الباریس» از بلاد افرنجیه محلی است که به « آل ضیاءِ » شهرت دارد و گویا این «ضیاءِ» نوه عمه مسلم بن عقیل که یکی از کفار موسوم به «سنان بن الانس» وی را دنبال و شترش از عقب پی کرده و آن معصوم به بلاد افرنجیه فرار کرد. و ظن قوی می‌رود که آن محل به نام او مشهور شده باشد و حقیر هم در کتاب «اختناق الشهداءِ» به این مطلب برخورده‌ام. البته باید اقدامات مجدانه بشود تا مزار آن جنّت مکان خلد آشیان را از چنگ کفار بدر آوریم و مقر این جمعیت بنماییم که خیلی مناسب است.

شیخ خرطوم الخائف نماینده وهابی‌ها فرمودند: من مخالف ساختمان هستم، چون اجداد ما زیر سیاه چادر با سوسمار و شیر شتر زندگی می‌کرده‌اند، همه مسلمین باید همین کار را بکنند.

آقای عندلیب الاسلام: چنان که در حدیث آمده است «التقیۀ دینی و دین آبائی» پس ابتدا باید تقیه کرد تا بتوانیم بر کفار مسلط بشویم.

آقای سنت الاقطاب: در این صورت رقص هم به مصداق این آیه «کونو اقردۀ خاصعین» جائز است چه...... خود می‌فرماید: «قر بدهید که خاصیت دارد». وانگهی از کوری چشم کفار، اسلام مذهب متجددی است مگر......[16] دور سنگ «حجر الا سود» رقص «فوکس تروت» نفرمودند چنان‌که حالا هم حاجی‌ها هروله می‌کنند.

عندلیب الاسلام: البته این‌ها بسته به پیش‌آمد است تا جمعیت «البعثۀ الا سلامیه» چه صلاح بداند. عجالتاً این مذاکرات بیهود است خوب است آقای تاج‌مرام نامه‌ی این جمعیت را قرائت بفرمایند.

آقای تاج المتکلمین: بر ذوات محترم و علمای معظم و بر همه مردمان دنیا از چین و ماچین و بلاد یأجوج و مأجوج یا جابلسا و جابلقا که بلاد نسناس‌هاست و همه به زبان فصیح عربی متکلم هستند مُبرهن و آشکار است که کتاب سماوی ما مسلمین شامل همه معلومات دنیوی و اخروی است. هر کلمه آن صدهزار معنی دارد.

---

[16] نیم سطر حذف شد.

آقای سـنت الاقطاب: چنان که اختراع «هتل مبین‌ها» از برکت هذا کتاب مبین قرآن بوده است.

آقای تاج المتکلمین: و علاوه بر فلسـفه جات و حکیمات و موعظه جات و پندیات و معلومات دیگر، باید دانست که کتاب ما مسلمین دارای قوانین عملی است و باید بدین وسیله برتری آن را به کفار نشان بدهیم.

عندلیب الاسـلام: اجازه بدهید توضیح بدهم. مقصـود وجوب یک معلم عملی است به قول فرنگی مآب‌ها «پروفسور» تا به تلامذه مسائل فقه و اصول از قبیل تطهیر، حیض و نفاس و غسل جنابت و شکیات و سهویات و مبطلات و واجبات و مقدمات و مقارنات و استـحاضـه کثیرهٔ و قلیله و متوسط و مخصوصاً آداب طهارت را عملاً نشان بدهد و به کفار تزریق بکند تا ملکه‌ی آن‌ها گردد.

آقای تاج المتکلمین: صحیح است ولی چون شرح اقدامات و عملیات این کاروان خیلی مفصـل اسـت و به طول انجامد، از این جهت محض تذکر تنها چند فقره از آن را از لحاظ آقایان عظام می‌گذرانیم تا بدانند که وظیفه این جمعیت چقدر طاقت فرسا و دشوار است:

اول اجباری کردن لسـان فصیح عربی و صـرف و نحو آن به قدری که کفار قرآن را با تجوید کامل و قوائد فـصل و وصل و علامات سجاوندی

به زبان عربی تلاوت کنند ولی اگر معنی ان را نفهمیدند عیبی ندارد. البته بهتر است که نفهمند.

ثانیا، خراب کردن همه ابنیه و عمارات کفار؛ چون بناهای آن‌ها بلند و دارای چندین طبقه است و دور آن حصار نمی‌باشد به‌طوری که نامحرم از نشیب، عورات خواتین را برفراز بتوان دید و این خود کفر و زندقه است. مطابق مذهب اسلام اتاق‌ها کوتاه و با گل درست شود، البته بهتر است چون این دنیای دون گذرگاه است و استحکام و دل بستن نشاید. البته خراب کردن هر چه تیاتر، موزه، تماشاخانه، کلیسا، مدرسه و غیره از فرایض این جمعیت شمرده می‌شود.

آقای سکان الشریعه: البته لازم است که مطابق نص صریح باشد و به آیت قرآنی و فوض سبحانی و سنت نبوی و حدیث مصطفوی عمل نمایند ولی همانا باید یکی از آن‌ها را به‌طور نمونه نگه داشت تا بر عالمیان پایه ضلالت آن‌ها را بنمائیم و در صورت بودجه کافی من حاضرم به عنوان متولی در یکی از آن‌ها موسوم به «فولی برژه» مشغول تبلیغ و عبادت بشوم.

آقای عندلیب الاسلام: البته صد البته، چه از این بهتر.

تاج المتکلمین: ثالثاً، از فرائض این جمعیت است ساختمان حمام‌ها و بیت‌الخلاط‌ها به طرز اسلامی و چنان که در کتاب «زبدهٔ النجاسات»

نوشته شده البته مستحب است که نجاسات به عین دیده شود چون کفار فاقد علم طهارت هستند و نعوذ بالله با کاغذ استنجا می‌کنند. عقیده مخلص ان است که مقداری هم لولهنگ بفرستیم که در ضمن، مصنوع ممالک اسلامی نیز صادر شود.

رابعاً کندن جوی در خیابآن‌ها و روان ساختن آب جاری در آن‌ها تا در شارع عام و در دسترس عموم مسلمین بوده و در موقع حاجت دست به آب برسانند.

خامساً ترتیب شستشوی اموات و چال کردن آن‌ها در زمین، طرز سوگواری، خرج دادن، روضه خوانی، بنای مساجد، احداث امام‌زاده‌ها، تکیه‌ها، نذر و قربانی‌ها، حج، زکات، خمس و کوچ دادن دسته‌ای از فقرای سامره به بلاد کفار، تا طرز تکدی را به آن‌ها بیاموزند چون اسلام مذهب فقر و ذلت است و برای آن دنیا است.

سادساً، البته برای نماز و به‌جا آوردن شرع مبین، کفش و لباس و چکمه‌ی تنگ مکروه است. چون مسلمان باید لباسی داشته باشد که وسائل تطهیر و عبادت در هر ساعت و به هر حالت برایش آماده باشد. پس بر عموم مسلمانان لازم است که نعلین بپوشند و آستین گشاد داشته باشند و برای مردها زیر شلواری و عبا بهترین لباس است و از روی شریعت می‌باشد.

آقای سکان الشریعه: البته مستحب است که عبا بپوشند. این حقیر به یاد دارم که در کتاب «التاریخ العبا و الشولا» تألیف اعجوبه دهر «مقراض النواسیر» خوانده‌ام که در موقع حمله عرب به بلاد رومیه اعراب پوست شتر را به خود همی پیچیدندی ولی همین که در انبار غله رومیان وارد شدندی جوال‌های بسیاری انباشته از کاه و جو در آن‌جا یافتندی. از فَرط گرسنگی ته کِیسه را سوراخ کرده از محتوی آن با ذوق و شوق مشغول خوردن شدندی، همین که به بالا رسیدندی سر آن را سوراخ کرده سر شان را در آوردندی و از دو طرف دستهای شان را - پس از آن وقت عبا متداول شد.

شیخ تمساح بن نسناس: چون من کتابی موسوم به «آثار الاسلام فی سواحل الانهار» تألیف می‌کنم و در آن از مناقب شیر شتر و کباب سوسمار و خرما گفتگو خواهم کرد اجازه بدهید این مطلب را در آن‌جا درج بکنم که سندی بس ممتاز است.

آقای تاج المتکلمین: و اما تا سعا. زن‌های کفار مکشوف العور در ملإِ عام با مردها می‌رقصند؛ سحق و ملاسمه می‌کنند. البته باید آن‌ها را در حجاب مستور کرد تا مردها را به تسویلات شیطانی گرفتار نکنند. و فساد اخلاق آن‌ها از این جا آمده که تعدد زوجات، صیغه، محلل و طلاق بین آن‌ها مرسوم نیست. چه مردمان آن‌جا از گرسنگی خرچنگ و قورباغه و

خوک می‌خورند و در موقع ذبح جانوران بسم‌الله نمی‌گویند، پس پایه ضلالت آن‌ها را از همین‌جا باید قیاس کرد.

عا شرا، در بلاد کفار لهو و لعب، نقا شی و مو سیقی، بی‌اندازه طرف توجه و دارای اهمیت است. البته بر مسلمین لازم است که آلات غنا و موسیقی را شکسته و به‌جایش وعاظ و رو ضه‌خوان و مداح در آن‌جا بفر ستیم تا آن‌ها را به راه راست دعوت کنند و نیز پرده‌های نقاشی را باید سوزانید و مجسمه‌ها را باید شکست همچنان که حضرت ابراهیم با قوم لوط کرد و البته اگر ا شیاء نفیس و قیمتی در آن‌جا به هم ر سد به م سلمین تعلق می‌گیرد. وا ضح ا ست که چون توجه کفار به دنیا ا ست باید موعظه‌هایی راجع به آن دنیا، فشـــار قبر، آتش دوزخ، مارهای جهنم، روز پنجاه‌هزار سـال، سـگ چهار چشـم دوزخ، ظهور حمار دجال، تقدیر و قضـا و قدر و فلسفه اسلام بنمائیم. همچنین از فضیلت بهشت و ثواب اخروی لازم است که توضیحاتی بدهند و بگویند که در بهشت به مرد مسلمان حوری و به زن غلمان می‌دهند. هر گاه ثواب کار با شند در به‌شت هفتاد هزار شتر و قصـر زمردی می‌دهند که هفتاد هزار اتاق و فرشـته‌هایی دارد که سـرش در مغرب و پایش در مشـرق اسـت و غیره. حتی اسـتعمال کمی تریاک به نظر حقیر برای آن‌ها مستحب است تا کفار را متوجه آخرت و عقبی بنماید.

آقای سکان الشریعه: به زعم حقیر این توضیحات زیادی است. همین‌قدر که فرمودید کفار را به دین حنیف اسلام دلالت می‌کنیم شامل همه‌ای شرایط می‌شود.

تاج المتکلمین: مقصود حقیر نشان دادن پایه ضلالت آن‌ها و اشکالاتی ا ست که مبلغین بعثهٔ الا سلامی مواجه آن خواهند شد. مثلاً ممکن ا ست قومی مسلمان نباشد مانند طایفه یهود، ولی طرز زندگی و آداب مذهبی آن‌ها به قدری نزدیک و شبیه ا سلام ا ست که به محض این که به دین حنیف مشرف می‌شوند حتی ختنه کرده هم هستند و فشار قبر و نکیر و منکر و همه این فلسفه جات را معتقدند چون از کفار کتاب دار هستند ولی کفار فرنگستان به هیچ چیز اعتقاد ندارند و از کفار حربی می‌باشند و ما باید این مطلب را به گوش آن‌ها بخوانیم و یا نسل‌شان را براندازیم تا همه دنیا مسلمان و بنده و مقرب خدا بشوند.

شیخ تمساح بن نساس: «گمان می‌کنم یک مطلب فراموش شده و آن عبارت از این ا ست که برای قدردانی از کفار و تشویق آن‌ها به دین حنیف باید تحف و هدایایی از طرف رئیس به آن‌ها اعطاء بشود مانند کفن متبرک، مهر نماز، حرز جواد، حلقه یس، طلسم سفید بختی، دعای بیوقتی، دعای دفع غریب گز و نعلین و لولهنگ که در ضمن برای ادای فرائض و رسوم مذهبی هم به درد می‌خورد. به خصوص من پیشنهاد

می‌کنم که یک نسخه هم از تألیف بنده‌زاده دحضرت سکان ال شریعه که هفت سال از عمر شریفش را ما بین کفار گذرانده و از علوم معقول و منقول بهره‌ای به سزا دارد موسوم به «زبدهٔ النجاسات» به اشخاص مبرز هدیه شود.

الالولک الجالیزیه: کتاب خانه‌های کفار را آتش بزنیم و عوضش یک نسخه «زبدهٔ النجاسات» به آن‌ها بدهیم که برای‌شان کافی است و علوم دنیوی و اخروی هم در آن است.

قوت لایموت: البته صد البته کفی به زبدهٔ النجاسات چون مختصر مرام...... همین است که یا مسلمان شوید یعنی از روی کتاب زبدهٔ النجاسات عمل کنید وگر نه می‌کشیم تان و یا خراج بدهید. البته کفار باید باج سبیل به مسلمین بپردازند.

تاج المتکلمین: پس رأی قطعی و موافقت همگی بر این شد که جمعیت را به بلاد کفار سوق بدهیم و هیچ گونه مخالفتی در این باب نیست ولی به زعم حقیر لازم است که به شیوه دین نبی رفتار کنیم چنان که خود حضرت به ایل و تبار خودش قدر و منزلت گذاشت و نوه‌های خودش را قبل از ولادت امام کرد و طایفه خودش را سادات و احترام آن‌ها را به همه مسلمانان واجب دانست. چون مخارج این نهضت از موقوفات است همه اشخاصی که انتخاب می‌شوند باید از علما و سادات باشند.

عندلیب الا سلام: صحیح است. البته کسی برازنده‌تر از آقای تاج نیست. ایشان را به ریاست این جمعیت انتخاب می‌کنیم.

سکان الشریعه: این حسن انتخاب را از ته دل به عموم مسلمانان و مسلمانات تبریک می‌گوییم.

سنت الاقطاب: البته بهتر از این ممکن نمی‌شد.

تاج المتکلمین: البته بنده از حسن نیت آقایان نمایندگان ملل اسلامی، لسانم الکن و نطقم قاصر است ولی آقای عندلیب الاسلام از اساتذه فقهاست. البته وجود ایشان در چنین جهادی لازم است من پیشنهاد می‌کنم ایشان به سمت نائب رئیس انتخاب شوند و آقا زاده ایشان آقای سکان الشریعه که نه سال از عمر شریفش را در بلاد کفار گذرانیده و از علوم معلوم و مجهول بهره کافی دارد چنان که کتاب نفیس ز بدۀ النجاسات بهترین معرف ایشان و شاهد مدعایم است و زبان‌های عربی، قبطی، شامی، مصری، الجزایری و یمنی و غیره را مثل عندلیب حرف می‌زند ممکن است بر جمعیت ما منت گذاشته به عنوان صندوق‌دار و مترجم ما را سرافراز و از راه لطف بپذیرند. یعنی آن‌هم محض ثواب؛ چون این کار اجر دنیوی که هرگز ولی اجر اخروی اگر نبود قبول نمی‌کردم.

سکان الشریعه: حقیقتاً بنده نمی‌دانم به چه زبان از این حسن ظن آقای تاج تشکر بکنم اگر محض خاطر ایشان و نتایج اخروی این کار نبود قبول نمی‌کردم.

عندلیب الاسلام: من از مراحم آقای تاج و همه نمایندگان محترم اسلام شرمنده‌ام ولی اجازه بدهید چون یک نفر دلاک جهت ختنه کردن کار لازم است آقای سنت الاقطاب که پسرخاله این بنده است و از دلاک‌های معروف می‌باشد و اغلب کفار که به دین حنیف مشرف می‌شوند ایشان ختنه می‌کنند علاوه بر این چندین بار محلل شده و در معرکه گرفتن ید طولانی دارد و حتی عقرب را در دست نگاه می‌دارد و برای فروش دعای نزله‌بندی و دعای بیوقتی بهتر از او کسی را خدا نیافریده و از آداب دنیوی و اخروی بهره‌ای کافی دارد؛ ایشان را به عنوان پروفسور فقیهات پیشنهاد می‌کنم.

تاج المتکلمین: البته چه از این بهتر. پیداست که ما یک دسته از جان گذشته هستیم که برای خیر عقبی و اجر اخروی چنین مأموریت پر خطری را به عهده می‌گیریم.

پس از آن رئیس، صورت مجلسی را که قبلاً نوشته شده بود از شال‌شان درآوردند و به آقایان نمایندگان دادند تا امضاء و تصدیق شود. این‌طور نوشته شده بود:

در روز میمون فرخنده فال ۲۵ شوال سنه ۱۳۴۶ هجری در شهر مبارک سامره از بلاد عربستان بر طبق جلسه مرکب از علماءِ یگانه و دانشمندان فرزانه، نمایندگان ملل اسلامی تصمیم گرفته و تصویب شد.

آقایان مفصله الاسامی ذیل: حضرت آقای تاج المتکلمین به ریاست و آقای عندلیب الاسلام نائب رئیس و منشی و آقای سکان الشریعه صندوقدار و مترجم و آقای سنت الاقطاب معلم علمی هیات برای تبلیغ دین مبین، به طرف بلاد افرنجیه رهسپار گردند تا کفار را بدین حنیف اسلام دعوت و تبلیغ کنند. عجالةً صد بلیان لیرهی انگلیزیه برای مخارج از روی موقوفات پیشبینی شده که آقایان مفصله الاسامی فوق هرطور صلاح بدانند به مصرف برسانند.

آقای تاج فرمودند به سلامت مسافرین شربت بیاورند، ولی نماینده اعراب عنیزه شیر شتر خواست و هلهلهکنان مشک شیر به دست و دهن به دهن گشت و هر کدام از نمایندگان محترم اسلامی انگشت خود را در مرکب زده پای کاغذ گذاشتند و مجلس خاتمه یافت.

السامره فی ۲۵ شوال ۱۳۴۶

الجرجیس یافث بن اسحق الیسوعی

نمایشگاه شرقی

امروز صبح از صدای تر سناکی از خواب جستم. دیدم همه هم‌سفرهای اطاق به حالت وحشت‌زده آقای سنت الاقطاب را نگاه می‌کنند که شیشه ترن را پایین کشیده با پیراهن و زیر شلواری دست زیر چانه‌اش زده به جنگل نگاه می‌کند و با آواز خراشیده‌ای ابو عطا می‌خواند. مرا که دید خندید و گفت:

صای من به از این بود، سر زنم هوو آوردم او هم از لجش سورمه خوردم داد صدایم گرفت. خدا بیامرزدش پارسال عمرش را به شما داد.

من گفتم: از شما قبیح نیست که با این ریش و سبیل رو به روی کفار آواز می‌خوانید؟

او جواب داد: «این موهای سرم را که می‌بینید از زور فکر و خیالات است، باد نزله آن را سفید کرده.» بالاخره به هزار زبان به او حالی کردم تا لباس‌هایش را بپوشد چون یک ساعت دیگر وارد شهر برلین می شدیم ولی او خواهش کرد که به محض ورود در برلین او را ببرم بازار تا یک موی خرمایی برای دخترش سکینه سوغات بفرستد. لباسش را که پوشید رفتیم به سراغ آقای سکان‌الشریعه که در سه اتاق دورتر با یخه باز، سینه

پشــمالو، ســر تراشــیده ســیگار عبدالله می‌کشــید و دودش را با تفنن به
صــورت پیرزن جهود لهســتانی فوت می‌کرد. هر دو آن‌ها می‌خندیدند.
ســکان الشــریعه با علم و اشــاره با آن زن حرف می‌زد. به قدری سرش
گرم بود که متوجه ما نشد. ما هم مزاحم آن‌ها نشدیم و به سراغ آقای
تاج و عندلیب رفتیم، چون دیشب آقای تاج اظهار کسالت می‌کردند. در
این وقت ترن به سرعت هر چه تمام تر از جنگل می‌گذشت. از راهروی
لغزنده آن گذشــتیم و در دالان از جلوی یک ردیف شــکم‌های چاق
آلمانی‌ها که آنجا ایستاده بودند و چپق می‌کشیدند رد شدیم. آقای تاج
و عندلیب در اطاقچه‌ی خودشــان را بســته بودند تا نفس کفار وارد
اتاق‌شــان نشــود. چون اطاقچه را به قیمت گزاف برای روئســای بعثهٔ
الاســلامی خلوت کرده بودند که با کفار تماس نداشــته باشــند. بالاخره
وارد شدیم. آقای عندلیب چشم‌هایش کاسه سرش رفته پارچه سفیدی
دور کله‌اش بسته بود. انا انزلنا می‌خواند و به دور خودش فوت می‌کرد
و هر تکانی که ترن می‌خورد روح از تنش مفارقت می‌کرد. می‌ترســید
مبادا کفار فهمیده باشند که چند نفر مسلمان در ترن هستند و قطار راه
آهن را بشــکنند یا بیراهه ببرند برای این که مســلمانان را تلف کنند؛ مرا
که دید گل از گلش شکفت و گفت:

قربانتان، دستم به دامنتان، ما در ولایت غربت هستیم، مبادا کفار به ما سم بخورانند. تمام شب را من سوره عنکبوت، آیه الکرسی خواندم تا از شر کفار محفوظ باشیم.

آقای تاج المتکلمین همین‌طور که با زیر شلواری و سر بسته مشغول فوت کردن در سماور حلبی بود که در آن گل گاوزبان می‌جوشید از ما پرسید آقای سکان الشریعه کجاست؟

سنت گفت: یک ضعیفه کافره را دارد به دین حنیف اسلام تبلیغ می‌کند.

تاج : آفرین به شیر پاکی که خورده — خوب چه قدر مانده برسیم؟

سنت: نیم ساعت دیگر ما در شهر برلین خواهیم بود. باید چمدان‌هایمان را دم دست بگذاریم و رخت‌هایمان را بپوشیم. اینجا دیگر فرنگستون است.

عندلیب الاسلام: شهر برلین گفتید؟ من اسم این شهر را در کتاب «الممالک و المخاوف» دیده‌ام. من صف آن کتاب از متبحرین بوده ا ست. شرحی داده و خوب به خاطر دارم که می‌گوید اسم اصلی آن «البراللین» بوده است یعنی زمین ملین. زیرا که لینت می‌آورد. چون کسره با یاءِ ثقیل بود اعلال شد. الف و لا را هم از اللین برداشتند تا اختصار شده باشد. پس الف و لام البر را هم حذف کردند زیرا که اسم علم بود برلین

شــد و از کثرت اســتعمال برلین گردید. حتماً اهالی آنجا عرب هســتند و مسلمان بوده‌اند.

تاج: فی الواقع زبان عربی یک پارچه منطق است. به عقیده ضعیف باید به محض ورود به برلین یک نفر را م سلمان بکنیم و به همه بلاد ا سلامی از جبال هندوکش گرفته تا اق صی بلاد جابلقا و جابل سا، جزیره وقواق، زنگبار و حبشه و سودان و همه ممالک اسلامی تلگراف بزنیم.

عندلیب: اگر خودمان به سلامت رسیدیم.

تاج: بر پدرشــان لعنت، حالا که خودمانیم آ یا الاغ بهتر اســت یا این؟ نمی‌دانیم چه اســمی رویش بگذارم؟ ازش آب و آتش می‌ریزد، ســوت می‌زند، صــدا می‌کند، دود می‌دهد و آدم را ســیصد بار می‌کشد تا به مقصــد رســاند، این همان حمار دجال اســت. مرحوم ابوی از ســامره تا خانقین را با یک الاغ مردنی رفت. اگر چه شــش مرتبه لختش کردند، به سلامت رسید. اما اینجا ما از خودمان اطمینان نداریم.

عندلیب: آیا صــندوق‌های لولهنگ را در جای محفوظ گذاشــته‌اند که در مجاورت رطوبت کفار نباشد؟

سنت الاقطاب: آیه الخشک مع الخشک یتجسبک نص صریح است.

عندلیب: من نذر کرده‌ام اگر به سـلامت رسـیدیم به محض ورود یک گوسفند با دست خودم ذبح بکنم.

آقای سـنت الاقطاب: شـما دقت بکنید به‌جای گوسـفند به ما خوک نفروشند چون هرچه بگویید از کفار بر می‌آید.

تاج: من همه جانم آلوده اسـت، عبایم نجس شـده. به محض ورود استحمام خواهم کرد.

عندلیب: راسـتی آقای تاج دیشـب با من با چه کار داشـتید. من زهره‌ام ترکید. گمان می‌کردم از کفارند می‌خواهند اسم بد روی ما بگذارند.

تاج: دیشب خواب والده احمد را می‌دیدم. این اولین بار ا ست در عمرم که یک هفته بدون زن هسـتم. حقیقةً ما جهاد اکبر می‌کنیم. خودمان را فدای دین مبین کرده ایم. در راه اسـلام انتحار کردیم و شـهید شـدیم. آقای جرجیس این مطالب را برای مجله المنجلاب یادداشـت بکنید. من اگر مردم مرا در «آل ضیاءِ» در شهر «الباریس» دفن بکنید و ا سمش را بگذارید امامزاده «آل تاج» تا مزارم زیارتگاه م سلمین ب شود. به را ستی چه اجری در آن دنیا خواهیم داشـت تا بتواند جبران صـدمات و زحمات ما را بکند. من گمان می‌کنم برای خسـتگی و دفع مضـرت مسـافرت بد نباشد که به محض ورود هر کدام نفری سه تا زن صیغه بکنیم.

عندلیب: من دیشب خواب دیدم یک سید جلیل القدر نورانی مثل مورد سبز، زیر جامه سبز، زیر شلواری سبز و کیسه توتون سبز، چپق سبز، شارب سبز ـ با دست مبارکش دستم را گرفت برد در باغی که پر بود از وحوش و طیور، از چرنده و پرنده و دونده. از خواب پریدم، بوی عطر و عنبر مرا بیهوش کرد.

تاج: عجیب عجیب، باید به کتاب تعبیر خواب دانیال نبی و یا تعبیرنامه دحضرت یوسف رجوع کرد. در این وقت آقای سکان وارد شد و گفت: شما از بس که و سواس به خرج دادید نگذاشتید غذا از گلوی‌مان پایین برود. من سه قوطی از این گوشت‌هایی دارم که در جعبه حلبی است از قراری که شنیده‌ام مسلمانان آن‌ها را پر می‌کنند.

سنت: احتیاط احوط است. من که لب نمی‌زنم، اگر یک قطره شراب به دریا بیفتد بعد از آن دریا را به خاک پر کنند به‌طوری که تپه‌ای به‌جای آن دریا بشود بر سر آن تپه علف بروید و گله گوسفندی از آن تپه بگذرد و از آن علف چرا کند، من از گوشت آن گوسفند نمی‌خورم.

عندلیب: غصه‌اش را نخورید عوضش وارد شهر «البرالین» که شدیم یک دیگ بزرگ آش شُله قلمکار بار می‌گذاریم و همه شکم‌هایمان را از عزا در می‌آوریم. در این وقت دورنمای شهر نمایان شد، بناهای بلند، باغ‌های سبز، حرکت واگن‌های برقی و مردمی که در آمد و شد بودند

دیده می شد. در ایستگاه راه آهن مسافران به جنبش افتادند. هر کسی چمدان خودش را سرکشی می‌کرد. دسته‌ای پیاده و گروهی سوار می‌شدند. بالاخره جمعیت البعثة الاسلامی در ایستگاه «فردریشه استراسه» پیاده شد. پس از پرداخت مبلغ هنگفتی بابت جریمه برای شکستن سه شیشه از ترن، طبخ در اتاقچه آن، سوزانیدن نیمکت و غیره، چهار صندوق نعلین و لوله‌نگ را هم با گمرگ گزاف تحویل گرفتیم، پس از آن صورت مهمان‌خانه‌های برلین را برای آقای تاج قرائت کردند و ایشان از میان آن‌ها «هتل هرمس» را انتخاب کردند. چون اسم هرمس الهرامسه را در کتاب «زبدهٔ العتیقه» خوانده بودند. از این قرار نزدیک‌تر به عبرانیون و عرب‌ها بود، من هم برای این که در جریان گزارش آقایان باشم در همان مهمان‌خانه اطاق گرفتم. آقای سکان الشریعه ورقه اعتبار را به‌امضای آقای تاج و عندلیب رسانید تا از بانک برای مدت اقامت در برلین مقداری از وجه آن را بگیرند. آقای تاج به محض ورود به مهمان‌خانه به مترجم فرمودند بپرسند آیا زمین این مهمان‌خانه غصبی است یا نه؟

و بعد از آن که اطمینان حاصل کردند، فرمان دادند تا حمام را برایشان حاضر کنند و در ضمن این مطلب را به جمعیت گفتند: چون ما مظهر اسلام هستیم باید طوری رفتار کنیم که سرمشق کفار بشویم. به این معنی که به هیچ وجه دست به آب مهمان‌خانه نزنیم بلکه فقط از آب

رودخانه که نزدیک مهمان‌خانه بود اگر چه فضولات و مزبله شهر در آن ریخته می‌شود ولی چون روان است و شرعاً پاک خواهد بود برای استغسال و خوراک و وضو و شستشو به کار می‌بریم.

آقای تاج با آقای سنت که در فن دلاکی بی نظیر بود به حمام رفتند. هرکدام از آقایان اطاقی گرفته به سلیقه خود شان در ست کردند. یعنی فرش و تختخواب را جمع کرده گوشه اتاق گذاشتند و به‌جای آن یک تکه گلیم یا زیلو انداختند. یک جانماز و یک لولهنگ هم رویش گذاشتند. نیم ساعت طول نکشید که در مهمان‌خانه غوغای غریبی به پا شد. رئیس مهمان‌خانه ما را خبر کرد که از وقتی که آقای تاج حمام رفته رطوبت حمام از طبقه سوم به دوم و از دوم به اول سرایت کرده به‌طوری که همه مشتری‌هایش شکایت کرده‌اند. ما دسته جمعی رفتیم در حمام را باز کردیم. آقای تاج با ریش و سر و ناخن حنا بسته روی زمین حمام نشسته بود و آقای سنت او را مشت و مال می‌داد. در صورتی که از سر شکسته شیر آب لگن پر شده بود و آب بیرون می‌ریخت آقای تاج اول متغیر شدند که چشم یکی از کفار به تن پشمالود ایشان افتاد و بعد خطاب کردند: «نقص دمام‌های کفار را ملاحظه بکنید که تا چه‌اندازه است سر بینه ندارد و به تحقیق آب آن کر نیست. من همه جانم نجس اندر نجس شده است. بعد از آن که آقای تاج با حال زار از حمام بیرون آمدند صاحب مهمان‌خانه صورت هشتصد مارک جهت ذسارت وارده

به حمام را آورد. آقای تاج از این قضیه برآشفته و خیلی اوقات شان تلخ شد. به خصوص آقای سکان الشریعه از وقتی که رفته بود پول را نیاورده بود و از قراری که شهرت داشت یک نفر او را با لباس فرنگی در سلمانی دیده بود که ریشش را می‌ترا شید. بعد هم با همان پیرزن لهستانی که در راه آهن بود در چند قهوه خانه معروف شهر دیده شده بود. آقای عندلیب از این خبر متوحش شـدند، صـاحب مهمان‌خانه با تلفن از بانک پرسـید. معلوم شـد همه وجه ورقه اعتبار را ایشـان گرفته‌اند. آقای تاج فرمودند: اگر از میان ما کسی خیانت بکند نه تنها از طرف پلیس دستگیر و تعقیب می شود و نه تنها در آن دنیا رو سیاه، جهنمی و هم نشین عمر بن خطاب اسـت بلکه تمام ملل اسـلامی از جبال هندوکش گرفته تا بلاد جابلقا و جابلسا و زنگبار و حبشه که بیش از چهار صد هزار ملیان گوینده لا اله الا الله هستند او را گرفته و به دار می‌آویزند.

آقایان بعثهٔ الاسـلامی از ناچاری مجبور شـدند ناهار را از همان انبان گندیده با نان خشک و پیاز که با خود شان از بلاد اسلامی آورده بودند، بخورند. آستین‌ها را بالا زدند و بسم الله گفتند.

من از رستوران که برگشتم یک روزنامه خریدم. بالای آن با خط درشت نوشته بود:

«ورود مهمانان گرامی — یک دسته از آرتیست‌های پول‌دار مشرق امروز وارد برلن خواهد شد».

داخل مهمان‌خانه که شدم هر کدام از آقایان مبلغین از دیگری می‌پرسیدند که در ولایت غربت چه به روز شان خواهد آمد. در شهر هم نه مسلمان هست و نه کسی را می‌شناسند که بتوانند به آن‌ها کمک بکند تا از بلاد اسلامی وجوهات برسد.

آقای تاج فرمودند: من گمان نمی‌کردم که سکان الشریعه مولف کتاب «زبدهٔ النجاسات» که با وجود صغر سن از علوم معلوم و مجهول بهره‌ای کافی دارد و مدت ده سال از عمر شریف‌اش را در بلاد کفار به مباحثه و مجادله گذرانیده، چنین حرکت نا شایستی از ایشان نا شی بِشود. ممکن است کفار بلایی به سر او آورده باشند در این صورت حکم جهاد صادر می‌کنیم — و یا این که ضعیفه کافره را برده تبلیغ مذهبی بکند.

عندلیب الاسلام: من سرم درد می‌کند، عقیده‌ام این است که سماور حلبی را برداریم برویم در شهر جای با صَفایی پیدا بکنیم و یک پیاله چایی دم کنیم و بخوریم و در ضمن شهر را هم سیاحت کرده باشیم. ما با این فکر موافقت کردیم ولی آقای تاج صلاح دانستند که در مهمان‌خانه کشیک اشیاءِشان را بکشند تا کفار به آن دست نزنند. همین که سه نفری از مهمان‌خانه بیرون رفتیم گروه انبوهی به تماشای ما آمدند و

در «فردریشه استراسه» و «اونتردن لیندن» بر عده آن‌ها افزوده شد، به‌طوری که ما فرصت چای دم کردن را نکردیم. دخترها با سینه و بازوی لخت جلوی ما می‌آمدند لبخند می‌زدند.

آقای عندلیب عبا را روی عمامه‌شان کشیدند و چشم‌های‌شان را می‌بستند و استغفار می‌فرستادند در این بین که دو نفر که به کلاه‌شان نشان داشت با یک مترجم پیش آقای عندلیب آمدند.

مترجم گفت: ما خیلی مفتخریم که دسته‌ای از بازیگران معروف شرقی را زیارت می‌کنیم و مقدم آن‌ها را تبریک می‌گوییم و چنان چه مسبوق هستید کمپانی فیلمبرداری «اوفا» که از بزرگترین کارخانه‌های دنیا است در نظر گرفته فیلم امیر ارسلان و دسین کرد و سیرت عنتر را بردارد. از این جهت این نعمت غیر مترقبه را غنیمت شمرده رئیس کمپانی از آقایان خواهش می‌کند که دعوتش را اجابت بکنند و در فیلم‌های فوق شرکت نمایند. فردا ساعت ده و بیست و سه دقیقه و نیم رئیس کمپانی برای ملاقات آقایان حاضر است و به هر طوری که مایل باشید قرارداد امضاء خواهد کرد.

آقای سنت: آقای مترجم مخصوصاً به رئیس خودتان بگویید که من در بازی ید طولایی دارم و در تعزیه‌ها نعش می‌شدم. روی لنگه در

می‌خوابیدم مرا می‌گردانیدن، هفت قرآن در میان همه گمان می‌کردند که من مرده‌ام.

آقای عندلیب: چه می‌گویید؟ آیا از کفار می‌خواهند به دین حنیف اسلام مشرف بشوند.

مترجم: خیر قربان، کمپانی «اوفا» از شما دعوت کرده.

عندلیب: گمان می‌کنم مجلس ختم است یا کسی مرده.

مترجم: چون فرمایشات سرکار را درست نمی‌فهمم بهتر است که فردا در مهمان‌خانه شرفیاب بشوم.

آن‌ها رفتند. چند قدم دورتر نماینده سیرک معروف برلین «سیرکوس بوش» ما را جلو برد ولی چون مترجم نداشت چند نفر از عکاس‌های معروف به حالت‌های مختلف از ما عکس بردا شتند از طرف دیگر دسته زیادی از زن و مرد دور ما را گرفتند و کارت پستال خودشان را می‌دادند تا زیرش را به رسم یادگار امضاء بکنیم. ولی به واسطه نداشتن زبان بیشتر اسباب حیرت طرفین می‌شد. در این میان سنت موقع را برای لاس زدن با دخترها غنیمت دانست و از سه تا صیغه موعود دو تایش را انتخاب کرد. وقتی که خسته و مانده به مهمان‌خانه برگشتیم جمعیت زیادی از پلیس و مخبر روزنامه و مردم متفرقه در

مهمان‌خانه بودند. اول از حال آقای سکان الشریعه پرسیدیم. صاحب مهمان‌خانه گفت: از قرار اطلاع پلیس با هواپیما مسافرت کرده.

ولی پیشامد بدتری رویداد ـ وارد اتاق آقای تاج که شدیم دیدیم ایشان به حال اغماء پای وافور ذشکش زده، در صورتی که سه نفر پلیس همه گره بر ستهها، لباس و زیر شلواری او را جستجو می‌کردند، این دفعه به جریمه تنها هم اکتفا نکردند و حضور همه جمعیت بعثهٔ الاسلامیه در عدلیه لازم بود. هر چه میانجیگری شد که ناخوش بوده، نمی‌دانسته، عادت داشته، به خرج آن‌ها نمی‌رفت.

آقای تاج می‌فرمودند: نگویید ندانسته، بگویید آمده مردم را به دین حنیف اسلام دعوت بکند. مرد که کافر نجس چه حق دارد با من بلند حرف بزند. به او حالی بکنید که رئیس بعثهٔ الاسلامیه هستم و پشت سر ما از جبال هندوکش پانصد هزار ملیان مسلمان است. یک اشاره بکنم همه مسلمانان شما را با سیخ و وافور تکه تکه می‌کنند و اگر هم رشوه می‌خواهد بگویید در شرع مبین به غیر از برای علماء، برای سایرین رشوه حرام است. وانگهی آقای سکان الشریعه از وقتی که رفته هنوز پول‌ها را نیاورده.

آقای عندلیب و آقای سنت که اوضاع را خراب دیدند به طرف در برگشتند ولی در این بین دو نفر با کلاه و ذشان مخصوص جلو آن‌ها را

گرفتند و مترجم این‌طور گفت: آقایان محترم، من مفتخرم که از طرف رئیس « سئو گارتن » باغ وحش برلین به شما سلام بر سانم. می‌دانید که کوس شهرت شما در همه اقطار عالم پیچیده.

سنت: از جبال هندوکش گرفته تا اقصـی بلاد جابلسـا و جابلقا و جزیره وقواق.

مترجم: بلی، بلی، صحیح ا ست. به همین منا سبت آقای رئیس باغ وحش به مناسبت ورود شما یک نمایشگاه شرقی در این باغ افتتاح کرده، منتظر قدوم مهمانان عزیز است و از آقایان عاجزانه تقاضا می‌کند که چند روز — اگر همیشـه هم نخواسـته باشـند — به قدوم خود ایشـان را سـرافراز کرده در باغ مهمان ایشـان بشـوند. می‌دانید که اسـباب آسـایش از هر حیث فراهم است و هر شرطی که بکنند به روی چشم قبول می‌کنند.

آقای عندلیب: باغ دارد؟

مترجم: بلی باغ معروف لابد شنیده اید باغ....

عندلیب: «باغ سبز پر از وحوش و طیور»، از چرنده و پرنده و خزنده و دونده در آنجاست؟ بگویید ببینم سبز قبا هم دارد؟

عندلیب: من خوابش را در ترن دیده بودم. می‌آیم.

آقای عندلیب و سنت دعوت رفتن باغ وحش را اجابت کردند. در اتومبیل نشسته و رفتند تا نیم ساعت بعد هم آقای تاج را به نظمیه بردند در این صورت تا اینجا ماموریت من انجام یافت. جمعیت بعثة الاسلامی متفرق شدند. فردا با تلگراف از مدیر محترم مجله « المنجلاب » کسب اجازه خواهم کرد که آیا باز هم باید گزارش آقایان را بنگارم و یا به ماموریت دیگری بروم.

شب از نزدیک باغ وحش که می‌گذشتم دیدم با خط سرخ که بالای آن روشن می‌شد نوشته شده بود: نمایشگاه شرقی.

اللبراللین فی ۲۲ ذی القعده ۱۳۴۶ هجری

الجرجیس یافث بن اسحق الیسوعی.

نوشگاه میسر

دو سال و نیم از قضیه بعثهٔ الاسلامیه می‌گذشت. بعد از آن که جمعیت در برلین از هم پراکنده شد من به سمت مخبر مخصوص مجله المنجلاب به پاریس منتقل شدم. در این مدت هیچ اطلاعی راجع به آن‌ها به دست نیاوردم و اسم شان را هم نشنیدم ولی برایم واقعه‌ای رخ داد که لازم دانستم شرح آن را ضمیمه یادداشت‌های مسافرتم بکنم که به منزله متمم حکایت بعثهٔ الاسلامیه محسوب می‌شود و آن از این قرار است: دیشب ساعت یازده بود از سینما برگشتم. در یکی از کوچه‌های محله «سن مارتر» وارد میکده کوچکی شدم که یک نفر ساز دستی می‌زد و دیگری به آنژو و با آهنگ رقص ژاوا یک زن غرق بزک با یک داش می‌رقصید. نزدیک من سه نفر از داش‌های درجه اول کنار میز دیگر ورق بازی می‌کردند. یکی از آن‌ها فوق‌العاده مست بود. پی در پی مشت روی میز می‌زد و می‌گفت: «یک پیاله دیگر» پیشخدمت گیلاس‌های خالی را می‌برد و گیلاس‌های پر، از سر نو می‌آورد.

نعلبکی‌های مشروب که روی هم چیده شده بود مانند برج بابل در کنار میز بالا رفته بود. یکی از آن‌ها گفت: «ده دقیقه دیگر بیزنس شروع می‌شود. من می‌روم». رفیقش پرسید: راستی «ژیمی» کار و بارت حالا چطور است؟. ژیمی: «پریشب سیصد و شصت فرانک زیر لامپی بلند کردم. اما چه کاری. یک شب نشد که دو بعد از نصف شب بخوابم. دیشب همه‌اش در خواب می‌گفتم: یک بانک دویست لوئی. آقایان، خانم‌ها، بازی کنید. زنم مرا بیدار کرد، به خیالش هذیان می‌گویم.»

یکی دیگر گفت: باز هم کار تو. بعد از یک هفته دوندگی پریشب بود که «سوزی» مرا غال گذاشت. یک تیکه دیگر پیدا کردم. یک خرپول مصری را گیر آوردم و بعد از دو ساعت چانه زدن بیست و پنج فرانک حق‌السعی گرفتم ولی می‌دانی، این پول مشروبم بود چون من اگر شبی یک ورموت نزنم از تشنگی می‌میرم.

ژیمی: من هم اگر نرقصم خوابم نمی‌برد. خوب «ژوب» تو چیزی نمی‌گویی معلوم می‌شود کارت سکه‌تر از ماست. به هر حال امشب طلبت. فردا شب حساب‌های‌مان را پاک می‌کنیم.

دو نفرشان بلند شدند و گفتند: پروفسور سنت الاقطاب خداحافظ و رفتند.

این اسم را که از دهن این لات‌ها شنیدم از جا جستم. درست دقت کردم دیدم این همان دلاک بعثهٔ الا سلامی و پروفـسور عملی فقهیات ا ست که اینجا نشـسـتـه و به زبان داش‌ها حرف می‌زند و روبرویش یک دسـتـه نعلبکی جمع شده. چـشم‌هایم را مالیدم. او هم متوجه من شد خودش را انداخت در بغلم ماچ و بوسه کرد و گفت: «شما هم اینجا».

من متعجب روی میز او را نگاه کردم که قالیچه سـبز رنگی پهن بود. یک دسـتـه ورق روی آن و یک گیلاس کنارش. سـنت به پشـتم زد و گفت: عیبی ندارد. اگر ما را توی ترن آنجور دیدی برای مـصلحت روزگار بود اما ورق برگشت و روزگار کار ما را به اینجا کشانید.

من عقل از سرم دا شت می‌پرید. برای این که مطمئن بـشوم، پر سیدم آخر برای سکینه دخترتان موی خرمائی فرستادید؟

سـنت: امسـال برای سـکینه و والدهاش پیرهن کش پلاژ فرسـتادم تا دم شط العرب آبتنی بکنند.

خوب باد نزله چطور است که توی ترن از دستش می‌نالیدید!

بگویید آلبومین یا مرض قند. ما دیگر فرنگی مآب شـــده‌ایم این همان مرض قند موروثی است.

چطور؟

موروثی دیگر. چون پدر بزرگوارم دکان قنادی داشــت، خروس قندی
می‌فروخت.

رفقایت کجا هستند؟

راستی این‌ها که با من بودند شناختی؟ یکی از آن‌ها عندلیب الاسلام بود.
اینجا اسم خودش را ژان گذاشته. و آن یکی که لباس سیاه پوشیده بود
آقای تاج المتکلمین بودند این‌ها به او ژیمی می‌گویند. من هم به اســم
ژوب معروف هستم.

پس آقای سکان الشریعه کجاست؟

آقای ســکان الشـریعه مؤلف کتاب زبدهٔ النجاســات را می‌گویید؟ که از
علوم معلوم و مجهول ســرآمد روزگار اســت تا یک ماه پیش اگر پشــت
گوش‌مان را دیدیم او را هم دیدیم. پول‌های بعثهٔ الاسلامی را زد به جیب
و دک شــد. رفت آنجا که عرب نی انداخت. آن هم یک فندش بود. حالا
دربان فولی برژه شده است. یادت هست وقتی که آقای تاج گفت همه
تیاترها را خراب می‌کنیم و جایش روضه می‌خوانیم. آقای سکان الشریعه
چه دســت پاچه می‌گفت فولی برژه را به دســت من بســپارید من
نمی‌دانستم فولی برژه چیست. اما حالا دربانش شده، قسمت را می‌بینید.
دیگر چه می‌شود کرد.

خوب. آخر کسی را مسلمان کردید؟

سنت خندید: چرا. یک نفر را. و از آن سرونه به بعد من پشت دستم را
داغ کردم دیگر کسی را مسلمان نکنم.

چطور؟

روزی که راه افتادیم هیچ کدام از ما به قدر من به فکر کار خودش نبود.
چون مرا آورده بودند که کفار را ختنه بکنم. من گنجشک را به سه زبان
یاد گرفتم: به روسی ورابی، به آلمانی اشپرلینگ، به فرانسه موانو -چرا؟
چون در موقع ختنه باید گفت گنجشک پرید که تا بچه متوجه گنجشک
می‌شـــود پوســـت را ببرند. ببینید من تا کجایش را خوانده بودم. خوب
لغت پرید را دیگر لازم ندانســتم یاد بگیرم. با دســت اشاره می‌کردم یا
می‌گفتم پر. اما از شـــما چه پنهان که این ســـه لغت هیچ کدام به دردم
نخورد.

چطور؟

یک روز آقای تاج به طمع آن که دوباره موقوفات را زنده بکند پایش را
توی یک کفش کرد که هر طور شـــده باید یک نفر از کفار را مسـلمان
بکنیم و دسته جمعی از او عکس برداریم و به بلاد اسلام بفرستیم. پارسال
بود زیر پل رودخانه سن یک نفر گدا را گیر آوردم به او دو هزار فرانک

وعده دادیم تا بگذارد ختنه‌اش کنیم می‌ترسید بالاخره راضی شد. هر چه معلوماتم را به رخش کشیدم و به سه زبان گنجشک را برایش گفتم حالیش نمی‌شد چون اصلا ایتالیایی بود. بعد هم رفت شکایت کرد که مرا از توالد و تناسل انداخته‌اند. محکوم هم شدیم و هرچه پول برای‌مان باقی مانده بود روی ختنه سوران او گذاشتیم.

رفقایت چه می‌کنند؟

ژان نه عندلیب الاسلام یادتان هست در برلین چشمش که به زن‌ها می‌افتاد به هم می‌گذاشت و ما زیر بازویش را می‌گرفتیم مثل کورها راه می‌رفت اینجا دلالی می‌کند. دلال محبت است. گاهی دست چربش را به سَرِ کچل ما می‌کشد. کار و بارش بَد نیست. پریروز خندید و گفت: ما هم ق سمت‌مان دلالی بود. در سامره که بودیم صیغه بیست و چهار ساعته می‌کردیم. اینجا صیغه نیم ساعته.آن بیست و سه ساعت و نیمش هم برای این است که در اینجا بیشتر به وقت اهمیت می‌دهند تا در بلاد اسلامی.

شوخی می‌کنی؟

خدا پدرت را بیامرزد مگر یادت رفته، من می‌گفتم اگر یک قطره شراب در دریا بیفتد بعد از آن دریا را به خاک پر کنند به‌طوری که تپه‌ای به‌جای آن بشود و بر سر آن تپه علفی سبز شود و گله گوسفندی از آن

علف بچرد من از گوشــت هیچ یک از آن گوسـفندان نمی‌خورم اما حالا (اشاره به گیلاس مشروب).

این آقای عندلیب الاسلام بود که می‌گفت اگر نرقصم خوابم نمی‌برد؟

نه. این آقای تاج بود. یادتان هســت چه عربی بلغور می‌کرد؟ همه‌اش می‌گفت الخمر و المیســر. پارســال پول خوبی از جمعیت مســلمین بالا کشید. حالا خودش را ا ر ا ضی کرده ا ست که بازی دیگران را تما شا کند. در «فانتازیو» مســتخدم میز قمار است. تابســتان‌ها در «دویل» نمره را می‌خواند و پول‌ها را جلو می‌کشــد. یک زن فرنگی هم گرفته و سـر غذایش اگر گوشت خوک نباشد قهر می‌کند.

شما چطور به پاریس آمدید؟ پول از کجا آوردید؟

به، آ قای مخبر مجله المنجلاب پس شــما از کجایش خبر دارید؟ مگر نمی‌دانی ما دعوت رئیس باغ وحش تســو گارتن را پذیرفتیم. چون دستمان از همه جا کوتاه شــده بود. دو سه ماهی نان‌مان توی روغن بود. یک دســت عمارت به ما دادند. نه. یک قصــر کوچک بود. با روزی بیست و پنج مارک به هر کدام‌مان به اضافه خوراک و پوشاک. در باغ از همه جور جانورهای روی زمین که خیالش را بکنید از چرنده و پرنده و خزنده بود. شــب‌ها آقای تاج دعا می‌خواند و بعد به در و دیوار فوت

می‌کرد که مبادا این جانوران بیایند و ما را بخورند. روز اول که ببر را دید غش کرد.

آقای تاج مگر به جرم تریاک حبس نبود؟

رئیس باغ وحش حبس او را خرید و التزام داد که دیگر تریاک نکشد. او را هم آوردند پیش ما. خیلی خوش گذشت جای شما خالی دخترها می‌آمدند به تماشای ما مثل ماه. من دو تا از آن‌ها را بلند کردم. کارمان هم این بود که زن و مرد می شدیم. نماز می‌خواندیم. صیغه می‌کردیم. طلاق می‌دادیم. روضه می‌خواندیم. مردم هم می‌خندیدند، برای‌مان دست می‌زدند. در روزنامه‌ها عکس ما را چاپ می‌کردند. از شما چه پنهان عکس‌های ما که چاپ شد در بلاد اسلامی گمان کردند ما جدا مشغول تبلیغ هستیم و کارمان بالا گرفت. برای این که ما را تشویق بکنند از چهار گوشه دنیا، مسلمین مثل ریگ برای‌مان اعانه و پول می‌فرستادند. بعد فکر خوبی برای‌مان آمد. به رئیس باغ وحش گفتیم چهار صندوق لولهنگ و نعلین را که به‌جای وثیقه در مهمان‌خانه گذاشته بودیم بگیرد. آن‌ها را دانه‌ای دوازده مارک به مردم فروختیم. در هر صورت چه درد سرتان بدهم پول‌ها که جمع شد، هر چه باشد آخوند بودیم، طمعمان غالب شد. گفتیم برویم پاریس نمایش بدهیم، پول درمی آوریم و توی دل‌مان به این فرنگی‌های احمق می‌خندیم. کاری که شغل و کاسبی

روزانه ما بود آن‌ها را به خنده می‌انداخت. من به تاج گفتم خبر بدهیم هر چه سید گشنه، آخوند شپشو و عرب موش خوار هست بیاورند اینجا تا به نوایی برسـند، او صلاح ندید گفت: آن وقت دکان خودمان کسـاد می‌شـود. بـاری آمـدیم پاریس، یـک خـرده این در و آن در زدیم اعلان‌هایمان را به این و آن نشـان دادیم اما دیگر بختمان برگشـت. هرچـه در آنجـا درآورده بودیم اینجـا خرج کردیم. وقتی نمی‌آورد، نمی‌آورد. بعد هم آمدیم یک نفر را مسلمان بکنیم که کلی جریمه شدیم حالا هم این حال و روز است.

شما که خودتان اعتقاد نداشتید پس چرا اینقدر سنگ به سینه می‌زدید؟

ای پدر، تو هم خیلی رندی. تو را به این سـادگی هم نمی‌دانسـتم. ما همه‌مان جنگ زرگری می‌کردیم و چهار نفری دسـت به یکی شـدیم تا موقوفات را بالا بکشیم و کشیدیم.

آخر مذهب، آخر اسلام.

مذهب چی، کشک چی؟ مگر اسلام به جز چاپیدن و آدم‌کشی است؟ همه قوانین آن برای یک وجب جلوی آدم و یک وجب عقب آدم درسـت شده. یادت رفت «قوت لایموت» مرام ا سلام را چه گفت که یا م سلمان بشوید و از روی کتاب «زبدهٔ النجاسات» عمل کنید و یا می‌کشیمتان و یا خراج بدهید، این تمام منطق ا سلام ا ست. یعنی شم شیر برنده و کا سه

گدایی. اخلاق و فلسفه، بهشت و دوزخ آن را هم یادت هست که تاج چه گفت که در آن دنیا به مسلمانان فرشته‌ای می‌دهند که پایش در مشرق و سرش در مغرب است، و هفتاد هزار شتر می‌دهند با قصری که هفتاد هزار اتاق دارد. چون فکر کسی که این‌ها را گفته بیش از این نمی‌رسید. من حاضرم اعمال شاقه بکنم و به من این فرشته را ندهند که نمی‌توانم سر و تهش را جمع‌آوری بکنم. آن قصر را هم روزی یک اتاقش را جاروب بزنم در آن دنیا جاروب‌کش می‌شوم. و اگر بنا بشود به هفتاد هزار شتر رسیدگی بکنم در دنیای دیگر شتر چران می‌شوم. این بهشت به درد یک مشت آخوند شپشو و عرب موش‌خوار می‌خورد. در صورتی که همه خانم‌های خوشگل و دخترهای اروپایی در دوزخ هستند و اگر ماهیت اشخاص عوض می‌شود پس آن اشخاص مردمان این دنیا نیستند و اگر همانند که بودند من از دیدن شان بیزارم.

مگر این همه فلسفه و علمای اروپایی در مدح اسلام کتاب ننوشته‌اند آن‌ها را چه می‌گویی؟

آن هم برای سیاست است. این کتاب‌های دستوری است که اروپایی‌ها برای خر نگه‌داشتن آن‌ها نوشته‌اند تا از خریت آن‌ها استفاده نمایند. کدام زهر، کدام افیون، بهتر از فلسفه قضا و قدر و قسمت جهودها و مسلمانان، مردم را بی‌حس و بی‌ذوق و بداخلاق می‌کند؟ و یا این که از

لحاظ سیاسی مللی که دارای مستعمرات مسلمان هستند برای به‌دست آوردن دل آن‌ها و یا تفرقه انداختن بین هندو و مسلمان، به نویسنده‌های طماع پول دوست وجه نقد می‌دهند تا این مزخرفات را بنویسند.

آیا منکر تمدن اسلامی می‌شوی؟

کدام تمدن؟ تمدن عرب را می‌خواهی. کتاب شیخ تم ساح «آثار الا سلام فی سواحل‌الانهار» را بخوان که همه‌اش از شیر شتر، پشگل شتر، عبا و سوسمار نوشته است. باقی دیگر را ملل مقهور اسلام از پستی خودشان به اسم عرب‌ها درست کرده‌اند.

پس این همه جانماز آب کشیدن. این همه عوام فریبی.

مگر نباید نان بخوریم؟ این کا سبی ما ست. دکان ما ست که مردم را خر بکنیم. مرحوم ابوی خدا بیامرزدش از آن آخوندهای بی‌دین بود همیشه به ترکی می‌گفت: «ای موسلمان قارداش سنین ایاقین‌ها را چایدی که پخ چخاتمادی؟» یک روز شیشه گلابی را به دو روپیه به یک ضعیفه زوار فروخت و گفت که سر آن را محکم نگه دارد تا همزادش در نرود. من گفتم ای بابا تو دیگر چرا؟ جواب داد این مردم جن دارند من جن آن‌ها را نگیرم یکی دیگر می‌گیرد. پس تا مردم خر ند ما هم سوارشان می‌شویم، همین‌قدر باید خدا را شکر بکنیم که همه‌مان زرنگ بودیم و

تونسـتیم گلیم خودمان را از آب در بیاوریم وگرنه اگر تبلیغ اسـلام را کرده بودیم حالا هر کدام‌مان توی یک مریضخانه خوابیده بودیم و پشت گردن‌مان هم یک مشمع خردل چسبیده بود.

راستی حالا شما چه کاره هستید؟

من دیدم پول‌ها دارد به ته می‌کشد آمدم با ضعیفه صاحب این میکده شریک شدم اسم اینجا را هم عوض کردم. شیشه در را نشان داد که رویش نوشته بود «میسر ز بار» «نوشگاه میسر».

میسر یعنی چه؟

این را به یادگار همان آیه‌های تاج در سَت کردم که همیشه می‌گفت — الخمرو المیسر — خودش که قمار باز شد، من هم می‌فروش شدم.

میسر یعنی شراب؟

خود تاج هم معنی‌اش را نمی‌داند سَت آمد از من پرسید در هر صورت هر کلمه قرآن سیصد هزار معنی دارد بگذارید این هم یکیش باشد.

بعد رویش را کرد به موزیک زن‌ها و گفت: یک «تانگو» خوب برای رفیق‌مان بزنید و فرمان داد یک گیلاس شـراب برایم آوردند که به سلامتی کاروان اسلام نوشیدیم.

به تحقیق جهاد اسلام این‌طور تمام شد.

الباریس فی ۱۲ اکتبر ۱۹۳۰

الجرجیس یافث بن اسحق الیسوعی

مازیار

مازندران

به بربط چو بایست برخاست رود
برآورد مـــــــازندرانی سرود

که مازندران شهـــــر ما یاد باد
همیشه بر و بومش آبـــــاد باد

که در بوستانش همیشه گلست
به کوه‌اندرون لاله و سنبلست

هوا خوشگوار و زمین پرنگـــــار
نه گرم و نه سرد و همیشه بهار

نوازنده بلـــــبل به باغ اندرون
گرازنده آهـــــــو به راغ اندرون

همیشه نیاساید ازجست وجوی
همه ساله هرجای رنگست وبوی

گلابست گـــــویی بجویش روان
همی شـــاد گردد ز بویش روان

دی و بهمن و آذر و فـــرودین
همیشه پر از لالـــه بینی زمین

همه سالـــه خندان لب جویبار
به هرجای باز شکـــاری به کار

سراسر همه کشـــــور آراسته
ز دینار و دیبـــا و از خواسته

بتان پرستنده با تـــــاج زر
همان نامـــــداران زرین کمر

کسی کـاندران بوم آباد نیست
به کام ازدل وجان خودشاد نیست

(فردوسی)

دیباچه

قسمت کوهستانی سرزمین طبرستان[17] در سایه‌ی وضع طبیعی و جغرافیائی خویش و به نیروی پایداری و دلیری مردانش توانست تا دو قرن بعد از حمله‌ی عرب به ایران در جلو سیل مرگ بار لشکر اسلام مقاومت نماید و از تسلیم قطعی به دست تازیان مصون ماند. رشته‌ی کوه‌های کلان صعب العبور البرز که میان فلات مرکزی ایران و دشت ساحلی بحر خزر حایل شده است از یک طرف، و محدود بودن به دریا از طرف دیگر، این ناحیه را به صورت قلعه‌ی جنگی محکمی در آورده است و از همین جهت کسانی که درابتدای هجوم عرب نمی‌خواستند گردن به تبعیت آنان دهند درآن‌جا در امن و امان بودند و به اعتماد موقع محکم طبیعی خود از تهدید خلفا به هیچ وجه پروا نمی‌کردند. این ولایت آخرین قسمتی از کشور پهناور ساسانیان بود که به پستی تن

---

[17] طبرستان صورت عربی شده شده ی تپورستان است که اسم این ناحیه بوده ، و معنی کلمه «سرزمین قوم تپور» است . قوم تپور در سرزمین کوهستانی این ناحیه و قوم أمرد (Amard) در اراضی جلگه‌ای آن سکنی داشتند تا در حدود سنه‌ی ۱۷۶ قبل از میلاد ، فرهاد اول پادشاه اشکانی قوم أمرد را به ناحیه‌ی خوار کوچانید، و تپورها تمام ناحیه را فرو گرفتند و ولایت به اسم ایشان نامیده شد تا عهد سلاجقه نامی جز طبرستان برای این ولایت درهیچ کتابی مذکور نیست . لفظ «مازندران» که در شاهنامه آمده است و به معنی «سرزمین دیوان مازنی» است از اوستا گرفته شده است، و برزمینی در جهت مغرب (شاید مصر) اطلاق می‌شده است، و استعمال آن به معنی طبرستان باید بعد از شیوع یافتن شاهنامه معمول شده باشد. در اشعار معزی مازندران به معنی طبرستان به کار رفته است.

دَرداد و در مقابل لشــکر عرب ســرفرود آورد. بیش از یک قرن بعد از آن که عرب سایر بلاد ایران را فتح کرده بودند حکام محلی که اسپهبدان تبرستان نامیده می‌شوند درناحیه کوهستانی خویش مستقل بودند و تا نیمه قرن دوم هجری سکه‌های ایشان هنوز با خط و علامات پهلوی زده می‌شد و مردمانش همه به دین نیاکان خویش یعنی کیش زرتشتی باقی بودند.

درمیان پهلوانان و فرمانروایان ایرانی این سرزمین خاندان کارن (قارن) از همه بیشـــتر در برابر عرب مقاومت کردند. تربیت ایرانی و دلیری طبیعی آنان به ایشان اجازه نمی‌داد که مقهور مشتی مارخواران اهریمن نژاد، شـــوند و پس از آن هم که با عرب رابطه پیدا کردند از آموختن زبان و عادات ایشان ابا داشتند. اتحاد مردم این سرزمین در دفع نفوذ عرب، از کشتار عام تازیان در زمان وندادهرمزد خوب معلوم می‌شود[18]. در دوره‌ای که همه‌ی ایرانیان برای تملق زبان عربی را می‌آموختند ونداد هرمزد با هارون به و سیله‌ی مترجم گفتگو کرد و در شتگوئی‌های او را با دســتور حفظ ادب و پاس احترام خویش جواب داد[19]. خلفا از شهریاران ایرانی مازندران همیشه حساب می‌بردند و در نامه‌هائی که به ایشان می‌نوشتند شرایط احترام را ملحوظ می‌داشتند.

---

[18] صفحه ۲۸۵دیده شود.

[19] صفحه ۳۹۲ دیده شود.

مازیار نوه‌ی ونداد هرمزد آخرین نمونه‌ی این قهرمانان ایرانی بود. وی به اقرار دوست و دشمن بزرگ‌ترین کسی است که به شاهی نواحی کوهستانی جنوب بحر خزر رسیده است. درمیان شاهان این ناحیه ازو مقتدرتر و باهوش‌تر و فعال‌تری به‌وجود نیامده است. این مرد نامی همین که به شاهی طبرستان رسید به اطمینان موقع محکم طبرستان اکتفا نکرده بیشتر دوره‌ی شاهی خویش را به ساختن قلاع جنگی و سنگربندی و کشیدن دیوار در برابر یأجوج و مأجوج تازی صرف کرد و پیوسته به لشکرآرایی و تجهیزات جنگی مشغول بود. با دشمنان دستگاه خلافت مانند افشین و بابک هم دست شده بود و به‌طور غیرمستقیم امپراطور روم شرقی را نیز باخود یارداشت.

منظور همه‌ی این متحدین زمین زدن قوت عرب بود و سرکشان ایرانی برای بازگرداندن استقلال ایران و زنده کردن کیش و عادات ایرانی نقشه می‌کشیدند.

مازیار در مقصود خود به حدی پیشرفت کرد که مایه‌ی بیم خلیفه شد و چندین بار با او مکاتبه کرد و فرستاده به نزد او گسیل داشت. بالاخره در زمان معتصم دشمنی آشکار کرد و خلیفه ناگزیر شد با او کارزار کند. مازیار که تمام پیش‌بینی‌ها را کرده بود خود را نباخت و جداً به دفاع پرداخت. ولی عرب‌ها که می‌دانستند از جنگ با او نتیجه‌ای نمی‌برند به

عادت خویش از راه تقلب و جاسوسی بر او دست یافتند. از زمان ونداد هرمزد تا زمان مازیار دو سه پشت عوض شده و در نتیجه‌ی آمیزش با عرب خون مردم طبرستان فاسد شده بود و کثافت‌های سامی جای خود را درمیان ایشان باز کرده بود.

تمازج بالعرب الاعاجم والتقی   علی الغدر أنواع تذم و أجناس

تقلب و خیانت و دزدی و رشوه‌خواری و پستی‌های دیگر از طرفی به ایرانیان سرایت کرده و از جانبی دیگر به مردمان نیمه ایرانی و نیمه عرب به ارث رسیده بود. حاصل این که میدان برای اعمال نفوذ کارکنان حکومت عربی و فسادکاری کسانی که درد اسلام داشتند باز شده بود و لشکریان عرب توانستند به وسیله برخی از سران سپاه مازیار بر او دست یابند و اسلام را بیش از پیش قوت دهند، چنان که خواجه نظام‌الملک که جنبه‌ی ایرانی او مقهور حس عرب پرستیش بود در ذیل دکایت بابک می‌گوید «معتصم را سه فتح برآمد که هر سه قوت اسلام بود: یکی فتح روم، دوم فتح بابک، سوم فتح مازیار گبر به طبرستان، که اگر ازاین سه فتح یکی برنیامدی اسلام زبون بودی.»

نتیجه‌ی شکست مازیار این شد که آزادی ایران از تسلط عرب به مدت مدیدی عقب افتاد.

تاریخ و سرگذشت مردان نامی ایران مانند ابومسلم خراسانی و برمکیان و بابک و افشین و مازیار و غیره که هریک جداگانه داستان دلچسب و فصل مهمی از تاریخ ایران است از رشادت و استقامت و زیرکی و کاردانی ایرانیان تا دو قرن پس از استیلای عرب حکایت می‌کند و نشان می‌دهد که هنوز ایرانیان برای استقلال خویش می‌کوشیدند و فر و شکوه و دوره‌ی ساسانی و برتری نژادی و فکری خود را به کلی فراموش نکرده بودند. نوشتن این داستان‌ها و روشن کردن این فصول از تاریخ زنده ایران از اهم واجباتست. اینک ما آن‌چه را که در باب احوال مازیار در کتب خوانده و یافته‌ایم به یکدیگر پیوند داده دراین کتاب به معرض مطالعه‌ی خوانندگان عمومی می‌گذاریم. این کتاب به دو قسمت است: یکی مقدمه‌ی تاریخی، دیگر یک درام تاریخی. مأخذ ما ازاین قرار است: تاریخ طبرستان ابن اسفندیار، ترجمه‌ی تاریخ ابن اسفندیار به انگلیسی، تاریخ طبری عربی، منتخبات تاریخی و جغرافیائی برنهارد دارن، مازندران و استراباد رابینو، تاریخ طبرستان سید ظهیرالدین، فتوح البلدان بلاذری، کتاب اسامی ایرانی تألیف یوستی، مروج الذهب مسعودی، معجم البلدان یاقوت، اراضی خلافت شرقی از لسترانج، سیاست‌نامه‌ی خواجه نظام الملک، نظم الجوهر ابن بطریق، انسیکلوپیدیای اسلام، انسیکلوپیدیا بریتانیکا، و چند کتاب دیگر.

طهران آذرماه ۱۳۱۲   مجتبی مینوی، صادق هدایت.

در موقع چاپ دوم این کتاب تجدیدنظری در مقدمه‌ی تاریخی آن به عمل آمد و بعضی اغلاط فاحش آن رفع شد و توضیحات مختصری در برخی موارد افزوده شد، ولی تغییر اساسی در آن داده نشد، زیرا که به این صورت که هست موافق میل آن دوست اذشا شده بود که امروزه درمیان ما نیست.

امیدوارم که وقتی دیگر این تاریخ زندگانی مازیار را به صورتی مکمل و مصحح از نو تحریر کنم و جداگانه منتشر سازم.

طهران، اول شهریور ماه ۱۳۳۳   مجتبی مینوی

تاریخ زندگانی مازیار

۱- رشته‌ی نسب و خاندان

از سلسله‌های مختلف حکام و شاهان طبرستان سلسله‌ای که مازیار از آن بود به مناسبت این که نسبشان به سوخرا می‌رسد به سوخرائیان و به سبب انتسابشان به خاندان کارن به قارن وند معروف‌اند، و هریک از اسپهبدان این سلسله به لقب گرشاه (= ملک الجبال) ممتاز بوده است.

رشته‌ی نسب مازیار ازاین قرار است:

مازیار پسر قارن است، قارن پسر ونداد هرمزد است، ونداد هرمزد پسر فرخان و فرخان از نواده‌های سوخرا پسر انداذ پسر کارن پسر سوخرای بزرگ[۲۰] بود.

فاصله‌ی میان فرخان و جدش سوخرا معلوم نیست چند پشت بوده است و مورخینی که این فاصله را به هیچ رسانده و فرخان را پسر مستقیم سوخرا گفته و نقصی را که از حذف چند پشت در تاریخ حاصل می‌شده

---

[۲۰] مورخینی که نسب او را مازیاربن قارن ابن ابوالملوک شهریار بن شروین ذکرکرده و او را به سلسله باوند پیوند داده اند اشتباده کرده اند.

به وسیله‌ی نسبت دادن مدت شاهی طولانی به بعضی از ایشان برطرف کرده‌اند راه خطا پیموده‌اند.

فرخان دو پسر داشت: وندادسپان، ونداد هرمزد.

وندادسپان دو پسر داشت:ونداد اومید، خلیل.

ونداد هرمزد ازخواهر یک نفر کوهیار نام[21] سه پسر یافت:

ونداد ایزد، ونداد اومید مسمغان، قارن.

ونداد اومید مسمغان را پسری بود شهریار نام.

قارن شش پسر یافت: مازیار، شهریار، کوهیار، عبدالله، فضل، حسن.

۲- سلسله‌ی قارن وند

اسپهبدان گیلان و طبرستان، از زمان ساسانیان

ابتدای شاهی این سلسله در طبرستان از زمان انوشروان خسرو اول پسر قباد بود که قارن پسر سوخرا را از سال ۵۶۵ میلادی و بعد رتبه‌ی

---

[21] این کوهیار را که دائی پدر مازیار می‌شود ابن الاثیر (البته به خطا) عموی مازیار می‌خواند .

اسپهبدی طبرستان داد و حکومت این ناحیه را به ارث به خانواده‌ی او مخصوص گردانید.

خود سوخرا پسر ویشاپور (طبری سلسله‌ی نسب او را می‌دهد) سرکرده‌ی خاندان کارن بود که یکی از هفت خاندان اشرافی پارس در عهد ساسانیان بود. مرکز اصلی خاندان کارن کوره‌ی ارد شیر خره در فارس بود. سوخرا مردی بود دانشمند و پهلوان و دلاور و در زمان فیروز پدر قباد ولایت سیستان را داشت: هنگامی که فیروز به قصد جنگ با اخشنوار پادشاه هپتالیان (هیاطله) حرکت کرد سوخرا را به جانشینی خود بر شهر تیسپون و به ارد شیر (که دو شهر از هفت شهر مداین و محله‌ی خاص شاهی بودند) گماشت. همین که وی شنید که اخشنوار فیروز را شکست داده و دیوان شاهی را ضبط نموده است و فیروز در حین فرار هلاک گردیده (٤٨٣ م)، خود با جمعی از اسواران خاص خویش و سپاهی از سواره و پیاده آهنگ اخشنوار کرد و در اولین مقابله ای که میان ایشان روی داد چنان ضرب شستی به آنان نشان داد و زهرچشمی گرفت که اخشنوار دانست تاب مقاومت با او ندارد، حاضر شد دیوان شاهی و اموالی که تصرف کرده بود و اسرائی که گرفته بود همه را باز پس دهد و سوخرا بدون آن که جنگی کند به همین قدر قناعت کرده به پارس بازگشت. پس از آن که وسپوهران و بزرگان و موبدان بلاش پسر فیروز را به تخت شاهی نشاندند و جاماسپ برادرش را مشاور او

قرار دادند (٤٨٤ میلادی)، برادر دیگرشان قباد به همراهی خاقان ترک لشکر به طرف مداین کشید و هنوز از ری نگذشته بود که بلاش به جهان دیگر رفت (٤٨٨ میلادی) و ســوخرا شــاهی قباد را اعلام نموده او را به پایتخت خواست. قباد نیز پس از جلوس رتبه‌ی اسپهبدی سوخرا را تثبیت کرد. لکن پس از چندی حسـودان ســوخرا را نزد قباد متهم نمودند و سوخرا که از این دسیسه آگاه شد با نه پسر خویش به طرف طبرستان فرار کرد. در راه سوخرا به خیانت کشته شد. اما پسرانش خویشتن را به بدخشـان درنواحی علیای رود جیحون رسانیده آن‌جا ماندگار شـدند و لشــکریانی برای خویش ترتیب دادند. درجنگی که بعدها (ســال ٥٦٥ م) انو شروان با ترکان می‌کرد ای شان او را یاری کردند و ذ سرو به پاداش این خدمت هریک را در ناحیه‌ای که خود او پسـندید حکومت ارئی داد. قارن که از همه کوچک‌تر و جوان‌تر بود قسمتی از جبال طبرستان شامل نواحی ونداد اومیده کوه[٢٢] و آمل و لفور و پریم را انتخاب کرد و این ناحیه بعدها به نام خود او کوه کارن (قارن) خوانده شد و خود او اسپهبد طبرستان لقب یافت.[٢٣]

---

[٢٢] ونداد اومید کوه اسمی است که البته بعد از زمان این قارن به این کوه داده شد.
[٢٣] اصطخری گوید : «کوه‌های فادوسفان و قارن جبالیست محکم و رفتن بران سخت دشوارست ، و هر کوهی از آن را رئیس دیگریست و بیشتر آن را درختان بلند و جنگل و رودخانه فرو گرفته و بسیار حاصلخیز و پرنعمتست . کوه قارن شامل عده قریه هائی است و جز شهمار و فریم شهری

پس از مرگش انداذ[۲۴] به‌جای او نشسته است. از زندگانی و روزگار شاهی او خبری نداریم جز این قدر که ابن اسفندیار می‌گوید وی در قوت و جرأت نظیر رستم شمرده می‌شد و یک شب در دنبال یک گوزن چهل فرسنگ راه پیمود و در آخر سواره از رودخانه ای عبور کرده عاقبت شکار را دریافت و او را بکشت. مدت شاهی او را سیدظهیرالدین ۵۲ سال نوشته، ولی برای اعتمادی نیست. تاریخ پادشاهی جانشینان او مدتی مجهول است، همین قدر می‌دانیم که وی را پسری بود سوخرا نام و یکی از نواده‌های سوخرا (معلوم نیست باچند پشت فاصله) فرخان سابق الذکر پدر ونداد هرمزد بود.

۳- ونداد هرمزد

ونداد هرمزد معاصر پاذوسپان دوم و شروین اول و شهریار رستمداری بود. مدت شاهی او پنجاه سال بود. در سال ۱۳۷ هجری (۷۵۵ میلادی) پس از آن که سنباذ نیشابوری از اتباع ابومسلم خراسانی درمیان کومش (دامغان) و طبرستان به دست یک نفر لومان نام طبری کشته شد

ندارد. پریم دریک منزل فاصله از شهر ساری واقع شده و قرارگاه آل قارن جای حصن ذخایر و اقامتگاه شاهان ایشان است و ملوک جبال شاهی این نواحی را از زمان اکاسره به ارث دارند.»

[۲۴] اشکال مختلف الانداء و الندای و الندار از تغییر یافتن لفظ الانداذ [انداذ + ال حرف تعریف عربی] ناشی شده است.

منصـور خلیفه اسـپهبدی طبرسـتان را به ونداد هرمزد پسـر فرخان واگذاشت.

در حدود سـال ۱۶۰ هجری سـاکنین امیدوار کوه از ظلم و تعدی کارگزاران خلیفه شکایت به خدمت ونداد هرمزد هرمزد آوردند و وعده دادند که اگر او با ایشان به خلاف برخیزد با وی همراهی کنند، با شد که بدین طریق هم ایشان از ستم و آزار عربان رهایی یابند و هم او به قدرتی که نیاکانش داشته‌اند باز رسد. وی پس از آن که رای اسپهبد شروین ملک الجبال (مقیم شـهریار کوه درپریم) و نظر مسـمغان ولاش (مقیم میان دورود) را دراین باب خواسـت و ایشـان را موافق یافت، و به حمایت و دسـتیاری ایشـان اطمینان و پشـت گرمی حاصـل کرد روزی معین را قرارداد و به تمام نواحی ابلاغ نمود و دراین روز همه‌ی مردم طبرستان بر عربان بشـوریدند و تمامت آنان را و کارگزاران خلیفه را و هرکه را که مسلمان شده بود به باد کشتار گرفتند و ساکنان طبرستان دراین امر چنان متفق بودند که حتی زنانی هم که به عقد عربان درآمده بودند شوهران خویش را ریش کشان از خانه بیرون آورده به دست مردان به کشـتن دادند به‌طوری که دیگر درتمام طبرسـتان یک نفر عرب و مسلمان یافت نمی‌شد.[۲۵]

خالد برمکی و همراهانش که به‌امر خلیفه مهدی به ری آمده بودند چون این اخبار را شنیدند به بغداد قاصد فرستاده خلیفه را آگاه کردند و او سالم فرغانی را، که از سرداران معتمد خلیفه و به «شیطان فرغانه» مشهور بود و برابر هزار سوار به شمار می‌آمد، برای تحقیق احوال فرستاد و پس از آن که صدق اخبار معلوم گردید سالم داوطلب آوردن سر ونداد هرمزد شد و با لشکری جرار روی به طبرستان آورد[26] و در جلگه‌ی اشرم خیمه و خرگاه زد. ونداد هرمزد به مقابله‌ی او آمد و ضربتی که سالم با گرز بیست منی خویش براو فرود آورد جز شکستن سپر او اثری نکرد. شب دست از کارزار کشیدند و روز بعد ونداد هرمزد و سپاهیانش در هرمزدآباد اقامت کردند و چون هنگام جنگ در رسید در جواب دعوت ونداد هرمزد، پسر او ونداد اومید معروف به «خداوند کلالک» خواهان آوردن سر سالم شد و هرچه پدرش و دائیش (کوهیار سابق الذکر) خواستند او را که در جنگ تجربه‌ای نداشت ازاین اقدام بازدارند مؤثر نیفتاد. پدرش ناچار او را به همراهی دائیش و

لشکریان عرب به امر خلیفه پی در پی به طبرستان ریختند و متجاوز از یک سال جنگ ایشان ادامه داشت و اسپهبد ملک همین که شکست خویش را حتمی دید زهر از نگین انگشتری برمکید و در گذشت و این شورش فرو نشست.(رجوع شود به طبری در حوادث سال ۱۴۱ و ۱۴۲).

[26] فرستادن این شخص به طور فوق العاده بوده و عامل طبرستان همیشه به جا بوده است. درسال ۱۶۲ عمربن العلاء را از حکومت طبرستان و رویان عزل کردند و به جای او سعیدبن دملج را گماشتند و دوباره در سال ۱۶۳ عمربن العلاء را به جای سعید منصوب نمودند و در سال ۱۶۴ یحیی حرشی (یا حرشی) را عمل طبرستان و رویان دادند (طبری در حوادث این سال ها دیده شود).

گاوبانی موسـوم به اردشـیرک بابلورج (از اهل بابلور که قریه ای بود درناحیه‌ی فرح آباد) که همه‌ی راه‌ها و جنگل‌ها را می‌شـناخت با گروهی از دلیران لشکر از راه‌های مخفی به جانب سالم فرستاد. در سه فرسنگی آمل به او برخوردند و دیو فرغانه در جنگ تن به تن به دسـت ونداد اومید کشته شد (۱۶۴هجری). این خبر که به بغداد ر سید خلیفه لشکر دیگری مر کب از ده هزار نفر به سـرکردگی امیری فراشـه نام به حکومت دنباوئد و کومش برای کمک به فتح طبرسـتان روانه کرد و به خالد برمکی و سـرکردگان همراه او که در ری بودند امری نوشـت که هرگونه کمکی لازم باشد به او بنمایند.

ونداد هرمزد که پس از آن فتح می‌دانست عرب دست از او برنخواهد داشت لشکر خویش را در کولا فرود آورد. نزدیک آن در دوسر راه دو و دربند سـاخته بود و مردم را امر کرد که هیچ‌گونه مقاومت در مقابل عرب بروز ندهند و بگذارند که ایشـان آسـوده و با خاطر جمع داخل طبر ستان شوند، آن‌گاه چهار صد شیپور زن و چهار صد طبل‌زن را در جنگل‌های دوطرف راه درون دو دربند نهان کرد و چهارهزار تن مرد و زن هریک تبری و دهره ای[۲۷] در کف در دو صف در دو جانب راهی که میان دو در بند از وسط جنگل می‌گذشت درکمین نشانید و نیت خود را

---

[۲۷] دهره آلتی است دسته دار که دسته اش از آهن و سرش مانند سر داس است و بیشتر برای انداختن درخت به کار می‌رود (برهان قاطع).

این‌طور بیان کرد که: من از دربندی که درسـر راه تازیان اسـت خارج شده کمی جلو می‌روم و همین که لشکر عرب مرا دیدند از برابر ایشان فرار می‌کنم و آنان درپی من داخل دربند می‌شوند و همین که همه به درون آمدند و درمیان دو صـف قرار گرفتند پیش از آن‌که به دربند دوم برسـند من یک نوبت طبل خواهم نواخت، فوراً آن هشـتصـد نفر شـیپورها و طبل‌ها را به صـدا درآوردند و آن چهارهزار تن با دهره و تبر درخت‌ها را بریدن گیرند که برلشکر عرب فرود آید.

این تدبیر کاملاً مطابق این دسـتور انجام گرفت. غریو و غوغا و غرش تندرآسائی که به یک بار و به ناگاه از هشتصد کوس و کرنا و چندهزار دهره و تبر از اطراف برخواست چنان وحشتی در دل تازیان انداخت که هیچ صاعقه و زلزله و بلای آسمانی مانند آن بیم و هراس را در کسی ایجاد نمی‌کرد. جملگی متحیر و سراسیمه شدند و پیش از آن که بفهمند چه خبر اسـت ناگهان چهارهزار تنه‌ی درخت بر روی ایشـان فرود آمد. چهارصد مرد از خویشان و معتمدان اسپهبد شمشیرها درنهادند و به یک لحظه دوهزار مرد از صدمه‌ی درختان و زخم شمشیر به خاک افتادند و مابقی به زنهار درآمدند و فراشه دستگیر شد، او را به حضور اسپهبد بردند و به فرمان وی سرش را از تن جدا کردند.[۲۸]

<hr>

۲- این قول ابن اسفندیار است ولی طبری فراشه را تا سال ۱۶۷ به عنوان حاکم گرگان و دماوند و کومش نام می‌برد.

بعد از آن مهدی خلیفه روح بن حاتم را و پس از او خالد پسر برمک را به حکومت طبرستان معین کرد. خالد با ونداد هرمزد به دوستی و مدارا رفتار می‌کرد و او را اجازه داد که اراضی کوهستانی خویش را در دست داشته باشد. بعد از آن‌که خالد از حکومت طبرستان معزول گشت عمربن العلاء به حکومت آن‌جا گماشته شد. وی با ونداد هرمزد بنای جنگ را گذاشت و در غالب آن‌ها فتح با او بود به‌طوری که ونداد هرمزد دیگر نمی‌توانست در آبادی‌ها ظاهر گردد، تا آن که یکی از پیروان او به دست عمر افتاد و در ازای این که جانش بخشیده شود به او وعده داد که ایشان را به‌جایگاه ونداد هرمزد رهبری کند. همین که ایشان را به درون جنگل کشید به بهانه‌ی این که برود و خبری بیاورد رفت و ونداد هرمزد را خبر داد و او کمین‌گاهی برای آنان آماده کرده همه را به جز خود عمر و معدودی از همراهانش که گریختند نابود کرد (سال ۱۶۵).

شکست عمر باعث که خلیفه بر او خشمگین گشته تمیم بن سنان را به‌جایش فرستاد و او با ونداد هرمزد صلح کرد. لهذا در سال ۱۶۶ خلیفه پسر خویش موسی الهادی را با لشکری بی‌شمار و ساز و سلاح بسیار که مانند آن شنیده نشده بود به گرگان حرکت داد تا با ونداد هرمزد و شروین دو صاحب طبرستان کارزار کند.[۲۹] موسی خود در ری مانده

____

[۲۹] عامل طبرستان و رویان در سال ۱۶۶ یحیی حرشی بود (طبری)

یزید پسر مزید شیبانی امیر معروف را به سرکردگی لـشکر خویش به جنگ آن دو اسـپهبد روانه کرد و او کار را بر ایشـان تنگ گرفت (۱۶۷ هجری)[۳۰].

در سـال ۱۶۸ خلیفه سـعید حرشـی[۳۱] را با چهل هزار نفر به طبرستان گسیل داشت. سعید و یزید جنگ‌های سخت با ونداد هرمزد در پیوستند و او را شکـست دادند و بـسیاری از پیروانش را کـشتند و تمامی ولایت را مة صرف گردیدند. عاقبت در جنگی ونداد هرمزد با یزید روبرو شد و پس از آن که زخمی سـخت بردِاشـت با تنی چند از خاصـان خویش به جنگل گریخت. لکن عاقبت به وعده‌ی امان و عفو تسـلیم موسـی الهادی گردید و پیش او به ری آمد. موسـی نیز یزید را امر کرد که کوهستان متعلق به ونداد هرمزد را به گماشتگان او بسپارد.

هنوز هادی در گرگان بود که خبر مرگ مهدی (محرم سـال ۱۶۹) و بیعت مردم به خلافت خود او مسـموع گردید، پس روی به بغداد آورد و ونِدادهرمزد را نیز با خویشـتـن ببرد.[۳۲] در بغداد خبر رسـید که وندادسپان برادر ونداد هرمزد سراز تن بهرام پسر فیروز (که به اصرار

---

[۳۰] در سال ۱۶۷ مجدداً عمربن العلاء به جای یحیی حرشی به حکومت طبرستان منصوب شد (طبری)

[۳۱] در نسبت این مرد و در نسبت یحیی حرشی در بعضی کتب جرشی ضبط شده است که منسوب به قبیله‌ی جریش از قبایل حمیر باشد ، ولی در طبری همه جا حرشی بحاء مهمله آمده است.

[۳۲] دراین سال حاکم طبرستان و رویان صالح بن شیخ بن عمیره‌ی اسدی بود (طبری).

خلیفه هادی م سلمان شده بود) برگرفته ا ست. خلیفه به سزای این که یکی از چاکران مسلمان او کشته شده است می‌خواست ونداد هرمزد را بکشد ولی وی با خلیفه پیمان کرد که اگر او را به طبرستان بازپس‌فرستد برادر خویش و یا سر او را به حضور خلیفه بر ساند. حاضران مجلس نیز با او یار شـــدند و خلیفه بدین امر راضـــی گشــت. ونداد هرمزد پس از آن‌که به طبرستان رسید در ظاهر به تعاقب برادر خویش پرداخت. ولی در نهان به او پیغام فرستاد و دستور داد که از نزدیک شدن با وی پرهیز ک ند و چ ندان این کار را طول داد تا خلی فه هادی در گذشـــت و هارون‌الرشید خلیفه گشت (سال ۱۷۰ هجری).

هارون‌الرشید چندین نفر را به توالی به حکومت طبرستان فرستاد تا در سال ۱۷۶ فضل پسر یحیی برمکی را به ولایت کوره‌های (یعنی شهرستان های) دبال و طبرســـتان و رویان و دماوند و کومش و ارمنســـتان و آذربایجان گماشـــت و پنجاه هزار نفر لشـــکری با او رهسپار کرد. فضـل عمل طبر ستان را به مثنی پسر حجاج بن قتیبه بن م سلم واگذا شت و او یک سـال و چهارماه در طبرسـتان ماند و دیوارهای سـاری و آمل را او تعمیر کرد. در سـال ۱۸۰ طبرسـتان و رویان را از اعمال فضـــل خارج کردند و عبدالله بن خازم را ولایت دادند. درسـال ۱۸۴ مهرویه‌ی رازی را به ولایت طبر ستان نصب کردند و در سال ۱۸۵ ونداد سپان مردم را برانگیخت که مهرویه عامل خلیفه را کشتند. رشید به‌جای او عبدالله پسر

سعید حرشی را فرستاد و همین که در سال ۱۸۹ خود او به ری رسید عبدالله چهارصدتن از پهلوانان طبرستان را به خدمت خلیفه رسانید که همه به دست او مسلمان گشتند. هارون‌الرشید عبدالله بن مالک را ولایت طبرستان و رویان و دماوند و ری و کومش و همدان داد و نامه‌ی امانی برای شروین و ونداد هرمزد فرستاده ایشان را نزد خود خواند. شروین متعذر به مرض شده نرفت ولی ونداد هرمزد امان را برای خویشتن و شروین قبول کرد و دعوت خلیفه را پذیرفته نزد او دضور یافت و از طرف خود و شروین به اطاعت و پرداخت خراج پیمان کرد.

در باب اولین ملاقات او با رشید این حکایت را ابن اسفندیار روایت کرده است که چون چشم خلیفه براو افتاد با وی به عتاب خطاب کرد و ملامت و تهدید نمود. ونداد هرمزد گفت: من که عربی نمی‌دانم و سخنان خلیفه را نمی‌فهمم اما این‌طور استنباط می‌کنم که آن چه خلیفه می‌گوید چندان ملایم و از روی مهربانی نیست. امیرالمؤمنین آن وقت که من در سرزمین خویش بودم این‌گونه سخن نمی‌گفت، پس امروز که بدون اجبار بلکه به میل و اراده‌ی خویش به فرمانبرداری به خدمت او رسیده‌ام سزاوار قدر او نیست که با مهمان فرمانبر خویش به قهر و درشتی خطاب کند. همین که مضمون گفته‌ی او را برای هارون ترجمه کردند هارون اقرار کرد که حق با اوست و امر کرد مسندی برایش

آوردند که در حضورش بنشیند، و همین که برخاست برود مسند را در دنبال او برایش فرستاد. یک روز دیگر در حینی که با هارون نشسته بود عموی خلیفه وارد شد. هرکه در مجلس بود به احترام برخاست ولی ونداد هرمزد از جای نجنبید. همان دم یزید بن مزید وارد شد. ونداد هرمزد بی‌تأمل ازجای برخاست و شرایط تکریم به‌جای آورد. همه‌ی حاضران تعجب کردند و بر بی‌خبری او از آداب و رسوم تبسم نمودند. هارون گفت: عم من از گوشت و خون و نژاد خود من است و این مرد یکی از بندگان من، آن بی‌اعتنایی چه بود و این احترام بیجا از چیست؟ ونداد هرمزد جواب داد که: من عم ترا نشناختم و سبب ندارد که من برای کسی که نمی‌شناسم به احترام برخیزم. اما این یکی مردیست شجاع و لایق، و من احترام او را به سبب صفات او واجب دیدم. آن وقت که وی را به سرزمین من فرستاده بودند یک سال در برابر من اردو زده بود و هر روز صبح که برای جنگ آماده می‌شد لشکر خود را به نوع تازه‌ای مرتب و صف‌آرائی می‌کرد. و مرا سواری بود که در جرأت و مقام با او برابر بود، در روز جنگ وی را به نبرد این مرد نامزد کردم، در کمتر از مدتی که برای آختن شمشیر لازم است سرپهلوان خود را دیدم که برخاک افتاد. روز بعد من با خود روبرو شدم و او چنان شمشیری به من نواخت که مانند آن ضربت نچشیده بودم. در برابر چنین شخصی

هرچند که دشــمن من باشــد البته برمی خیزم. خلیفه از بیان او بسـیار خشنود شد و از آن پس مقام یزید را بالا برد.

مأمون پسر خلیفه دراین زمان طفلی بود، او را نزد ونداد هرمزد بردند و بر زانوی او نشــانیدند، ونداد هرمزد مقداری از زمین‌های خود را که هزارهزار و ششصد هزار درهم عایدی سالیانه داشت به مأمون بخشید و همین املاک اسـت که بعدها به اراضـی مأمونی اشــتهار یافت. خلیفه هزار هزار درهم نقد و یک جام مر صع و یک انگ شتری به ونداد هرمزد هدیه کرد و به تقاضـای او عبدالله بن سـعید حرشـی را از حکومت طبر ستان معزول و عبدالله بن مالک خزاعی را مأمور کرد که تمامی آن نواحی را طی کرده در آن‌جا مسلحه‌ها[33] ترتیب دهد. پس ونداد هرمزد را رتبه‌ی سپهبدی طبر ستان و لقب «جیل جیلان خراسان» داد و او را باز گردانید، و قارون پسر او را و شهریار پسر شروین را به گروگان با خود به بغداد برد. درسال ۱۹۳ خلیفه در راه سفر به خراسان قارون و شهریار را از ری پیش پدرانشان فرستاد و خود به طوس که رسید درگذشت.

در جنگی که پس از مرگ او میان دو پسـرش عبدالله مأمون و محمد امین برسـرخلافت برخاسـت ایرانیان دور مأمون راکه از جانب مادر

---

[33] مسلحه جایی است که لشکریان سلاحدار به عده ای میان دویست نفر و دوهزار نفر در آن برای نگاهبانی راه‌ها و محل‌ها می‌گمارند و آن را می‌توان معادل ساخلوگاه و «مرکز پادگان» دانست. و از اول حدود میان خراسان و طبرستان تا اول حدود دیلم سی و یک مسلحه قرار داده بودند.

ایرانی بود گرفتـه‌ند و داد خویش را از عـر بان حامی امین ســتد ند و

ذوالیمینین طاهرابن حسین بن مصعب بن رزیق بن ماهان ایرانی نژاد[34]

که سـرکرده‌ی لشـکر مأمون بود پس از فتح بغداد امین را کشـت و

مأمون را به خلافت رسانید (۱۹۸ هجری).

٤- قارن

در زمان خلافت مأمون اسپهبد شـروین و ونداد هرمزد هردو فوت

کردند. از دو پسر شروین، شهریار که پدر ملوک با وند بود به پادشاهی

نشست و از پسران ونداد هرمزد، قارن جانشین او گشت. ابن اسفندیار

می‌گوید[35] که چون این خبر به مأمون خلیفه رسید پیش ایشان (شهریار

و قارن) رسـول و تشـریف فرسـتاد و نبشـت که من عزیمت غزوروم

(دولت بیزانتیوم) دارم، باید که شـما دو اسپهبد بیائید. ایشـان هرروز

رسول را به بهانه و فسانه باز گرفته داشتند تا خلیفه لشکر بروم برد و

رسـول را با بسـیار نعمت که داده بودند بازگردانیدند و گفتند اسپهبد

شهریار به هیچ حال نتواند آمد اما قارن به خدمت پیوندد. براثر رسول

---

[34] طاهربن حسین مدعی بود که نسب او به رستم دستان می‌رسید (التنبیه و الاشراف مسعودی ص ۳٤۷)

[35] این حکایت را احتیاطاً نقل کردیم ولی با قراین تاریخی مطابق نمی آید و مجعول می‌نماید. چه مأمون در سال ۲۰٤ تازه به بغداد ورود نمود. و در سال ۲۰۱ قارن درگذشته بود. اولین جنگ با رومیان که مأمون شخصاً درآن حاضر شد جنگ سال ۲۱۵ بود.

قارن بسیج راه کرد و اسپهبد شهریار مدد داد تا به روم رسید و به لشکرگاه خلیفه به گوشه ای خیمه زد. قضا را آن روز مصاف داده بودند و مبارزان به میدان نبرد می‌کردند. درحال اسپ خویش را برگستوان برافکند و سپری کیلی[36] جمله در زر گرفته به دوش کشید و با مردان خویش روی به حرب نهاد و به طرفی از اطراف رومیان حمله بردند و گروهی را بر شکسته و به طریقی[37] از بطارقه‌ی روم گرفته از آن طرف مظفر روی به جانبی دیگر آوردند و دشم آن‌جانب را نیز برهم زدند و مأمون در قلب لشکر خویش چشم برایشان گماشته بود و در هر لحظه سؤال می‌کرد که آن قوم از کدام خیل اند و آن سوار زرین سپر درمیان ما نبود از کجا آمد. نزدیکان او همه گفتند ما را معلوم نیست، لیکن از فر ستادن کمک برای ایشان کوتاهی نکردند. چون انبوه قارن با کثرت و شوکت شد عنان مرکب را تیز کرد و اشارت فرمود که در پس من یک مشت بتازند و خویشتن بر قلب ملک روم زد و علم از جای بردا شت و

---

³⁶ یعنی سپر درنمد گرفته چه کیل به معنی نمداست. فردوسی گوید:

بزد خشت بر سه سپر کیل دار   گذشت و به دیگر سو افکند خوار

(چاپ فولرس (بروخیم) ص ۲۱۲ – درحاشیه گوید: «سپر کیل دار به معنی سپریست که از موی بز یا نمد پوشیده باشند»).

³⁷ به طریق معرب لفظ patricius لاتینی است، و آن در امپراطوری روم شرقی از قسطنطین به بعد لقبی بوده است که امپراطور به اشخاصی می‌داده است که آن‌ها را می‌خواسته است ممتاز و مشخص نموده در طبقه‌ی اعیان و اشراف داخل کند این لقب معمولاً به حکام ولایات داده می‌شده است. در عربی لفظ به طریق را به جای بطریرک patriarch هم به کارمی برند که یک رتبه و مقام دینی است و مربوط به این مورد نیست.

۲۹٤

بژوپین علم بدرید. مأمون از قلب خویش بدو پیوست سپاه روم به هزیمت شدند و مأمون فرمود تا سوار زرین سپر را پیش آوردند. هم چنان با قزاگند و خود پوشیده پیاده به خدمت مأمون رسید و رکاب ببوسید و خود از سر افکند. خلیفه او را بشناخت و جنیبه داد و برفرمود نشاندن و بسیاری بستود و چون فرود آمدند تشریف فرستاد و مدتی در خدمت خویش داشت و بنوبتها به تعریض و تضرع تمنا کردند که مسلمان شود تا مولی امیرالمؤمنین بنویسیم و طبرستان به تو سپاریم قبول نکرد. عاقبت به عهدو استظهار به ولایت فرستادند. اسپهبد شهریاربن شروین براو متغیر شد و از مواضع او بسیار با دیوان خویش گرفت و به حکم آن که اسپهبد را قوت و قدرت ازو زیادتر بود جز انقیاد چاره ندید.

در حدود سال ۲۰۱ قارن هلاک شد و ازو شش پسر ماند: مازیار[۳۸] کوهیار، شهریار، فضل، عبدالله، حسن.

---

[۳۸] مازیار - مایزدیار - ماه ایزدیار، یعنی کسی که ماه ایزد به او یاری می‌رسد.

۵- مازیار

از جمله‌ی فرزندان قارن بزرگ منش تر و دلیرتر و اهل تر مازیار بود، و جانشین قارن گشت. اسپهبد شهریاربن شروین طمع در ولایت ایشان کرد و او را می‌رنجانید تا بدان انجامید که با یکدیگر مصاف دادند. شهریار او را بشکست و ولایت او خویش به تصرف گرفت.[39] او به زینهار و امان پیش ونداد اومید پسر وندادسپان که پسرعموی پدرش بود رفت. شهریار نامه ای به ونداد اومید نبشت که مازیار را بگیرد و بند برنهد و نزد وی فرستد. او از حکم شهریار نتوانست گذشت مازیار را بگرفت و بندهای محکم برنهاد و به شهریار خبر داد که معتمدان خود را بفرستد تا بدیشان سپارم مبادا کسان من او را از دست دهند. ایشان درین کار بودند که مازیار بازنان موکلان حیلت کرد و بندها برداشت و بگریخت و به بیشه‌ها متواری شد تا خویشتن به عراق افکند و به عبدالله‌بن سعید حرشی پیوست. و او پدرش قارن و جدش ونداد هرمزد را می‌شناخت و به طبرستان رسیده بود. در حق او مبرت و مکرمت فرمود و او را با خود به بغداد برد (درصورتی که این حکایت راست باشد باید در سال ۲۰٤ یا بعد از آن اتفاق افتاده باشد).

---

[39] طبری گوید که در سال ۲۰۱ هجری عبدالله بن خرداذبه که والی طبرستان بود شهریاربن شروین را از جبال طبرستان فرود آورد و مازیاربن قارن را نزد مأمون فرستاد.

مأمون را منجمی بود بزیست نام پسر فیروز که خلیفه نام او و پدرش را ترجمه کرده و به یحیی بن منصور بدل کرده بود.[40] روزی مازیار طالع مولود خویش در آستین نهاد و پیش او شد. سلام کرد و خواست براو عرض کند. بزیست التفاتی نفرمود و اصغا روا نداشت تا یکی از آل حرشی که با مازیار بود گفت او شاهزاده‌ی طبرستان است، مازیار پسر قارن بن ونداد هرمزد. منجم چون ذکر پدر او شنید برخاست و عذرخواست و نسخه‌ی طالع مولود بگرفت و ببوسید و به مطالعه مشغول گشت. نظر مسعود و دلایل اقبال و قوت طالع بدید. امید خیر در وی بست و جای خالی کرد و او را گفت اگر من ترا تربیتی و خدمتی کنم حق آن شناسی و ضایع نگردانی و منت پذیری؟ مازیار آن چه شرط مواعید و وفاءِ عهد باشد تقدیم داشت و سوگند خورد. روزها برین گذشت تا وقت فرصتی منجم به خلوت حال مازیار و حکایت طالع مولود و آن که ازو خیری به دولت خلیفه رسد بر مأمون عرض داشت. فرمود که او را حاضر آوردند. خلیفه پدر او قارن را دیده و شناخته بود. فرمان داد مسلمانی براو عرض دادند. مازیار اسلام قبول کرد و مأمون او را محمد مولی امیرالمؤمنین نام نهاد و کنیت ابوالحسن.

---

[40] بزیست فروزان که بعد از مسامان شدن یحیی بن منصور نامیده شد همان است که در کتاب الفهرست و تاریخ الحکما ابوعلی یحیی بن ابی منصور آبان گشنسب خوانده شده و در ساختن زیج مأمونی شریک بوده است. رجوع شود به حواشی این جانب بر نوروزنامه ص ۸۷ و نیز به تاریخ ریاضیین و منجمین عرب تألیف سوتر Suter.

در سال ۲۰۸ به دستور بزیست که مدعی بود طالع مازیار برای حکومت طبرستان موافق اسـت مأمون او را به همراهی موسـی بن حفص پسـرعمربن العلاءِ[41] نامزد ولایت طبرستان و رویان و دماوند کرد به این‌طور که مازیار والی کوهسـتان باشـد و موسـی والی هامون. چون با یکدیگر به طبرستان رسیدند خلایق زیرپرچم مازیار جمع آمدند.

در این هنگام شهریار پسر شروین در گذشته بود و پسر بزرگش شاپور به شاهی نشسته بود و از تهور و تهتک و بی‌سامانی بیشتر اتباع ازو متنفر شـده بودند پیش مأمون شـکایت‌ها نوشـتند. مأمون به مازیار امر به ا ستیِ صال و مالش شاپور داد و مازیار به مدتی نزدیک سپاهی آرا سته عرض داد و به طلب شاپور به پریم شد و با او مصاف داده وی را ا سیر کرد و به زنجیر بست. پس به موسی خبر داد که ظفر یافتم. شاپور چون دانست مازیار او را خواهد کشت پنهان به موسی قاصد فرستادکه مرا به دسـت خویش گیر تا صـدهزار درهم خدمت کنم. موسـی جواب داد که طریق خلاص تو آذ ست که گوئی م سلمان گ شتم و مولی امیر المؤمنین شـدم. چون این پیام داد اندیشـه کرد که ازین حال مازیار وقوف یابد همین که او را دید سؤال کرد که اگر شاپور ا سلام پذیرد و صد هزار

۲۹۸

درهم به خدمت خلیفه پیشکش کند چه خواهی گفت. مازیار خاموش بود و جواب این سخن نداد و از همدیگر جدا گشتند. آن شب مازیار فرمود سر شاپور را برگرفتند و بامداد پیش موسی فرستاد موسی براو متغیر شـــد و او از آن اندیشـــه کرد که خلیفه به عوض موسـی کسـی دیگر را فرستد به عذر و استغفار پیش موسی آمد و خدمتی‌ها آورد و عهد تازه کردند (۲۱۰ هجری).

پس از کشتن شاپور مازیار مالک مستقل تمام جبال گردید و چهار سال بعد که موسی وفات یافت و پسرش محمد به‌جای او نشست مازیار ازو حسابی نگرفت و به کوه و دشت حکم او یکسان شد (سال ۲۱٤).

همین که مازیار به حکم این که مالک و متصـرف طبرسـتان بود از قارن برادر شاپور و سایر مرزبانان آن ناحیه مطالبه‌ی خراج کرد ایشان براو کینه ور گشـتند و از ظلم و تغلب او به مأمون شـکایت نوشـتند. مأمون فرمان فرستاد که مازیار به بغداد رود. جواب نوشت که من این ساعت بغزودیالم مشـغولم و لشـکر برگرفت و به چالوس شـد[42] و از جمله‌ی

<hr>

[42] عنوان نامه هایی که از خلیفه به مازیار نوشته می‌شد این طور بود: «از عبدالله مأمون (یا محمد معتصم) به جیل جیلان اسپهبد اسپهبدان بذشوارجر شاه محمد پسر قارن مولی المومنین». و در نامه هائی که وی به خلیفه مأمون یا معتصم می‌نوشت چنین خطاب می‌کرد: «از جیل جیلان سپهبد خراسان مازیار محمد پسرقارن موالی امیرالمومنین» و نمی نوشت «مولی امیرالمومنین» (طبری و یعقوبی). به جای لفظ «بذشوارجرشاه» در طبری «بشوارخرشاد» ضبط شده و یوستی آن را

معاریف و ارباب آن نواحی نوا[43] بستد تاهر یک از ایشان از ناحیه‌ی او فرار کند و دو ماه ازو خبرنرسد آن شخص گروی را بکشند.

مأمون بزیست منجم را که مربی مازیار بود با خادمی خاص ازآن خویش پیش او فرستاد تا او را به حضرت برند. مازیار ازاین امر آگاه شد. هرکه به طبرستان ژوپینی برتوانست گرفت به درگاه خویش جمع کرد و یحیی روزبهان و ابراهیم پسر ابله را تاری به استقبال ایشان فرستاد و فرمود که به راه سواته کوه (سواد کوه) و کالبذرجه و کندی آب به بیراه و شکست‌ها آنجا که براسپ نتوان نشست درآوردند. فرستادگان خلیفه پس از چند روز که به محنت بسیار به هرمزدآباد[44] به نزد مازیار رسیدند و چندان عدد خلایق و انبوه اجناس و اصناف آدمی به درگاه او بدیدند از صعوبت طرق و مسالک و بسیاری عدد حشم و لشکریان او شگفت ماندند مازیار مدت‌ها ایشان را به ناز و نعمت و لطف و حرمت می‌داشت. عاقبت عذر و بهانه پیش آورد که من بغز و مشغولم، بر اثر شما ساز خدمت کرده به حضرت رسم. و قاضی آمل و قاضی رویان را با ایشان گسیل کرد. چون به بغداد رسیدند خلیفه از آنان

«پیشوارخرشید»دانسته است. رجوع شود به این خرداذبه که می‌گوید «شاه طبرستان و گیلان و پذشوارگر را جیل جیلان خراسان می‌نامند».

[43] نوا یعنی اشخاصی از افراد و منسوبان یک قوم که به گروگان نزد شاهی یا بزرگی می‌مانند.

[44] هرمزد آباد در دو سه فرسخی طالقانیه و به فاصله‌ی یک فرسخی لبوره، در کوهستان واقع بوده، و هشت فرسخ از آمل و هشت فرسخ از ساری فاصله داشته است.

حال طاعت و سیرت مازیار پرسید ایشان عرض داشتند که وی برجادهٔ مطاوعت مستقیم است و رفتارش با خلایق نیکوست. چون از حضور خلیفه بیرون آمدند و قاضی رویان به منزل خویش رفت قاضی آمل به بارگاه توقف کرد تا قاضی یحیی ابن اکثم از پیش خلیفه بیرون آمد نزدیک او شد و گفت امیرالمؤمنین برملا و در حضور عامهٔ مردم خبر مازیار پرسید و به حکم آن که مقربان حضرت منهیان و دو ستان اویند آن چه راستی بود نتوانستیم عرض داشت. و نیز نخواستم و روا نداشتم که از درگاه بگذرم بی‌آن که آن چه حقیقت طریقت مازیار است باز نمایم. اینک به خدمت تو می‌رسانم که او خلع طاعت کرده است و همان کشتی^{۴۵} زردتشی برمیان بسته و با مسلمانان جور و استخفاف می‌کند و هرگز بار دیگر به میل خویش به بغداد نخواهد آمد. یحیی بن اکثم قاضی را به خلوت پیش خلیفه برد تاحال عرض داشت. مأمون بر عزیمت سفر روم ساختگی‌ها کرده بود و به راه ایستاده (۲۱۵ هجری) قاضی را گفت می‌باید ساخت تا وقت مراجعت من که این مهم برمن عظیم‌تر است. قاضی گفت بعد ازاین که بر مازیار معلوم شود که من با خلیفه خلوت کرده‌ام با من مُدارا نخواهد کرد. خلیفه گفت جز صبر وجهی دیگر نیست. قاضی اجازت خواست که اگر توانند وسیلهٔ دفع مازیار را

---

^{۴۵} در اصل تاریخ ابن اسفندیار اینجا «زنار»، نوشته ـ رجوع شود به فرهنگ نوروزنامه در تحت لفظ زنار.

فراهم کند. خلیفه گفت شاید. قاضی بهامل بازگشت و مسلمانان رویان که از آزار مازیار بهامان آمده بودند با همدیگر موافقت کرده همهی عمال او را کشتند و نزد خلیل بن ونداد سپان، که پسرعموی پدر مازیار بود و در کوهپایهی آمل بزرگی و نفوذ و قدرتی داشت، کسان فرستاده و او را یار و معین ساخته در ناحیهامل نیز هرجا عاملی از طرف مازیار بود کشتند. این خبر به ساری به مازیار رسید حشم جمع کرده به همراهی برادر خویش کوهیار به امل لشکر کشید. اهل شهر دروازهها ببستند و روستائیان اطراف را به شهر آوردند و محمدبن موسی را نیز درتحت این عنوان که خلیفه به قاضی آمل اذن جنگیدن با مازیار را داده است با خویشتن یار ساختند. مازیار درحال قاصدی پیش خلیفه روانه کرد و چنین خبر داد که مردم آمل و رویان و ثغر چالوس خلع طاعت امیرالمؤمنین کردند و محمدبن موسی را فریفته و یاور گرفتهاند و علویی را به خلافت نشانده و شعارسپید گردانیدهاند و من بنده گروهی از لشکریان خویش را به قهر کردن ایشان گماشتهام و براثر خبر فتح خواهم فرستاد.

درآن تاریخ شهر آمل را دوحصار بود و یک خندق. محاصرهی شهر هشت ماه طول کشید و همه روستاهای اطراف شهر خراب شد و کوهیار شب و روز درجنگ و گشودن شهر کوشش میکرد تا عاقبت شهرآمل را فتح کرد. گویند درآن مدت هرروز مازیار نامه پیش خلیفه

می‌فرستاد و وقایع خروج اهل طبرستان را در آن‌ها شرح می‌داد ولی از محمدبن موسی هیچ نوشته ای به خلیفه نمی‌رسید و سببش این بود که محمد از آمل نوشته‌های خویش را به ری پیش شخصی می‌فرستاد که از خدمتگاران سابق پدرش بود تا او از آن‌جا به بغداد روانه کند و مازیار مردی کافی را به ری فرستاده بود که آن نامه‌ها را گرفته پیش او روانه می‌دا شت. بدین تدبیر که او کرده بود به مأمون فقط اخباری که مازیار می‌داد می‌ر سید بنابراین بر محمدبن مو سی ذشمگین شد و همین که فتح نامه‌ی آمل به دست مأمون رسید محمدبن سعید نامی را به طبرستان گسیل داشت که حال خروج مردم و خلع طاعت خلیفه را تحقیق کرده معلوم دارد که این علوی کیست.

مازیار پس از تصرف شهرآمل خلیل پسر وندادسپان و ابواحمد قاضی را که خلاف انگیخته بودند بکشت و همین که فرستاده‌ی مأمون به طبرستان رسیده از ماجرا واقف گشت به مأمون نوشت که آن چه مازیار راجع به خروج علوی نوشته بود دروغ بود و جزاین نیست که میان او و محمد پسر مو سی به تحریک قا ضی مخالفت پیدا شده بود. محمد نیز نامه‌ای به خلیفه نوشت که اهل ولایت به اجازه‌ی من با مازیار جنگ کردند و من نیز به اعتماد قول قاضی که «خلیفه اذن داده است» اقدام به این کار کردم. خلیفه چون نوشت‌ها را خواند برمحمدبن موسی

ذ شم گرفت و مثال داد که د شت و کوه طبر ستان را یک سره به مازیار سپارند[46] (سال ۲۱۸).

چون منشـور حکومت به مازیار رسـید فرمان داد که همه‌ی معروفان و اعیان مسـلمان حوزه‌ی آمل در کوشـکی معین جمع شـوند و همه را از آن‌جا در پیش افکند و خود در دنبال ایشـان می‌رفت تا برود بسـت رسـیدند و هریک را جداگانه به خانه‌ای موقوف کرد و بر یکایک ایشـان موکلان از اتباع غیر مسـلمان خویش گماشـت و روز به روز خوراک و مایحتاج به ایـشان می‌ر سانید. تا هم درین سال خبر ر سید که مأمون به نواحی روم به زمین بذندون درگذشـت. مازیار درحال جمعی از پیروان زردشـتی خود را فرسـتاد تا آن جماعت زندانی را از رود بسـت به هرمزدآباد بردند و هریک را دوباره بند هر بندی[47] ســه حلقه. و قوت برایـشان تنگ گردانید و نگذا شت که نمک دهند و به گرمابه برند تا چنان شـد که محمدبن موسـی و برادر او که جزءِ محبوسـین بودند مالک هیچ چیز نبودند جز حصـیر پاره‌ای که به زیرخود می‌افکندند و خشـتی که زیر سـر می‌نهادند. بیشـتر بزرگان مسـلمان درحبس هلاک شدند و آن‌چه زنده مانده بودند براین نسق بسر می‌بردند.

پس از آن که مازیار مخالفین خود را مغلوب و منکوب کرده شاه مستقل تمام طبرستان گردید شروع به محکم کردن شهرها و راه‌ها نمود. حصارهای ساری و آمل را فرمود تعمیر کردند و رخنه‌ها را بستند و در کوهستان‌ها قلعه ساختند و درهمه ممالک کسی را نگذاشت که به معیشت و عمارت ضیاع خویش مشغول شوند و همه را به ساختن قلعه‌ها و قصرها و زدن خندق‌ها و حمل و نقل مصالح بنائی و کارگل وادار کرد و در جملگی طبرستان هرجائی که گذر راهی نشان دادند یا احتمال می‌دادند که از موضعی عبور ممکن باشد آن‌جا دربندی ساخت و لشکریان به نگاهبانی گماشت، از جمله‌ی این استحکامات نظامی که به‌امر او برای طبرستان ساخته شد دیواری بود که از سرحد گیلان تاجاجرم خراسان کشیده شده بود و در آن درهائی بود و هر دربندی پاسبانی داشت و ازهر یک ازین دربند ها هرکس بی فرمان و جواز او عبور می‌خواست بکند فوراً دستگیر و به دار آویخته می‌شد.[48]

---

[48] مورخین بعد نوشته اند که این دربندها را «ماز» نام بوده و هرچه درون دیوار و پشت مازها بود مازندران نامیده شد. ماز را درفرهنگ ها به معنی «چین و شکنج» و نیز به معنی «شکاف و ترک دیوار» ضبط کرده اند. اسم مازندران برای طبرستان چنانکه سابقاً گفته شد جدید و شاید از موضوعات قرن پنجم هجری است، لکن به این‌گونه وجه تسمیه‌های عامیانه که محققین ایران بدون علم به قواعد اشتقاق لغات وفقه اللغه می‌ساخته‌اند. (و هنوز هم بقایای ایشان به فکر محدود و دانش اندک خود و از روی کلماتی که در زمان خود ایشان معمول و متعارف است همه اسم‌های قدیم و کلمات خودی و بیگانه را حل و بیان می‌کنند) اعتمادی نمی شود کرد. حتی اسم مازیار را سید ظهیرالدین از همین ماز مأخوذ می‌داند! دراین صورت لابد وی باید قبل از ساختن آن دیوار اسم دیگری داشته بوده باشد.

پس از مرگ مأمون برادر او محمد ملقب به المعتصم‌بالله به خلافت نشست. عبدالله پسر طاهر والی خراسان[49] که شنید مازیار با مسلمانان چه معامله می‌کند پیش او رسول فرستاد و به جهت محمد پسر موسی و برادر او شفاعت کرد مازیار سخن او شنید و رسول او را با خشونت جواب گفت که «از ایشان خراج دوساله طلب می‌کنم». رسول نومید بازگشت. عبدالله طاهر ازحال او به اسحق بن ابراهیم بن مصعب که به درگاه خلیفه بود نوشت و برمعتصم عرض افتاد.

۶- سرکشی مازیار

این‌جا رشته تاریخ را اندکی قطع کرده سبب و مقدمات جنگ‌های سال ۲۲٤ هجری بین مازیار و لشکر عرب را بیان می‌کنیم:

سابقاً گفتیم که مازیار مسلمان شده بود و خلیفه نامش را به محمد بدل کرده بود حتی بعضی از مورخین نوشته‌اند که وی در مامطیر (محل قدیم بار فروش) مسجدی نیز بنا کرد. ولی آن چه یقین است این که اسلام آوردن و مسجد ساختن او ظاهری بوده است و در دل هم چنان به مذهب قدیم که آن را دین سپید می‌نامیدند (درمقابل اسلام که دین

<hr>

[49] این عبدالله پسر همان طاهر ذوالیمینین است که قبلاً ذکر شده و ولات خراسان که از این دوده بودند به آل طاهر معروفند.

سیاه[50] می‌خواندند) باقی بود. همین که بابک خرمی در آذربایجان ظهور کرد مازیار با وی باب مکاتبه را مفتوح ساخت و او را ترغیب می‌کرد و وعده‌ی یاری می‌داد.[51]

از طرف دیگر خلیفه به مازیار دستور داده بود که خراج طبرستان را نزد عبدالله بن طاهر به خراسان بفرستد تا او به اخراج خراسان به دارالخلافه ارسال دارد و ظاهراً عبدالله بن طاهر از این که مازیار را اسپهبد خراسان می‌خواندند ذشمگین و شاکی بوده است و مازیار نیز نسبت به او کینه ورزی می‌کرده است.

همین که مازیار حاکم مستقل طبرستان گردید خاصه بعد از آن که پیغام عبدالله را راجع به محبو سین به سختی جواب نفی داد مخالفت خود را با آل طاهر علنی کرد و از فرستادن خراج به نزد او سرباز زد. معتصم به او درین باب چند نامه نوشت و مازیار همیشه جواب می‌داد که خراج خود را پیش او نخواهم فرستاد بلکه مستقیماً به خدمت خلیفه می‌رسانم. وهمین که اموال خراج از طرف مازیار به همدان می‌رسید به امر معتصم

---

[50] ظاهراً به سبب این که شعار عباسیآن‌جامه ی سیاه بود. غالب ایرانیانی که به مخالفت با اسلام برخاستند سپید را شعار خویش قرار دادند. فرقه‌ی دینی سپید جامگان (مبیضه) نیز معروفند.

[51] در کتاب الفرق بین الفرق و انساب سمعانی نام فرقه ی مازیاریه برده شده است و ایشان فرقه‌ای از بابکیه‌ی خرمدینیه شمرده شده اند، و چنین برمی‌آید که تا اواسط قرن پنجم هجری هنوز از فرقه‌ی مازیاریه جماعتی به جا بوده‌اند و برای همسایگان مسلمان خود در قبال مزد کار و کشت و ورز می‌کرده اند.

یک نفر از طرف او تحویل می‌گرفت و به گماشتگان عبدالله در آن‌جا تسلیم می‌کرد که او برای عبدالله به خراسان بفرستد و همه ساله کار او بدین قرار بود و چندان با آل طاهر ستیزه کرد تا کار میان ایشان سخت شد.

از جانب دیگر افشین خیذر پسر کاووس ملک اشروسنه که از سرداران معتصم و مقیم دارالخلافه بود خواهان ولایت خراسان بود و امید داشت که اگر آن‌جا رود بتواند لوای استقلال برافرازد. ضمناً سخنانی هم از معتصم می‌شنید که از آن چنان استنباط می‌کرد که خلیفه می‌خواهد آل‌طاهر را از ولایت خراسان معزول سازد، و این مطلب باعث تقویت طمع او گردید.

درسال ۲۱۹ هجری جمعی از خرمیان که دردنگ با لشکر خلیفه درهمدان از مرگ جستند به بلاد روم گریخته پناه به تئوفیل پادشاه قسطنطنیه بردند.[۵۲] خود بابک خرمی نیز همین که سخت در محاصره‌ی

---

[۵۲] تئوفیل Theophilus دومین پادشاه از سلسله‌ی Phrigian از شاهان بیزانتیوم بود. پدرش میخائیل پسر جورجس که شوهر خواهر امپراطور سابق (استبراق پسرنقفور) بود در سال ۱۹۳ به شاهی رسید و در سال ۱۹۵ معزول شده در سال ۲۰۰ دوباره منصوب گردید و درسال ۲۰۹ (به قول طبری، ولی با مأخذ اروپائی ۲۱۳ هجری درست می‌آید) او مرد و پسرش جانشین او گردید. پناه دادن تئوفیل به ایرانیان فراری و بعد به حمایت بابک برخاستش باعث یک سلسله جنگ با خلیفه معتصم شد. معتصم لشکر خویش را به دو دسته تقسیم کرد. دسته ای از آن‌ها خود تئوفیل را که فرمانده قشون خود بود شکست دادند و دسته‌ی دیگر به طرف عموریه Amorium مرکز اصلی این سلسله حمله بردند و عموریه بعد از پنجاه و پنج روز محاصره به سبب خیانت به دست معتصم

لشـــکریان عرب قرار گرفت نامه‌ای به تئوفیل نوشـــته از او تقاضـــای همراهی کرد و او نیز وعده‌ی یاری داده به تهیه‌ی لشـــکر و تجهیزات کافی پرداخت. بنابراین مازیار در طبرســـتان و بابک در آذربایجان و تئوفیل در روم شـــرقی و افشـــین در دربار خلافت تمامی به ضـــرر مقام خلافت کار می‌کردند و حتی اتحاد گونه‌ای نیز با یکدیگر داشتند. در سال ۲۲۳ تئوفیل به حمایت بابک لشکر به طرف بلاد اسلام کشید و جمعی از مسلمانان و گروهی که بیش از هزار زن در آن میان بود به اسارت برد. معتصم اول همت به قلع و قمع بابک گماشته افشین را مأمور پیکار با وی کرد. افشین با این که خود در نهان با بابک مکاتبه داشت برای تقرب نزد معتصـــم به خدعه وی را اسیر کرده به ســـامره برد که او را به طرزی وحشـــیانه و زشـــت کشـــته جثه‌اش را در یکی از گوشـــه‌های دور افتاده‌ی ســـامرا بر عقبه ای که جلو داروغه خانه‌ی شـــهر به چوب بلندی به دار کشیدند و آن موضع تاچند قرن بعد هنوز به اسم بابک به «کنیسه بابک» شناخته می‌شد. چنان که در حاشیه‌ی صفحه‌ی قبل اشاره شد معتصم در سال ۲۲۳ به جنگ رومیان رفت و سردار او افشین دراین لشکرکشی نیز دلیری‌ها کرد، و قیصـــر روم را مغلوب ســـاخت (ماه شـــعبان) و درماه

افتاد سی هزار نفر ساکنین آن کشته شدند و شهر با خاک برابر گردید چنان که محل آن نیز تا این اواخر معلوم نبود. به طریق شهر عموریه یاطس نام به دست لشکر معتصم اسیر شد او را به سامره برده به زندان کردند و در حبس مرد. خود تئوفیل از آن شکست پشت راست نکرد و در بدبختی و نومیدی در سال ۸۴۲ میلادی جان سپرد.

ذوالقعده به جانب عراق مراجعت کردند. افشین که بدین وسیله درخدمت معتصم منزلتی حاصل کرده و به جائی رسیده بود که کسی از او برتر نبود به‌امید آن که شاید مخالفت مازیار با آل طاهر باعث عزل آل طاهر از خراسان و نصب او به‌جای ایشان گردد نامه‌ای به مازیار نوشته درآن خود را از دوستان مازیار خواند و نوشت که ولایت خراسان را معتصم به من وعده داده است و در این صورت دهقانی⁵³ طبرستان را به تو واگذار خواهم کرد. این مطلب باعث شد که مازیار از فرستادن خراج به عبدالله بن طاهر به یک بارگی خودداری کرد. عبدالله بن طاهر چندین نامه دراین باب به معتصم نوشت به‌طوری که معتصم از مازیار سخت بترسید و براو خشمگین گردید. مازیار نیز مخالفت و سرکشی را آشکار کرد و خویشتن را شاه مستقل خواند و مردم را مجبور کرد که به او بیعت کنند. ایشان نیز با وی پیمان اطاعت بستند و مازیار ازایشان گروگان‌ها گرفته در برج اسپهبد حبس کرد و کشاورزان را امر کرد که بر صاحبان مسلمان خود بشورند و اموال ایشان را غارت کنند. هرچه از این اخبار به سامرا می‌رسید شادی افشین و امیدواری او به ولایت خراسان بیشتر می‌شد.

---

⁵³ مرادش ظاهراً این بوده است که به رسم دهقانان (یعنی والیان ولایات) در عهد ساسانی حکومت طبرستان را درخاندان تو ارثی خواهم کرد.

مازیار تمام مسلمانان را از کار کنار کرد و به‌جای ایشان زرتشتیان و خرمدینان را به عمل‌ها گماشت و بر مسلمانان حاکم گردانید و ایشان را فرمود که مسجدها را خراب و آثار اسلام را محو کنند. مسلمانان آمل گرد یکدیگر جمع شده با اتفاق از ابوالقاسم هارون بن محمد تقاضا کردند نامه‌ای به شکایت و عرض حال ایشان به معتصم نوشت که خلاصه‌ی آن این است.[۵۴]

«ما مسلمانان عمری در سایه‌ی دولت خلفا به فراغ می‌گذرانیدیم و اینک روزگارمان برگشته و آبخور عیشمان به دست سرکش کافری مکدر گردیده. آیا امیرالمؤمنین می‌پسندد که ما غارت زده یک نفر مجوسی شویم که نعمت خلیفه را کفران کرده و سراز اطاعت او باز زده است؟ از ستم او چه بسا جوانان که مادرانشان به عزایشان نشسته‌اند و چه بسا پیران که از مرگ فرزندان خویش دیوانه شده و سر به بیابان نهاده‌اند. آیا باید چنین کسی نجات یابد و شربت مرگ نچشد؟»

از دارالخلافه نامه‌ای به انشای محمدبن عبدالملک زیات به‌امرمعتصم در جواب این شکایت‌نامه به مردم طبرستان رسید که بعضی عبارات آن این است[۵۵]:

---

[۵۴] اصل مفصل نامه به زبان عربی به ضمیمه‌ی دو قصیده‌ی شکوائیه که در آخر آن افزوده بودند در تاریخ طبرستان ابن اسفندیار مندرج است.

[۵۵] متن این نامه نیز که بسیار دراز است در تاریخ طبرستان ابن اسفندیار ضبط است.

«نامه‌ی شما رسید و بر امیرالمؤمنین بسیار گران و ناگوار آمد که شما نشانه‌ی تیر بلا شده‌اید. ولی می‌دانید که روزگار گردنده است و هیچ چیز بر یک حال نمی‌ماند و بسا بلاها ست که به زودی برطرف می‌شود. اما آن چه از مسلمانی خود و اطاعت خلیفه ذکر کرده‌اید بدانید که این باعث رضای خدا و خشنودی خلیفه است. اما آن چه از اندوه جوانان و اسیری پیران و کشتار یتیمان نوشته‌اید مایه‌ی حزن خلیفه گردید و از خدا خواست که به شما در این مصیبت‌ها صبر و اجر بدهد و هرآینه آن‌ها که درین دنیا نشانه‌ی تیر ستم می‌شوند به نعمت شهادت می‌رسند و در روضه‌های بهشت می‌چرند و از حوض‌های فردوس می‌خورند و بدانید که مازیار و یاران گناه‌کار او از دست انتقام امیرالمؤمنین رهائی نخواهند داشت. و امیرالمؤمنین تاکنون ازین امور آگاهی نداشت و شما بسیار بجا کردید که به او خبر دادید و نکو کردید که شرط ایجاز نگاه داشتید زیرا اختصار در کلام بهترین چیزهاست. و امیرالمؤمنین از خدا درخواست که او را براین ستمکاران مستولی سازد همچنان که وی را بر سرکشان روم غالب ساخت. و امیرالمؤمنین عبدالله بن طاهر را مأمور کرد که با دشمن شما کارزار در پیوندد و اگر محتاج مددی از درگاه خلافت شد به او خواهد رسانید.»

پس معتصم نامه‌ای به عبدالله بن طاهر نوشت که به طبرستان شده مازیار را دستگیر سازد. افشین نیز نامه‌ای به مازیار نوشت و او را به

جنگ با عبدالله تحریک کرد و به او امیدواری داد که در حضور معتصم از وی طرفداری خواهد کرد و به هرچه مصلحت کار مازیار با شد قیام خواهد نمود. مازیار نیز جواب نامه‌ی او را به موافقت داد. بنابراین افشین دیگر شک نداشت که مازیار در برابر عبدالله چندان ایستادگی خواهد کرد تا معتصم مجبور شد افشین و غیر او را به جنگ مازیار گسیل سازد.

اکنون که معتصم دو نفر مخالف قوی خود یعنی بابک و تئوفیل را از میان برده بود مسلمانان طبرستان چنین امید داشتند و شیوع می‌دادند که معتصم به طرف کرمانشاهان حرکت خواهد کرد و افشین را برای جنگ با مازیار به ری خواهد فرستاد. همین که مازیار اراجیف مردم را شنید کار را بر مسلمانان سخت‌تر کرد و برای جمع کردن مال و محدود کردن پیروان دین سیاه در حوزه‌ی قدرت و شاهی خویش صاحبان املاک را مجبور کرد که خراج املاک خویش را با اضافه کردن ده سه به عهده کرده نقداً درمدت کمی بپردازند و هرکه ازین تعهد سرپیچی کند ملکش ضبط و خودش اخراج خواهد شد. بعد از آن نامه‌ای به شاذان پسر فضل که متصدی دیوان خراج او بود نگاشت[56] به این مضمون:

---

[56] منشی مازیار علی پسر ربن نصرانی طبری بود.

«به نام ایزد بخشاینده‌ی بخشایشگر. چند بار مارا آگاهی دادند و بر ما محقق گردید که نادانان خراسان و تپورستان در باره‌ی ما هرزه درائی و ژاژخائی می‌کنند و اخباری بر خلاف ما می‌سازند و از روی بدخواهی برای دولت ما و بدگوئی از طرز اداره‌ی ما سرخویش را بدان اخبار گرم می‌دارند و به دشمنان ما نامه می‌نویسند و آرزوی برخاستن فتنه و برگشتن کار ما دارند و نعمت ما را کفران می‌کنند و امن و آسایش و رفاه و گشایش را که خدا برای ایشان خواسته است فرو می‌گذارند بطوری که شنیده‌ایم هیچ سرداری یا مفتشی وارد ری نمی‌شود یا رسولی خواه کوچک و خواه بزرگ پیش ما نمی‌آید که مردم در باره‌ی او چنین و چنان نگویند و به جانب او گردن نکشند و سخنانی که خداوند گواه بطلان آن است ذ سرایند و خداوند هربار امیداد یشان را در آن باب به نومیدی بدل نکند. و هیچ‌گاه قضیه‌ی پیش ایشان را از کاربعد باز نمی‌دارد و هیچ‌گونه ترس و پروائی ازاین کار ندارند. همه این‌ها را ما می‌بینیم و چشم می‌پوشیم و برای باقی ماندن عموم ایشان و حفظ آرامش و صلح و این اعمال ناگوار آنان را برخویشتن هموار می‌کنیم. اما این که ما گزند و آزاری به ایشان نمی‌رسانیم و از مالش دادن آنان خودداری لازم می‌شـماریم نتیجه‌ای جز لجاج و گردنکشی ایشان نمی‌دهد. اگر شـروع به گرفتن خراج را برای رعایت حال و مدارای با ایشان به تأخیر اندازیم می‌گویند معزول شده است و هرگاه زودتر از

هنگام معهود اقدام کنیم می‌گویند ناچار حادثه‌ای رخ داده است. و دست ازین خودسری برنمی‌دارند خواه ما با ایشان با ملایمت رفتار کنیم و خواه سختی روا داریم. و مارا خداوند پشت و پناه بس است، به او توکل می‌کنیم و روی به سوی او می‌نمائیم. و فرمودیم که به بندار آمل و رویان نامه‌ها بنویسند که مالیات حوزه‌ی خویش را پیش خود جمع آورند و به ایشان تا آخر تیرماه زمان دادیم. تو نیز این را بدان و در وصول کردن اموال کوشش نما و هرچه برساکنان ناحیه‌ی تو تعلق می‌گیرد تمام و کمال دریافت کن و پیش از آن‌که تیرماه به آخر رسد باید دیناری برعهده‌ی مردم باقی نباشد. اگر مخالف این امر ما رفتار کردی سزای تو در نظرما جز دار نخواهد بود. برحذر باش و جان خود را نگاه دار و در کار خویش دامن به کمر زن و همواره نامه به عباس بنویس و از هرگونه اقدام و کوششی که در اجرای فرمان ما از تو بروز می‌کند مرا آگاه کن و زنهار تا بهانه از کسی نپذیری که ما امیدواریم این مشغول کردن مردم به پرداخت خراج ایشان را از جعل اراجیف باز دارد. چه درین ایام چنین شیوع داده‌اند که‌امیرالمؤمنین (که خدا او را بزرگ داراد) به سمت کرمانشاه حرکت می‌کند و افشین را به ری خواهد فرستاد. و همانا اگر خلیفه (که خدای او را یاری دهاد) چنین کند مایه‌ی شادی منست و مرا به نزدیکی او دلگرمی می‌دهد و ما را به نیکوئی‌ها و مراحمی که عادت کرده‌ایم از او ببینیم بیشتر امیدوار

می‌سازد. و این آمدن او و دشمنان او و دشمنان ما را سرکوب می‌کند. و البته خلیفه (که خدا او را مؤید گرداناد) برای خاطر اراجیفی که عوام در باره‌ی کارگزاران و خاصان او می‌گویند امور مملکت خویش را مهمل نخواهد گذاشت و از تصرف در تمامی اطراف و حدود قلمرو و قدرت خویش باز نخواهد نشست. چه او (که خدایش بزرگ داراد) هیچ لشکری گسیل نمی‌دارد و هیچ سرکرده‌ای را نامزد نمی‌کند مگر برای جنگ با مخالفی. پس این نامه‌ی ما را برهمه‌ی کسانی که درناحیه‌ی تو باید خراج بپردازند بخوان و امر کن تا آنان که حاضرند مضمون آن را به دیگران که غایبند برسانند، پس همه ایشان را به پرداخت خراج خودشان مجبور کن. و هر کس درصدد کم کردن مبلغ مالیات خود برآید این نامه را به او بنما تا بدانند که اگر در ستیزه اصرار ورزد خدا بر او همان عذابی را خواهد فرستاد که برامثال او فرود آورد. و آن‌ها که می‌خواهند در ادای مالیات و غیر آن از اهل گرگان و ری و توابعش پیروی کنند باید بدانند که اگر خلفاء پیشین به اهل گرگان و ری در خراج تخفیف دادند به سبب حاجتی بود که در پیکار با ساکنین کوهستان و دیلمیان گمراه به ایشان داشتند. ولیکن این امیرالمؤمنین (که خدایش گرامی گرداناد) به این کار حاجت ندارد و یاری خداوند او را بسنده است و مردم کوهستان و دیلمیان همه لشکریان و بندگان اویند.»

چون این نامه‌ی مازیار به شاذان پسرفضل رسید شروع به جبایت اموال کرد و همه‌ی خراج را در دو ماه مدت وصول کرد و حال آن‌که سابق بر آن خراج هر سال به سه قسط در هر چهار ماهی یک ثلث جمع‌آوری می‌شد.

۷- سال دویست و بیست و چهار

قسمت جبال قارن قبل از مازیار برسه بخش منقسم بود: یکی کوه وندا و هرمزد درو سط، دیگری کوه برادرش ونداد سپان درطرف مشرق آن، سوم کوه شروین بن سرخاب بن باو در طرف مغرب ونداد هرمزد کوه. چنان که پیش گفتیم مازیار تمام این نواحی را بالا ستقلال مالک شده بود، لیکن چون از پنج برادرش فقط کوه یار بود که قدرت و قوتی دا شت[57] و مازیار از طرفی خود را به او محتاج می‌دید و از جانبی لیاقت این کار را دراو سراغ داشت که با وی ستیزه و خلاف کند ناچار در ابتدای کار یعنی در سال ۲۱۸ که شاه مطلق دشت و کوه طبرستان گردید قسمتی از کوهستان را به او واگذاشت و در حقیقت حوزه‌ی پادشاهی را با او تقسیم کرد. اقامتگاه خود مازیار شهر هرمزدآباد بود. همین که کار

---

[57] شهریار مرده بود و پسرش قارن درخدمت مازیار به سر می‌برد. عبدالله نیز مطیع برادر بود. فضل طفل بود و جربزه‌ی کاری نداشت. حسن در سامره در درگاه خلیفه می‌زیست و با اعمال مازیار موافق نبود.

او قوت گرفت کسان پیش کوهیار فرستاده او را به خدمت خود خواند و ملازم درگاه خویش ساخت و از طرف خود شخصی دری نام را والی کوهستان کرد. کوهیار از این رهگذر و نیز به سبب استخفاف و تحقیری که در چند مورد دیگر از برادر خویش دیده بود براو کینه داشت. همین که مازیار برای جنگ با عبدالله پسر طاهر محتاج مردان شد کوهیار را نزد خویش خوانده او را برکار افشین و مکاتباتی که با وی داشت آگاه ساخت. آن‌گاه گفت تو این کوهستان خود را بهتر از دیگران می‌شناسی، به آن‌جا رو و آن‌جا را نگاه داری کن. پس نامه‌ای به دری نوشته وی را احضار کرد و گروهی از لشکریان خویش را به سرکردگی او به جلو لشکر عبدالله پسر طاهر به ناحیه ای موسوم به مرو فرستاد. و به این فکر که کوهیار را در کوهستان نشانده است از آن‌جانب ایمن شد و گمان نمی‌برد که از طرف کوهستان به او حمله ای بشود چه آن‌جا پر بود از دره‌ها و تنگناها و جنگل‌ها، و راهی برای آمدن لشکر و پیوستن کارزار وجود ندا شت. راهی که مورد بیم مازیار بود همان بود که دری و یاران او و جنگجویان و لشکریان را به نگاهداری آن گماشته بود. برای پاسبانی راهی که از طرف کومش (دامغان) به طبرستان می‌رفت یعنی راه سواد کوه برادرزاده‌ی خود قارن پسر شهریار پسرقارن راکه از سرکردگان او بود مأمور کرده و برادر خویش عبدالله پسرقارن و گروهی از سرکردگان معتمد و خویشان خود را به وی همراه کرده بود. خلیفه‌ی

مازیار درساری مردی بود سرخاستان[58] نام با کنیه‌ی ابوصالح. وی شنید که علی پسر یزداد عطار (ازجمله‌ی مسلمانانی که پسر خود را به گرو به دست گماشتگان مازیار داده بودند) از ناحیه‌ی مازیار فرار کرده است. تمام بزرگان و معروفان مسلمانان شهر ساری را گرد آورده ایشان را ملامت کرد و گفت شاه می‌تواند به شما اطمینان کند و به چه وسیله ممکن است طرف اعتماد او شوید. مگر این علی پسر یزداد از آنانی نبود که سوگند خورده و بیعت کرده بودند و نوا سپرده. اینک سوگند خود را شکسته و گریخته است و گروگان خویش را واگذاشته. شما به سوگند خویش پایدار نیستید و از خلف عهد و شکستن پیمان پروا ندارید. یکی از ایشان گفت شخص گروی را می‌کشیم تا دیگر کسی جرأت فرار نکند. سرخاستان گفت این کار را می‌کنید؟ گفتند آری. وی نامه‌ای نگاشت به مأمور حفظ نواها و امر کرد که دسن پسرعلی پسر یزداد را که گروگان پدرش بود پیش او بفرستد. همین که حسن را به ساری آوردند مردم از سخنی که درباب وی با بوصالح گفته بودند پشیمان گشتند و کسی را که اشاره به کشتن دسن کرده بود ملامت می‌نمودند سرخاستان که نوا را حاضر کرده بود بزرگان شهر را دوباره جمع کرده به ایشان گفت شما ضامن مطلبی شده بودید، اینک گروگان، او را بکشید. عبدالکریم دبیر پسر عبدالرحمان گفت خدایت حفظ کناد تو برای

<hr>

هر کس که از این شهر خارج شود دو ماه ضرب الاجل قرار داده‌ای که شاید در آن مدت مراجعت کند. حالا هم که این نوا در دست تست خواهش داریم دو ماه به او مهلت بدهی اگر پدرش بازگشت فبها، وگرنه با او هرچه خواهی کن. سرخاستان درذشم شد و امیر پا سبانان رستم بارویه را خواند و فرمان داد که حسن را به دار کشد. حسن از رستم به التماس اذن گرفت که دو رکعت نماز بگزارد ولی چون چشمش را به داری که برایش به پا کرده بودند دوخته بود و از ترس می‌لرزید و نماز را زیاد طول می‌داد رستم فرمود وی را از سر نماز کشیده به بالای دار بردند و گلوی او را به چوبه‌ی دار بستند تا خفه شد و همان بالا مرد. پس سرخاستان مسلمانان شهر ساری را امر کرد که از شهر خارج شدند و سلاح‌داران و مأمورین خندق‌ها آنان را در میان گرفتند و به این طریق ایشان را پیاده به طرف آمل کوچ داد، و ایشان را گفت می‌خواهم شما را براهل آمل گواه گیرم و ایشان را بر شما، آن‌گاه اموال و املاک شما را به خودتان باز می‌گردانم و اگر در اطاعت ما باقی ماندید و سرکشی نکردید از خودمان دو برابر آن چه از شما گرفته‌ایم برمایملک شما خواهیم افزود. همین که به امل رسیدند همه ایشان را در قصر خلیل پسر وندادسپان که پس از کشته شدن او در تصرف گماشتگان مازیار آمده بود گرد آورد و در یک جانب قصر جدا از دیگران ایشان را نگاه داشت و لوز جان نامی را سرکرده‌ی موکلین ایشان

قرار داد. آن‌گاه صورت ثبت اسامی تمام مسلمانان آمل را بدون این که نام احدی از قلم بیفتد تهیه کرد و ایشان را از روی ثبت و سیاهه سان دید و چون اطمینان یافت که جملگی بدون استثناء حاضر شده‌اند امر کرد صلاح‌داران ایشان را احاطه نمودند و همه را ردیف کردند و بر هر یک از آنان دو نفر را موکل کرده بود و ایشان را گفته بود که هرکدام از محبوسین در رفتن سستی کند بی‌درنگ گردن او را بزنید. پس تمام این عده‌ی مسلمانان آمل و ساری را که بیست هزار نفر می‌شدند کت بسته تا کوهی بیرون هرمزدآباد برده کند آهن بر پاهایشان نهاد و در خانه‌ای محبوس کرد.

مازیار به دری نامه‌ای نوشت که نظیر این رفتار را نسبت به مسلمانان نادیه‌ی مرو خواه ایرانی و خواه عرب نیز معمول دارد و دری هم به فرمان او عمل کرد.

همین که مازیار اقتدار خویش را تا این حد رسانید و او را مخالفی نماند و کارش سرراست شد امر به خراب کردن سورها و برج و باروهای آمل و ساری داد و سرخاستان را مأمور کرد که مواظبت کند این فرمان کاملاً انجام یابد. وی نخست وا داشت دیوارهای آمل را با دهل و

تنبور ویران کردند و از آن‌جا به ســاری رفته دیوار آن را نیز با زمین برابر گردانید.[59]

بعد مازیار برادر خویش کوهیار را به شهر تمیشه از شهرهای طبرستان که در ســرحد گرگان بود فرســتاد که دیوار آن‌جا را نیز خراب کرد و خون مسلمانان شهر را مباح گردانید. بعضی از ایشان گریختند و برخی به دام بلا آویختند. اندکی بعد سرخستان مأمور تمیشه شد و کوهیار به نزد برادرش و از آن‌جا به کوهستانی که به دست وی سپرده شده بود برگشت. سرخاستان دیواری را که از بیرون شهر تمیشه تا دریا کشیده بودند و تا ســه میل در دریا امتداد داشـــت تعمیر کرد، و این دیوار را پادشاهان ساسانی میان تمیشه و زمین ترک در روزگاری که ایشان به طبرستان هجوم آورده بودند کشیده بودند.[60] پس سرخاستان لشکر خویش را در تمیشه فرود آورد و چند برج برای پاسبانی دیوار مذکور بنا کرد و دری محکم برای آن ســاخت و خندقی عریض و عمیق بیرون دیوار به وجود آورد و ســلاح‌داران معتمد را به نگاهبانی آن‌جا گماشــت.

---

[59] حکایت آورده‌اند که چون اصفهبد مازیاربن قارن سورهای آمل خراب می‌کرد بر سر دروازه‌ی گرگان بستوقه‌ای یافتند سبز، سراو به قلعی محکم کرده. متولی آن خرابی بفرمود تا بشکنند، لوحی بیرون افتاد کوچک از مس زرد، برو سطرها بخط گستج (= گشته = مغیر) نبشته، کسی را که بر ترجمه آن واقف بود بیاوردند، بخواند، هرچه استفسار طلبیدند نگفت؛ تا به تهدید و وعید انجامید، گفت برین لوح نبشته «نیکان کنند و وذان کنند و هرکه این کنذ سال واسر نی برذ.» هم‌چنان آمد، سال تمام نشده بود که مازیار را گرفته با سرمن رأی بردند و هلاک کردند.(ابن اسفندیار)

[60] کتاب البلدان ابن الفقیه ص ٣٠٤ دیده می‌شود.

مردم گرگان متوحش شده بر اموال خود بیمناک گردیدند و پاره ای از مسلمانان آن‌جا به نیشابور گریختند.

پیش گفتیم که معتصم به عبدالله بن طاهربن حسین بن مصعب که عامل او در خراسان و حاکم بر آن ایالت و ری و کومش و گرگان بود نامه‌ای نوشته وی را امر به کارزار با مازیار کرد. عبدالله عموی خویش حسن پسر حسین پسر مصعب را با قسمت عمده‌ی لشکر از راه گرگان فرستاده فرمان داد که در کنار خندق تمیشه لشکر فرود آورد و گرگان را از حمله‌ی احتمالی حفظ نماید. حسن همچنان کرد و پهنای خندقی که سرخاستان ایجاد کرده بود میان دو لشکر فاصله ماند. عبدالله‌اندکی پس از آن حیان پسر جبله را نیز با چهارهزار سپاهی از طرف کومش فرستاد و او در سرحد کوهستان شروین در مقابل قارن پسر شهریار لشکرگاه کرد. معتصم خود نیز بنا به خواهش عبدالله برای مدد او از دارالخلافه سه دسته لشکر روانه کرد اول گروهی انبوه را به سرکردگی محمد پسر ابراهیم پسر مصعب که برادر اسحق پسر ابراهیم بود به همراهی حسن برادر مازیار و همه‌ی طبرستانیانی که در دارالخلافه بودند فرستاد که از راه شنبله و رودبار به طرف رویان داخل شدند و معتصم دبیری از موالی خود موسوم به یعقوب پسر ابراهیم پوشنگی و معروف به قوصره را همراه این لشکر کرده بود تا اخبار جنگ را به خدمت معتصم بنویسد. دسته‌ی دیگری به سرداری منصور پسردسن پسرهار که عامل دماوند

بود به ری فرستاد تا از آن‌جانب داخل طبرستان شوند. و دسته‌ای دیگر به ریاست ابوساج غلام ایرانی مقرب خویش[61] به لار و دماوند روانه کرد.

مازیار همین که دانست این همه لشکر اطراف طبرستان را فرو گرفته‌اند و در برابر هر یک از سرداران او و به هر راهی که ازان دخول به سرزمین وی میسر بود دسته‌ای از سپاهیان مأمور شده‌اند ابراهیم پسر مهران را که رئیس شرطه‌ی او بود و ابو محمدعلی پسر ربن طبری نصرانی را که دبیر او بود[62] و با ایشان نایب امیر حرس خویش بود این هر سه را پیش آن زندانیان مسلمان که از ساری و آمل آورده بودند فرستاد که به ایشان بگویند: لشکر ازهرطرف به من روی آورده است، و من شنیده بودم که حجاج بن یوسف ثقفی از این که یک زن مسلمان را اسیر کرده و به مملکت سند برده بودند بر والی سند خشمگین شد و به جنگ مردم آن خاک لشکر کشید و بیت‌المال‌ها در آن جنگ صرف

---

[61] این ابوالساج دیوداذ پسر دیو دست از خویشان افشین بود، و او بود که بابک را در آذربایجان دستگیر کرد و بعدها سلسله‌ی امرای ساجی آذربایجان از اولاد او به وجود آمد (کتاب آقای دکتر غلامحسین صدیقی به فرانسه در باب جنبش‌های دینی ایرانیان در قرون اولای اسلام ص ۲۳۵ و شهریاران گمنام مرحوم سید احمد کسروی دیده شود).

[62] و علی بن ربن را خلیفه بعد از مازیار به دیوان انشاء خویش بنشاند معانی نبشته‌ها که می‌نبشت کمتر از آن آمد که به عهد مازیار برای او می‌نبشت ازو پرسید چرا چنین است گفت آن معانی او به لغت خویش می‌نبشتی من با تازی کردمی، بدانستند فکرت مازیار قوی‌تر بود. از تاریخ طبرستان ابن اسفندیار.

کرد تا آن زن را رهائی داد و به شهر خودش برگردانید. من هم شما را حبس کردم تا شاید این مرد (یعنی معتصم) به خاطر شما، کسان پیش من بفرستد ولی او کسی را نفرستاد و اعتنائی به بیست هزار محبوس مسلمان نکرد و پرسشی درباره‌ی ایشان ننمود. ومن درحالی که شما پشت سرم هستید به جنگ با خلیفه اقدام نخواهم کرد. خراج دو ساله را به من بپردازید تا شما را آزاد کنم و آن‌ها را که جوان و توانا باشند باخود به جنگ برم و یقین بدانید که هر کدام از شما نسبت به من وفاداری کند اموال و املاکش را به او برمی‌گردانم اما هرکس که غدر و بی‌وفائی ورزد خونش به گردن خودش خواهد بود، و ازشما آن‌ها را که پیرو ناتوان باشند به کارهای کم زدمت مانند پاسبانی و دربانی می‌گمارم. در میان محبوسین زاهدی بود موسی نام پسرهرمزد و می‌گفتند که او بیست سال بود آب نخورده بود؛ وی به سخن درآمد و گفت: من ضامن پرداخت خراج دوساله‌ی همگی خواهم شد. نایب امیرحرس روبه احمد پسرصقیر کرده گفت تو چرا سخنی نمی‌گویی؟ تو که از دیگران پیش اسپهبد گرامی‌تر بودی و دیده بودمت که باوی هم غذا می‌شدی و بربالش او تکیه می‌زدی و این چیزی است که شاه به هیچ‌کس جزتو اذن نداده بود. تو از موسی اولی‌تری که ضامن این کار شوی. احمد گفت که موسی قدرت وصول کردن یک درهم نیز ندارد، و این سخن را ازروی نادانی و به سبب این که خود و دیگران را به این حال

می‌بیند می‌گوید تا ازاین حبس و بند نجات یابند. و اگر امیر شـما احتمال می‌داد که از ما یک درهم به دسـت توان آورد حبسـمان نمی‌کرد. ما را وقتی به زندان و بند گرفتار کرد که هرچه مال و ذخیره داشـتیم از ما گرفته بود. اگر در مقابل این وجه نقد ازما ملک بخواهد حاضـریم و خواهیم داد. علی پسـرربن گفت: املاک مال شـاه اسـت نه مال شـما. ابراهیم پسـرمهران به او گفت آخرچرا از گفتن این کلام لب نبسـتی؟ و احمد پسر صغیر گفت خامو شی من برای آن بود تا سخنی که این مرد بر زبان آورد گفته شـود و تو بشنوی. فرسـتادگان به ضـمانت موسی زاهد قانع شده او را از حبس برآوردند و به خدمت مازیار برگشته وی را از ماوقع مستحضر ساختند. جمعی از ساعیان پیرامون موسی زاهد را گرفته گفتند فلان قدرت بر ده هزار درهم دارد و به همان بیست هزار درهم تواند داد، و هم‌چنین کمتر و بیشتر، و به این طریق مردم شروع کردند به آزار دادن خراج گزاران و غیر ایشـان. چون چند روزی از این مقدمه گذشت مازیار فرستادگان را نزد موسی فرستاد و تقاضای مالی که وی ضـمانت کرده بود نمود لکن اثری از مال پیدا نبود. و مازیار می‌دانسـت که محبوسـین مالی ندارند که بپردازند ولی نتیجه‌ای که از این اقدام برد انداختن دشـمنی بود میان مؤدیان مالیات و کسـانی که نبایستی خراج بدهند از قبیل تاجران و پیشه‌وران.

سرخاستان جمعی از پسران سرکردگان ایرانی و غیر ایرانی از اهل آمل را که جوانان چابک و شجاع بودند منتخب کرده بود و با خود داشت، پس دویست و شصت تن از ایشان را که مورد بیم بودند در خانه‌ی خویش به بهانه‌ی مشورت گردآورده کسان پیش‌بزرگان برگزیده گسیل کرد و به ایشان پیغام داد که این پسران سرکردگان هواخواه تازیان و سیاه پوشانند و من از مکر و حیله‌ی ایشان ایمن نیستم و کسانی از ایشان را که مورد سوء ظن هستند و از ایشان بیمناک هستم یک جا گرد آورده‌ام بیائید و آن‌ها را بکشید تا ایمن و آسوده شوید و درلشکر شما کسی که دلش با شما یکی نبا شد به جا نماند. پس امر کرد که آن دویست و شصت تن را بستند و شب هنگام به دست برزگران سپردند که ایشان را به کنار قناتی برده همه را کشتند و در چاه‌های قنات افکنده مراجعت کردند. همین که عقلشان به جا آمد از کرده‌ی خویش پشیمان گشتند و ترس ایشان را فروگرفت. مازیار هم همین که دانست مسلمانان زندانی مالی ندارند که بپردازند پیش همین برزیگران برگزیده فرستاده به ایشان گفت که من منزل‌ها و حرم صاحبان املاک را بر شما مباح کردم مگر دختران زیبای آنان را که تعلق به شاه دارد، بروید و نخست خود ایشان را در زندآن‌ها بکشید سپس منازل و حرمشان را که به شما بخشیده‌ام متصرف شوید. لکن کشاورزان از مبادرت به این کار تر سیدند و آن چه او گفت نکردند. کوهیار به مازیار از

گفت که این بیست هزار نفر مسلمان که در زندان تواند همه کفشگر و خیاط و جولاه و پیشه ورانند که تو بیهوده خویش را پای‌بند ایشان کرده‌ای، و حالا که باید از پناهگاه و کسان و خویشان خود دور شوی با اینان چه خواهی کرد؟ مازیار فرمان داد که جملگی را آزاد کردند جز محمد پسر موسی و برادرش را که در حبس نگاه داشت، آن‌گاه ابراهیم پسر مهران و علی پسر ربن نصرانی و شاذان پسر فضل را با یحیی پسر روزبه که کهبد[63] او و از اهل دشت طبرستان بود احضار کرده گفت اهل و عیال و منازل و املاک شما در جلگه است و عرب به زودی آن‌جا را فرو خواهند گرفت و من باید به جنگ و گریز مشغول باشم و بیم آن دارم که سبب بدبختی شما شوم. به منازل خویش بازگردید و برای خود امان بگیرید، آن‌گاه ایشان را مال و نعمت داده بازگردانید و آنان هم از عربان زنهار طلبیده به مال و جان ایمن شدند.

۸- خیانت

کسانی که سرخاستان به مواظبت و محافظت سورو باروی تمیشه گماشته بود شب‌ها با پاسبانان لشکر حسن پسر حسین که در طرف دیگر

---

[63] معرب آن کهبذ است به کسرجیم و باء، و آن نام منصب مأموریت که کارش تحویل گرفتن نقود و صرافی آن‌ها بود و برای این شغل کسی را انتخاب می‌کردند که در شناختن پول صحیح و قلب بسیار ماهر بود. نام یحیی روزبهان سابقاً (ص ۱۴) برده شد.

ذندق بوده‌ند گفتگو می‌کردند تا عاقبت با یکدیگر انس گرفتند و قرار گذاشتند که پاسبانان سرخاستان برج و بارو را با ایشان تسلیم کنند، بنابراین پاسبانان لشکر دسن از آن طرف رخنه در اردوی سرخاستان کردند و بی‌آن‌که دسن یا سرخاستان آگاه باشند شبانه وارد لشکرگاه سرخاستان گردیدند، سایر لشکریان حسن دیدند که جمعی از یاران ایشان درکار گذشتن از روی دیوار هستند به آنان پیروی کردند. به سبب این امر خروش و نفیر و غریوی از مردم برخاست که به گوش حسن رسید، برخاسته بیرون آمد و چون ماجرا بدید به جلوگیری ایشان پرداخت و برایشان بانگ می‌زد که می‌ترسم بر شما نیز همان برسد که برقوم داو ندان[64] رسید، لیکن کسی به جوش و خروش او وقعی نمی‌گذاشت و عده‌ای که در زیر فرمان قیس پسر رنجویه بودند پیش رفتند و علم را در لشکرگاه سرخاستان بربالای بارو نصب کردند، دسن که دید نمی‌تواند لشکریان خویش را از حمله و پیش رفتن باز دارد سر به آسمان بردا شت و گفت: بارالها مردم فرمان مرا نشنیدند و امر ترا اطاعت کردند پس تو خود ایشان را حفظ و یاری کن. خبر به سرخاستان بردند که عرب دیوارها را شکسته به ناگاه داخل شدند، سرخاستان درحمام بود، همین که آشوب و غوغا را شنید و از مطلب مطلع گردید ازو جز گریز کاری برنیامد و هم چنان لنگی برخویش پیچیده بیرون شد

---

[64] این قوم را نتوانستم تطبیق کنم و چنین واقعه‌ای که این جا اشاره شده نیافتم.

و بر اسبی زین کرده برنشست و فرار اختیار کرد. لشکر عرب خود را به دری رسانیدند که برحصار بود و آن را شکسته راه را برای دخول بقیه‌ی یاران خویش باز کردند و لشکریان سرخاستان را دنبال کرده فرار دادند و بدون مانع پیش رفته هرچه در لشکرگاه بود به تصرف درآورند، و جمعی از ایشان به جستجو پرداختند. زراه پسر یوسف سگزی (سیستانی) گفت که من در جزءِ کسانی بودم که به تفتیش پرداخته بودند و در هنگامی که به هر گوشه و کنار راه می‌بردیم و داخل می‌شدیم در طرف چپ راه به مکانی برخوردم درون رفتم و بی آن که کسی را ببینم نیزه را به اطراف حرکت می‌دادم و می‌گفتم وای برتو، کیستی؟ ناگاه بانگی برخاست که زنهار خواست، برصاحب آواز حمله بردم و وی را که پیرمردی تنومند بود گرفته دست بستم، بعد معلوم شد که او شهریار برادر ابو صالح سرخاستان سردار لشکر است وی را به دست رئیس خویش یعقوب پسر منصور دادم و تاریکی شب مانع از ادامه‌ی جستجو شد و همه به لشکرگاه برگشتیم. شهریار را پیش حسن پسر حسین بردند او را گردن زد، اما خود ابوصالح سرخاستان فرار کرد تا پنج فرسنگ از لشکرگاه خویش دور شد و چون علیل و ناتوان بود تشنگی و ماندگی او را از رفتن بازداشت و در جنگلی در طرف راست راه در دامن کوهی پیاده شد چارپای خود را بست و برزمین به پشت دراز کشید یکی از لشکریان خویش موسوم به جعفر پسر وند‌ونداد امید را در آن نزدیکی

دید او را خواند و گفت قدری آب به من برسان که از تشنگی مانده
شده‌ام، جعفر جواب داد ظرفی ندارم که با آن آب برگیرم، سرخاستان
گفت سرپوش تیردان مرا که بر زین اسب بسته است بردار و با آن به
من آب ده. جعفر به سوی گروهی از لشکریان خود شان رفته به ایشان
گفت این شیطان مارا تباه کرد، چرا او را وسیله‌ی تقرب به دستگاه
خلافت نسازیم و بدین خدمت که انجام می‌دهیم برای خود از عربان
امان نگیریم؟ ایشان گفتند ما چگونه براو دست توانیم یافت؟ جعفر
سرخاستان را به ایشان نشان داده گفت دمی با من کمک کنید من او را
دستگیر خواهم کرد، آن‌گاه چوب بزرگی به دست گرفته همچنان که
سرخاستان برپشت خوابیده بود خود را بر روی او افکند و دیگران نیز
همراهی کرده دستهای او را بدان چوب بستند، سرخاستان به ایشان
گفت صدهزار درهم از من بگیرید و مرا واگذارید و بدانید که عربان
به شما چیزی نخواهند داد. گفتند بده، گفت ترازو بیاورید، گفتند این‌جا
ترازو کجا بود گفت من نیز این‌جا زر و سیم از کجا دارم مرا به منزل
خودم ببرید عهد می‌کنم و پیمان می‌بندم که این صد هزار درهم را به
شما بدهم، ایشان نپذیرفتند و او را پیش دسن پسر دسین بردند و به
جمعی از لشکریان دسن که به استقبال ایشان آمدند تسلیم نمودند و
چگونگی دستگیر کردن او وامیدی را که از این کار داشتند حکایت کردند.
ایشان جعفر و یارانش همه را گردن زدند و سرخاستان را نزد حسن

حسن سرکردگان عرب طبرستان مانند محمد پسر مغیره پسر شعبه‌ی ازدی و عبدالله پسر محمد قطقطی ضبی و فتح پسر قراط و غیر ایشان را خواند و از ایشان پرسید که این سرخاستان است؟ گفتند آری. پس به محمد پسر مغیره گفت برخیز و او را بعوض پسر و برادرت بکش، محمد برخاست و ضربت شمشیری براو نواخت و دیگران نیز وی را در میان شمشیر گرفته کشتند، حسن سر او را روانه‌ی خدمت عبدالله بن طاهر کرد و خود در لشکرگاه خویش ماند.

حیان پسر جبله آزاد کرده‌ی عبدالله پسر طاهر که از طرف کومش آمده بود با قارن پسر شهریار (یعنی برادر زاده مازیار) مکاتبه نموده و او را مایل به اطاعت کرده بود و با او قرار گذاشته بود که اگر وی حاضر شود جبال طبرستان و شهر ساری تا سرحد گرگان را تسلیم کند حیان نیز ضامن می‌شود که او را بر کوهستانی که به دست اجداد او بوده است شاه کند. پس موضوع قرارداد را به عبدالله طاهر نوشته کسب اجازه کرد. عبدالله خواهش او را پذیرفت ولی به او دستور داد که توقف کند و داخل کوهستان نشود تا از قارن دلایل وفاکردن به وعده‌ی خود مشاهده نماید مبادا که خدعه‌ای درکار باشد. حیان نیز این مطلب را به قارن نوشت. قارن عبدالله برادر مازیار و سایر سرداران را به مهمانی خواند. همین که طعام خورده شد و هرکسی اسلحه‌ی خود را یک سو نهاد گروهی از لشکریان قارن با شمشیرهای آخته درون آمدند و گرد

ایشان را فرو گرفته کتف‌هایشان را بستند. قارن ایشان را پیش حیان پسر جبله فرستاد و حیان چون چنان دید خاطر جمع شد و با گروه خود سوار شـده داخل جبال شـروین که به دسـت قارن بود گردیدند. این خبر به مازیار که رسید اندوهگین گ شت و امارات مغلوبیت خویش را به چ شم دید. همین که خبر به مردم ساری رسید که سرخاستان مقتول و لشکر او پراکنده شده و حیان داخل جبال شروین شده است ایشان نیز برعامل مازیار در شهر ساری بشوریدند و این شخص که نامش مهریستانی پسر شهریز بود از د ست ای شان گریخته خود را نجات داد. مردم در زندان شــهر را باز کرده هر که را که درآن بود بیرون آوردند و بعد از این قضیه حیان به ساری رسیده داخل شهر گردید.

کوهیار برادر مازیار که از آمدن حیان به شهر ساری آگاه شد به سبب کینه‌ای که از رفتار مازیار با خود در دل دا شت محمد پسر مو سی پسر حفص را از حبس آزاد کرده براسـتری زین کرده نشـانید و پیش حیان فرسـتاد که ازو برایش امان بگیرد و خواهش کند که کوهسـتان پدر و جدش را به او واگذار نماید به شرط این که کوهیار نیز مازیار را ت سلیم حیان کند، و براین مطلب به ضمانت خودش و احمد پسر صقیر با حیان پیمان بندد. چون محمد پسـر موسـی پیش حیان رسـید و مطلب را با او در میان نهاد حیان از او پرسید که این احمد پسر صقیر کیست. گفت وی پیر این دیار است و خلفا و امیر عبدالله پسر طاهر همه او را می‌شناسند.

حیان کس فرستاده احمد را اِحضار کرد و همین که‌آمد او را امر کرد که با محمد پسر موسی به مسلحه‌ی خرم‌آباد برود. احمد را پسری بود اسحق نام که از ترس مازیار فرار کرده بود و روزها را در جنگل‌ها می‌گذرانید و شب را به قطعه زمینی موسوم به ساوا شریان می‌رفت و این ملک برکنار جاده‌ای بود که از قدح اِسپهبد (محل قصر مازیار) می‌آمد، اسحق شبی دراین ملک بود جمعی از کسان مازیار از آن‌جا گذشتند و گله‌ای از ستوران[65] با خود می‌بردند، اسحق بر اسپی قوی هیکل و بی‌زین‌وُبرگ جَسته سوار شد و به شهر ساری رفت و آن اسپ را به پدر خویش داد. همین که احمد در این روز خواست به خرم‌آباد رود بر آن اسپ سوار شد. حیان آن را دید و پسندید و روی به لوزجان

---

[65] مازیار عادت داشت که هرساله جماعتی را که به اسپ خریدن مهارت و بصارت داشتند مال‌ها داده به اسپ خریدن می‌فرستاد. در باب اسپ شناسی خود او دو حکایت در تاریخ ابن اسفندیار آمده که خلاصه‌ی آن‌ها این است.

الف- وقتی برای او صف کردند در طخیرستان فلان کس را اسبی است به صد هزار درهم می‌فروشد آن جماعت را فرمود که اول به طخیرستان آن اسپ بخرند و در دیدن اعضاء و تناسب خلقت او احتیاط تمام کنند و مال بدهند بدان قرار که کمند دراو افگنند اگر دو گوش راست کند و نظر تیزتیز میان هردو دست می‌زنند و دنبال در خویشتن گیرد بیع در ست با شد و اگر چون کمند به گردن او افتد گردن برکمند می‌نهد و پهلو برمی کند و هر دو گوش فرو می‌افگند به عیب رد کنند و البته نخرند. چون تجربت کردند معیوب بود هم چنان که او گفته بود.

ب – روزی یکی از مهتران او بر اسپی نشست و می‌گردانید مازیار از او پرسید که درین اسپ هیچ عیب می‌دانی گفت در همه جهان مثل این اسپ نباشد مازیار گفت درهردو اشتالنگ (مچ پا) این اسپ هیچ مغز نیست و بفرمود تا اسپ را بکشتند و اشتالنگ بشکستند هیچ درو مغز نبود.

سابق الذکر که از سرکردگان قارن بود نموده گفت این پیر را بر اسپی نجیب سوار دیدم که کمتر مانند آن دیده‌ام. لوزجان گفت این ا سپ از آن مازیار بوده است. حیان کس پیش احمد فرستاد و خواهش کرد که اسپ را پیش او بفرستد که ببیند و همین که دیان آن را به دقت نگریست دریافت که بر دو دستش راه‌ها و خط‌هائی است آن را نخواست و به لوزجان داد و فرستاده‌ی احمد را گفت به او بگو که اسپ از آن مازیار است و هرچه مازیار راست از ان امیرالمؤمنین است. احمد از شنیدن این سخن بر لوزجان ذشمگین گشت و به او پیغام د شنام د اد. لوزجان عذر خواست و گفت مرا دراین امر گناهی نیست و اسپ را با دو ا سپ تاتاری یکی برذون و یکی شهری برای احمد فر ستاد. احمد آن دو اسپ هدیه شده را ار د کرد و برحیان به سبب آن رفتار غضبناک گردید و گفت این جولاه پیش پیری چون من می‌فرستد و مرا می‌خواهد و آن‌گاه با من چنین معامله می‌کند. پس نامه‌ای به کوهیار نوشت که وای برتو چرا در کارخود خطا می‌کنی و باوجود شخصی مثل دسن پسر حسین عموی امیر عبدالله پسر طاهر در زنهاراین جولاه که بنده ای بیش نیست داخل می شوی و برادر خود را به او تسلیم می‌کنی و قدر خویش را می‌کاهی، و چون د سن پ سرد سین از کار تو آگاه شود بر تو کینه‌ور می‌شود که خود او را رها کرده و تسلیم بنده‌ای از بندگان او شده‌ای، کوهیار پاسخ نوشت که در اول کار اشتباه کرده و با او پیمان بسته‌ام که

پس فردا نزد او روم و اگر خلاف کنم بیم آن دارم که به جنگ من برخیزد و خان‌وُمان مرا برهم زند و اگر با او کارزار کنم و از لشکریان او بکشم و خون میان ما روان شود دشمنی سخت خواهد شد و این کاری که به خواهش و تمنا ترتیب داده بودم از میان خواهد رفت. احمد به او نوشت که چون روز وعده برسد یکی از خویشاوندان خود را نزد او گسیل دار و به او بنویس که به سبب عارضه‌ی کسالتی از حرکت معذوری و سه روز مشغول معالجه خواهی بود و از آن پس اگر بهبودی یافتی چه بهتر ورنه در تخت روان نشسته پیش او خواهی رفت، و ما حیان را وامیداریم که عذر تو را بپذیرد و دراین مدت خود به تدبیر کار مشغول خواهیم بود. آن‌گاه احمد پسر صقیر و محمد پسر موسی نامه‌ی دیگری به حسن پسر حسین که در لشکرگاه خویش درتمیشه منتظر دستور عبدالله پسر طاهر و پاسخ نامه‌ی خود راجع به فتح تمیشه و کشتن سرخاستان بود نوشتند که سوار شده نزد ما بیا تا مازیار و کوهستان طبرستان را به تو تسلیم کنیم و زنهار تا درنگ نکنی ورنه کار از دست تو خواهد رفت و نامه را به دست شاذان پسر فضل دادند و او را گفتند که در رفتن شتاب کند. همین که نامه به حسن رسید در دم فرمان حرکت خود داده نیز سوار شد و راه سه روزه را در یک شب پیموده به ساری وارد شد و صبح روز بعد که روز وعده‌ی حیان با کوهیار بود به خرم‌آباد رسید، حیان همین که بانگ کوس حسن را شنید

سـوار شـده به یک فرسـنگ پیشـباز رفت، حسـن به او گفت این‌جا چه می‌کنی و در صـورتی که جبال شـروین را فتح کرده ای چرا آن را رها کرده و این جا آ مده‌ای؟ مگر بیم آن نداری که مردم تو از رفتن تو آ گاه شـوند و برتو شـوریده هرچه رشـته‌ای پنبه کنند؟ زود به کوهستان برگرد و در همه‌ی نواحی و اطراف مسـلحه‌ها تعبیه کن و چنان مواظب مردم باش که اگر آهنگ غدری کنند نتوانند. حیان گفت: من خود عازم بازگشتن بودم و می‌خواهم بار و ُبنه‌ی خود را بار کرده آن‌گاه مردان را فرمان حرکت دهم، دسن گفت تو برو و من بار و ُبنه و مردان تو را در دنبالت روانه خواهم کرد. امشب را در شهر ساری به سر بر تا ایشان به تو برسند و فردا صبح زود از آن‌جا روانه شو. حیان فوراً به راه افتاد و به سوی ساری رفت، آن‌گاه نامه ای از عبدالله پسر طاهر به او ر سید که در لبوره لشـکر فرود آورد و لبوره از کوه‌های ونداد هرمزد و از همه جاهای آن کوهستان محکم‌تر بود و بیشـتر اموال مازیار در آن‌جا نهاده شـده بود، و عبدالله به دیان نوشـته بود که قارن را از آن‌چه از آن کوهستان و اموال می‌خواهد مانع نشـود. پس قارن هرچه از اندوخته‌ها و ذخایر مازیار در لبوره و ا سباندره بود و هرچه نیز از اموال سرخا ستان در قدح سلطان[66] بود همه را به تصرف آورد، و این همه‌اموال از د ست

دیان برای خاطر یک اسپ بیرون شـد، خودش هم به زودی مرد و عبدالله بهجای او عموی دیگر خویش محمد پسر سین پسر مصعب را مأمور سواد کوه کرد و به او نیز دستور داد که هرچه قارن میل داشته باشد که تصرف کند به اختیار او بگذارد.

اما حسن پسر حسین به خرمآباد که وارد شد محمد پسر موسی و احمد پسـر صقیر پیش او رفتند و نهانی با یکدیگر سخن گفتند، و او ایشـان را پاداش نیک داد و نامهای به کوهیار نوشـت و او را به خرمآباد خواند و چون آمد بزرگش داشت و همهی آرزوهای او را برآورد و روزی را و محلی را با او وعده گاه قرار داده او را روانه کرد که به نزد مازیار بازگشت. کوهیار آنجا بود که نامهای از برادر دیگرش دسن پسر قارن که در لشکر محمد پسر ابراهیم پسر مصعب بود به او رسید و در آن از جانب محمد پسر ابراهیم به وی وعده داده بود که امیرالمؤمنین همهی خواهشهای او را خواهد پذیرفت به شـرط آن که کوهیار مازیار را به وی تسلیم کند. کوهیار در جواب او نیز همان وعدهها که به دیگران داده بود به گردن گرفت ـ و همهی این کارها را برای آن میکرد که این دسـتههای مختلف را از جنگ کردن باز دارد. بهطور کلی طمع کوهیار این بود که تمامی جبال طبرستان که به دست پدر و اجداد او بوده است بهطور دائم از آن او شـود. معاهدین نیز هریک جدا جدا ضـمانت میکردند که آن اراضـی را به دسـت او واگذارند و هرگز متعرض او

نشـوند و هیچ‌گاه با او نجنگند، و هریک تعهدنامه‌ای به این مضـمون نوشت. حـسن پـسردسین به وعده‌ی کوهیار مطمئن گردید گروهی از لشکریان خویش را برای مـشغول کردن دری به جنگ روانه‌ی طرف مرو کرد و بقیه را به سرکردگی یکی از سرداران خویش سپرده منتظر روز وعده نشـسـت. ضـمناً نامه‌ی پیمانی را که از کوهیار گرفته بود پیش عبدالله پسر طاهر فرستاد و عبدالله هم آن را به مردی داد که به سامرا برده به معتصم برساند.

گفتیم که عمده‌ی لشکر مازیار سپرده به دری بود و او در محلی بود که مرو نام داشت آن‌جا شنید که لشکر خلیفه به سرداری محمد پسر ابراهیم از راه دنباوند به طرف رویان می‌آیند. برادر خویش برزگشنسپ را به همراهی محمد و جعفر دو پسـر رستم کلاری و جمعی از مردان مرزها و اهل رویان به آن سو گسـیل داشـت که از آیندگان جلوگیری کنند. حـسن بن قارن به دو پـسر رستم یعنی همان محمد و جعفر که از رؤسای لشکر دری بودند قبلاً نامه نوشته و ایشان را با خویشتن یارکرده بود، چون این سپاه که دری فرستاده بود با لشکر محمد پسر ابراهیم روبرو شدند دو پسر رستم و مردم دو مرز و اهل رویان بر برزگشنسپ برادر دری شوریدند و او را دستگیر کردند و به همراهی لشکر محمد پسر ابراهیم برگشتند و هادی راه آنان را به طرف دری شدند. دری در قصـر خویش با خانواده‌ی خود می‌زیسـت که از خیانت کردن محمد و

جعفر و پیروی کردن اهالی رویان و دو مرز و دستگیر شدن برادرش برزگشنسپ آگاه شد سخت غمگین گشت و یارانش برجان خویش بیمناک شدند و بیشتر لشکریان او متفرق گردیده به فکر جان خویش و گرفتن زنهار برای خود و بستگانشان افتادند. دری کس پیش مردم دیلم فرستاده از ایشان یاری طلبید. قریب چهار هزار نفر از آنان نزد او آمدند. ایشان را ترغیب و تشویق به خدمت خویش کرد و مال و نعمت و ساز و برگ جنگ هرچه کم داشتند داد. و چون ماندن در مرو را صلاح ندانست سوار شده‌اموال خویش را نیز براستران بارکرد و به عنوان این که به رها کردن برادر خویش و جنگ با محمد پسر ابراهیم می‌رود حرکت کرد ولی باطناً به قصد آن بود که به سرزمین دیلم داخل شده به پشت گرمی ایشان در برابر محمد پسر ابراهیم ایستادگی کند. همین که دری از مرو رفت زندان‌بانان محبس‌ها را رها کرده راه فرار پیش گرفتند و زندانیان کند و زنجیر خویش را شکسته گریختند و هرکس به شهر خویش رفتند و آن در روز سیزدهم شعبان سال ۲۲۵ بود.

دری در حین فرار در ساحل دریا میان کوه و دریا و جنگل با لشکریان محمد پسر ابراهیم دچار شد و آن جنگل متصل به سرزمین دیلم بود. محمد سر راه بر او گرفت و جنگ میان دو لشکر سخت شد. دری مردی دلیر و پهلوان بود و به تن خود بر لشکریان محمد حمله می‌برد و تا ایشان را اندکی از پیش راه خود دور می‌کرد بدون آن که آهنگ

گریز داشته باشد به طرف جنگ می‌راند و قصد آن داشت که خویشتن را به جنگل بیندازد دری هم چنان با لشکری که برابرش بود نبرد می‌کرد که یک بار دید سپاهی که حسن پسر حسین از خرم‌آباد فرستاده بود از پشت به او هجوم آوردند و در میان دو لشکر گرفتار شده است. بیشتر کسانش کشته شدند ولی خود او مردانه می‌کوشید و برای جان جنگ می‌کرد. مردی از کسان محمد پسر ابراهیم که نامش فند پسر حاجبه بود با وی روبرو شد و براو سخت گرفت عاقبت اسیرش کرده برگشت. همراهان دری فرار بر قرار اختیار نمودند و لشکریان محمد پسر ابراهیم آنان را دنبال کردند و ایشان را باهرچه از اثاثیه و اموال و چارپایان و اسلحه داشتند بد ست آوردند. محمد پسر ابراهیم امر کرد که برزگشنسب برادر دری را کشتند. سپس خود دری را پیش آورده نخست یک دستش را از بازو و بعد یک پایش را از زانو و باز دست دیگر و پای دیگرش را به همان نحو جدا کردند و دری بر نشیمن خویش قرار گرفت و درتمام آن مدت دم نزد و جزئی نکرد و اصلاً آثار ترس و سستی درو دیده نشد.[۶۷] پس سر او را قطع کرده به خراسان به نزد عبدالله پسر طاهر فرستادند و یاران و پیروانش را زنجیر کرده به طرف

---

^{۶۷} این قسم عذاب و قتل را محمد پسر ابراهیم در دربار خلیفه از معتصم آموخته بود که بابک را به همین طرز شنیع کشت و دری هم همان پردلی و جسارت را به خرج داده است که بابک درآن موقع بروز داده بود.

سامرا بردند. محمد پسر ابراهیم از آن‌جا به امید وعده‌ای که کوهیار به او داده بود به جانب آمل و هرمزدآباد روانه گردید.

۹- پایان کار

در همان حینی که این وقایع در یک ناحیه‌ی طبرستان می‌گذشت درخرم‌آباد حسن پسر حسین لشکریان خویش را به راهنمائی کوهیار در دل شب به کوهستان فرستاد که تمام مواضع کوهستان را فرو گرفتند. پس کوهیار به نزد مازیار رفته گفت شنیده‌ام که حسن می‌آید ترا ببیند و ترا امان می‌دهد و می‌خواهد با تو گفتگو کند و اینک در فلان‌جاست. روز وعده که رسید حسن شنید که محمد پسر ابراهیم برای گرفتن مازیار از آمل سوار شده به جانب هرمزدآباد می‌آید. ابراهیم پسر مهران که سابقاً رئیس شرطه‌ی مازیار بوده بود گفته است که آن روز من هنگام عصر از برابر خرگاه حسن می‌گذشتم او را دیدم یکه و تنها سوار است و جز سه غلام ترک کسی درپی او نیست. از اسپ بر زمین جسته براو سلام کردم. گفت سوار شو. چون براسپ نشستم گفت راه آرم[۶۸] کجاست؟ گفتم دراین دره. گفت پیش بیفت و راهنمای من شو. من رفتم تا به دربندی رسیدیم که بردو میلی آرم بود. آن‌جا مرا ترس

<hr>

گرفت گفتم خدا امیر را خیر دهد این جا محلی ترسناک است و کمتر از هزار سـوار با هم از این جا نمی گذرند و بهتر آن می دانم که از این جا برگردی و داخل این دربند این دربند نشـوی. برمن بانگ زد که پیش برو. من فرمان کردم ولی عقل از سرم پریده بود. در راه خود کسی را ندیدیم تا به آرم رسـیدیم، آن گاه گفت راه هرمزد آباد کدام اسـت؟ گفتم هرمزد آباد بر این کوه و در سـر آن راه باریک اسـت که می بینی. گفت آن جا برویم. گفتم خدا امیر را گرامی داراد. پناه می برم به خدا بر جان تو و جان خودمان! برمن بانگ زد که ای مادر به خطا (یا ابن اللخناءِ) پیش برو، گفتم ای امیر خدا ترا عزیز کناد تو خود گردن مرا بزنی از آن بهتر است که مازیار مرا بکشد یا عبدالله پسر طاهر مرا گناهکار شمارد. چنان بر من حمله آورد که گمان کردم همان ساعت مرا خواهد کشت ناچار به راه افتادم ولی دیگر دل نداشتم و با خود می گفتم که همین دم همه ی ما گرفتار می شویم و مرا در حضور مازیار خواهند برد و او سرزنشم خواهد کرد که تو دشمن را به خانه ی من هدایت کردی. پسین تنگی بود که در چنین حالی به هرمزد آباد ر سیدیم. حسن گفت زندان مسلمانان درین جا کجا بود، به او نشـان دادم. پائین آمده آن جا نشـسـت و ما خاموش بودیم و لشکریان در دنبال ما یک به یک و تک تک می ر سیدند، سببش این بود که حسن در وقت حرکت مردم را آگاه نکرده بود و پس از رفتن او خود شان فهمیده و در پی او به راه افتاده بودند. یعقوب پسر

منصـور که رسـید حسـن او را پیش خوانده گفت ای ابوطلحه می‌خواهم که به طالقانیه رفته به هر نیرنگی که هست لشکر ابوعبدالله محمد پسر ابراهیم پسر مصعب را آن‌جا دو سه ساعتی نگاه داری و هرچه بیشتر بهتر، و طالقانیه دو سه فرسنگ از هرمزدآباد فاصله داشت. پس از آن قیس پسر زنجویه را خواسـته به او گفت برو به دربند لبوره و آن‌جا بایست، و این دربند به مسافت کمتر از یک فرسنگ واقع بود. همین‌که نماز مغرب را خواندیم و شـب درآمد از دور سـوارانی چند در روی جاده‌ی لبوره دیدیم که پیش می‌آمدند و درجلو ایشـان شـمع روشـن می‌آوردند. حسـن از من پرسـید که راه لبوره کدام است. گفتم همان راهی که می‌بینی سوارانی با روشنائی از آن می‌رسند، ولی خود حیران و سرگردان بودم و سر از کار به در نمی‌بردم و نمی‌دانسـتم چه می‌کنیم شمع‌ها که نزدیک شد در روشنائی آن سواران را نگریستم دیدم مازیار است با کوهیار. از اسپ پیاده شدند و مازیار پیش آمده بر حسن سلام کرد و او را به امیری نام برد. حسـن جواب سـلام او را نداد و به طاهر پسـر ابراهیم و اوس بلخی بانگ زد که او را بگیرند و ببندید. آن وقت مازیار دانسـت که برادرش نیز او را فریب داده و به او خیانت کرده است و چون بدون عهد و پیمان به دست دشمن گرفتار شده است دیگر برجانش امیدی نیست.

چنانکه سابق گفتیم کوهیار می‌خواست با حسن حیله کند و مازیار را به دست محمد پسر ابراهیم بسپارد. حسن پیش دستی کرد و همین که کوهیار دید او به میانه‌ی کوهستان رسیده است از طرفی ترسید کار به جنگ بکشد و از طرف دیگر نامه‌ای از احمد پسر صقیر به او رسید که در آن وی را بردو دلی ملامت کرده و گفته بود من مصلحت نمی‌بینم که تو با عبدالله پسر طاهر حیله کنی و او را باخود دشمن سازی چه حسن به او نامه‌ای درباره‌ی تو نوشته و عهدی را که به او بسته‌ای و تعهدی که کرده‌ای خبر داده است. کوهیار نیز نصیحت او را گوش کرد و مازیار را آورده تسلیم حسن نمود.[69]

---

[69] در باب طرز گرفتار شدن مازیار سه روایت دیگر هست ازاین قرار:

الف- بلاذری گوید: حسن نامه‌ای به کوهیار نوشته به او خبر داد که من در فلان موضع در کمین می‌نشینم و تو مایزدیار را آن‌جا بیاور و کوهیار با مایزدیار از آمدن حسن و زنهار دادن به او سخن گفت و جای دیگری غیر از کمین‌گاه حسن را به عنوان وعده‌گاه ملاقات نام برد. مایزدیار برای دیدن حسن حرکت کرد و چون به محلی که حسن در آن کمین کرده بود نزدیک شدند کوهیار کس فرستاد و حسن را از آمدن او خبر داد و وی با یاران خویش بیرون آمده بر مایزدیار و همراهانش که در جنگل از لشکریان خویش دور بودند حمله برد و ایشان را دنبال کرد. مایزدیار آهنگ گریز نمود. کوهیار کمربندش را گرفته نگاه داشت و یاران گرد او را گرفته بدون جنگ و عهد و پیمانی دستگیرش ساختند.

ب- طبری از قول گوینده‌ای نقل می‌کند که مازیار شک نداشت که از طرف کوهستان ایمن است و در هنگامی که با عده‌ی کمی سپاهی آسوده و مطمئن در قصر خویش نشسته بود لشکریان سواره و پیاده که کوهیار رهبری کرده بود بر در کوشک او فرود آمدند و او را محاصره کرده به حکم امیرالمؤمنین معتصم مجبورش کردند که بیرون آمده تسلیم شود.

و گویند برادر امیدوار بن خواست جیلان در این شب با چند نفری پیش کوهیار رفت و گفت «ازخدا بترس، آخر تو جانشین سران و جوانمردان مائی، بگذار گرد این عربان را بگیرم و ایشان را فرو بندم که این لشکر همه گرسنه و سرگردانند و هیچ راه فرار ندارند، و تا دنیا دنیاست آبرو و شرفشان آلوده خواهد ماند. به وعده‌های این عربان دل مبند که ایشان را وفا نیست »، کوهیار با پیشنهاد او موافقت نکرد و گفت چنین می‌کنید. و همین شخص گفته است « پس می‌بینید که کوهیار عرب را برما مسلط کرد و مازیار و خاندان او را به دسن تسلیم نمود برای این که منصب شاهی طبرستان به او منحصر شود و کسی نباشد که با او ستیزه و دشمنی نماید.»

سپیده‌دم دسن مازیار را با طاهر پسر ابراهیم و اوس بلخی به خرم‌آباد روانه کرد و ایشان را فرمان داد که او را از شهر ساری بگذرانند و خود حسن سوار شده از راه دره بابک به جانب کانیه (طالقانیه؟) به پیشباز محمد پسر ابراهیم پسر مصعب حرکت کرد. درراه به او برخورد که به طرف هرمزدآباد می‌رفت که مازیار را بگیرد. حسن گفت ای اباعبدالله آهنگ کجا داری؟ گفت می‌روم مازیار را دستگیر کنم. گفت مازیار در

ج - هم طبری از قول عمروبن سعید طبری روایت کرده است که مازیار مشغول شکار بود و در شکارگاه لشکر به او رسیده دستگیرش کردند و جبراً داخل قصر او شده هرچه آن‌جا بود به تصرف آوردند و حسن پسر حسین مازیار را با خود برد .

ساری است چه به نزد من آمده بود و من آن‌جا فرستادمش. محمد متحیر ماند و ندانست این مطلب را بر چه حمل کند چه او از مکاتبه‌ی کوهیار با حسن و پیشدستی حسن خبر نداشت. چون دید که کار گذشته است چیزی نگفت و همه‌ی سرداران و سپاهیان به هرمزدآباد بازگشتند و مال و دارایی مازیار را غارت کردند و آتش در قصر او زدند. آن‌گاه به لشکرگاه حسن در خرم‌آباد رفتند و کسان فرستاده اهل و عیال و بستگان و پیوستگان مازیار را که با او یار بودند و از آن جمله برادرش فضل پسر قارن[70] همه را گرفته درخانه‌ی او حبس کردند و سلاح‌داران به حفاظت ایشان گما شتند. آن‌گاه دسن به شهر ساری حرکت کرد و آن‌جا اقامت گزید و مازیار را نزدیک خیمه او حبس کرده بودند. فرمان داد رفته از محمد پسر موسی پسر حفص زنجیری را که مازیار براو نهاده بود گرفته آوردند و مازیار را به همان زنجیر مقید ساختند. پس محمد پسر ابراهیم در شهر ساری پیش حسن آمد تا درباب اموال مازیار و کسان او با حسن گفتگو کند. نامه ای دراین باب به عبدالله پسرطاهر نوشته منتظر فرمان او شدند. عبدالله در جواب به دسن پسر

<hr>

[70] فضل پسر قارن برادر مایزدیار پسر قارن مدت ها بعد یعنی در زمان المستعین بالله احمدبن محمدبن ابی اسحق المعتصم عامل شهر حمص بود. و تمامی شهر حمص سنگ فرش بود. دراین عهد مردم براو شورش کردند، فضل امر کرد که سنگ‌های فرش شهر را کندند. مردم شهر بیشتر افروخته شدند و عصیان آشکارا نموده آن سنگ فرش را به جای خود بازگردانیدند و با فضل کارزار در پیوسته براو مستولی گشتند و مال او را غارت کرده و خود او را نیز گرفته کشتند و به دار کشیدند و اهل و عیال او را اسیر کردند و این در حدود سال ۲۵۰ هجری بود (فتوح البلدان بلاذری ص ۱۳۴)

حسین نوشت که مازیار و برادر و کسان او را به محمد پسر ابراهیم بسپارد و خود تمامی اموال و متعلقات او را در تصرف آورد. حسن امر کرد مازیار را آوردند و از او در باب اموالش پرسش کرد. وی گفت اموالم نزد فلان و فلان است، و ایشان ده نفر از بزرگان و امنای اهل ساری بودند. حسن کوهیار را احضار نموده از او تعهد گرفت که آن اموال را که مازیار ذکر کرده بود از امانت داران او تحویل گرفته تسلیم دارد. و چند نفری بر این تعهد کوهیار گواهی نوشتند آنگاه حسن همان شهود را د ستور داد که نزد مازیار رفته سخنان او را بشنوند و شاهد گفتار او نیز بشوند. یکی از ایشان نقل کرده است که چون پیش مازیار می‌رفتیم ترسیدم پسر احمد پسر صقیر سخنانی بگوید که مازیار را دل آزرده سازد، به او گفتم دلم می‌خواهد که تو خودداری کنی و سخنانی که بارها پیش ما درباره‌ی او گفته ای در برابر او بر زبان نیاوردی، احمد پذیرفت و پیش مازیار که رفتیم خاموش ماند. مازیار گفت گواه باشید که تمام آن‌چه از اموال خویش باخود همراه داشتم نود و شش هزار دینار زر نقد بود و هفده دانه زمرد و شانزده پاره یاقوت سرخ و هشت بار سفط های[71] محتوی جامه‌ها و پارچه‌های گوناگون و یک تاج و یک شمشیر با غلاف زر جواهر نشان و یک دشنه هم چنین. پس حقه‌ی بزرگی

---

[71] سفط به فتح سین و فتح فاء عبارت از صندوق‌ها و جعبه‌هائی بود که از بوریا می‌بافتند و برای حمل جواهر و پارچه و لباس و کتاب به کار می‌بردند.

پراز جواهر پیش ما گذاشـت و گفت این آخرین چیزیسـت که با من مانده اسـت و همه‌ی اموالی را که ذکر کردم به محمد پسر صباح که خزینه دار عبدالله و خبرنگار او دراین لشـکر اسـت و به برادر خویش کوهیار تسـلیم کرده‌ام. ما از نزد مازیار بیرون آمده پیش حسـن پسـر حسین رفتیم. حسن گفت سخنان او را شنیدید، گفتم آری. گفت این‌ها چیزهائی اسـت که من برای خود برداشـته‌ام و خواسـتم او بداند که این اموال درنظر من قدر و قیمتی ندارد. علی پسر ربن نصرانی دبیر مازیار حکایت کرده اسـت که در آن حقه گوهرهائی بود که مازیار و ونداد هرمزد و شـروین و شـهریار با قیمت هژده هزار هزار درهم خریده بودند. مازیار همه این اموال را به وسـیله‌ی محمدبن صـباح به خدمت حسـن پسـر حسـین فرسـتاده بود برای آن که وانمود کند که به‌امان او درآمده است و به این امید بود که حسن جان خود و زن و فرزندش را ببخشد و کوهستان پدرش را به او واگذارد. حسن ازاین کار سرباز زد و آن اموال را نپذیرفت.

سرداران چنان مصلحت دانستند که مازیار را در تحت مواظبت طاهر و علی پسـران ابراهیم حربی به نزد عبدالله پسـر طاهر به خراسـان روانه دارند و چنین کردند. ایشـان سـه منزل رفته بودند که نامه‌ای از عبدالله رسـید که دسـتور داده بود مازیار را با یعقوب پسـر منصـور پیش او

فرستند. حسن فرمانی فرستاد که ایشان از سه منزلی برگشتند و مازیار را به حفاظت یعقوب پسر منصور گسیل داشت.

حسن پسر حسین گروهی از لشکریان خویش را با چند استر پیش کوهیار فرسـتاده به او پیغام داد به همراهی این وعده برو و اموالی را که به عـهده گرفته‌ای بر این اسـتران بارکن و بیاور. کوهیار گفت به لشـکر حاجت ندارم، اسـتران را برداشـته با مردان و غلامان خویش به طرف کوهستان رفت و دفینه‌ها را بازکرده و اموال را بیرون آورده براستران نهادند[72]، هنوز به راه نیفتاده بودند که بندگان دیلمی مازیار که هزار و دویست تن بودند بر سر او ریخته گفتند به رئیس ماخیانت کردی و او را به دسـت عرب دادی و اکنون آ مده‌ای که‌اموال او را ببری، پس گرفتندش و به زنجیر آهن بستندش و همان شـب کشـتندش، اموال و

---

[72] اموال مازیار منحصر به این‌ها نبود و بسیاری از دفاین او کشف ناکرده ماند، ازآن جمله است دفاین قلعه طاق که یاقوت در معجم البلدان با آن اشاره می‌کند: -

«طاق قلعه‌ای است در طبرستان و راه آن نقبی است در جائی از کوه که رفتن برآن بس دشوار است و فقط شخص پیاده و به زحمت بسیار ممکن است به آن برود. و نقب آن را در قدیم دو نفر مستحفظ مسلح نگاه می‌داشته‌اند و نردبانی از طناب برای بالا رفتن و و پائین آمدن داشته‌اند. عقیده‌ی مردم براین بود که این قلعه در قدیم خزانه خزانه‌ی شاهان ایران بوده است. عرب همین که براین نواحی دست یافتند آهنگ بالارفتن از آن کردند نتوانستند. چون مازیار والی طبرستان شد آهنگ این مکان کرد و مدتی آن‌جا ماند و وسایل بالارفتن از آن آماده کرد و یکی از مردان خویش را بالافرستاد و او ریسمان‌ها آویخته جمعی و از آن جمله خود مازیار را بالا کشید و در آن‌جا غارها و حفره‌هایی مملو از اموال و اسلحه یافتند. مازیار گروهی از معتمدان خویش را موکل آن‌جا کرد و برگشت و آن محل در دست او بود تا اسیرشد و موکلان پائین آمدند یا مردند و راه برآن دز بریده شد و هنوز منقطع است»

استران نیز به یغما رفت. خبر به حسن رسیده لشکری به دستگیری ایشان فرستاد، از جانب دیگر قارن نیز عده ای را مأمور گرفتن آنان کرد، فرستادگان قارن جمعی از دیلمیان را اسیر کردند، از آن جمله پسرعم مازیار بود شهریار پسر ونداد اومید مسمغان که سرکرده بندگان و محرک ایشان بود. قارن وی را روانه‌ی خراسان کرد ولی پیش از آن‌که به نزد عبدالله پسر طاهر برسد در کومش مرد. اما دیلمیان مذکور از راه جنگل و دامنه‌ی کوه روی به سرزمین دیلم آوردند، محمد پسر ابراهیم پسر مصعب از کار ایشان آگاه شد و از جانب خود گروهی از مردم طبرستان و غیرایشان را فرستاد که راه برآنان گرفتند و جملگی را اسیر کردند و علی پسر ابراهیم آن‌ها را به ساری برد.

چون مازیار را به دضور عبدالله پسر طاهر رسانیدند عبدالله او را آگاه کرد که از مکاتبه‌ی او با افشین مطلع است و به او وعده داد که اگر نامه هایی را که از افشین به او رسیده است به وی بسپارد از امیرالمؤمنین خواهد خواست که از گناهان او درگذرد، مازیار نیز به این مطلب اقرار کرد و نامه‌ها را جسته به عبدالله داد.

از حکایت ذیل که ابن اسفندیار آورده است برمی آید که چون مازیار را از خراسان به سمت عراق بردند خود عبدالله مقدار زیادی از راه باو همراهی کرده است:

عبدالله او را در صندوقی بست که به جز موضع چشم هیچ گشاده نبود و
بر استری نهاده روی به عراق آورد، روزی در راه عراق مکاری استر را
ماز یار گفت مرا خربزه آرزو می‌کند، هیچ توانی مرا خربزه آوری؟
موکلان او پیش عبدالله طاهر شدند و این سخن گفتند؛ بر او بخشایش
آورد و گفت شاه و شاهزاده است. بفرمود تا صندوق بگشادند و او را با
بند به مجلس آوردند و به خروارها خربزه پیش او نهاد و می‌برید و به
دست خویش بدو می‌داد، و گفت هیچ غم نخورد که‌امیرالمؤمنین
سلطان رحیم است و من شفیع شوم تا جریمه تو درگذارد و با ولایت
فرستد، به زبان او بیامد که ان شاءِ الله عذر تو خواسته شود، عبدالله
طاهر را ازاین سخن عجب آمد و گفت هرگز خلیفه جز کشتن او
نخواهد، او به کدام وسیلت عذر من تواند خواست؟ اشارت داد تا خوان
نهادند او را نان و شراب فرمود آوردن ومغنیان ظریف نشاندن، مجلس
آراسته به انواع تکلف ساخت، ومازیار را ساعت بعد ساعت امیدهای قوی
داد و شراب‌های گران برو پیمودند تا مست لایعقل شد، و عبدالله دفع
دور شراب از خود می‌کرد، به وقتی که عقل مازیار را دزدید از او
پرسید امروز بر لفظ شما رفت که عذر تو را خواهیم، اگر مرا به کیفیت
آن مستحضر گردانی ذ شاط و قوت دل زیادت شود، مازیار گفت چند
روزی دیگر معلوم تو شود. گفت آخر چگونه؟ اگر سبب دانی تا من تو را
از این صندوق و تعذیب بی فایده برهانم و بعد مواکله و مشاربه به

رعایت حقوق قیام نمایم، گفت بامن سوگند بایی خورد، عبدالله سوگند خورد. مازیار گفت بداند که من و افشین خیذربن کاووس و بابک از دیر باز عهد و بیعت کرده‌ایم و قرار داده برآن که دو لت از عرب بازستانیم و ملک و جهانداری با خاندان کسرویان نقل کنیم، پریروز به فلان موضع قاصد افشین به من رسید و مرا خبری در گوش گفت، من خوشدل شدم، عبدالله طاهر گفت: چه بود آن که ترا اعلام کرد؟ مازیار گفت نگویم. به تملق و تواضع الحاح کرد تا مازیار گفت سوگندی دیگر بخور، عبدالله سوگند خورد. مازیار بااو در میان نهاد که به من پیام آورد از افشین که فلان روز و فلان ساعت معتصم و پسران او هارون الواثق و جعفر المتوکل را هلاک خواهیم کرد. عبدالله شرابی چند بدو فرمود داد تا مست طافح گشت و او را برگرفته با موضع او بردند و نبشت به معتصم ازاین خبر و آن چه رفته بود و کبوتران روانه کرد.

پس عبدالله مازیار را با نامه‌هائی که ازو گرفته بود پیش اسحق پسر ابراهیم فرستاد و پیغام داد که باید نامه‌ها و مازیار از دست تو بیرون نروند جز این که به دست خود امیرالمؤمنین سپرده شوند، مباد که به حیله‌ای از دست بروند، و اسحق برای تحویل گرفتن مازیار و داخل کردن او به سامرا تا دسکره پیش آمده بود.

افشین علاوه برحکومت بلادی که دا شت خود در دارالخلافه به ریا ست پاسبانان خاصه نصب شده بود و از جانب او عمالی به حوزه‌ی حکومت او می‌رفتند و آن‌جا را اداره می‌کردنـد و عـایـدات محــل را بـرای او می‌فر ستادند. کاتب او شاپور نام نهانی به خلیفه خبر داده بود که وی با مازیار مکاتبه دارد و گردنکشی مازیار به تحریک او ست، و معتصم چون می‌دید که هنوز کار مازیار تمام نشـده اسـت او را نگاه می‌داشـت، اما افشین ادساس کرده بود که معتصم براو متغیر شده است ندانست چه کند، می‌گویند که مشــک‌های زیادی در قصـر خود گرد آورده و عازم شده بود در روزی که معتصم و سرکردگان او مشغول باشند مخفیانه با آن مشک‌ها و سایر آلات و و سایلی که برای عبور از آب لازم ا ست از شهر خارج شود و راه مو صل پیش گیرد و در کنار رود زاب مشک‌ها را باد کرده و به هم بسته از آن‌ها کلک[۷۳] بسازد و خود و همراهان و بار و بنه را به و سیله‌ی آن کلک‌ها و چارپایـ شان را به شنا از آب گذرانیده به سمت ارمنستان که حوزه ولایت خود او بود مـسافرت کند و از آن‌جا به بلاد خزر پناه ببرد و قوم خزر را برخلاف مسـلمانان برانگیزد و از آن‌جا به ترکستان واسـروشـنه برود، چون روزی میسـر نشـد که معتصـم و قائدین لشکری و مأموران کشوری او سرگرم باشند و ملتفت او نشوند

---

[۷۳] مشک‌های پرباد به هم بسته را روی آب اندازند و برسطح آن مقدار انبوهی شاخه‌ها و ترکه‌های درختان ریخته و روی آن فرش و خیمه آماده کرده بنشینند و با پارو و جریان آب در رودخانه پیش روند. این کلک است به دو زبر.

ذیال خود را تغییر داد و زهر فراوانی فراهم آورده مصمم شد که معتصم و سرکردگان اورا به مهمانی خوانده ایشان را مسموم سازد و اگر معتصم خود راضی نشد قائدین ترک او مانند اشناس و ایتاخ و غیرهم را در روزی که خلیفه مشغولیت داشته باشد دعوت کند و آنان را زهر بخوراند، و همین که مجلس مهمانی به هم خورد و مدعوین رفتند اول شب از شهر خارج شود و به همان تدبیری که اندیشیده بود خود را با سروشنه برساند. روز و ساعت این مهمانی را نیز پیش‌بینی نموده و معتصم را برای آن دعوت کرده بود، و وقت او به تکمیل وسایل اجرای این طرح می‌گذشت. همین که خبر دستگیر شدن مازیار و روانه کردن او به جانب سامرا رسیده بود معتصم افشین را از ریاست پاسبانان خاص خود عزل کرده بود، و افشین می‌دانست که اگر نگریزد ایام زندگانی او معدود است. معتصم خلیفه به نوعی از خیال افشین آگاه شد. طبری آن را به نحوی نقل می‌کند و ابن اسفندیار به وجهی. قول طبری این است:

روزی یکی از سرهنگان افشین که نامش واجن (بیژن) اسروشنی بود به یک نفر دیگر از همکارهای خود می‌گفت گمان نمی‌کنم این امر به جائی برسد. آن مرد رفت و به افشین گفت بیژن چنین می‌گوید. افشین خشمگین شد و الفاظ تهدیدی درباره‌ی بیژن برزبان راند. یکی از خدم افشین که به جانب بیژن متمایل بود او را از این گفتگو مطلع ساخت بیژن

شبانه به دارالخلافه رفته آن شب را آن‌جا به سر برد و وقت نماز صبح خلیفه را از نیت افشین آگاه کرد. به هر حال یک روز پیش از آن که مازیار را وارد سامرا کنند افشین را فرمود گرفتند و برده در لؤلؤه حبس کردند. و لؤلؤه کوشکی بود شبیه به مناره و در بالای آن فقط آن قدر جا بود که افشین می‌توانست در آن بنشیند، و سلاحداران در زیر آن‌جا به نوبت کشیک می‌دادند (شوال سال ۲۲۵).

ابن اسفندیار در دنبال حکایتی که پیش گفتیم می‌گوید چون نوشته‌ی عبدالله طاهر به خلیفه رسید در آن روز افشین مهمانی ساخته بود و هارون و جعفر را دعوت کرده بود که به خانه‌ی او شوند معتصم گفت ایشان رنجورند، من بیایم، با پنجاه سوار برنشست و رفت، افشین سرای خویش را بیاراسته بود به دیباج‌های مرصع و طارم‌ها زده و صدتن را از سیاهان تعبیه کرده تا چون معتصم فرو نشیند از جوانب درآیند و شمشیر درو بندند، معتصم به در طزر[۷٤] رسید افشین بدو گفت: تقدم یا سیدی، توقف کرد و گفت فلان و فلان کجایند، معتمدان خویش بخواند و گفت شما درون شوید و او هم چنان بیرون در ایستاده بود، یکی از آن هندوان را عطسه آمد، خلیفه دست یازید و ریش افشین گرفت و آواز

۳۵۶

برآورد که «النهب النهب»[75] چون هندوان شنیدند در هرب و اضطراب آمدند. معتصم فرمود تا فرزندان و متعلقان او را حاضر آوردند و آتش در آن سرای فرمود زد، غلامان ریش افشین از دست خلیفه بازگرفتند و او را به سلاسل و اغلال بسته با دارالخلافه آوردند.

چنانکه گفتیم درماه شوال بود که مازیار را اسحق به سامرا رسانید، برای وارد کردن اینگونه مقصرین بزرگ به شهر مرسوم آن بود فیلی را که در دارالخلافه داشتند رنگ میکردند و زینت مینمودند و اسیر را برآن نشانده از دروازه داخل میکردند و شعری تصنیف مانند به عوام و اطفال میآموختند که شادی کنان و هلهلهگویان و دستزنان و پایکوبان میخواندند و در دنبال فیل میآمدند. بابک را سابقاً به همین طریق وارد سامرا کرده بودند، مازیار را نیز معتصم امر کرد به همین نحو به شهر درآوردند و محمدبن عبدالملک زیادت شعری را که در آن هنگام دربارهی بابک گفته بود با تغییری دربارهی مازیار ساخت:

لجیل جیلان خراسان	قد خضب الفیل کعاداته
الا لذی شان من الشان	والفیل لا تخضب اعضاؤه

اما مازیار از نشستن بر فیل امتناع کرد، معتصم امر داد استری برهنه را با همان گلیم ستبر عرق گیری که براو کشیده بودند برده و وی را بران نشـانده داخل سـامرا نمودند، و اسـحق به دسـت خویش نامهها را به دست معتصم داد و مازیار را به حضور او رسانید.

روز پنجم ذی القعدهی[76] همان سال معتصم بر عام داد و اعیان و رجال و قضـات و فقها و سـرکردگان همه پیرامن تخت خلافت قرار گرفتند و چون مازیار قبلاً در نزد معتصم اقرار کرده بود که افشین آن نامهها را به او نوشت و سرکشی و مخالفت او را تصویب میکرد بلکه او وی را بر خروج و عصیان انگیخت زیرا که هردو در دین و مذهب متفق و برکیش زردشـتی باقی بودند، این روز را معین کردند که آن دو را روبرو کنند، همین که افشـین را آوردند مازیار را پیش او برده به افشـین گفتند این شخص را می شنا سی گفت نه، به مازیار گفتند این مرد را می شناسی گفت آری این افشـین اسـت. پس به افشـین گفتند این هم مازیار اسـت گفت اکنون شـناختم. گفتند هیچوقت با مازیار مکاتبه کرده ای گفت نه. به مازیار گفتند افشین به تو نامه نوشته است گفت آری برادرش خاش به برادر من کوهیار کاغذ نوشت[77] که «این دین سفید را جز من و تو و

<hr>

[76] مطابق ۶ ماه سپتامبر ۸۴۰ میلادی، و روز دوشنبه بود.

[77] از مازیار پرسیدند که خلع طاعت چرا روا داشتی گفت شما مرا ولایت طبرستان دادید مردم عصیان کردند به حضرت بازنمودم جواب آمد که با ایشان حرب کن خلیفه فرمود که آن جواب کدام کس نبشت مازیار گفت افشین (تاریخ ابن اسفندیار)

بابک کسی یاری نمی‌کرد، اما بابک از روی حماقت خود را به کشتن داد و من بسیار کوشیدم که از مرگش نجات دهم ممکن نشد و ابلهی خود را به چاهش افکند، اگر تو بر خلیفه بشوری عرب‌ها کسی را که برای پیکار و نابود کردن تو بفرستند ندارند جزمن، و من هم سواران بسیار و دلیران و شجاعان در زیر فرمان خویش دارم، وقتی که با این کسان به سوی تو بیایم کسی که با ما جنگ کند نخواهد ماند مگر سه قوم: قوم عرب، مغربیان، ترکان. اما عربان به منزله‌ی سگان اند لقمه نانی پیش ایشان بینداز و سرشان را به گرز بکوب؛ اما این مگس‌ها یعنی مغربیان خورش یک سرند[78]؛ اما این فرزندان شیطان یعنی ترکان آنی طول نخواهد کشید که تیرهای‌شان تمام می‌شود پس یک اسب بر روی آنان می‌تازی و همه را تباه می‌کنی، آن وقت دین برمی‌گردد به همان حالی که در زمان ایرانیان بوده است.» افشین گفت: این مرد ادعائی می‌کند بر برادر خود و برادر من، برمن بحثی وارد نیست، اگر من به او چنین کاغذی نوشته بودم و او را به سوی خویش خوانده بودم انکار نمی‌کردم برای این‌که اگر من می‌خواستم خلیفه را یاری کنم این حیله را سزاوار بود بکنم تا بتوانم مازیار را گرفته پیش خلیفه بیاورم و خویشتن را محبوب خلیفه سازم، هم چنان که عبدالله پسر طاهر از این فرصت

---

[78] در فرهنگ اصطلاحات طبری چاپ لیدن بیان شده است که خورش یک سر ،و خوراک یک شتر، و خورش یک گرسنه، در عربی همه به معنی عده قلیل و غیر قابل اعتناست.

ا ستفاده کرد. افـشین را باچند نفر دیگر نیز روبرو کردند تا تقـصیر خود او نیز ثابت شـود. من جمله موبدی بود زرد شتی مو سوم به زراد شت پسـر آذرخره که بعدها در زمان متوکل مسـلمان شـد و به ابوجعفر محمد موبد متوکلی معروف گردید. از جملهی چیزهائی که این موبد بر افـشین دعوی کرد این بود که او گفته ا ست «برای خاطر این عربها به هر کاری که از آن نفرت داشـتم تن درددادم حتی این که برای خاطر آنان روغن دنبه خوردم و برشتر سوار شدم و نعلین پوشیدم. اما سپاس خدا را که تا به حال یک مو از بدن من کم نشـده اسـت،» یعنی نه ختنه کرده و نه نوره کشیدهام، افشین را به زندانش بازگردانیدند.[79]

مازیار به معتصم پیشنهاد کرده بود که او را زنده گذارد در مقابل اموال بسیار بستاند، اما خلیفه رد کرد و در همان مجلس محاکمه فرمان داد او را چهارصـدوپنجاه تازیانه زدند و همین که دسـت از او بازداشـتند آب خوا ست، بنو شید و جان سپرد. جثه او را در کنی سهی بابک بر داری که پهلوی چوبه دار بابک بود آویختند و اسـتخوانهای بابک از سـال ۲۲۳ هنوز بر دار باقی بود و جثهی یاطس رومی به طریق عموریه نیز که در سال ۲۲٤ مرده بود و بر کنار بابک به دارش ک شیده بودند همچنان

[79] افشین در حبس ماند تا در شعبان ۲۲۶ درگذشت و پیکر او را پس از مرگش آتش زده سوزانیدند.

مانده بود و گویند این هرسه چوبه‌ی دار کج و سرهاشان به یکدیگر نزدیک شده بود.

مدت پادشاهی مازیار برکوه و دشت طبرستان هفت سال بود و پس از مرگ او ولایت آن ناحیه را به عبدالله پسر طاهر و پس از او به طاهر پسر عبدالله واگذاشتند.

٭٭٭

حکایت، روزی معتصم به مجلس شراب برخاست و در حجره‌ای شد، زمانی بود بیرون آمد و شرابی بخورد، و باز برخاست و درحجره‌ی دیگر شد، و باز بیرون آمد و شرابی بخورد، و سه بار در سه حجره شد، و در گرمابه شد و غسل بکرد، و برم‌صلی شد و دو رکعت نماز بکرد و به مجلس باز آمد و گفت قاضی یحیی را که دانی این چه نماز بود، گفت نه. گفت نماز شکر نعمتی از نعمت هائی که خدای عزوجل امروز مرا ارزانی داشت که این سه ساعت سه دختر را دختری ببردم که هر سه دختر سه دشمن من بودند، یکی دختر ملک روم و یکی دختر بابک و یکی دختر مازیار گبر[80].

---

[80] سیاستنامه طبع طهران ص ۱۷۷. افسانه است ولی معرف افکار کسانی است که آن را ساخته‌اند و معرف مردمانی که درباره‌ی آن‌ها ساخته‌اند. گویا خلفا و اولاد خلفا از زندگانی دنیا غیر ازین چیزی نمی‌فهمیده‌اند و نعمتی بالاتر ازین نمی‌شناخته‌اند.

مازیار

درام تاریخی درسه پرده

بازیگران

علی بن ربن طبری – ٤٥ سـال. منشـی مازیار، کلاه پوسـتی لباس دراز، ستره، دستار.

سیمرو – ٥٠ سال، گیس سفید، چادرنماز، کلیجه، تنبان گشاد.

شادان – ٢٨ سال، متصدی دیوان خراج، لباس بلند چسب تن، شمشیر به کمرش.

شهرناز– ٢٠ سال، دختر سرراهی، لباس ابریشمی ساده چسب تن، سینه باز، آستین بلند.

مازیار – شاه تبرستان، ٣٥ سال، لباس بلند، کمربند، قداره، کلاه پوستی، شنل تیره روی دوشش.

برزین – ۲۰ سال، قاصد افشین، قبا و موزه و دستار.

کوهیار – ۳۰ سال، برادر مازیار، کلاه پوستی، لباس بلند، شمشیر.

دسن بن دسین – ٤٥ تا ۵۰ سال، سرکرده‌ی قشون عبدالله طاهر، چپی اگال، عبا، نعلین.

خورزاد – ۲۵ سال، زندانبان، عبا، چپی اگال، نعلین.

کیانوش - ۲۵ سال، زندانبان، عبا، چپی اگال، نعلین.

چند نفر عرب – عبا، چپی اگال، نعلین.

پرده‌ی اول

اطاق سادهی کوچک، دو در دارد. گوشه‌ی آن یک تخت گذاشته شده که رویش پوست ببر افتاده به دیوار دو شمشیر چپ و راست و یک تبرزین بالای آن نصب است. و یک صندوقچه در درگاهی اطاق گذاشته شده.

مجلس یکم

سیمرو مشغول زیر و رو کردن کاغذها در مجری است پسر ربن کنار او ایستاده کاغذها را یکی یکی نگاه می‌کند و در طاقچه می‌اندازد.

پسر ربن ـ بیخود، به خودت زحمت نده هیچ کدام ازاین کاغذها نیست، این دفعه‌ی چهارم است که آن را به هم می‌زنی.

سیمروـ اما من به چشم خودم دیدم که کاغذ را توی این مجری گذا شت. اگرچه شما راه و چاهش را بهتر می‌دانید و همه‌ی این کاغذها از زیردست خودتان می‌گذرد.

پسرربن ـ گمان می‌کنی به من اطمینان دارد؟ هیچ کاغذی را نمی‌گذارد پهلوی من بماند فقط جواب آن‌ها را به زبان خودش می‌نویسد به من می‌دهد و من آن را به عربی ترجمه می‌کنم. اما کاغذ افشین به زبان خودش نوشته شده است ترجمه هم لازم ندارد.

سیمرو ـ ولی من از لای درز در دیدم، به چشم خود دیدم که یک لوله کاغذ پوستی آبی رنگ بود که دورش را نخ بسته بود.

پسر ربن ـ این مردی که کاغذ را آورده بود جوان بود یا پیر؟

اگر جوان بود من او را می‌شناسم خاش برادر خود افشین است.

سیمرو ـ نه، پیرمرد است و گویا اسمش پرویز بود.

پسررین متفکر ـ پس باید دید این دیگر کیست!

سیمرو به طرف در می‌رود ـ اگر کسی سربرسد نانمان آجر می‌شود.

پسررین بازوی او را می‌گیرد ـ نه، مطمئن باش، کسی نیست.

سـیمرو ـ همین قدر می‌دانم اگر این کاغذ را پیدا بکنم نانم توی روغن است.

پسر رین ـ کاغذ را برای کی می‌خواهی؟

سیمرو ـ برای کوهیار برادر مازیار می‌خواهم.

پسر رین ـ حالا فهمیدم، کوهیار را می‌گوئی؟ او از خودمان است. خوب، چقدر به تو پول می‌دهد؟

سیمرو ـ پنجاه درهم.

پسررین ـ همه اش!

سیمرو ـ برای یک تکه کاغذ پنجاه درهم کم پولی نیست.

پسـر ربن – هان تو نمی‌دانی، خیلی بیش از این‌ها ارزش دارد، چون افشین با مازیار ساخته تا برضد عرب‌ها شورش بکند، فهمیدی؟ این کاغذ را عبدالله طاهر خوب می‌خرد.

سیمرو – عبدالله طاهر؟

پسر ربن – بله، حاکم خراسان که از طرف خلیفه در آن‌جاست و دشمن مازیار است، کوهیار هم با او ساخته و این کاغذ را خیلی گران می‌فروشد.

سیمرو – مثلاً چقدر؟

پسر ربن – سیصد درهم.

سیمرو – سیصد درهم!

پسر ربن – من این کاغذ را پانصد درهم از تو می‌خرم.

سیمرو – پانصد درهم!.... شوخی می‌کنی... آیا راست است؟ بر شیرش لعنت، این دختر گیس بریده سررسید نگذاشت درست ببینم.

پسر ربن – شهرناز را می‌گوئی؟

سیمرو – همان دخترهٔ خل را می‌گویم.

پسر ربن – خل.... نه، اشتباه می‌کنی خیلی هم عاقل است.

سیمرو – خل است... هیچ سوسه ای در کارش نیست.

پسـر ربن – برعکس، خودش را به دیوانگی می‌زند، خیلی هم هوشـیار اسـت، دیروز دیدی چطور ظرف ناهار را برگردانید تا مازیار خوراک زهرآلود را نخورد... اگرچه بهتر.

سیمرو- چرا بهتر؟

پسر ربن- چون لشکر خلیفه پشت دروازه‌ی شهر است، کوهیار بدون آن‌که مازیار و سردارانش بدانند عرب‌ها را از بیراهه وارد کرده است و یک سـاعت دیگر این‌جا خواهند بود. اگر مازیار کشـته شـده بود دیگر احتیاجی به ما نداشتند در صورتی که هنوز می‌توانیم خیلی پول بگیریم.

سیمرو – عرب‌ها که بیایند چه به روز ما خواهد آمد؟

پسـرربن – برای هرکس بد بشـود برای ما خوبسـت. من به تو قول می‌دهم که از حسـن پسـرحسـین سـرکرده‌ی خلیفه برایت هزار درهم بگیرم به شـرط این که کمک بکنی کاغذ قاصد افشـین را به دسـت من بدهی.

سیمرو – من یک راه دیگر جستم.

پسر ربن – کدام راه؟

سیمرو – شهرناز. اگر میتوانستیم... او باید بداند. چون مازیار به او و شادان خیلی اطمینان دارد. من گمان میکنم همهی اسرار خودش را برای این دختر نقل میکند. حتماً او میداند کاغذ کجاست.

پسر ربن – من هنوز نفهمیدهام این دختر چه نسبتی با مازیار دارد!

سیمرو – من ته تویش را درآوردهام. شهرناز دختر مردان شاه زرتشتی است و این هم که خل مانند است برای این است که عربها پدر و مادرش را جلو او سربریدهاند و از آن وقت عقل از سرش پریده.

پسرربن متفکر – انگار صدای پا میآید.

سیمرو – کاغذها را سرجایش بگذاریم.

پسر ربن – من دلم قرص است، میدانم که به جز شهرناز کسی در خانه نیست. مازیار با شادان به هرمزدآباد رفتهاند.

سیمرو میرود از لای درز در نگاه میکند – حلال زاده بوده اسمش را بردند آمد.

مجلس دوم

همان اشخاص، شهرناز وارد اتاق میشود.

شهرناز با تعجب ــ اوه شما هم اینجا هستید! من به خیالم هیچکس خانه نیست، داشتم برای پدرم آفرینگان می‌کردم.

پسر ربن ــ آفرینگان!

شهرناز ــ آخر حسابش را دارم. سرسال پدرم است؛ سه سال پیش درهمین روز بود که پدرم را عرب‌ها کشتند امشب شب سالش است.

پسر ربن ــ پرت می‌گوید!

شهرناز عصبانی ــ مگر نمی‌دانید که روان مرده همه ساله سرسال خودش را با یک دسته مهمان بالای بام خانه می‌آید و باید برایش روزگار بگیرند و آفرین بخوانند تا جلو مهمانان خودش شرمسار نشود و دلشاد پیش اورمزد برگردد و بداند که خویشانش او را فراموش نکرده‌اند.[81]

سیمرو به پسر ربن ــ دیدی گفتم حواسش پرت است؟

پسر ربن ــ این‌طور وانمود می‌کند.

پسر ربن به شهرناز ــ بگو ببینم این پیرمردی را که دیروز پیش مازیار بود می‌شناسی؟

شهرناز ــ کدام پیرمرد!

---

[81] رجوع شود به یادداشت نمره ۱ آخر کتاب.

پسر ربن – همانی که کاغذ برایش آورده بود.

شهرناز – من چه می‌دانم؟

پسر ربن – دیروز تو پشت در گوش ایستاده بودی، تو باید بدانی که آن کاغذ را مازیار کجا گذاشت.

شهرناز – من هیچ‌وقت گوش نمی‌ایستم من آمده بودم که به مازیار بگویم...

پسر ربن – چه بگوئی؟

شهرناز – می‌خواستم بگویم که به ناهارش دست نزند.

پسر ربن – هان، چرا دست نزند؟

شهرناز – آخر من دیدم.

پسر ربن – چه دیدی؟

شهرناز – که سیمرو گرد سفیدی توی خوراکش پا شید. من هم آن را برگردانیدم تا مازیار نخورد.

پسر ربن به سیمرو - حالا دیدی خودش را به خلی می‌زند؟

سیمرو- همان گردی که شما دادید، نمی‌دانم باقیش چطور شد.

پسر ربن به شهرناز – میدانی چیست؟ این کارها به تو مربوط نیست.

شهرناز- آخر من مازیار را دوست دارم.

پســـر ربن – پس زودتر بگو ... حالا که مازیـــار را دوســـت داری من هم می‌دانم چه بگویم.

شهرناز –چه می‌گوئی؟

پسرربن- می‌گویم که تو با کوهیار راه داری، دیروز کنار استخر با او چه می‌گفتی و می‌خندیدی؟

شهرناز – من با او می‌خندیدم؟ برعکس من از د ست او فرار کردم. من تنها مازیار را دوست دارم آسوده باش خود مازیار هم باور نمی‌کند.

سیمرو – من هم شاهدم که با کوهیار بودی.

شهرناز با تحقیر – تو دیگر چه می‌گوئی؟ مازیار به حرف تو اعتنا نمی‌کند.

پسر ربن به سیمرو – انگار باز صدای پا آمد تو برو گوش به زنگ باش، سیمرو از در بیرون می‌رود.

پسر ربن تهدید آمیز – اگر می‌خواهی به مازیار نگویم به من بگو دیروز آن پیرمرد با مازیار چه می‌گفت؟

شهرناز- من با کوهیار!... تو دروغ می‌گوئی.

پســر ربن او را کنج دیوار می‌برد – زود باش به من بگو کاغذ را کجا گذاشته؟

شهرناز- اوهو... تو کی هستی که به من فرمان می‌دهی؟

پسر ربن – من همه‌کاره هستم.

شهرناز- از کی تا حالا؟

پســر ربن – از همین الان... می‌دانی کســی درخانه نیســت (خنده) بگو وگرنه به ضرر خودت تمام می‌شود.

شهرناز – به زور... هرگز... من چیزی ندیدم.

پسر ربن نرم می‌شــود – من می‌دانم که آن‌جا پشــت در بودی و حتماً شنیده‌ای... خواهش می‌کنم بگو.

شهرناز- او گفت... چندماه دیگر معلوم می شود... نه، گفت که اف شین تا سه ماه دیگر معلوم خواهد کرد... من همین را شنیدم.

سیمرو به در می‌زند و از آن پشت می‌گوید: – شادان آمد.

پسر ربن – شادان؟

پسر ربن از در بیرون می‌رود.

مجلس سوم

شادان حواسش پرت است متفکر وارد می‌شود.

شادان به شهرناز – این‌جا چه می‌کنی؟ مازیار نیامده؟

شهرناز التماس می‌کند – تو را به خدا نگذار به مازیار بگویند.

شادان – چه بگویند؟ کی بگوید؟

شهرناز – پسر ربن و سیمرو می‌گویند که من با کوهیار راه دارم، دروغ است، می‌دانی که دروغ است.

شادان – از تو چه پرسیدند؟

شهرناز- می‌پرسید کاغذی که دیروز آن پیرمرد به مازیار داد کجاست.

شادان – تو هم نشانی دادی؟

شهرناز- من هرگز... اگر مرا تکه تکه هم می‌کردند بروز نمی‌دادم.

شادان – نگفتم که از این‌ها پرهیز بکن؟ این‌ها جهودند و از عرب‌ها پول گرفته‌اند که ما را بفروشند. این دوتا جهودند.

شهرناز- پس چرا اسمش سیمروست؟

شادان – این اسم ساختگی است، اسم اصلیش سارا است. تقصیر مازیار است که او را از سر کوچه برداشت و گیس‌سفید خانه‌اش کرد.

شهرناز- از سر کوچه؟

شادان – یک شب بارانی او را لخت و برهنه از سرراه برداشت و به خانه آورد. من می‌دانستم که جاسوس عرب‌هاست و به این شیوه خودش را در منزل مازیار جا کرده تا اسرار او را به عرب‌ها بفروشد.

شهرناز- هان من دیدم که سیمرو نمی‌دانست که هر مرده‌ای سر سال خودش بالای بام می‌آید و باید آفرینگان کرد!

شادان حواسش پرت است قدم می‌زند در را باز می‌کند گوش می‌دهد.

شادان با خودش – باید مازیار باشد.

شهرناز – مگر در هرمزدآباد نیست؟

شادان – او برگشت، پیش از من برگشت. ما محاصره شده‌ایم، دشمن رسیده، عرب‌ها ما را محاصره کرده‌اند.

شهرناز- راست می‌گوئی؟ به مازیار صدمه نرسیده باشد، من می‌خواهم او را ببینم.

شـادان – حالا نمی‌شـود، هیچ حوصـله ندارد، گرفتار اسـت، فرصـت این حرف‌ها را ندارد.

شهرناز- پس من می‌روم.

شـهرناز از در بیرون می‌رود شـادان از در دیگر می‌خواهد بیرون برود که مازیار وارد می‌شود.

مجلس چهارم

شادان و مازیار

مازیار – چطور ممکن اسـت که از دیوار گذشـته باشـند. نکند که سرخاستان به ما خیانت کرده باشد و عرب‌ها را از راه تمیشه وارد کرده باشد.

شادان – ولی این برادرت است.

مازیار – کوهیار؟

شادان – بله، خود او لشکر دشمن را از بیراهه شبانه وارد کرده.

مازیار – از همان راهی که به او سپرده شده بود؟

شادان – بله، او با عبدالله طاهر دست به یکی بوده.

مازیار – پس سرخاستان چه شد آیا هنوز مقاومت می‌کند؟

شادان – نه، لشکرش پراکنده شد و خودش به دست محمد پسر مغیره کشته شد، چند نفر از لشکریانش به خیانت او را تسلیم عرب‌ها کردند.

مازیار – از دری هیچ خبری نداری؟ من یک کاغذ برایش نوشته‌ام.

دست می‌کند از جیبش لوله کاغذ را درمی‌آورد روی تخت می‌اندازد.

شـــادان – به او هم از پشـــت ســـر عرب‌ها حمله کردند و برادرش بزرگشنسپ کشته شد. ولی خود او مشغول زد و خورد با عرب هاست.

مازیار پایش را به زمین می‌کوبد – تف... تف.... همه این مسـلمان‌ها و جهودها با هم ساختند و ما را به این عرب‌های دزد درنده فروختند... به درک، این مردم قابل نبودند. خودشان نخواستند!

شادان – به این استحکاماتی که ما داشتیم بود عرب‌ها ناامید بودند که بتوانند به زور بازو برما چیره بشوند و راه تقلب و خیانت را در پیش گرفتند. همه به ما خیانت کردند حتی سیمرو و پسر ربن. کسانی که این همه به آن‌ها اعتماد داشتید!

مازیار – سیمرو هم!

شـادان – پیش پای شـما از شـهرناز کاغذ قاصد افشـین را می‌خواسـتند بگیرند.

مازیار – هان، کاغذ افشین... آسوده باشند من کاغذ را جائی گذاشته‌ام که دست فلک به آن نمی‌رسد.

مجلس پنجم

در باز می‌شود برزین قاصد افشین با قد خمیده، ریش بلند خاکستری، لباده‌ی دراز و عصا وارد می‌شود.

مازیار – برزین!.... مگر هنوز نرفته‌اید؟

برزین – راه فرار باقی نمانده. لشـکر عبدالله طاهر و خلیفه همه‌ی راه‌ها را گرفته است.

مازیار – ببینید، شش سال است که شب و روز در تلاشم، جلو دشمن را دیوار کشیدم، لشکر را آراستم و چشم به راه چنین روزی بودم تا بتوانم قوای عرب را درهم بشـکنم و حالا کسـی که بیشـتر از هـمه به او پشت‌گرمی داشتم، کسی که نزدیک‌تر از همه به من بود لشکر دشمن را به خیانت وارد کرد. اصـــلاً نژاد این مردم از اختلاط و آمیزش با عرب‌ها فاسـد شـده، فکر، روح، ذوق و جنبش در اثر کثافت فکر عرب از آن‌ها

رفته... مثل زالو خون آن‌ها را مکیده‌اند... حالا دیگر به کدام امید با این عرب‌های پست مقاومت بکنم؟ برای کی؟ برای چه مردمی؟

برزین – این مردمی که می‌بینید یک گله گوسفند هستند که نه فکر دارند و نه جرأت تلاش، به قدری در زیر فشار فکر عرب مسموم شده‌اند که از هستی خودشان بیگانه‌اند. برای پنج نفر دزد و جا سوس نباید آن‌ها را از دست داد، چشم امید همه به شما ست. بابک که از بین رفت، شما هم که تسلیم بشوید فقط افشین می‌ماند و او هم به تنهائی کاری نمی‌تواند از پیش ببرد.

مازیار – من هرگز نه تسلیم می‌شوم و نه‌امان می‌خواهم.

برزین – آیا اتحاد همین مردم را در زمان و نداد هرمزد جد تان فراموش کرده اید که در یک روز هرچه عرب در مازندران بود قتل عام کردند و حتی زن‌های ایرانی که شوهرشان عرب بود ریش آن‌ها را گرفته از خانه‌شان بیرون کشیدند و به دست دژخیمان سپردند؟

مازیار – آن وقت مردم خون ایرانی داشتند، هنوز نژادشان فاسد نشده بود.

برزین – ایاابو لؤلؤ یک نفر ایرانی نبود که عمر را کشت، ابومسلم، برمکیان، بابک و بسیاری دیگر ایرانی نبودند که برضد عرب شوریدند؟

مازیار – من می‌دانم برای خاطر شهرناز است که کوهیار ما را به عرب‌ها فروخت.

برزین – شهرناز کیست؟

مازیار – یک دختر پاک و ساده، دختر مردانشاه که به او بی‌میل بود.

برزین – این دلیل کافی نیست.

مازیار – آمیزش با عرب‌های پست.

برزین – این مطلب درست است. ولی وقت ما تنگ است، می‌دانید کاغذهای افشین نباید به دست دشمن بیفتد، چون نقشه‌ی او را خراب خواهد کرد، بهتر آن است که کاغذهایش را بسوزانید (هراسان) آیا کسی به ما گوش نمی‌دهد؟

مازیار – ازاین جهت مطمئن باشید.

مازیار به شادان – تو مواظب باش که این اطراف کسی نباشد.

شادان به طرف در می‌رود مازیار او را صدا می‌زند.

مازیار – شادان.

شادان – بله؟

مازیار – ببین پسر مهران رئیس داروغه این‌جاست، اگر هست بگو بیاید، باید یک کاغذ فوری در مرو به دری برسـاند، خودت دور اتاق را بپا کسی گوش ندهد.

شادان از در بیرون می‌رود. مازیار و برزین روی تخت می‌نشینند.

برزین – حالا برای جلوگیری از دشمن چه چاره‌ای در نظر دارید؟

مازیار – من یک کاغذ به دری نوشته‌ام که هرچه زودتر با تمام سپاهش خود را از راه رویان به حدود دماوند بر ساند، هزارتن از سواران خودم هم در هرمزدآباد هسـتند، به علاوه کوه‌های ونداد هرمزد به قدری خوب واقع شده که با همین لشکر می‌توانم ماه‌ها جلو عرب‌ها ایستادگی بکنم، ولی خودتان می‌بینید رشتـهٔ کارها ازهم پاره شـده، کو چاپار؟ کو راه؟ کو یک نفر که بتواند به من کمک بکند؟ من منتظر رادمن هستم، او را فرسـتاده‌ام اخبار عرب‌ها را برایم بیاورد، آن وقت می‌توانم دسـت به کار بشوم.

برزین – من گمان می‌کنم این بیسـت هزار نفر مسـلمانی که به اسـم پرداخت مالیات حبس کردید عرب‌ها را به مازندران راه دادند.

مازیار – مالیات را بهانه کردم، نقشه‌ی من همین بود که این جهودها و این مسلمانان پست از عرب را از بین ببرم هرکس به‌جای من بود آن‌ها را کشته بود.

برزین – ولی با وجود همه این‌ها نباید ناامید شد، آیا کاغذ افشین را فراموش کرده‌اید؟

مازیار – راستش من اعتقادم از افشین هم برگشت، برای این که خودش بارها به من پیغام داد که این دین سفید جز من و تو و بابک خرم دین پشتیبان دیگری ندارد، پس باید باهم دست به یکی کنیم و این عرب‌ها را بادین سیاهی که برایمان آورده‌اند ازایران بیرون بکنیم.... حتی به من نوشت و وعده داد که اگر به خلیفه بشورم عرب‌ها کس دیگری را جز او ندارند و او را به جنگ من خواهند فرستاد و در آن صورت او با سرداران و سپاهیان خودش به شورش من بر ضد خلیفه کمک خواهد کرد. آن وقت همین افشین بود که بابک را به نیرنگ دستگیر کرد و به دست خلیفه شتر چران داد. دشمنان خلیفه را سرکوب کرد و سردار رومی ناتیس را اسیر کرد. همه این‌ها را کرد برای این که پیش خلیفه قدر و منزلت پیدا بکند، برای این که خلیفه به‌جای عبدالله طاهر حکومت خراسان را به او بدهد و چون می‌دانست که من هم دشمن عبدالله

ه ستم از این رو برای پیشرفت کار خودش با من طرح دو ستی ریخت. ولی بازهم تکرار می‌کنم که من در صداقت افشین شک دارم.

برزین – ولی فراموش نکنید که افشین مشغول آماده کردن نقشه‌ی تازه ای است وانگهی اگر مقصودش کمک به شما نبود مرا به شما قاصد نمی‌فرستاد و اسرار خودش را به شما نمی‌گفت.

مازیار – کدام نقشه؟

برزین – مگر دیروز نگفتم که تا سه ماه دیگر خلیفه را با پسرانش خواهد کشت و جهان داری دوباره به ایرانیان برمی‌گردد؟

مازیار- ولی در کاغذ خودش به این مطلب اشاره نکرده بود. به چه ترتیب این کار را می‌کند؟

برزین – می‌دانید که بزیست اخترشناس این عادت را گذاشته بود که هرسال برای شگون جشن مهرگان می‌گرفت، و خلیفه در آن جشن حاضر می‌شد. امسال افشین در خانه‌ی خودش جشن مهرگان را می‌گیرد و درین جشن معتصم و پسرانش هارون و جعفر دعوت دارند، آن‌وقت به ناگاه د ستهای از سواران به آن‌ها حمله می‌کنند و هر سه‌ی آن‌ها را می‌کشند. مخصوصاً این روز را انتخاب کرده است چون مهرگان جشن آزادی ایران از دست تازیان است و درهمین روز بود که کاوه آهنگر

برضحــاک چیره شــد و فریدون او را در کوه دماوند حبس کرد و ایران دوباره به شکوه و آئین نیاکانش برگشت.[82]

مازیار- شما گمان می‌کنید که موفق خواهد شد؟

برزین – تمام وسـایل آن مهیاسـت، به یک اشـاره‌ی افشـین صــد غلام زره‌پوش از پشـت پرده‌ها بیرون می‌آیند و آن‌ها را با شـمشـیر تکه تکه می‌کنند.

مازیار – اگر شورش بشود؟

برزین – همه‌ی سپاه در زیر فرمان اف‌شین است کسی جرأت نخواهد کرد، همه را سرکوب می‌کند.

مازیار – گمان می‌کنید عبدالله طاهر تسلیم او بشود؟

برزین – خواهی نخواهی تسلیم خواهد شد و هرچه عرب موش‌خوار و مسلمان است دوباره از ایران خارج می‌کنیم.

مازیار – با این همه دزد و جاسوس که دور ما را گرفته!

برزین – مطمئن باشــید، من اگر ســرم می‌رفت این خبر را به کســی نمی‌گفتم. وانگهی سه ماه دیگر این نقشه انجام خواهد گرفت.

---

[82] رجوع شود به یادداشت نمره ۲ آخر کتاب.

مجلس ششم

در باز می‌شود شادان وارد اتاق می‌شود.

مازیار با تعجب – هان، دیگر چه شده؟

شادان – خودتان را نجات بدهید عرب‌ها وارد شدند.

برزین بلند می‌شود – آمدند؟

شادان – گوش بدهید، صدای طبل نزدیک می‌شود.

صدای طبل از دور می‌آید.

شادان – من رفتم مهران را صدا بزنم در کوشک نبود، امیدوار را دنبال
او فرستادم درهمین وقت قاصد آمد که عرب‌ها وارد شدند.

مازیار – عرب‌ها این‌جا؟

شادان – بله، کارن پسر شهریار از کوه‌های شروین لشکر عرب را به
سرکردگی حیان بن جبله وارد کرده است.

مازیار – کارن هم به ما خیانت کرد!

شادان – این مسلمان‌های پست ما را فروختند!

مازیار برمی‌خیزد – چه بکنیم؟

شادان – هنوز هم نگذشته، جلو در نهانی کو شک چهار اسب از بهترین اسب‌های خودتان: شبرنگ، دهدزه، گلگون و چموشک حاضرند، عرب‌ها راه چمن تپه را نمی‌دانند و اسب‌هایشان نمی‌توانند بروند، فرار کنیم.

مازیار – شهرناز کجاست، چه خواهد شد؟

شادان – دلواپس او نباشید، من او را به شما می‌رسانم، عجالتاً جان خودتان را دریابید!

مازیار لوله کاغذی را که روی تخت برمی‌دارد پاره می‌کند به زمین می‌ریزد بعد یکی از شمشیرها را که به دیوار نصب است برداشته به برزین می‌دهد. برزین هم ریش مصنوعی خود را کنده دور می‌اندازد، بعد دست می‌کند از پشتش بالشی را که به‌جای قوز گذاشته بیرون می‌کشد و دور می‌اندازد و جوان بلند بالائی می‌شود. شمشیر را به کمرش می‌بندد. صدای غوغا و دهل از دور شنیده می‌شود. هر سه آن‌ها از اطاق بیرون می‌روند.

پرده می‌افتد

پرده دوم

میکده‌ای پیداست که میان آن قندیل روشنی آویزان است. چند کوزه در رف آن چیده شده. کنار دیوار روی سکو قالیچه افتاده سه ذ شیمن کوتاه بی‌ترتیب در آن‌جا گذاشته شده.

مجلس یکم

مازیار به حال شوریده، لباس پاره، کنار شهرناز نشسته و شهرناز چنگی در دست دارد. آهسته می‌نوازد و به همان آهنگ می‌خواند.

به جام باده بنشان گرد تیمار،	زمانی دل برود و باده خوش دار
سرآید رنج‌های این جهــــانی،	اگر ماندست لختی زندگــانی،
به عذر آید ترا روزی دهد داد،	همان گردون که برتوکرد بیداد
وزین اندیشگان آزاد باشی،	بسا روزا که تو دلشاد باشی
مرا راهم نماند حال حال یکسان[83]	اگر کــــار تو دیگر کرد کیهان

---

[83] ویس و رامین، ص ۲۱٤

پرده که بالا می‌رود برگردان شعر را از پشت پرده با ساز می‌زنند، دختر که شروع به خواندن می‌کند صدای ساز بریده می‌شود و در موقع خواندن برگردان دوباره ساز می‌زنند.

ساز را زمین می‌گذارد، مازیار دست‌های او را در دستش می‌گیرد.

مازیار- می‌خواستم یک پیاله شراب از دست تو بنوشم.

شهرناز در پیاله‌ی مازیار شراب ریخته به او می‌دهد و مازیار هم گرفته سر می‌کشد.

مازیار – بیا نزد یک من بنشــین... بیا پهلوی من... همین تو برای من ماندی!

شهرناز – این کوهیار بود که عرب‌ها را آورد؟

مازیار- من تا این اندازه او را پست نمی‌دانستم.

شـهرناز – از هـمان روز اول که با من برخورد کرد، نمی‌دانم چه در صورتش بود که دلم به من گواهی داد آدمی خوبی نیست.

مازیار – ولی با وجود این...

شهرناز هراسان – هان چه می‌خواهی بگوئی؟

مازیار – من گمان نمی‌کردم که تا این اندازه پســت باشـــد، که مارا به عرب‌ها بفروشد... اگرچه همه به من خیانت کردند او تنها نبود.

شهرناز – من به خیالم شما حرف پسر ربن را باور کرده‌اید که گفت مرا با کوهیار دیده است.

مازیار- ترا با کوهیار دیده؟

شهرناز – او و سیمرو از من کاغذ اف شین را خوا ستند و چون به آن‌ها نشانی ندادم این بهتان را به من زدند.

مازیار عصبانی بلند می‌شود چند قدم راه می‌رود.

شهرناز – من نمی‌دانستم که حرف پسر ربن را باور نمی‌کنید؛ او اصلاً با من بد است، اگرچه من کاری به او نکرده‌ام... به همین سوی چراغ قسم که اگر من با کوهیار راه داشـته باشـم. پانزده روز پیش برای پدرم آفرینگان می‌کردم، سر رسیدم، دیدم سیمرو و پسر ربن توی اطاق شما ه ستند. من کوهیار را دو ست ندا شتم، هیچ‌وقت او را دو ست ندا شتم، فقط چون برادر شما بود.

مازیار – کوهیار از بس که با عرب‌های شـترچران آمیزش کرده خوی پسـت آن‌ها را گرفته... اگر راسـت بود، اگر تا سـه ماه دیگر، نه دوماه و نیم دیگر جشن مهرگان. اما خیلی طول می‌کشد.

مازیار می‌آید دوباره پهلوی شهرناز می‌نشیند.

شهرناز – من نمی‌دانم... من یک دختر دیوانه بیش نیستم، همه به من به این چشم نگاه می‌کنند... اما من کمترین خیانت درباره‌ی شما نکرده‌ام.

مازیار مهربان – شـــهرناز مرا ببخش... اگر من به تو بی‌اعتنائی کرده‌ام، ولی من هیچ‌وقت این عقیده را درباره‌ی تو ندا شتم... من همیشه در تو یک روح لطیف و بزرگی می‌بینم که کوهیار و دیگران آن را نمی‌بینند، در تمام این مدتی که پیش من بودی من دقیقه‌ای آسـایش نداشـتم، در سفر و در کار بودم، خودم را مخصوصاً مشغول می‌کردم. چون از همان روز اول که تو را دیدم آن صورت تو، آن لبخند دردناک گوشه‌ی لبت....

شـــهرناز با خودش می‌گوید – اولین بار اسـت که با من این‌طور حرف می‌زنند!

مازیار – نه، خیلی وقت اسـت، من می‌خواسـتم که حرف‌های خودم را به تو بگویم، چون هرچه کوشـــش کردم که این میل را در خودم بکشـــم نتوانسـتم، روز به روز در من زیادتر می شود... اوه نمی‌دانی این میل چه ترسناک است؛ هرجا بودم ترا می‌دیدم، لبخند دردناک تو از جلو چشمم دور نمی‌شد، آهنگ صدایت، نگاهت پر از پرسش پر از کشش و دلربائی اسـت آن‌جا در لشـکرگاه بودم به یاد تو افتادم مثل دیوانه‌ها برگشـتم، برگشتم که تو را ببینم.

شهرناز متفکر هیچ نمی‌گوید.

مازیار – کی می‌داند، شـاید یک سـاعت دیگر عرب‌ها مرا بکشـند، چه اهمیتی دارد؟ مدت‌ها بود سال‌ها بود که می‌خوا ستم دردهای خودم را به تو بگویم، و حالا آرامش مخصـوصـی درخودم حس می‌کنم. این لحظه در زندگی من خیلی گرانبهاست... زن‌های دیگر خیلی هسـتند، ولی روح من کشـش و تأثیر غریبی برای تو حس می‌کند، نمی‌توانم جلو آن را بگیرم... می‌دانی د ست خودم نیست، بارها خوا ستم این افکار را از خودم دور بکنم، ولی نمی‌توانم، هردفعه قوی‌تر می‌شود. مسافرت رفتم، خودم را به هزار جور مشـغول کردم بیهوده بود. بدون تو زندگیم تهی اسـت، بیهوده اسـت. ولی می‌بایسـتی که در چنین جائی، در چنین موقعی ما به هم نزدیک بشویم!...

شـهرناز اشـک خود را پاک می‌کند – من.... یک دختر دیوانه که همه‌ی مردم مرا دست می‌اندازند. من هرگز لایق نیسـتم که سـردار بزرگی، شاهزاده ای... مانند شما.... من هنوز گستاخی آن را ندارم که در چشمتان نگاه بکنم.

مازیار – گذ شت، قدیمی شد. دوره‌ی عرب‌ها، دوره‌ی پست‌ها، دوره‌ی گدا گرسـنه‌ها و بی پدرمادرها رسـیده، این عرب‌های سـوسـمارخور همه‌ی این حرف‌ها را دور انداختند، وانگهی الان من نه سـردارم و نه مرز بانم، خودم مانده‌ام و لباسـم، برفرض هم که بودم، من و توئی

در کار نبود. من تو را دوست دارم و همین کافی است، من زیبائی افکارتو را با چشم دلم می‌خوانم، همین زیبائی روان تو، همین کشش روی تُست که در زندگی به من قوت و شجاعت می‌دهد وهرچه کرده‌ام از زیبائی روی تو دارم،

شهرناز اشک‌هایش را با سردست آستینش پاک می‌کند.

شهرناز- آیا مست نشده‌ای، آیا مرا مسخره نمی‌کنی؟ آیا ممکن است؟...

مازیار – مستی و راستی، شاید مستی هم به آن کمک کرده، ولی از خیلی پیش می‌خوا ستم حرف‌هایم را به تو بگویم، بگذار رویت را ببینم، صورت تو مانند آینه ایست که همه افکار قشنگی که در تصور من می‌گنجد روی آن منعکس می‌شود.

شهرناز- ولی با زندگی گذشته‌ی من، با زندگی ولگردی که کردم آیا می‌توانم لایق این حرف‌ها باشم؟ اگر پدرم زنده بود شاید به خودم می‌توانستم امید بدهم ولی...

مازیار- این حرف‌های کوچک و بچه‌گانه را دور بینداز، من از تو خوشم می‌آید و همین کافی است.

شهرناز- بعد از آن که پدرم را عرب‌ها کشتند، من سه سال ویلان بودم، ولی در خانه‌ی شما خودم را خوشبخت می‌دیدم؟ اما حالا که...

مازیار – پدرت در جنگ دستگیر شد؟

شهرناز – نه، عرب‌ها ریختند توی خانه‌مان و او را تکه تکه کردند. اول دست‌هایش را بریدند بعد پاهایش را بعد هم سرش را جدا کردند.

مازیار – همان‌طوری که بابک را خلیفه کشت!

شهرناز – اوه... شما نمی‌دانید!

مازیار – تو چطور از دست عرب‌ها گریختی؟

شهرناز با حرارت – یک روز صبح بود، ما از هیچ جا خبر نداشتیم، که صدای سم اسب‌ها، دهل و هیاهو بلند شد، آن وقت عرب‌های پا برهنه نعره‌کشان ریختند توی خانه‌ها و هرچه به دستشان آمد چپو کردند. خواهرم دخت نوش خودش را در آب انبار انداخت تا به دست آن‌ها نیفتد، پدر و مادرم را روبرویم کشتند. دایه‌ام نوشابه دست مرا کشید و از میان کشته‌ها، دود و آتش رفتیم درجنگل سرخک لای سنگ‌ها پنهان شدیم، ولی من بی هوش شدم. شب بود که از صدای همهمه بیدار شدم، دیدم که دسته ای عرب به قدر صد قدم دورتر از ما آتش روشن کرده بودند. دست می‌زدند و دخترهائی را که اسیر کرده بودند به ضرب تازیانه می‌رقصانیدند و قهقه می‌خندیدند. یک زن با بچه‌اش که پهلوی ما بود بچه‌اش را خفه کرد تا از صدای گریه‌ی او دشمن ما را پیدا

نکند. دو روز با سـبزهها و ریشـهی گیاهها که دایهام میپیچید زندگی می‌کردیم بعد از آن که داد و غوغا فروکش کرد. دایهام مرا به خانهی رامگور برزگر برد. یک ماه ناخوش بودم، زنش ناهید از من پرستاری می‌کرد، بیچاره چه زن مهربانی بود! بعد که خوب شـدم به من چنگ زدن را آموخت و شـوهرش که مرد من در کوچهها چنگ می‌زدم و با پولی که مردم به من می‌دادند زندگی می‌کردم و شـهر به شـهر می‌گشتم تا این که به ساری آمدم.

مازیار – تنها؟ کی ترا به ساری آورد، چطور آمدی؟

مجلس دوم

در باز می‌شود شادان وارد میکده می‌شود.

شـادان – هنوز اینجا هسـتید؟ هیچ می‌دانید که دشـمن در جسـتجوی شماست؟

مازیار- دوسـتانم بامن چه کردند که دشـمنانم بکنند؟ برای من دیگر یکسـان اسـت... من گمان می‌کردم که این مردم را باید از زیر فرمان و شـکنجهی عربها آزاد کرد. اما حالا که خودشـان نمی‌خواهند دیگر کوشش من چه فایده دارد؟

شـــادان – عرب‌ها بعد از آن که قصـــر هرمزدآباد را چپو کردند و برادرانتان عبدالله و فضـــل و خواهرانتان را اســـیر کردند قصـــر را آتش زدند و درهمه جا دیده بان گذاشـــته‌اند. برزین به دسـت عرب‌ها افتاده ولی آن‌ها نمی‌دانند که او همان قاصد افشین است.

مازیار- به من چه؟ چرا همه از من متوقع هســـتند؟ مگر کوهیار یک برادرشـــان نیســـت که با عرب‌ها جان در یک قالب اســـت، اگر می‌تواند برود جان خویشـــانش را نجات بدهد! بی همه چیز... او هنوز عرب ها را نمی‌شناسد، او هنوز پستی آن‌ها را نمی‌داند.من هم با آن‌ها بوده‌ام، باتو شـــرط می‌کنم او هرگز نمی‌تواند جان یک نفر از خویشـــانش را نجات بدهد... همه‌ی آن‌ها را عرب‌ها خواهند کشـــت... چون حالا محتاج به او هســـتند و به آن‌ها کمک می‌کند وعده‌های دروغی می‌دهند. خود او را هم می‌کشـــند، هرکس زنده بماند خواهد دید. همه فتح عرب‌ها روی همین‌جا سوس بازی، دزدی و خیانت است... شادان تو تنها کسی هستی که به تو اطمینان دارم و می‌خواهم امانت گرانبهائی را به تو بسـپارم. آیا قبول می‌کنی؟

شادان – من از جان و دل حاضرم.

مازیار – تنها خواهشـــی که دارم این اســـت که شـــهرناز را فرار بدهی، با خودت او را ببری که به دست عرب‌ها نیفتد.

شهرناز – من از شما جدا نمی‌شوم.

مازیار به شهرناز – اگر مرا دوست داری تو با شادان می‌روی، باید بروی.

شهرناز – من هرگز نمی‌توانم. عرب‌ها برای شما می‌آیند. جان من چه ارزشی دارد؟ یک وجود بیهوده. همین غصه برای من بس است که سبب دشمنی و رقابت شما و برادرتان شدم و کوهیار رفت با عرب‌ها ساخت.

مازیار – این حرف‌ها زیادی است. اگرچه معلوم نیست که چه خواهد شد. این بالاپوش مرا روی دو شت بیندار (اشاره به بالاپوش) و هرچه زودتر با شادان برو.

شادان به مازیار – آیا خوب سنجیده اید؟ آیا شما می‌مانید در صورتی که دشمن پی شما ست، کوهیار و دسن پسر دسین در جستجوی شما هستند؟

مازیار – کجا بروم؟ بهتر آنست که بمانم وانگهی مرا در این‌جا نخواهند کشت و به سامره خواهند فرستاد. و بیش از آن‌که به سامره برسم سرنوشت ایران معلوم خواهد شد. خلیفه را می‌کشند، او را خواهند کشت. توهم کوشش کن که در راه خودت را به من برسانی... وانگهی خودت گفتی که همه‌ی راه‌ها گرفته است و برفرض هم که فرار کنم

بی‌شک به دست عرب‌ها گرفتار می‌شوم، پس بهتر آنست که آن‌ها بیایند پیش من و من به پای خودم به پیشباز آن‌ها نروم.

شادان – اگر شما می‌توانستید خودتان را به دری برسانید امید پیشرفت بود، چون دری اگرچه از چهار سمت محاصره شده باوجود این هنوز مشغول جنگ با دشمن است، ولی رابطه‌ی او با ما بریده شده و رسیدن به او کار آسانی نیست. چون تمام لشکر خلیفه تبرستان را فراگرفته و مشغول چپو و کشتار هستند و صورت مذهبی به این جنگ داده‌اند، ما را کفار می‌دانند و از هیچ گونه درندگی نسبت به ایرانیان خودداری نمی‌کنند.

مازیار آهسته – پست‌ها... ایرانی‌های پستی که با آن‌ها ساختند، به آن‌ها کمک کردند... ولی من هنوز ناامید نیستم پیش خودت باشد، هنوز هم ناامید نیستم. برزین به من خبرش را داد تا دوماه و نیم دیگر خلیفه را خواهند کشت، در روز جشن مهرگان، افشین همه‌ی پیش بینی‌ها را کرده است. آن وقت نوبت انتقام ما می‌رسد، ولی سراین حرف‌ها وقت را از دست ندهیم، تو با شهرناز فرارکن، از او خوب نگه داری می‌کنی، من روح خودم را به دست تو سپردم. آن چه پیش من از همه چیز گرامی تر است به تو می‌سپارم از او خوب نگه داری بکن.

شهرناز شنل مازیار را می‌پوشد با شادان از در بیرون می‌روند. مازیار دنبال آن‌ها از در بیرون می‌رود.

مجلس سوم

ناگهان در مخفی از کنار سکو باز می‌شود و سیمرو از آن‌جا بیرون می‌آید لباسش را تکان می‌دهد به اطراف نگاه می‌کند. درهمین وقت مازیار که به آهنگ ساز شهرناز بریده بریده سوت می‌زند وارد می‌شود همین که سیمرو را می‌بیند با تعجب عقب می‌رود.

مازیار – این‌جا چه می‌کنی؟

سیمرو به پای مازیار می‌افتد – آقا مرا ببخش، مرا بکش تا ازین ننگ آسوده بِشوم. من گدا بودم، فقیر بودم، شما مرا جا دادید، پول دادید، نان و نمکتان را خوردم، کوهیار برادرتان مرا گول زد، بعد هم با پسر ربن دست به یکی شدم و مرا وادار کرد به من زهر داد تا در خوراکتان بریزم، اما من نمی‌دانستم که آن گرد چه بود، بعد خودش به من گفت. حالا هم او گذاشت رفت، مرا تنها گذاشت، پولم را نداد، عرب‌ها هم ریخته‌اند در شهر، زبان سرشان نمی‌شود، می‌گویند همه را خواهند کشت. من مانده‌ام بدون یک پشیز!

مازیار – از چه می‌خواهی، من چه باید بکنم؟

سیمرو – آخر من شنیدم که ممکن است...

مازیار – چه بشــود؟ من نمی‌فهمم دارم دیوانه می‌شــوم تو از کجا آمده ای؟

سیمرو در مخفی را نشان می‌دهد – از این‌جا، این در مخفی است که به این میکده راه دارد و پســر ربن مرا دذبال شــما فرســتاده بود که حرف‌هایتان را گوش بدهم و به او بگویم. من این جا بودم شــنیدم که گفتید تا دو ماه و نیم دیگر عرب‌ها شکست می‌خورند، من آمدم بگویم که به من بدگمان نشــوید، این راســت و پوســت کنده‌اش بود که گفتم، پیش شما من رویم سیاه است اما تقصیر من نیست پسر ربن مرا گول زد.

مازیار – حالا هم به این شیوه آمده‌ای از من حرف دربیاوری؟

سیمرو – به خدا که نه امان دارم و نه یک پشــیز، می‌گویند که عرب‌ها همه را می‌کشند. هرجا می‌روید من با شما می‌آیم.

مازیار دست می‌کند از جیبش پول درمی آورد به او می‌دهد.

مازیار- برو دست از سرم بردار، مرا تنها بگذار.

سیمرو ــ خدا سایه‌ی شما را از سر ما کم نکند.

از در بیرون می‌رود مازیار روی سکو یله می‌دهد.

مجلس چهارم

صــدای فریاد ترســناک از پشـــت در می‌آید و چیز ســنگینی به زمین می‌خورد. در باز می شود کوهیار و دسن بن دسین سرکرده‌ی لشکر عرب و سه نفر عرب سر و رو پیچیده شمشیر به دست وارد می‌شوند.

کوهیار به دسن پسر دسین می‌گوید: ــ این زن نابکار به سزای خودش رسید.

حسن پسر حسین ــ جاسوس خودتان بود.

کوهیار به حسن ــ معلوم می‌شود اسرار ما را هم می‌فروخته.

مازیار همین‌طور که روی سکو نشـــسته قداره‌ی خودش را از غلاف در می‌آورد. تیغه‌ی آن را با زانویش می‌شــکند و گوشـــه‌ی میکده پرت می‌کند. کوهیار و حسن جلو او می‌آیند.

کوهیار به حسن ــ این برادرم مازیار است.

مازیار به کوهیار – ای بی‌همه‌چیز تو بودی که مرا به این جهودان فروختی؟[84]

کوهیار – برادرجان، ببین چون من می‌دانستم که ما نمی‌توانستیم جلو لشکر خلیفه ایستادگی بکنیم، از طرف دیگر راه فرار به ما گرفته بود. من همیشه عقیده‌ام این بود که از راه مسالمت با خلیفه کنار بیائیم.

مازیار– بس است... من به درک ولی خویشانت، مادرت، خواهران و برادرانت همه را به وعده‌ی پول، به وعده‌ی حکومت تسلیم عرب‌های بی‌سر و پا کردی؟

کوهیار– عوضش برای همه‌تان امان می‌گیرم.

مازیار– مرا بگو که نقشه‌ی افشین را برای تو گفتم، مرا بگو که را ستی و یگانگی ترا باور می‌کردم که برج و باروها و دیواری را که با آن همه رنج و خون دل درست کردم به دست تو سپردم – و به کسی که بیشتر از همه اطمینان داشتم، ارباب‌های شتر چرانت را از همان‌جا وارد کردی! کاش یک مو از تن دری به تن تو بود، هر کس دیگر به من ذیانت می‌کرد آن قدر دلم نمی‌سوخت، ولی تو، تو که مرا برادر خودت می‌دانی! برو از جلو من دور شو، برو تو لایق نیستی که با تو حرف

---

[84] رجوع شود به یادداشت نمره ۳ آخر کتاب.

بزنم. تو تخمه‌ی پدر من نیسـتی، تو را از کنیز عرب پیدا کرده بود، برو گدامنش پست.

کوهیار – من می‌دانسـتم که تو هیچ‌وقت تسـلیم عرب‌ها نمی‌شـوی و درین جنگ بعد از آن که فتح می‌کردند سـزای همه ما کشـتن بود. این بود که من پادرمیانی کردم تا شـاید بتوانم برای خویشـانم از خلیفه امان بگیرم و جانشان را بخرم.

مازیار – جانی که تو بخری من مرگ را هزار بار به آن زندگی ترجیح می‌دهم. زندگی به این ننگ! بی‌شـرمی را تا آن جا رسـانیده‌ای که می‌خواهی برای من از ارباب‌های شـتر چرانت امان بگیری؟ خفه شـو، به من پند و نصـیحت نده فقط بگو: «چون شـهرناز مرا نمی‌خواسـت و ترا می‌خواسـت این کار را کردم» آن‌وقت باور می‌کنم. اما تا این اندازه ترا پست نمی‌دانستم.

کوهیار – چرا که خیانت نکنم؟ از بچگی پدرم همیـشه به تو توجه داشت، چشم و چراغش بودی. اسب خوب، لباس خوب همه چیز مال تو بود، مرا به چه کنیز می‌گفتند. تو که جانشـین او شـدی حق مرا پایمال کردی، حکومت کوهستان را از دست من گرفتی به دری دادی، از قدر و منزلت من کاستی، شهرناز را به هزارگونه حیله به طرف خودت کشانیدی. من

هم با عبدالله مکاتبه کردم و برایت امان خواستم به شرط این که کاغذهای افشین را به من بدهی.

مازیار- بیچاره! بیچاره... حالا آمده‌ای با این حرف‌ها مرا گول بزنی؟ نمی‌دانستم که تا این درجه رذل و هم دست این جهودان هستی. اما حسرت حکومت کوهستان به دلت می‌ماند. اگر وعده‌ی عرب‌ها را باور می‌کنی اشتباه می‌روی. من آن‌ها را بهتر از همه کس می‌شناسم، حالا که به تو احتیاج دارند از این وعده‌ها زیاد می‌دهند.

کوهیار- من فقط برای کمک بود.

مازیار- تو تنها خدمتی که می‌توانی بکنی این است که زودتر از این‌جا بیرون بروی تا رویت را نبینم.

حسن پسر حسین به کوهیار - بهتر این است که شما ما را تنها بگذارید، چون من می‌خواستم با مازیار مذاکره بکنم.

کوهیار و عرب‌ها از در بیرون می‌روند.

مجلس پنجم

حسـن پسـر حسـین یک پیاله شـراب پر می‌کند به مازیار می‌دهد او هم بی‌درنگ می‌گیرد و سر می‌کشد.

حسن پسر حسین – من آمده‌ام دوستانه با شما گفتگو بکنم، یادتان هست که بیست و دو سال پیش در بغداد با هم ملاقات کردیم.

مازیار- در خانه‌ی بزیست فیروزان اخترشناس بود.

حسن – یحیی بن منصور منجم مأمون را می‌گوئید؟

مازیار- این اسـم را خلیفه روی او گذاشـت و اسـمش را به عربی ترجمه کرد.

حسن – همان طور که به شما هم محمد مولی امیرالمؤمنین لقب داد.

مازیار – من به لقب خلیفه افتخاری ندارم.

حسن – این حرف‌ها به کنار، اما خواهش می‌کنم که مرا به چشم دشمن نگاه نکنید، من فقط وظیفه‌ی خودم را انجام دادم، ولی بدانید که خلیفه آدم دل رحیمی است من می‌توانم پیش او برای شما شفاعت بکنم.

مازیار- برای من؟ اوه، هرگز به خودتان زحمت ندهید، اگر به دسـت او بیفتم شکی نیست که مرا خواهد کشت.

حسن – این که اطاق را خلوت کردم برای این بود که خواستم باهم چند کلمه درست حرف بزنیم.

مازیار- یک پیاله شراب بخوریم آن وقت.

مازیار جام خودش را پر کرده می‌نوشد، حسن هم پیاله‌اش را پر شراب می‌کند و به دور خودش نگاه می‌کند.

حسن – این‌جا که کسی ما را نمی‌بیند؟

مازیار- مطمئن باشید من هم به کسی نخواهم گفت که شما شراب خوردید.

حسن – بگوئید ببینم آن پیرمردی که از بغداد آمده بود از طرف کی بود و چکار داشت؟

مازیار – کدام پیرمرد؟

حسن – قاصد افشین.

مازیار- مقصود چیست؟

حسن – اگر به من راستش را بگوئید، من پیش خلیفه از شما شفاعت می‌کنم، او آدم خوبی است.

مازیار- به ذیال خودت مرا مست گیرآورده‌ای، ولی من احتیاجی به شفاعت پیش خلیفه ندارم.

حسن – چطور احتیاج نداری؟

مازیار- تا دوماه دیگر معلوم می‌شود.

حسن – می‌بینم که بشاش هستی، قاصد افشین چه می‌گفته که تا سه ماه دیگر؟

مازیار- سه ماه دیگر؟

حسن – بله پسر ربن طبری شنیده بود.

مازیار- هان، مقصود جشن مهرگان.... مهرگان است.

حسن – می‌دانی که ما با هم رفیق هستیم، تو می‌توانی به من اطمینان داشته باشی. به من دوستانه بگو شاید بتوانم کمکت بکنم.

مازیار – چه کمکی به من بکنی؟

حسن – با هم مشورت بکنیم، می‌دانی که من صلاح تو را می‌خواهم، اگر تو فکری به نظرت می‌رسد به من بگو. من همیشه‌ی عمرم منصف بوده‌ام. وانگهی حق دوستی را فراموش نمی‌کنم.

مازیار- حرف‌های چرب و نرم!

حســن – گمان می‌کنی اگر از راه راســتی و دوســتی نبود من احتیاجی به مشورت با شما داشتم؟ شما الان اسیر لشکرعرب هستیدواگر محتاج به اســتنطاق هم بودید بطور رســمی اســتنطاق می‌شــدید. این فقط از راه ارادت بود که خواستم با هم مشورت کرده باشیم،اگر راهی به نظر شما صواب می‌آید و بدانم به حق است به شما ایمان می‌آورم. حالا راه پیش پای من بگذارید، می‌دانید که من اصلاً ایرانی هستم و از تسلط عرب دل خوشی ندارم فقط برای حفظ ظاهر است. البته اگر نقشه‌ی شما پسندم آمد از روی میل درآن شرکت می‌کنم.

مازیار- اوه، ایرانی! آن‌قدر از عرب‌ها بدت می‌آید که اســمت را هم خزاعی گذاشـــته ای و افتخار می‌کنی که پدرت آزاد کرده‌ی قبیله‌ی خزاعه بوده! از این ایرانی‌ها زیاد هســتند، برادرم یکی از آن‌هاســت، یک طرف آن‌ها که عرب با شد، یا یک پشت آن‌ها که مسلمان شده با شد کافی است که تمام رذالت اخلاق عرب را بگیرند.

مازیار یک جام شراب سر می‌کشد.

حسن پسر حسین – شما به محبوس نمی‌مانید، شادمان هستید این از مستی نیسـت چون از ته دل خوشـحالید و به خوبی در صورت شما خوانده می‌شود.

مازیار- چرا که خوشحال نباشم؟ چون می‌بینم که خویشانم، دوستانم، برادرم، همه فاتح و خندان و خرسندند.

حسن پسر حسین – شوخی را کنار بگذارید، گفتم که من جدی حرف می‌زنم. اگر نقشه‌ای دارید یا خبری دارید من سوگند می‌خورم که سرشما را به کسی فاش نخواهم کرد.

مازیار – من خبری دارم... اگرچه هنوز معلوم نیست ولی اگر سوگند یاد می‌کنی که به کسی نگوئی خواهم گفت.

حسن پسر حسین – قسم می‌خورم به محمدبن عبدالله، به قرآن، به دین اسلام که برایش شمشیر می‌زنم، به‌امیرالمؤمنین معتصم خلیفه، که اسرار تو را به کسی بروز نمی‌دهم.

مازیار یک جام شراب سر می‌کشد – من و افشین و بابک با هم عهد کرده بودیم که دولت را از عرب پس بگیریم و جهانداری را به خاندان ایرانی نقل بکنیم.

حسن پسر حسین – در زمان خلافت معتصم این پیمان را کردید یا پیش از آن؟

مازیار- اگر درستش را می‌خواهی در زمان مأمون بود و بزیست منجم بود که مرا به این کار واداشت.

حسن پسر حسین – یحیای منجم!

مازیار– وقتی که در بغداد بودم یک روز طالع مولود خودم را پیش او بردم؛ همین که دانست من پسر کارن و نداد هرمزد شاهزاده‌ی تبرستانم مرا اکرام کرد و بعد در خلوت به من گفت که چون تو از نژاد پاد شاهان ایرانی، سلطنت ایران شایسته‌ی تست، نه این عرب‌های بیابان گرد، و من می‌توانم به تو کمک بکنم.

حسن – چه کمکی می‌توانست بکند؟

مازیار– هیچ، او گفت که خلیفه مأمون خرافات‌پرست و احمق است، پس من ا صطرلاب می‌بینم و از حالات سیارات به او خبر می‌دهم و می‌گویم: طالع تبرستان با طالع مازیار موافق است، هر آینه حکومت تبرستان را به او واگذار کنی بسیار مبارک است، و کارت بالا می‌گیرد. ولی این شرط را بامن کرد که دوباره ایران را به کیش و آئین پیشین برگردانم و فکر عرب و نژاد عرب را ریشه کن بکنم.

حسن – بزیست هم به عهد خودش وفا کرد؟

مازیار– او پیمان خودش را به جا آورد، و خلیفه مرا به شهریاری تبرستان نامزد کرد. اما همیشه میان من و بابک و افشین و دسته‌ای دیگر از ایرانیان مکاتبه برقرار بود و با هم عهد کرده بودیم که بابک کیش

زرتشتی را به نام خرم دین تجدید بکنند، و من و افشین هم به زور شمشیر با او کمک بکنیم، و ایران را دوباره زیر تاخت و تاز عرب‌ها و جهودان بیرون بیاوریم (یک جام شراب سر می‌کشد)

حسن – پس برای همین بود که بابک مزدکی مذهب مجوسی را تبلیغ می‌کرد و شما مسجدها را خراب می‌کردید و با مسلمانان جور و استخفاف می‌کردید و آثار اسلام را از بین می‌بردید.

مازیار– آثار اسلام؟ بیچاره اسلام آثاری از خودش نداشت. همه‌ی مذاهب قدیم کمک به ترقی صنایع کردند، اسلام مخالف صنعت و تمدن بود و روح صنعتی را هر کجا رفت کشت. مسجدهایش از ساختمآن‌های دوره‌ی ساسانیان تقلید شده. برعکس این عرب‌ها بودند که با کینه‌ی شتری که داشتند کوشش کردند تا آثار ایران و فکر ایرانی و هستی آن را از بین ببرند. عرب‌ها بودند که از خراب کردن ایوان تیسفون عاجز ماندند و به ضرر خودشان آن را ویران کردند تا آثار با شکوه ایران را از بین برده باشند[85] - اگر چه بهتر بود که خراب بشود تا به جای پادشاهان ساسانی عرب مو شخور ننشیند. به‌جای این همه چیزها که از بین بردند از بیابان‌های سوزان عربستان چه برایمان آوردند؟ یک مشت

<hr>

[85] رجوع شود به یادداشت نمره‌ی ٤ آخر کتاب.

پستی و رذالت یک مشت موهوم و پرت و پلا که به زور شمشیر به ما تحمیل کردند!

حسن ـ من شنیده بودم که تو به دین پدرانت خیلی دلبستگی داری اما نمی‌دانستم که تا این اندازه است. ولی از موضوع خارج نشویم، شما گفتید که دوماه و نیم دیگر معلوم می‌شود. (یک جام شراب پر می‌کند به دست مازیار می‌دهد و او سر می‌کشد).

مازیار ـ من به قول شماها اعتماد نمی‌کنم، یک بار دیگر هم قسم بخور که به کسی نخواهی گفت.

حسن ـ به همان قرآن و دینی که برایش شمشیر می‌زنم، به سر خلیفه قسم، اگر به کسی بروز بدهم.

مازیار ـ قاصد افشین برایم پیام آورده بود که روز جشن مهرگان خلیفه و پسرهایش در خانه‌ی افشین مهمان هستند و چون ایران در این روز از دست ضحاک دیو تازی آزاد شد، درهمین روز قرار است که خلیفه معتصم و پسرهایش را بکشند و ایران دوباره به دست خودمان بیفتد.

حسن بلند می‌شود پیاله‌ی دیگری شراب می‌ریزد و گردی از کمر شالش درآورده در پیاله می‌پاشد و به مازیار می‌دهد. مازیار آن را می‌گیرد،

می‌نوشد و روی سکو دراز می‌کشد. دسن دم دررفته صدا می‌زند سه نفر عرب وارد اتاق می‌شوند.

حسن به عرب‌ها – دست و پای این مرد را محکم به بندید و موکل او باشید، فردا به طرف خراسان حرکت خواهیم کرد که پس از دیدن عبدالله طاهر از راه ری به طرف سامره مسافرت کنیم. (پس از کمی سکوت) حالا مواظب باشید کسی داخل این‌جا نشود، من الان برمی‌گردم.

حسن از در بیرون می‌رود، عرب‌ها مشغول بستن مازیار هستند.

پرده می‌افتد

پرده‌ی سوم

در شهر سامره اطاق محبسی پیداست که طرف چپ آن یک پنجره مستطیل است با میله‌های کلفت آهنی و از پشت آن آسمان نمایان است. یک در آهن‌کوب زمخت دارد. یک کوزه‌ی آب یک کاسه‌ی گلی و مقداری کاه گوشه‌ی زندان ریخته.

مجلس یکم

خورزاد به میله‌ی آهنی پنجره‌ی سوهان می‌کشد و کیانوش روی تل کاه چمباتمه زده.

خورزاد – از شـر این میله‌ی سـوم هم آسـوده شـدم، حالا می‌بینی یک مشـت بزنند هر سـه‌ی آن‌ها هف پائین می‌ریزد. هیچ‌کس نمی‌فهمد، خوب تلکه بندی وایسـتاده. تو گمان می‌کنی یک نفر آدم می‌تواند از آن بگذرد؟

کیانوش – الان او را می‌آورند، زودباش میله‌ی چهارم را هم سوهان کن.

خورزاد- حواست پرت است، پس ریسمان را به کجا به بندند؟ باید سر طناب را به این میله ببندند تا بتواند از آن پائین برود.

کیانوش – تو گمان می‌کنی مازیار می‌تواند از این پنجره بگذرد؟

خورزاد – من هم شک دارم.

کیانوش – مگر ندیدی چه شانه‌های پهنی دارد؟

خورزاد – نه من او را ندیدم. آیا سوار فیل رنگ کرده بود؟

کیانوش – نه خودش حاضر نشده بود، او را روی استرلخت سوار کرده بودند. من نمی‌توانستم نگاه بکنم که به این پادشاهزاده‌ی ایرانی و زن‌های خانواده‌اش عرب‌های پست پابرهنه فحش و د شنام می‌دادند و تف به رویشان می‌انداختند و برایشان کف می‌زدند و شعر مسخره می‌خواندند.

خورزاد - حالا مازیار کجاست؟

کیانوش - پیش معتصم است، افشین را در دضورش با مازیار روبرو و استنطاق می‌کنند.

خورزاد – آیا قاصد افشین به دست عرب‌ها افتاد و یا کس دیگر خبر آورد؟ اگر هیچ کدام از این‌ها نبود پس خلیفه از کجا فهمید که افشین می‌خواسته او را بکشد؟

کیانوش – خود مازیار اقرار کرد.

خورزاد – خود مازیار؟

کیانوش – **نمی‌**دانم، عبدالله طاهر و یا حسن او را مست کردند، بعد قسم خوردند که ا سرار او را نگویند و از او اقرار گرفتند. به ا ضافه کاغذهائی را که افشین برای او فرستاده بود پیدا کردند.

خورزاد – با وجود این که قسم خورده بود سر او را فاش کرد؟

کیانوش – آره، عرب‌ها همه کارهایشان روی خیانت و نامردی است.

خورزاد – چطور خبر را به این زودی رساندید؟

کیانوش – به توسط کبوتر خبر را نوشت برای خلیفه فرستاد. روز جشن مهرگان بود، خلیفه و پسرانش در خانه‌ی افشین مهمان بودند و بنا بود که صد نفر از غلامان افشین از پشت پرده‌ها بریزند و خلیفه را بکشند. ولی او پیش از این که نقشه‌ی افشین عملی بشود او را دستگیر کرد و امروز او را استنطاق می‌کند.

خورزاد – همین سردار ایرانی بود که دشمنان بزرگ خلیفه را دستگیر کرد. بابک را برایش کت بسته آورد، رومیان را شکست داد و ناتیس را اسیر کرد، حالا او را این‌جور پاداش می‌دهند!

کیانوش – تا ایرانیان باشند که جانفشانی برای عرب نکنند، مگر همین کوهیار برای مازیار نبود که برادرش را تسلیم عبدالله طاهر کرد. شنیدم او را هم عرب‌ها کشتند.

خورزاد – نه، او را شهریار پسر مسمغان به خون‌خواهی مازیار کشت.

کیانوش – دیگر هیچ نقطه‌ی ایران از کثافت عرب ایمن نماند! تمام دارائی مازیار را چاپیدند قصرش را آتش زدند و هر چه دختر در تبرستان بود لشکر عرب بین خودشان قسمت کردند. مگر دختر ناتیس

سـردار رومی نبود که برای خلیفه آوردند و او را برد در حرم خودش؟ گرد آفرید خواهر مازیار را هم برای خلیفه بردند و خواهرهای دیگرش را به سرکرده‌های عرب دادند.

خورزاد کاسه‌ی گلی را نشان می‌دهد – ببین این کاسه‌ای است که ناتیس سـردار رومی را توی آن غذا می‌دادند و سـر سـه روز از کثافت این‌جا طاقت نیاورد و مرد، اما موسی بن حریش که با زن خلیفه خوابیده بود و او را در همین زندان انداخته بودند یادت هست، بعد از یک ماه گردنش را تبر نمی‌زد.

کیانوش – تو رومی و ایرانی را می گذاری پیش این عرب های کثیف سوسمارخور که اگر کثافت به آن‌ها نرسد می‌میرند؟

خورزاد – مازیار را بعد از اسـتنطاق درهمین زندان می‌اندازند یا در اطاق مقابل می‌برند؟

کیانوش – در همین‌جا، مگر شـادان نگفت؟ ولی اگر فرار نکند زیاد این‌جا نمی‌ماند، چون خلیفه حکم کرده شهر را آئین ببندند و امشب او را شمع آجین می‌کنند، و با تازیانه دور شهر می‌گردانند.

خورزاد – من شـنـیده‌ام او را زنده آتش می‌زنند، یکی می‌گفت زیر تازیانه او را می‌کشند.

کیانوش – هرچه بگوئی از این عرب‌های پست درنده برمی‌آید.

خورزاد – آیا نمی‌شود او را از در مخفی نجات داد؟ می‌دانی این زندان را به دستور بزیست ساخته‌اند و او این پیش‌بینی را کرده و در مخفی برای چنین روزی درست کرده.

کیانوش – در مخفی که از سردابه به خندق راه دارد در روز روشن که نمی‌شود و برای غروب هم او را می‌برند.

خورزاد- ولی چطور از این‌جا (اشاره به پنجره) به پائین خواهد رفت؟ در صورتی که بیشتر از سی گز تا زمین فاصله دارد، آن پائین هم کنده است اگر خودش را پرت بکند خواهد مرد، به علاوه آن‌جا (اشاره) کنار خندق روی بارو همیشه پنج نفر عرب دیده‌بانی می‌کنند.

کیانوش می‌رود جلو پنجره – لابد شادان پیش‌بینی همه‌ی این را کرده به من گفت وقت فرار یکی از ما آن‌جا دو اسب آن پائین نگه می‌دارد یکی برای خودش و یکی برای مازیار و در بارو هم به‌جای عرب پاسبان ایرانی گذاشته. اگرچه عرب‌ها دشمن ما هستند، اما احمقند و زود می‌شود گولشان زد. همین شادان که رئیس دیوان خراج مازیار بوده دور روز است خودش را زندانبان خلیفه کرده است.

خورزاد – بپا ترا نبینند، خودت را کنار بکش.

کیانوش- اوه، اوه... ببین کلاغ‌ها چطور دور نعش بابک و ناتیس آن‌جا سردار پرواز می‌کنند... چه ترسناک است. سر آن‌ها به طرف هم خم شده. مثل این است که باهم مشورت می‌کنند!

خورزاد- آن‌ها را قیر اندود کرده‌اند برای این که سال‌ها سردار بماند و دشمنان خلیفه عبرت بگیرند. این بزرگترین فتح خلیفه است.

کیانوش – دیگر خلیفه در پوست خودش نمی‌گنجد به خصوص که به مازیار هم ظفر یافت.

خورزاد – دیدی به چه افتضاح بابک را وارد سامره کردند؟

کیانوش – این عرب‌های دزد گردنه‌گیر تازه به پول و زور رسیده‌اند و می‌خواهند رنگ و روی عدل و داد به پستی‌های خودشان بدهند و بدتر از همه ایرانی‌ها برای افکار پست آن‌ها فلسفه می‌بافند و آن‌ها را بر ضد خودمان علم می‌کنند!

خورزاد – ایرانیان آداب زندگی، تمدن و راه جهانداری را به عرب‌ها آموختند و آن‌ها این‌طور با ما رفتار می‌کنند!

کیانوش – انگار صدای پا آمد ملتفت باش.

خورزاد – این زریر است که آن‌جا کشیک می‌کشد تا اگر کسی سر رسید به ما خبر بدهد.

مجلس دوم

صدای سوت می‌آید، خورزاد و کیانوش بلند می‌شوند نیزه‌هایشان را به دست می‌گیرند. پسر ربن با عبا و چپی اگال بسته وارد می‌شود.

پسر ربن – آیا زندان حاضر است؟ این‌جا برای مازیار است؟

خورزاد و کیانوش تعظیم می‌کنند.

پسر ربن – شماها نگهبان این‌جا هستید، باید پشت در کشیک بدهید، امر خلیفه اســـت که هیچ‌کس حق ورود به این زندان را ندارد و اگر حبســـی چیزی خواست بدون اجازه به او ندهید.

خورزاد و کیانوش دوباره تعظیم می‌کنند، پسر ربن از در بیرون می‌رود. دو نفر عرب سر و رو پیچیده مازیار را کت بسته با لباس ژنده و صورت خاک‌آلود می‌آورند و روی تل‌گاه می‌اندازند و می‌روند. کیانوش در را می‌بندد. خورزاد جلو مازیار می‌رود.

کیانوش – گوش بده، دور شدند.

خورزاد به مازیار – این مرد را می‌شناختید؟

مازیار – دبیر خودم بود، اما به چه مناسبت او را رئیس قراولان کرده‌اند؟

خورزاد – اول او را جزو دبیران خلیفه بردند ولی بعد که دیدند مایه‌ای ندارد، این کار را به او واگذار کردند.

مازیار- خودم می‌دانستم که چیزی بارش نیست.

خورزاد – خودش هم اقرار کرده بود که کاغذها را از پیش خود انشاءِ نمی‌کرده و فقط جوابی را که شــما به زبان خودتان می‌نوشــتید او به عربی ترجمه می‌کرده است.

کیانوش – اما حالا کارش خوب بالا گرفته!

مازیار – این مرد چون می‌دانســت که من از عرب و جهود بدم می‌آید، خودش را مســیحی به من معرفی کرد تا این که هـمه اســرار مرا به دشمنانم بفروشد.

کیانوش – تا حالا ســه بار مذهب عوض کرده، اول جهود بوده، بعد عیسوی شده و حالا مسلمان شده و خلیفه اسم او را علی بن ربن گذاشته. ولی مذهب اصلیش پول و جاه‌طلبی است.

خورزاد – این مرد از جا سو سان خلیفه بود، و همین آدم بود که همه‌ی اخبار زندگی شــما را برای عبدالله طاهر می‌فرســتاد و خلیفه بر خلاف عادت که همه‌ی ایرانیان خائن را می‌کشــت، این مرد را به‌جای ابوعامر غلام ترک خودش رئیس گزمه شهر کرده.

مازیار – چون که عرب‌ها و جهودها از یک نژادند.

کیانوش – علی بن ربن در این‌جا همه کاره اسـت و بالای حرفش حرفی نیست، همین الان که وارد اطاق شد به ما سپرد که کسی حق دیدن و حرف زدن با شـما را ندارد، ولی ما به دسـتور شـادان نگهبان این زندان شده‌ایم، تا شاید بتوانیم به شما کمک بکنیم، این پنجره را می‌بینید؟

خورزاد – یک مشت بزنید همه‌ی میله‌ها می‌ریزد.

مازیار - چطور مگر شادان این‌جاست.

کیانوش – اسـم خودش را ابوعبید گذاشـته و در سـلک ملازمان خلیفه درآمده تا شاید بتواند وسایل فرار شما را فراهم کند.

مازیار متفکر – می‌خواسـتم شـادان را ببینم... او هم این‌جاسـت؟... کس دیگری... یک زن با او نیست؟... آیا می‌توانستم او را ببینم؟

خورزاد – شاید همین الان بیاید، ما چشم به راه او هستیم... می‌دانید، از همین پنجره (اشاره) پائین می‌روید، این میله‌های آهنی را می‌بینید، برای نماست، عاریه سرجایش است.

مازیار- کمی آب خوردن بده.

خورزاد دست‌های مازیار را باز می‌کند و کیانوش کاسه‌ی گلی را از کوزه‌ی آب می‌کند برای مازیار می‌آورد. ولی در همین وقت فریاد و همهمه از پائین پنجره بلند می‌شود که دسته جمعی می‌خوانند:

لجیل جیلان خراسان	قد خضب الفیل کعاداته
الا لذی شان من الشان	والفیل لا تخضب اعضاؤه

کیانوش ــ باز چه شده؟ گویا مردم شورش کرده‌اند.

خورزاد ــ مگر یادت رفته؟ این همان تصنیفی است که برای بابک می‌خواندند.

کیانوش می‌رود دم پنجره نگاه می‌کند.

خورزاد ــ بپا تو را نبینند، بیا کنار.

کیانوش ــ این زن و بچه‌ی ناتیس سردار رومی و گویا خویشان شما (اشاره به مازیار) هستند که زنجیر کرده‌اند، و در شهر می‌گردانند، یک فیل رنگ کرده هم با آن‌هاست.

صدای همهمه آهسته دور می‌شود.

خورزاد ــ من می‌روم سر و گوش آب بدهم، ببینم چه خبر است (از در بیرون می‌رود)

مجلس سوم

کیانوش- این همان فیل است که بابک را با آن وارد سامره کردند و این عرب‌های پست دزد برایش شعر خواندند و کف زدند.

مازیار – چون که خودمان قابل نیستیم.

کیانوش – من جرأت نمی‌کنم از پنجره به بیرون نگاه بکنم، آن جا در کنیسه‌ی بابک نعش بابک و ناتیس که قیر گرفته‌اند سر دار آویزان است و یک دسته کلاغ دور آن‌ها پرواز می‌کند.

مازیار- آن‌ها را قیر گرفته‌اند؟

کیانوش- بله، برای این که مرده‌ی آن‌ها سر دار بماند و مردم عبرت بگیرند... اوه گمان می‌کنید عرب‌های ندید بدید به این زودی از افتخارات خودشان دست می‌کشند، از کفتار هم پست‌ترند. شکست روم و بابک از بزرگترین فتح‌های معتصم است، آن‌ها را به دست افشین شکست داد حالا خود افشین را دستگیر کرد!

مازیار- افشین بیچاره از بس که جاه طلب بود ندانست چه بکند. هم‌دستان خودش را تسلیم خلیفه کرد به‌امید این‌که حاکم خراسان بشود و حالا خودش هم گرفتار شد.

کیانوش ـ من هیچ‌کس را به دلیری و پردلی بابک سراغ ندارم می‌دانید او را چه جور کشتند؟

مازیار ـ سرش را بریدند و تنش را تکه تکه کردند و در پوست گاو کشیدند.

کیانوش ـ بله،روبروی معتصم یک دست او را که بریدند، دست دیگرش را به خون بازویش زد و به رویش مالید، معتصم از او پرسید: ای سگ چرا این کار را کردی؟ جواب داد: برای این که چون خون از تنم بیرون برود روبروی تو چهره‌ام زرد نشود و مردم بگویند که ترسید.[86]

مازیار ـ بابک یک نفر مرد بود، یک نفر ایرانی پاک بود، هیچ‌کس به قدر او پستی عرب‌ها را نمی‌دانست.

---

[86] رجوع شود به یادداشت نمره ۵ آخر کتاب.

مجلس چهارم

خورزاد وارد می‌شود.

خورزاد به مازیار ـ تا کنون سه بار است که یک زن فقیر ایرانی دم زندان آمده و سـراغ شـما را می‌گیرد، پایش زخم اسـت و از من خواهش کرد که به شما بگویم اسمش شهرناز است.

مازیار بلند می‌شود ـ شهرناز!

خورزاد ـ بله، می‌گفت که از تبرستان آمده و از بس که التماس کرد او را آورده‌ام در اطاق خودم.

مازیار ـ آیا می‌توانم او را ببینم؟

خورزاد ـ تنها یک راه دارد که عبایم را کول بکند و چپی اگال ببندد، آن وقت زریر او را به این‌جا راهنمائی می‌کند.

مازیار ـ دراین صورت ممکن است که من لباس شما را بپوشم و بروم او را ببینم؟

خورزاد ـ نه، این کار مشکل است شما را می‌شناسند، اگر ممکن بود لازم نداشـتیم که میله‌های آهنین را سـوهان بکنیم. این‌جا مطمئن‌تر اسـت، همین الان او را می‌فرستم. (خورزاد از در بیرون می‌رود).

مجلس پنجم

مازیار با لبخند به کیانوش – آخرش به آرزویم رسیدم!

کیانوش – چطور؟

مازیار- می‌خواستم پیش از مرگم او را ببینم.

کیانوش – ولی در صورتی که همه وسایل فرار فراهم است!

مازیار- من بدون او، نه، نمی‌توانم فرار بکنم.

کیانوش – با هم فرار کنید، فرار دادن او آسان‌تر از فرار دادن شماست.

مازیار- اگر ممکن باشد، اگر بشود چه از این بهتر. راست است حالا حس می‌کنم که نیروی تازه‌ای در تنم پیدا شده. به سوی آتش قسم اگر بی‌ست سوار از جان گذشته دا شتم همین‌جا خلیفه را به‌جای بابک به دار می‌آویختم.

کیانوش – گمان می‌کنم بیش از این‌ها لشــکر در زیر فرماندتان خواهد آمد.

ماز یار دیوانه‌وار دست‌هایش را تکان می‌د هد — خرد بکنم، از هم بپاشـم،بشـکنم، تمام این کثافت‌های سـامی را دور بریزم به تبرسـتان برگردم... نه، هوای این‌جا قابل تنفس نیسـت، از نفس تازی‌ها سـنگین شده. چرکین شده... ننگ آن‌ها را باید شست، در خون شست... خون بابک انتقام می‌خواهد... باید....

مجلس ششم

شهرناز با عبا و چپی اگال وارد می‌شود، کیانوش از در بیرون می‌رود.

مازیار جلو می‌رود — شهرناز، آیا تو هستی؟... خواب نمی‌بینم؟... را ست اسـت، ممکن اسـت؟ چرا به این دیری... آن‌هم دراین‌جا؟ اوه باز هم به زندگی دلبسـتگی پیدا می‌کنم، چه سـخت اسـت، تو مرگ مرا سـخت‌تر کردی.

شهرناز- مگر شادان را ندیدی؟ سه روز است که من در شهر ویلانم، پرسان پرسان آمدم گفتند که در زندانی.

مازیار- این توبره‌ی اختراع عرب را دور بینداز،

شهرناز- این را خورزاد به من داد.

شهرناز عبا و چپی اگال را دور می‌اندازد لباس ساده‌ی سفید دارد.

مازیار- بیا این‌جا روی کاه پهلوی هم بنشینیم،چرا این قدر رنگت پریده، لاغر و پژمرده شــده ای؟ نه، من نباید این پرســش را بکنم (پهلوی هم می‌نشینند).

شهرناز – دو ماه و نیم ا ست، از آن وقتی که از هم جدا شدیم، که من خواب و خوراک ندارم. کفش به پایم ســنگینی می‌کند، یک وزنی مرا به ســوی زمین می‌کشــد... مثل این اســت که جانوری چنگالش را به دوشــم فرو برده... شب‌ها در رختخواب گریه می‌کنم. به هر جا نگاه می‌کنم تهی اســت، مردم به نظرم دیو و اژدها می‌آیند. دیروز بود ماهویه خواهر بزرگت را دیدم که دست‌هایش را از پشت بسته بودند و یک عرب به او سیلی زد.

مازیار – شــهرناز، من الان قوه‌ای در خودم حس می‌کنم که می‌توانم انتقام هفت پشت خودم را از این عرب‌های بی‌سَروُ پا بگیرم، دیدار تو به من شهامت می‌دهد.

شهرناز – بزرگترین آرزوی من این بود که نزدیک تو بمیرم.

مازیار- از مرگ حرف نزن، باهم فرار خواهیم کرد. همه‌ی وسایل فرار را شــادان درســت کرده، آن وقت با هم می‌رویم به تبرســتان، زندگی

بهتری را از سر نو می‌گیریم... اگر چه این امید خیلی دور و نامعلوم است ولی حالا دنیا در دست من است، چون تو را دارم.

شهرناز- بازهم بگو، بگذار صدایت را بشنوم، بگو که دوستم داری. صدای تو از هرسازی به گوشم دلنوازتر است.

مازیار- من همیشه تو را دوست داشتم، از همان دفعه اول که تو را دیدم، آن لبخند فریبنده ات... کی است که در چشمهایت نگاه بکند و تو را دو ست ندا شته با شد؟... نه، احتیاجی به گفتن ندارم بهتر آن ا ست که حرف نزنم، چون زبان آدمیزاد ناقص است، حس می‌کنم که نمی‌توانم فکر و ادساسات خودم را برایت شرح بدهم، و خودت هم می‌دانی، باید بدانی که درخاموشی بهتر می‌توانم با روحت حرف بزنم و به اسرار وجود یکدیگر در خاموشی بهتر می‌توانیم پی ببریم، آیا هم چنین نیست؟

شهرناز – سردم شده، نزدیک تر... دستم را بگیر... دست هایم یخ زده...

مازیار هراسان – چرا، چرا می‌لرزی؟ چرا رنگت این‌طور پریده؟ هان، مگر ناخوشی؟

شهرناز انگشتر خودش را به او نشان می‌دهد، مازیار دست او را می‌گیرد، نگاه می‌کند.

مازیار- این چیست؟ هان، چه کار کردی؟ زهر خوردی؟

شهرناز ـ من شنیدم که ام شب تو را خواهند کشت؛ پدرم و مادرم را جلوم کشتند، ولی دیگر بس بود... زندگی من همه‌اش در ویلانی و سرگردانی گذشت... من همیشه بدبخت بودم... اما دیگر یارای دیدن کشتن تو را نداشتم. حالا که تو را دیدم خوشبختم و خواستم این خوشبختی را برای خودم نگهدارم... خوشبخت می‌میرم... مازیار، توی چشم‌هایم نگاه بکن، مرا با بازویت بفشار. نه تو از سر این مردم زیاد بودی، تو را نشناختند، از روزی که به من عشق خودت را ابراز کردی زندگی من به کلی عوض شد... حالا می‌فهمم که چقدر دیوانه بوده‌ام. دیوانه‌ی تو بودم. نه، نمی‌توانستم بدبختی تو را ببینم. این عرب‌های پست بی‌پدرومادر از آزار و شکنجه‌ی بزرگان کیف می‌برند... بگو ببینم اقلاً دردنیای دیگر، آیا به تو می‌پیوندم؟ بگو آیا روان ما در آن دنیا به هم می‌رسد... آیا این همه دردهائی که کشیده‌ام نیست و نابود می‌شود؟ آیا...

مازیار ـ این چه زهری بود؟ چه خوردی؟... چرا پرت می‌گوئی؟

شهرزاد ـ این باقی همان گردی است که سیمرو در خوراکت ریخت و من آن را برای چنین روزی کش رفتم، همیشه زیر نگین انگشترم این زهر را داشتم. تا اگر به دست عرب‌ها بیفتم خودم را بکشم و حالا که

خوشبختیم کامل شـــد... تو را دیدم... زندگی... (حرکت دسـت از روی بی‌اعتنائی).

مازیار او را بغل می‌زند ‑ چرا این کار را کردی، چرا؟ شهرناز... شهرناز...

شـهرناز را بیهوش روی زمین می‌گذارد و به حال وحشـت زده بلند می‌شـــود. دسـت شـــهرناز را بلند می‌کند دوباره ول می‌کند به زمین می‌افتد. می‌رود دم پنجره د ستش را به میله‌ی آهنی می‌گیرد به بیرون نگاه می‌کند. هوای بیرون تاریک و سرخ‌رنگ شده؛ مازیار به آهنگ‌سازی که شهرناز در میکده برایش زده بود سوت می‌زند، بعد دیوانه‌وار قهقه می‌خندد.

مجلس هفتم

در زندان باز می‌شـود. شـادان با لباس عربی وارد می‌شـــود، نگاهی به مازیار می‌کند، جلو نعش شهرناز می‌آید، با تعجب به عقب می‌رود.

شادان ‑ اوه... شهرناز، این‌جا چه می‌کرده؟ چرا مرده؟ کی او را کشته؟...

شادان به مازیار ‑ شهریارا.

مازیار آهسته برمی‌گردد و به او رک نگاه می‌کند.

شادان – وقت را نباید از د ست داد، این ریسمان این هم خنجر (از زیر عبای خود ریسمان و خنجری درآورده جلو او می‌گذارد) ببینید همه‌ی و سایل فراهم ا ست. سه تا از این میله‌ها سوهان شده. بگذارید آن را خودم درست بکنم (می‌رود جلو پنجره به چالاکی مشت می‌زند سه میله‌ی آهنی پائین می‌افتد. بعد سرطناب را به میله‌ی چهارمی محکم گره می‌زند و باقی ط ناب را از پنجره بیرون می‌اندازد) ببینید. کاملاً محکم شده، همین الان این ریسمان را می‌گیرید می‌روید، در خندق، در ده قدمی آن‌جا د ست چپ ا سب سفیدی بسته شده و خورزاد پا سبان زندان در آن‌جاست، عبا به شما می‌دهد، آن را به دوش می‌اندازید و ا سب را می‌تازید دیگر کارتان نبا شد، راه را خورزاد بلد ا ست کنار بارو من با چند نفر دیگر به شما می‌رسم و باهم می‌رویم.

مازیار قهقه می‌خندد

شادان – آیا منتظر چه هستید؟ چرا به من این‌طور نگاه می‌کنید؟ زود با شید، من بیش از این‌ها به شما امیدوارم... فرار کنید... انتقام بابک هنوز نگذ شته. خواهر خودت را نمی‌خواهی از د ست این مردکه‌ی شترچران برهانی؟ چرا می‌خندی؟ هان؟... انتقام شهرناز را نمی‌خواهی بگیری؟ هیچ می‌دانی که ام شب تو را با اف شین خواهند کشت؟ چرا حرکتی نمی‌کنی؟

آزادی... آزادی ایران پس کجاست؟ می‌خواهی خودت را به کشتن بدهی؟ فرارکن... باید فرار کنی...

مازیار با خودش می‌خندد ـ فرار کنم؟ چرا فرار کنم؟ حالا که ماه بالا آمده؟ شهرناز لباس سفید پوشیده درایوان چنگ می‌زند... کجا فرار کنم؟

شادان ـ زود باشید. می‌بینید باید انتقام خودتان را از این عرب‌ها بگیرید؟ صدای این وحشی‌ها را می‌شنوید؟

مازیارـ چه ساز قشنگی می‌زنند!... شهرناز هیچ‌وقت به این خوبی نزده بود... من امروز خسته شده‌ام... همه‌اش روی بارو، زیرآفتاب عرق می‌ریختم و لشکر سان می‌دیدم.

شادان ـ مازیار... آیا دیوانه شده‌ای؟ تو نباید دیوانه بشوی (بازوهای او را گرفته در چشمش نگاه می‌کند) اوه چه بدبختی!

مازیارـ مهتاب بالا آمده، باران چمن‌ها را شسته، آن‌جا در جنگل زیر درخت‌ها چه قشنگ است (قهقه خنده) این هوای بارانی، هوای نمناک تبرستان که همه چیز را از پشت پرده و بخار نشان می‌دهد... سبزه... درخت... بزن، تو چنگ بزن... دیگر من چه می‌خواهم؟ مهتاب... شراب... دلدار... چنگ... (قهقه می‌خندد)

شـــادان از خشـــم پایش را به زمین می‌کوبد. صـــدای پا می‌آید، در را به شدت می‌زنند.

شادان خنجر را می‌دهد به دست مازیار ــ اقلاً از خودت دفاع بکن.

بعد شادان از پنجره جسته طناب را می‌گیرد و پائین می‌رود.

مجلس هشتم

در باز می شود. علی بن ربن طبری با سه نفر عرب نیزه به د ست وارد می‌شـــوند. صـــدای هیاهو و جنجال از بیرون شـــنیده می‌شـــود که هلهله می‌کنند و تشت می‌زنند و می‌خوانند:

لجیل جیلان خـراسان	قد خضب الفیل کعاداته
الا لذی شان من الشان	والفیل لا تخضب اعضاؤه

علی بن ربن جلو نعش شـــهر ناز می‌رود ــ هان، شـــهر ناز، شـــهر ناز این‌جاســـت! می‌خواســـتی از دســـت من فرار بکنی (قهقه می‌خندد بعد می‌رود دم پنجره) اوه... اوه... میله‌های پنجره را هم برداشته‌اند!...

مازیار با آستین چشم خودش را پاک می‌کند.

مازیار پرت – اوه... چه تاریک است... تاریک شده، یک پرده جلو چشمم را گرفته، چیزی را نمی‌بینم.

صدای همهمه بیرون خیلی بلند می‌شود. تشت می‌زنند، هلهله می‌کنند. علی بن ربن یخه‌ی مازیار را می‌گیرد. مازیار هم خنجر را از پشت به شانه‌ی او می‌زند. مازیار قهقه می‌خندد.

عرب‌ها می‌ریزند و مازیار را می‌گیرند.

پرده می‌افتد.

یادداشت ۱

آفرینگان نام نسـکی از اوسـتا اسـت که در هنگام گاهنبار برای شـگون می‌خواـنـد. درکتاب صـــد در نثر در ســیزدهم ص ۱۲ چاپ بمبئی می‌نویسد:

(۱) این که روان پدر و مادران و خویشان نیکو باید داشتن

(۲) و چون روز ایـشان باـشد، جهد باید کردن تایز شن باـشد و می‌زد و درون و آفرینگان بکنند.

(۳) چه در دین پیداست که هرگاه که روز ایشان باشد نه هزار و نه صد و نودو نه فروهر اشوان با خویش آورند و به خانه‌ی خویش آیند، مانند آن که به خانه‌ی خویشتن شود و گروهی را به مهمانی برد.

(٤) و چون درون و می‌زد و آفرینگان گویند آن گروه شـــاد شـــوند و آفرین کنند آن خانه را و کدخدا را و کدبانو را و کسـانی را که درآن خانه باشند.

(٥) اما اگر می‌زد و درون ویزشـــن و آفرینگان نکنند از بامداد تا هنگام دیگر آن‌جاش بمانند و امید می‌دارند که مگر ما را یاد دارند.

(۶) پس اگر نیاورند، روان از آن جا برگردند و تیزتر بر بالا شـوند و بگویند ای دادار اورمزد ایشـان نمی‌دانند که هم‌چنین ما ایشـان بدین جهان می‌باید آمدن و کسی را در آن جهان رهائی نخواهند دادن،

(۷) او را به درون ومی‌زد و آفرینگان کرفه حاجت اسـت نه آن‌که ما را بدان حاجت است.

(۸) ولیکن اگر ایشـان روزگار مانگاه داشـتندی ما گونه گونه بلاها از وی بگردانیدیمی ولیکن چون روزگار ما نگه نداشـتندی ما یاری این خانه نتوان آمدن.

(۹) این مایه بگویند و دژم می‌گردند و از آن‌جا بشوند.

هم‌چنین رجوع شـود به صفحه‌ی ۲۸ در سـی و هفتم. صـفحه‌ی ۳۶ در چهل و هفتم. صـفحه‌ی ۵٤ در هفتاد و هشتم. بندهش ص ۱۲٤ قسمت ۵۱. بندهش ص ۱۶۱ قسمت ۹۳. و نیز رجوع شود به کتاب «نیرنگستان» صفحه ۳۳.

یادداشت ۲

مهرگان - «نام روز شانزدهم از هرماه و نام ماه هفتم از سال شمـسی باشـد... و نزد فارسـیان بعد از جشـن و عید نوروز که روز اول آمدن آفتاب اسـت به برج حمل از این بزرگتر جـشنی نمی‌با شد. و هم‌چنان که

نوروز را عامه و خاصه می‌باشد، مهرگان را نیز عامه و خاصه هست و تا شش روز تعظیم این جشن کنند. ابتدا از روز شانزدهم و آن را مهرگان عامه خوانند و انتها روز بیست و یکم و آن را مهرگان خاصه خوانند. گویند که خدای زمین را در این روز گسترانید و اجساد را در این روز محل و مقر ارواح گردانید، و دراین روز ملائکه یاری و مددکاری کاوه‌ی آهنگر کردند و فریدون در این روز برتخت پاد شاهی نشست و دراین روز ضحاک را گرفته به کوه دماوند فرستاد که در بند کنند و مردمان به سبب این مقدمه جشنی عظیم کردند و عید نمودند... و گویند اردشیر بابکان تاجی که بر آن صورت آفتاب نقش کرده بودند در این روز بر سر نهاد و بعد از او پاد شاهان عجم نیز در این هم چنان تاجی بر سر اولاد خود نهادندی...»[87]

«چون کاوه (کابی) بر بیوراسپ اژدها (ضحاک) بشورید و او را بتاراند و مردم را به طاعت فریدون خواند، مردم همین که خروج را بشنیدند شادی کردند. گویند دراین روز فرشتگان برای یاری فریدون به زمین فرود آمدند. سبب تعظیم مهرگان این است.»[88]

---

[87] برهان قاطع.

[88] البیرونی

«همین که فریدون از کارِ ضحاک بپرداخت و او را بند نهاد و به زندان کرد با روز مهر موافق شد و مردم آن را عید گرفتند و مهرجان نامیدند.»[89]

مهرگان این سال روز ششم نوامبر ۸۴۰ میلادی بوده و به روز شنبه‌ی هفتم محرم ۲۲۶ می‌افتاده ولی در تئاتر این‌طور فرض شده که در اوایل ذی القعده ۲۲۵ واقع می‌شده.

یادداشت ۳

آذین سردار بابک گفت: «من از دست جهودان [یعنی مسلمانان] به قلعه پناه نخواهم برد و حتی زنان خود را نیز به قلعه جای نمی‌دهم.»

«لا اتحصّن من الیهود یعنی المسلمین و لا ادخل عیالی حصناً و ذلک ان بابک قال له ادخل عیالک الحصن، قال انا اتحصن من الیهود؟»

یادداشت آقای مینوی از طبری در حوادث سال ۲۲۲

وقتی بابک را پسر سنباد به خیانت تسلیم عرب کرد بابک به او روی کرده گفت: «مرا ارزان به جهودان فروختی، اگر مال می‌خواستی به خودم

---

[89] ثعالبی، غرر اخبار ملوک فرس . نقل از مقاله‌ی آقای مینوی در مجله‌ی تقدم ص ۱۶۰-۱۶۱.

می‌گفتی من خیلی بیشـتر از آن چه اینان به تو می‌دهند می‌دادم.» ایضاً طبری در حوادث سال ۲۲۲.

در ترجمه فارسـی طبری این‌طور می‌نویسـد: «ای بی‌وفا چنین و چنین، ارزان مرا فروختی به این جهودان.»

یادداشت ٤

همین که خلیفه منصور بنیاد شهربغداد می‌نهاد، خالدبن برمک طرح آن را ریخت. ابوایوب موریانی منصور را بر آن داشت که ایوان کسری را در مداین خراب کند و مصـالح آن را به بغداد آورد که خرج کمتر بشـود. منصور رأی خالد را در این باب پرسید، وی گفت: «من با این امر موافق نیستم، زیرا این بنا یکی از آیات اسلام است که هرکس آن را بیند، داند کـه خـداونـد چنین سـرائی را جز کـاردین و امر خـدائی از میـان نمی‌برد،وازین گذشته نمازگاه علی بن ابی طالب درین جاست.» منصور خشـمناک شـد و گفت: «سـبب مخالفت تو نه اینسـت بلکه جانب داری ایرانیت و ایرانیان است.» و امر کرد که کو شک سپید را ویران کنند. یک جانب آن را که خراب کردند و مصالح را به بغداد بردند، حساب کردند مخارج خرابی و حمل و نقل بیش ازان می‌شـد که بخواهند مصـالح نو بسازند. منصور خالد را بخواند و پرسید چه باید کرد. خالد گفت: «من آن روز می‌گفتم مبادرت به این کار مکن، اما امروز می‌گویم تا پایه و

اساس عمارت را بیرون نیاوری دست از خرابی آن مکش تا نگویند عرب از خراب کردن خانه ای که ایرانیان ساخته بودند عاجز ماندند.» من صور نپذیرفت و امر کرد دست از خرابی آن باز کشند.

یادداشت آقای مینوی از تاریخ طبری و تاریخ طبرستان

یادداشت ۵

«... چون چشم معتصم بر بابک افتاد گفت: ای سگ چرا درجهان فتنه انگیختی؟ هیچ جواب نداد، فرمود تا هرچهار دست و پایش ببرند. چون یک دستش ببریدند، دست دیگر در خون زد و برروی خود مالید و همه روی خود را از خون خود سرخ کرد. معتصم گفت: ای سگ این چه عملست؟ گفت: درین حکمتی است: شما هردو دست و پای من بخواهید برید و گونه‌ی روی مردم از خون سرخ باشد، خون از روی برود زرد باشد. من روی خویش از خون خود سرخ کردم تا چون خون از تنم بیرون شود نگویند که رویش از بیم زرد شد. پس فرمود تا پوست گاوی با شاخها بیاوردند و همچنان تازه بابک ملعون را در میان پوست گرفتند،

چنان که هردو شاخ گاو بربناگوش او بود، در وی دوختند و پوست خشک شد. پس هم چنان زنده بردارش کردند.»

سیاست نامه‌ی نظام الملک ص ۱۷۶ چاپ تهران.

هر کی دره ما دالونیم

مقدمه

در سال‌های ۱۳۲۰ روزنامه فکاهی در تهران منتشر می‌شد به نام «علی بابا» صاحب امتیاز این روزنامه محسن هنریار و سردبیر آن پرویز خطیبی بود که در زمینه طنز خود شهرت و نام و تألیفاتی داشت.

در شماره اول دوره دوم سه شنبه ۱۶ شهریور ماه ۱۳۲۷ در صفحه ۲ این روزنامه مقاله طنزی ملاحظه می‌شود با عنوان «مسلک علی بابا – هر کی دره ما دالونیم هرکی خره ما پالونیم»

این مقاله را صادق هدایت نگاشته و با نام مستعار «منشی حضور» امضاءِ کرده است.

جهانگیرهدایت

مسلک علی بابا[۹۰]

هر کی دره ما دالونیم

هرکی خره ما پالونیم

معمولاً وقتی روزنامه‌ای تازه قدم در میدان مبارزه می‌گذارد قبل از هرچیز مرام و مسلک خودش را به رخ خوانندگان می‌کشد. ما هم برای این که از این سنت دیرینه پیروی کرده باشیم خودمان را موظف می‌دانیم که مسلک و مرام و رسم و راه علی بابا را آفتابی کنیم تا همه بندگان خدا

---

[۹۰] فتوکپی این مقاله را آقای حسن طاهباز به من دادند .

بدانند که علی بابا از چه فلزی است و ساخت کدام کارخانه است؟ اسم پدرش چیست؟ متولد سال چند خورشیدی یا قمری است؟ دندان درآورده؟ خدمت نظام وظیفه را انجام داده و دین خودش را بمادر وطن ادا کرده یا نه؟ چند دفعه متأهل شده؟ چقدر دارایی دارد و از این جور چیزها.

بنابراین لزوماً به اطلاع عموم خوانندگان بسیار محترم می‌رساند که علی بابا مردی است مبارز و سرسخت و در عین حال ترسو.

البته مبارزه را حتی المقدور ادامه می‌دهد ولی تا آنجائی که خطر مرگ در پیش نباشد و مقامات خوش چشم و ابرو قصد جانش را نکنند و آنچه مسلم است در موردی که خدای نکرده پیش بینی خطری بکند مثل فرماندهان سوم شهریور ۱۳۲۰ شیخی را خواهد دید و فرار را بر قرار ترجیح خواهد داد.

حق هم همین است زیرا اصولاً پیغمبر اکرم فرموده است که «تقیه» واجب و ضروری است و البته آن فرماندهان عالی مقامی هم که در روزهای خطر حب جیم جیم میل فرموده‌اند به دستور پیغمبر اکرم رفتار کرده‌اند و به هیچ وجه قابل تعقیب نیستند.

به هر حال مسلک علی بابا بی مسلکی صرف است. زیرا به تجربه ثابت شده است که بی مسلکی و هرهری مذهبی در این کشور مستقل تنها نردبان ترقی بوده و البته علی بابا هم بی میل نیست که در آتیه نزدیکی وکیل و وزیر و شاید هم نخست وزیر بشود و برای انجام این مقصود الساعه که

حقیر سراپا تقصیر مشغول تحریر این سطور این جناب مستطاب علی بابا با آنکه تازه از راه رسیده و عرقش خشک نشده مشغول دست و پا کردن است تا بلکه در یکی از سفارت‌خانه‌های خارجی به سمت منشی مخصوص مشغول کار شود.

این که گفتیم مسلک علی بابا بی‌مسلکی است البته هم زیاد هم درست و پَروُپا قرص نیست و اگر خوانندگان بخواهند از حالا تمام گفته‌ها و نوشته‌های ما را باور کنند کلاهمان توی هم می‌رود، برای این که از فردا هر کلمه یا جمله‌ای که در روزنامه بنویسیم به قبای از ما بهتران بر می‌خورد و آن وقت است که باید یکی از اعضای هیئت حاکمه را بیاوریم و باقالی بار کنیم.

پس خوب است خوانندگان عزیز فراموش نکنند که دم دمی مزاجی هم یکی از خصایص ذاتی این عنصر شریف یعنی جناب آقای علی بابا است و هیچ بعید نیست ایشان پس از انتشار روزنامه تمام مندرجات آن را به وسیله جراید دیگر جداً و قویاً تکذیب کند و به این وسیله ریشش را از چنگ قیچی سانسور و توقیف برهاند.

علی ایحال، مسلک ما را می‌توان با شعر زیر خلاصه کرد که می‌فرماید:

هرکی خره ما پالونیم   هرکی دره ما دالونیم

و در این مورد زیاد هم دور نرفته‌ایم زیرا نسل علی بابا از هفتاد و یک پشت به منارجنبان اصفهان می‌رسد و البته خوب می‌دانید که سرّ عظمت و بقای این منار عجیب و غریب همان «اطاعت کورکورانه» و باد دادن به هرطرف که باد می‌آید بوده و بس.

ما در تمام موارد بسیار دست به عصا راه خواهیم رفت تا نه دست‌چپی و نه دست راستی و نه میان حال و بی‌طرف ازما نرنجند.

با دوستان مروت و با دشمنان مدارا خواهیم کرد.

اگر انگلیس‌ها پول وکاغذ بدهند می‌گیریم و به‌امریکائی‌ها فحش خواهر وُ مادر می‌دهیم و اگر آمریکائی‌ها ما را دو سه مرتبه به کشور خودشان دعوت کنند می‌رویم و در مراجعت سنگ آن‌ها را به سینه می‌زنیم.

مبارزه شدید و آشتی ناپذیر خود را علیه ترک تریاک هم چنان دنبال خواهیم کرد، درباره شرکت نفت آن قدر پافشاری می‌کنیم تا چراغ ما را هم از سهمیه‌ای که برای سایرین قائل شده‌اند، پر کنند.

در میهن‌پرستی و نوع پرستی آنقدر معرکه خواهیم کرد که تمام سینه و بلکه پشت سینه و زیرشکم و غیره را غرق در مدال کنند ولی این قول را نمی‌توانیم بدهیم که وقتی قوای متجاوز یکی از دول همسایه به خاک میهن عزیز حمله کرده مرد و مردانه بایستیم و کشته بشویم. البته در آن موقع به صرفه نزدیک‌تر است مدال‌ها را از سینه و پشت سینه و لگن خاصره کنده و با فروش آن‌ها یک مرتبه از «مهد امان» یعنی کشور ینگی دنیا سردر بیاوریم.

در مورد بحرین هم هیچ دلواپسی نداریم زیرا مطمئن هستیم که بالاخره ما و بحرین به هم چسبیدنی هستیم و یک روز بالاخره با هم جفت خواهیم شد. حالا اگر بحرین را ضمیمه ایران نکردند لااقل ایران را که مردم آن از زندگی مشقت‌بارش به جان آمده‌اند ضمیمه بحرین خواهند کرد.

در مورد اسلحه‌ی آمریکایی و سقز و ابریشمی که روز به روز مثل سیل به کشور ما سرازیر می‌شود البته مخالفتی نخواهیم داشت زیرا بالاخره هرچه باشد اگر روزی کسانی بخواهند به این کشور حمله کنند و خاک ایران را به عنوان پایگاه محکمی بکار برند البته احتیاج مبرمی به اسلحه جدید و آخرین سیستم دارند و سران با شهامت ارتش ما نیز که در چند سال اخیر به خوبی ثابت کرده‌اند که در فن فرار و تسلیم اسلحه به دشمن دومی ندارند این اسلحه ای را که با خون جگر و مفت و مسلم تسلیم آن‌ها شده است دو دستی تقدیم قوای مهاجم خواهند کرد.

پس:

بهتر این است که ما و شما و عمر و زید بدون این که در سیاست دخالت بکنیم و نطق بکشیم و جیک بزنیم، سرگرم کارو زندگی خودمان باشیم و یک لقمه نان راحت به دست بیاوریم و با ناراحتی تمام نوش جان بفرمائیم.

والسلام نامه تمام

منشی حضور